VAISSEAU FANTÔME

Clive Cussler (1931-2020) est né aux États-Unis. Après avoir servi dans l'armée en tant qu'ingénieur mécanicien, il entame une carrière dans la publicité et se lance également dans l'écriture. Dès ses premiers romans, *Mayday !* et *Iceberg*, il donne naissance à son héros récurrent Dirk Pitt. Clive Cussler a également acquis une solide réputation de chasseur d'épaves, il était d'ailleurs président de l'Agence nationale maritime et sous-marine (NUMA). Cette activité a inspiré nombre de ses romans dont *Renflouez le Titanic !*, qui lui a valu un succès mondial.

Ancien pilote, avocat et membre d'une start-up spécialisée dans les politiques de santé, Graham Brown décide de donner un nouveau tournant à sa carrière et de se consacrer à l'écriture.

Paru au Livre de Poche :

ATLANTIDE
CYCLOPE
DRAGON
ICEBERG
L'INCROYABLE SECRET
MAYDAY !
ODYSSÉE
ONDE DE CHOC
L'OR DES INCAS
PANIQUE À LA MAISON-BLANCHE
LA POURSUITE
RAZ DE MARÉE
RENFLOUEZ LE *TITANIC* !
SAHARA
TRÉSOR
VIXEN 03
VORTEX
WALHALLA

Avec Grant Blackwood
L'EMPIRE PERDU
L'OR DE SPARTE
LE ROYAUME DU MUSTANG

Avec Russell Blake
L'ŒIL DU PARADIS

Avec Graham Brown
LA FOSSE DU DIABLE
L'HEURE H
LA HORDE

Avec Morrison Boyd
PROJET PIRANHA

Avec Dirk Cussler
LE COMPLOT DU CROISSANT
DÉRIVE ARCTIQUE
LA FLÈCHE DE POSEÏDON
LE TRÉSOR DU KHAN
VENT MORTEL

Avec Craig Dirgo
BOUDDHA
CHASSEURS D'ÉPAVES (2 vol.)
PIERRE SACRÉE

Avec Jack Du Brul
CORSAIRE
CROISIÈRE FATALE
JUNGLE
LA MER SILENCIEUSE
MIRAGE
QUART MORTEL
RIVAGE MORTEL

Avec Paul Kemprecos
À LA RECHERCHE DE LA CITÉ PERDUE
GLACE DE FEU
MÉDUSE BLEUE
MORT BLANCHE
LE NAVIGATEUR
L'OR BLEU
SERPENT
TEMPÊTE POLAIRE

Avec Thomas Perry
LES SECRETS MAYAS
LES TOMBES D'ATTILA

Avec Justin Scott
L'ACROBATE
LA COURSE
L'ESPION
LE SABOTEUR

CLIVE CUSSLER ET GRAHAM BROWN

Vaisseau fantôme

ROMAN TRADUIT DE L'ANGLAIS (ÉTATS-UNIS)
PAR HENRI FROMENT

GRASSET

Titre original :
GHOST SHIP
Publié par Putnam en 2014.

ISBN : 978-2-253-10763-7 – 1re publication LGF

PROLOGUE

La disparition

Durban,
Afrique du Sud, 25 juillet 1909

Ils roulaient dans le vide, ou du moins c'est ce qu'il semblait à Robert Swann, l'inspecteur en chef de la police de Durban.

C'était par une nuit sans lune, sous un ciel sans étoiles et noir comme de l'encre. Swann transportait un fusil dans la cabine d'un camion bringuebalant sur une piste poussiéreuse, quelque part dans la campagne au nord de la ville. Les phares projetaient un double rayon de lumière vacillante, qui tremblait dans les ornières et n'éclairait pas la route à plus de dix mètres.

— Combien de temps jusqu'à la ferme ? demanda Swann en se tournant vers un homme mince et sec, coincé entre lui et le chauffeur.

Morris, c'était son nom, jeta un coup d'œil à sa montre, se pencha sur le tableau de bord poussiéreux et la carte abîmée qu'il tenait entre les mains.

— Pas plus de dix minutes, je dirais.

L'inspecteur en chef acquiesça de la tête, agrippé à la poignée tandis que le trajet cahotant se poursuivait. Le Packard était un trois-tonnes, le dernier en provenance d'Amérique, et l'un des premiers véhicules à moteur que possédait la police de Durban. Il avait été livré avec une cabine et un pare-brise sur mesure. Une équipe dynamique en provenance du tout nouveau garage avait construit le plancher en bois de la plate-forme arrière, et tendu une toile par-dessus, bien que personne n'ait songé à rendre l'espace confortable.

Swann se prit à penser qu'il aurait préféré faire la route à cheval. Mais le camion gagnait en volume ce qu'il perdait en confort. En plus de Swann et Morris, huit gendarmes se trouvaient à bord.

Quatre paires de phares les suivaient. Trois voitures et un second Packard, soit un bon quart des effectifs.

— Vous êtes sûr qu'on a besoin de tous ces types ? demanda Morris.

À vrai dire, il n'en savait rien lui-même. Les criminels qu'ils pourchassaient, ce groupe mystérieux que la presse avait surnommé le Gang de la Rivière Klaar, étaient nombreux, eux aussi, entre trente à quarante hommes selon les sources, qui avaient commencé comme simples voleurs de grand chemin, braquant les fermiers de la région qui avaient déjà fort à faire pour survivre. Depuis les six derniers mois, cependant, le gang avait changé. Il était devenu plus rusé et surtout plus violent. Plusieurs fermes des paysans qui refusaient de payer avaient été incendiées. Des mineurs et des voyageurs avaient disparu sans laisser de traces. Enfin, lors du transfert à Durban de plusieurs de ses membres arrêtés au cours d'une tentative de braquage, le convoi avait été attaqué en plein jour, trois policiers tués et quatre autres blessés, et les prisonniers s'étaient échappés. Swann n'entendait pas que ça se reproduise.

Swann appuya la main sur la cloison qui séparait la cabine de la plate-forme arrière. Un panneau coulissa, laissant apparaître le visage d'un homme de forte carrure qui remplissait pratiquement tout l'espace.

— Vous êtes prêts ? demanda Swann.

— Parés, Inspecteur.

— Parfait. Et souvenez-vous : ce soir, pas de prisonniers.

L'homme acquiesça de la tête. Morris lui jeta un regard torve.

— Un problème ? fit Swann.

— Non, monsieur, dit Morris en ramenant les yeux sur la carte. C'est juste que… nous y sommes presque. C'est juste derrière cette colline.

Swann prit une longue inspiration et concentra son attention sur la route. Presque aussitôt, lui parvint une puissante odeur de fumée, qui semblait émaner d'un feu de joie.

Quelques instants plus tard, le camion parvint au sommet de la colline. La nuit couleur charbon était comme fendue en deux par une intense lueur orange qui montait depuis la plaine à leurs pieds. C'était la ferme qui brûlait tout entière, réalisa Swann, et les tourbillons de flammes qui s'en échappaient montaient jusqu'au ciel.

— Bon Dieu ! jura-t-il.

Le convoi accéléra pour atteindre la plaine. Les voitures se dispersèrent en demi-cercle tout autour du bâtiment en flammes. Les hommes en jaillirent et se précipitèrent pour prendre position à couvert.

Mais personne ne leur tira dessus. Tout semblait désert.

Morris prit la tête d'une équipe et s'avança. Ils s'approchèrent sous le vent, parvinrent à la seule partie du bâtiment qui n'était pas encore dévorée par les flammes. Outre plusieurs chevaux qui se trouvaient à l'abri, la seule présence qu'ils découvrirent fut celle de cadavres. Plusieurs membres du gang, certains à demi brûlés, tandis que d'autres avaient été exécutés par balles.

Aucun espoir d'éteindre l'incendie. Le bois était vieux, les murs couverts de peinture à l'huile, tout brûlait comme du pétrole, dégageant une telle chaleur que les hommes de Swan furent bientôt obligés de battre en retraite.

— Qu'est-ce qui s'est passé ? demanda Swann à son lieutenant.

— On dirait qu'ils se sont entre-tués, fit Morris.

La rumeur, bien avant les arrestations de Durban, disait que le gang était en proie à des luttes internes et commençait à se désagréger.

— Combien de morts ?

— On en a trouvé cinq. Certains de nos hommes pensent avoir aperçu deux autres cadavres à l'intérieur. Ils n'ont pas pu les sortir.

À cet instant, des coups de feu retentirent.

Swan et Morris plongèrent derrière le camion pour se mettre à l'abri. Des officiers avaient commencé de riposter depuis leurs positions et tiraient en direction de la fournaise.

Les détonations continuèrent, bizarrement rythmées, saccadées, bien que Swann ne vit aucune trace d'impact de balles.

— Cessez le feu mais restez à l'abri ! hurla-t-il au bout de quelques secondes.

— Mais ils nous tirent dessus ! fit une voix dans le noir.

— Non ! Ce ne sont les réserves de munitions qui explosent !

L'ordre circula à la ronde. En dépit de ses instructions, Swann incapable de résister à la curiosité se redressa pour observer le spectacle.

Le feu enveloppait maintenant toute la ferme. Ce qui restait des poutres ressemblait au squelette démembré d'un géant posé sur un bûcher funéraire. Les flammes énormes s'enroulaient tout autour et le traversaient de part en part pour s'élever comme des piliers mouvants et rouges et l'enfer lui-même paraissait s'être dressé pour carboniser de l'intérieur le gang et sa planque.

Puis une énorme explosion se fit entendre, un fouillis de fragments enflammés jaillit vers le ciel, tandis que Swann, soufflé par l'onde de choc, atterrissait sur le dos et que des débris en feu retombaient de tous côtés sur le semi-remorque.

Dans le silence qui suivit, des confettis de flammes se mirent à pleuvoir doucement, comme des flocons de feu tourbillonnants. C'étaient de petits bouts de papier voltigeant par milliers qui laissaient des traînées de fumée et de cendre contre le ciel noir et, une fois au sol, enflammaient l'herbe sèche qui commençait de brûler.

Un feu de brousse menaçait. Les hommes de Swann se précipitèrent pour écraser les braises. Swann mit un moment avant de comprendre de quoi il s'agissait. Après avoir écrasé le débris le plus proche avec la main, il le ramassa, et, à sa grande surprise, aperçut des nombres, des lettres, et le visage sévère du roi George qui lui retournait son regard.

— Des billets de dix pounds, lançait non loin de là la voix de Morris tout excité. Par milliers !

Certains billets, volant en paquets compacts, n'étaient pas trop abîmés. D'autres se tordaient comme des feuilles d'arbres sèches et noircies. Les hommes en train d'arrêter le feu se mirent à courir en tous sens pour attraper les papiers carbonisés. Ils avaient rarement manifesté un tel enthousiasme pour récolter des indices.

Swann restait en retrait. Quelque chose n'allait pas, pensa-t-il en comptant les cadavres, et en tâchant de reconstituer ce qui avait pu se passer. Le gang que lui et ses hommes étaient venus affronter semblait avoir fait le travail lui-même. Non que ce soit la première fois. Il n'était pas rare que les gangs consumés par des rivalités internes finissent par s'affronter et même s'autodétruire pour des questions de butin ou d'autorité, en particulier lorsqu'il s'agissait de bandes indépendantes et peu structurées comme celle-ci passait pour l'être.

Et pourtant, se répéta-t-il, quelque chose clochait. Il aurait eu du mal à expliquer quoi.

— Qu'est-ce qui ne va pas ? demanda Morris, qui paraissait lire dans l'esprit de son patron.

— Ça n'a aucun sens, répondit Swann.

— Quoi donc ? L'incendie ?

— Non, toute cette séquence. Depuis le début. La tentative de braquage de banque en plein jour, l'évasion, la fusillade en pleine rue…

— Je ne te suis pas, fit Morris fixant sur lui des yeux vides.

— Regarde autour de toi. Regarde cette pluie de billets enflammés qui nous tombe dessus. Ces mecs étaient assis sur une petite fortune.

— Oui, acquiesça Morris. Et alors ?

— Et alors ? Alors pourquoi prendre le risque de braquer une banque puissamment surveillée si on est déjà pleins aux as ? Pourquoi mitrailler des flics et faire évader des complices en pleine rue à Durban, si c'est pour buter le soir même les gens qu'on vient d'aider à s'enfuir ?

Morris contempla Swann une seconde avant d'acquiescer en silence.

— Pas la moindre idée, fit-il. Mais c'est vrai. Ça n'a aucun sens.

Au matin, la ferme n'était plus qu'un tas de cendres. L'opération s'était achevée sans perte pour la police. Le Gang de la Rivière Klaar disparut des annales.

Mais Swann ne parvint jamais à se convaincre tout à fait que l'affaire était close. Des années durant, par la suite, son adjoint Morris et lui ressassèrent les événements de cette soirée avec frustration. En dépit de leurs spéculations, jamais ils ne parvinrent à percer le mystère.

1

27 juillet 1909,
à 275 kilomètres au sud-ouest de Durban

Faisant route vers Cape Town depuis Durban, le *SS Waratah* plongeait entre les vagues, et remontait soulevé par des rouleaux épais. Par l'unique cheminée, une épaisse fumée noire, signe des efforts que faisait le bateau pour braver la tempête, s'échappait de la chaufferie et disparaissait dans le vent et dans les nuages noirs.

Assis, seul, dans les deux cents mètres carrés du salon principal, Gavin Brèvard, 51 ans, sentait le vaisseau pencher lourdement à tribord. Sans bouger, il observa la tasse et la saucière devant lui glisser vers l'extrémité de la table, d'abord lentement, puis de plus en plus vite à mesure que le roulis augmentait. À l'ultime seconde, il rattrapa la tasse, l'empêchant de s'écraser au sol.

Le *Waratah* resta dangereusement incliné deux bonnes minutes, avant de se rétablir.

Brèvard doutait du bon état général du bateau dans lequel il avait pris place. Dans une vie précédente, il avait passé dix ans en mer sur des bateaux à vapeur, des cargos aux coques bien plus solides que celui-ci, capables d'affronter des tempêtes bien plus violentes.

— Un peu de thé, monsieur ?

Absorbé par ses pensées, il avait à peine remarqué le serveur en uniforme de la Blue Anchor Line.

Il tendit la tasse tout juste sauvée de la destruction.

— *Merci*, fit-il en français.

Le serveur la remplit, puis s'éloigna, tandis qu'une nouvelle silhouette entrait dans la salle. C'était un homme dans la trentaine, de forte carrure, aux cheveux roux et au visage rougeaud. Il se dirigea droit sur Brèvard, prit un siège et s'assit devant lui.

— Johannes, salua Brèvard. Heureux de constater que tu n'es pas enfermé dans ta cabine comme tout le monde.

Un peu pâle, en dépit de son teint, Johannes paraissait tenir.

— Tu m'as fait appeler ?

Brèvard prit une gorgée de thé.

— Je réfléchissais. Et je viens de décider quelque chose d'important.

— Et de quoi s'agit-il ?

— Nous ne sommes pas en sécurité sur ce bateau.

Johannes soupira, son regard se perdit au loin. Brèvard comprenait. Johannes l'avait toujours considéré comme quelqu'un d'angoissé. Mais Brèvard essayait simplement d'être prudent. Il vivait depuis des années sous la menace de la prison ou de la mort, il lui fallait penser avec cinq coups d'avance au moins s'il voulait avoir une chance de survivre. Avec le temps, son esprit était devenu une arme hypersensible de détection du risque.

— Bien sûr que si, nous sommes en sécurité, répondit Johannes. Nos papiers d'identité sont impeccables. On n'a laissé aucune trace derrière nous. Tous ceux qui auraient pu parler sont morts et la ferme est un tas de cendres. Il n'y a que nos familles qui soient encore là.

Brèvard prit le temps d'une seconde gorgée.

— Et si on avait oublié quelque chose ? fit-il lentement.

— Même si c'était le cas, personne ne peut nous atteindre ici. Le navire n'a pas de radio. On pourrait aussi bien être sur une île déserte.

C'était vrai. Tant que le navire serait en mer, ils pourraient se relaxer en toute tranquillité.

— Nous serons tranquilles jusqu'à Cape Town, admit Brèvard. Mais qui me dit qu'on ne sera pas accueillis là-bas par une patrouille de flics ou par les soldats de Sa Majesté ?

Johannes ne répondit pas tout de suite. Il réfléchissait.

— Qu'est-ce que tu proposes ? demanda-t-il enfin.

— Il faut faire durer ce voyage indéfiniment.

— Comment cela ?

Brèvard parlait de façon métaphorique. Il savait qu'il lui fallait être plus concret pour Johannes.

— Qu'est-ce qu'on a comme armes à notre disposition ? demanda-t-il.

— Quatre pistolets et trois fusils.

— Les explosifs ?

— Deux caisses encore pleines, fit Johannes, l'air maussade. Je ne suis toujours pas certain que c'était une bonne idée de les charger à bord.

— Bien sûr que si, répondit Brèvard. Prépare les hommes. Il faut agir. Il est temps de prendre notre destin en main.

C'était le moment de la relève, mais le capitaine Joshua Ilbery se tenait toujours sur le pont. Un vent de 50 nœuds soufflait contre le courant et la houle, transformant les vagues en véritables monstres.

— Allez-y doucement, ordonna-t-il au timonier. Et ajustez à mesure. Ces vagues peuvent nous broyer en un rien de temps.

— Oui, monsieur.

Ilbery prit ses jumelles. Avec le soir, la lumière diminuait. Il espéra que le vent baisserait au cours de la nuit.

Il braquait son regard sur l'écume, lorsqu'il entendit s'ouvrir la porte derrière lui et que, à sa totale surprise, un coup de feu retentit. Il lâcha les jumelles, se retourna juste à temps pour voir le timonier s'écrouler, les mains sur l'estomac. Derrière lui, se tenait un groupe de passagers armés. L'un d'entre eux s'avança et, sans un mot, repoussa le timonier mort et prit la barre.

Avant que Ilbery eut le temps de dire quoi que ce soit ou de chercher une arme, l'un des passagers, un homme au visage rougeaud, le frappa d'un coup de crosse en plein ventre. Il se plia en deux sous le choc et tomba en arrière.

Lorsqu'il releva les yeux, le type qui venait de le frapper pointait le canon d'un fusil Enfield en plein sur son cœur. Ses mains, nota Ilbery, appartenaient à un fermier plutôt qu'à un passager de première classe, et son regard implacable était dépourvu de tout sentiment. Il fut certain que cet homme avait déjà tué par le passé.

— Qu'est-ce que ça veut dire ? grogna-t-il en essayant de reprendre sa respiration.

Un autre membre du groupe s'avança. À en juger par ses tempes grises, il était plus vieux que les autres, son costume plus raffiné dénotait une certaine élégance et il émanait de sa démarche l'aura d'un leader. Ilbery l'identifia comme l'un de ceux qui avaient embarqué à Durban. Brèvard. Gavin Brèvard.

— J'exige une explication, fit-il encore.

Brèvard le toisa d'un sourire légèrement narquois.

— Nous prenons le contrôle de ce navire. Vous allez vous éloigner des côtes et revenir vers l'est. Nous n'allons pas à Cape Town.

— Vous n'êtes pas sérieux, fit Ilbery. On est en pleine tempête. Le navire tient à peine le coup. Faire demi-tour maintenant…

Gavin pointa le canon du pistolet droit entre les yeux du capitaine.

— J'ai travaillé sur des bateaux à vapeur moi aussi, capitaine. Suffisamment pour savoir que celui-ci est trop lourd et peu performant. Mais il ne va pas sombrer pour autant.

— Bien sûr que si. Il coulera sans le moindre doute, dit Ilbery.

— Cessez de raconter n'importe quoi et faites ce que je vous dis, ordonna Brèvard. Ou je vous troue la cervelle et je fais la manœuvre moi-même.

Ilbery plissa les yeux.

— Ça m'étonnerait. Vous pouvez peut-être tenir la barre, mais pour le reste… Je ne pense pas que vous soyez capable de contrôler ce bateau tout seul ?

Brèvard eut un sourire sec. La capitaine avait raison, et il le savait depuis le début. Ses hommes étaient au nombre de huit, dont trois enfants. À eux seuls, ils ne pouvaient pas espérer alimenter la chaufferie, garder les passagers et l'équipage, et piloter le navire, par gros temps qui plus est.

Mais Brèvard avait passé sa vie à obtenir des autres ce qu'il voulait, par la force ou par la manipulation. Dans le cas présent, il lui fallait un moyen de pression, et les deux caisses d'explosifs allaient les lui fournir.

— Amenez le prisonnier, dit-il.

La porte s'ouvrit à nouveau et un adolescent débraillé pénétra dans la cabine. Il traînait à sa suite un homme couvert de poussière de charbon. Du sang coulait de son nez cassé, une entaille lui barrait le front.

— Désolé, Cap'taine, dit-il. Ils nous ont piégés. Ils se sont servis de leurs gosses pour nous distraire et ils nous ont sauté dessus. Trois des matelots sont morts. Une douzaine de bâtons de dynamite sont attachés aux fourneaux 3 et 4.

Le bruit des machines avait donc couvert l'agression, comprit Ilbery. Il se tourna vers Brèvard :

— Vous êtes fou ? Vous ne pouvez pas placer des explosifs dans un environnement pareil ! La chaleur, les braises… une étincelle et…

— Et nous serons tous envoyés au paradis, fit Brèvard. Je sais. Le truc, voyez-vous, c'est que la corde pour me pendre m'attend sans doute à Durban. Mourir pour mourir, je préfère que ça se passe ici, rapidement et dans la gloire, plutôt que lentement et dans la souffrance. Je vous conseille donc de ne pas me pousser à bout. Trois de mes hommes sont actuellement dans la chaufferie, ils sont armés, et ils s'assurent que personne n'essaie de retirer les explosifs de là où je les ai fait mettre. Pas avant que j'aie quitté ce navire pour une destination que je n'ai pas encore décidée. Maintenant, faites ce que je vous dis. Éloignez ce navire des côtes.

— Et ensuite ? demanda Ilbery.

— Lorsque nous aurons atteint notre destination, nous prendrons quelques-uns de vos canots, un paquet de victuailles, tout l'argent et les bijoux qu'on pourra trouver, et vous ne nous reverrez plus. Vous et vos hommes serez libres de retourner sur Cape Town avec une histoire fantastique à raconter au monde.

Adossé à la cloison de son navire, Ilbery fixait sur Brèvard un regard méprisant.

— Chef, fit-il sans le quitter des yeux. Prenez la barre et faites demi-tour.

Le chef tituba jusqu'au gouvernail, poussa le pirate de côté, effectua la manœuvre, et le *SS Waratah* commença de tourner.

— Sage décision, commenta Brèvard, qui prit place sur une chaise, posa le fusil en travers de ses genoux, et se mit à étudier le capitaine attentivement.

Il avait passé sa vie à tromper policiers et juges emperruqués, il savait que certains hommes sont plus faciles à décrypter que d'autres. Les plus honnêtes étaient toujours les plus simples, et le capitaine était visiblement l'un d'eux. Il était fier, intelligent, visiblement doté d'un grand sens du devoir et d'une autorité naturelle qu'il pouvait exercer sur ses hommes comme sur les passagers. Ce sens du devoir l'obligeait à accepter les exigences de Brèvard, ne fût-ce que pour protéger les vies de ceux qui se trouvaient à bord. Mais cela le rendait aussi dangereux.

Ilbery se tenait droit et arborait un air de défi. Le coup qu'il avait reçu dans l'estomac le faisait souffrir, mais le feu qui brûlait dans ses yeux n'était pas celui d'un homme battu. Il n'était pas prêt à laisser son navire aux mains d'étrangers – pas encore. Il préparait une contre-attaque et elle se produirait sous peu.

SS Harlow – *dix minutes devant le* Waratah

Tout comme celui du *Waratah*, le capitaine du *Harlow* avait pris place dans la cabine de pilotage pour faire face à des vagues de dix mètres portées par des vents de 50 nœuds. Lui et son équipage faisaient de constantes corrections à la barre pour maintenir le navire sur sa trajectoire. Ils avaient même pompé un peu d'eau pour servir de lest afin de réduire le roulis.

Son second, de retour d'une inspection, entra dans la cabine et le capitaine le regarda approcher.

— Comment se porte-t-on ?

— Tout est en ordre, Capitaine.

— Parfait.

Il s'avança sur la passerelle de commandement, jeta un regard derrière eux, vers les lumières d'un second vaisseau à plusieurs kilomètres de là, qui semblait ballotté par les vagues et dégageait une épaisse fumée noire.

— Qu'est-ce que vous en pensez ? demanda-t-il. On dirait qu'il est en train de changer de trajectoire. Il s'éloigne de la côte.

— C'est peut-être un détour pour éviter les bancs, fit le second. Ou bien le vent et les courants. Vous avez une idée de qui il s'agit ?

— Je ne suis pas sûr. Peut-être le *Waratah*.

Quelques minutes s'écoulèrent, puis, soudain, deux flashes violents se succédèrent à la hauteur du navire. Dans le vacarme de la tempête, qui était le seul son perceptible, il y eut une vive clarté blanche suivie d'une flamme orange, sur quoi les lumières du navire au loin disparurent sur l'horizon noir.

Perplexes, le capitaine et son second fixaient l'obscurité.

— Qu'est-ce que c'était que ça ? fit le second au bout d'un moment. Une explosion ?

Le capitaine saisit ses jumelles. Il mit un moment à les ajuster à la distance et à la nuit. Il n'y avait nul signe d'incendie, mais un frisson le parcourut lorsqu'il réalisa que les lumières du vaisseau mystérieux avaient disparu elles aussi.

— C'était peut-être un feu de broussailles venant de la côte derrière eux, tenta le second. Ou un éclair de chaleur.

Sans répondre, le capitaine continuait de fixer le vide. Il espérait confusément que son second avait raison, mais, si les flashes étaient venus de la côte ou du ciel, qu'était-il advenu des lumières du navire encore visibles quelques secondes plus tôt ? Et qu'était-il advenu du navire lui-même ?

Ce n'est qu'une fois à quai qu'ils apprirent la nouvelle. Le *Waratah* manquait à l'appel. Le bateau n'était jamais arrivé à Cape Town, sa destination, pas plus qu'il n'était rentré à Durban, son point de départ, ni fait escale où que ce soit.

La Royal Navy et la Blue Anchor Line envoyèrent des navires de recherche, mais tous rentrèrent bredouilles. Aucun canot de sauvetage ne fut retrouvé, aucun naufrage signalé, aucun débris. Pas un corps ne fut repêché dans les eaux environnantes.

Au fil des ans, plusieurs groupes nautiques et organisations gouvernementales ainsi que des chasseurs de trésor entreprirent des recherches pour retrouver le navire disparu. On fit appel aux sonars, aux magnétomètres, à l'imagerie satellite, on envoya des plongeurs, des sous-marins et autres véhicules téléguidés afin d'examiner diverses épaves le long des côtes. Mais toutes les recherches furent vaines. Plus d'un siècle après sa disparition, pas la moindre trace du *Waratah* n'avait été détectée.

2

Baie de Maputo,
Mozambique, septembre 1987

À l'horizon, le soleil s'enfonçait dans l'eau. Un chalutier d'âge vénérable et d'une longueur de 15 mètres s'avançait dans la baie depuis les eaux libres de la chaîne du Mozambique. Pour Cuoto Zumbana, la journée avait été bonne. Son bateau était rempli de poisson frais, aucun filet n'avait été déchiré ou perdu, et l'antique moteur, qui crachait une fumée grise, avait tenu un jour de plus.

Satisfait de l'existence, Zumbana ferma les yeux, et tourna les rides de son visage tanné vers le doux soleil du soir. Il y avait peu de chose qu'il goûtait plus que ce sentiment de victoire. Il était si serein qu'il n'entendit pas tout de suite les cris de son équipage.

— *Mashua !*

Zumbana ouvrit les yeux sur l'éblouissant soleil qui se répandait dans l'eau comme un feu liquide. Bloquant la lumière d'une main, il finit par apercevoir ce que les hommes lui indiquaient. C'était un petit youyou de bois flottant dans la rumeur de cette fin d'après-midi qui déjà tirait vers le crépuscule. Il dérivait, et personne ne semblait se trouver à bord.

— Rejoignons-le, ordonna-t-il. S'il parvenait à le vendre, ça ne pourrait qu'achever sa journée en beauté. Il partagerait même une partie des gains avec l'équipage.

Le chalutier changea de direction, le moteur souffla un peu plus fort, un peu plus de fumée s'échappa — ils s'approchèrent de l'embarcation.

Aussitôt, le visage de Zumbana se rembrunit. Le canot salement abîmé semblait avoir été rapiécé à la hâte. En réalité, il était si délabré qu'il n'en tirerait sans doute rien.

— Quelqu'un a dû le jeter à l'eau pour s'en débarrasser, dit-il, tandis que le chalutier s'arrêtait à côté de la barque et que les deux coques se touchaient.

Un membre de l'équipage sauta dedans, Zumbana lui jeta une corde, les deux bateaux furent bientôt liés ensemble, et le chalutier démarra.

Depuis sa position, Zumbana pouvait distinguer dans le canot des boîtes de conserve vides, des piles de haillons, certainement rien qui eût la moindre valeur.

Soudain, comme son homme d'équipage soulevait une couverture bouffée aux mites, toute pensée d'argent disparut de son esprit.

Une jeune femme et deux petits garçons étaient étendus, morts, au fond de la barque. Leurs visages étaient couverts de plaies solaires et la peau desséchée de leurs corps raidis transparaissait à travers leurs vêtements en lambeaux. Un chiffon teinté de sang était attaché à l'épaule de la femme. Un coup d'œil plus attentif révélait des cicatrices aux poignets et aux chevilles, comme si tous trois avaient été ligotés.

Zumbana se signa.

— On devrait l'abandonner, dit un homme d'équipage.

— C'est un mauvais présage, fit un autre.

— Non. Nous devons respecter les morts, répondit Zumbana. Spécialement ceux qui sont partis si jeunes.

Les hommes lui jetèrent des regards en biais, sans oser toutefois lui désobéir. Le bateau obliqua vers le port, traînant derrière lui le canot à deux places délabré, et Zumbana se mit à la poupe, pour garder un œil sur la petite embarcation. Son regard passait du bateau à l'horizon lointain. Qui pouvaient-ils être ? D'où venaient-ils ? À quels dangers avaient-ils échappé avant de mourir ainsi en pleine mer ? Si jeunes, songea-t-il, les yeux sur les trois corps, et si fragiles.

Le canot lui-même était un mystère en soi. La place supérieure, sur le côté, gardait trace de ce qui avait dû être un nom, maintenant illisible. Il se demanda si le canot tiendrait jusqu'au port. Zumbana avait l'air d'une antiquité, en totale contradiction avec l'âge de ses passagers morts. En fait, il semblait appartenir à une autre époque.

3

Océan Indien, mars 2014

Un éclair bleu fendit l'horizon, illuminant un instant l'obscurité grise où se mêlaient la mer et la tempête.

Kurt Austin fixait cette obscurité depuis le siège arrière d'un gros hélicoptère Sikorski Jayhawk, qui se frayait un chemin dans le ciel à travers des trombes d'eau. Des turbulences violentes secouaient l'appareil et, sous eux, roulaient d'énormes vagues dont les crêtes écumeuses explosaient dans le vent.

Kurt aperçut son reflet dans la vitre. Le visage aux yeux perçants, à la mâchoire forte, sous une chevelure gris argent, indiquait la quarantaine. Sous une certaine lumière, il pouvait paraître beau, mais des rides striant le contour de ses yeux et son front, sa mâchoire, soulignaient les traces à demi effacées de combats et d'accidents divers. Le visage d'un homme prêt à tout, inflexible et déterminé.

Kurt pressa le bouton de l'interphone et planta son regard dans les yeux de son ami Joe Zavala, qui se trouvait devant sur le siège du copilote.

— Tu repères quelque chose ? hurla-t-il dans le vacarme.

— Rien du tout ! répondit Joe sur le même ton.

Tous deux travaillaient pour la NUMA, la National Underwater Marine Agency, une branche de l'administration fédérale dédiée à l'étude et à la préservation de la mer. Pour l'heure, cependant, ils étaient membres d'une équipe de secours improvisée, appelée en urgence pour venir en aide à un groupe de vaisseaux perdus au beau milieu de la tempête.

Une radio grésillante transmettait les échanges entre les gardes-côtes sud-africains et le petit groupe de secouristes.

— *Saphir Deux, quelle est votre position ?*

— *Saphir Deux en contact avec le* Endless Road. *Le navire a l'air de dériver mais il est étanche. Quatre équipes sont visibles. On se met en position pour la nacelle de sauvetage.*

— *Bien compris, Saphir Deux. Saphir Trois, quel est votre statut ?*

— *On rentre avec des rescapés. Deux souffrent d'hypothermie. Le troisième est stable.*

L'ouragan avait frappé le sud-est, gagnant en intensité à mesure qu'il approchait le cap de Bonne-Espérance. Sur son passage, plusieurs cargos avaient été balayés dont un porte-conteneurs de trente mètres. Puis les vents avaient obliqué au nord, en plein sur un groupe de yachts et de bateaux de plaisance se livrant une course amicale entre Durban et l'Australie.

La tempête furieuse avait épuisé les forces des gardes-côtes, qui avaient dû se résoudre à appeler à l'aide. Les secours étaient venus sous forme d'une frégate de la Royal Navy, de deux navires ravitailleurs américains, et du vaisseau de recherche *Condor*, fourni par la NUMA.

À quelque cent kilomètres du *Condor*, Kurt, Joe et le pilote du Jayhawk approchaient des coordonnées GPS qui leur avaient été transmises. Mais il leur fallait encore apercevoir ce qu'ils cherchaient.

— On devrait être juste au-dessus, maintenant, dit Kurt.

— Il a peut-être coulé par le fond, répliqua le pilote.

Kurt ne voulait pas y songer. Par une espèce de coup du destin il se trouvait connaître la famille à bord du yacht qu'ils essayaient de secourir. En tout cas l'un de ses membres.

— Réserve d'essence ?

— On est Bingo dans dix minutes.

En clair, il leur resterait juste assez de carburant pour revenir au *Condor*. Il faudrait alors faire demi-tour ou prendre le risque de sombrer et d'avoir besoin de secours à leur tour.

— Essaie d'étirer un peu, fit Kurt.

— On a le vent contre nous !

— Il nous poussera au retour, insista Kurt. Continue !

Le pilote se tut. Kurt tourna les yeux vers la mer en rage.

— Je vois quelque chose ! cria Joe, la main sur son casque. C'est faible, mais je crois que c'est le signal d'urgence. Tourne à droite à zéro sept zéro.

L'hélicoptère amorça la courbe. Au bout de quelques minutes, Kurt aperçut la coque d'un yacht de quarante-huit mètres dangereusement incliné. Il flottait encore, mais la proue piquait vers l'eau et les vagues le submergeaient.

— Amène-nous jusqu'à lui, ordonna Kurt.

D'un coup sec, il ouvrit la porte de chargement, la tira en arrière et la bloqua. Aussitôt le vent et la pluie s'engouffrèrent.

Un système de treuil et cent vingt mètres de câble devaient normalement suffire pour leur permettre de hisser les rescapés jusqu'à l'intérieur de l'appareil, mais ils étaient dépourvus de nacelle, ce qui signifiait que Kurt allait devoir descendre chercher lui-même les passagers. Il accrocha le câble au harnais qu'il avait préalablement enfilé, glissa jusqu'au bord et se positionna, les pieds dans le vide.

— Je ne vois personne ! cria le pilote.

— Ils doivent s'être accrochés sur le côté, répliqua Kurt. Fais le tour.

Il sentit l'adrénaline l'envahir, et la tension qu'il éprouvait depuis que les détails concernant le bateau endommagé lui avaient été transmis par la station des gardes-côtes ne faisait qu'augmenter.

— *Le navire* Ethernet *signale une forte inondation*, l'avait informé le contrôleur quelques heures plus tôt. *NUMA Jayhawk, assistance demandée. Vous êtes le seul appareil de secours dans la zone.*

— Confirmation de l'identité du bateau ? avait demandé Kurt, incrédule.

Le contrôleur avait répété :

— Ethernet. *En provenance de San Francisco. Sept personnes à bord. Dont Brian Westgate, son épouse et leurs deux enfants.*

Brian Westgate était un milliardaire du Net. Son épouse, Sienna, était plus qu'une vieille amie de Kurt. Des années plus tôt, elle avait été l'amour de sa vie.

Le message avait laissé Kurt sidéré. Il avait dû s'obliger à bloquer toute pensée personnelle, comme toute crainte de ne pas arriver à temps et s'était concentré sur la tâche à accomplir.

— Allume le projecteur, Joe !

Tandis que l'appareil faisait le tour du yacht en détresse et s'en approchait, Kurt vit les vagues submerger la coque. La seule bonne nouvelle était que la structure avant semblait protégée par la poupe.

Joe s'exécuta. La pluie se changea en longues traînées d'argent tranchantes qui reflétaient la lumière de manière aveuglante. Puis Joe régla l'angle, et Kurt parvint à distinguer la coque de manière plus précise.

— Là ! Près du pont ! cria-t-il en apercevant une tache orange.

Le pilote l'avait vue lui aussi. Il manœuvra l'appareil pour s'en rapprocher. Pendant ce temps, Joe se détachait et venait préparer le treuil.

— Ce câble n'est pas fait pour soulever des gens, rappela-t-il à Kurt.

— Il peut remorquer un réseau sonar.

— De 40 kilos.

— Ça fera l'affaire. Libère la tension.

Joe eut une seconde d'hésitation. Kurt, les yeux sur l'eau rugissante, avait estimé leur position, et il appuya lui-même d'un coup de poing sur le tensionneur. Avant que Joe ait pu l'arrêter, il s'était jeté hors de l'appareil.

Un masque sur le visage, pointant ses pieds droit vers le bas, Kurt toucha l'eau au sommet d'une vague et plongea dedans. Durant un long moment, il se retrouva absorbé par l'étrange silence calme et comme pacifié de la mer.

Puis il fit surface dans le maelström.

Les montagnes hurlantes des vagues et le déluge torrentiel tombant du ciel dansaient frénétiquement à la surface sous le ciel tourmenté.

Il se tourna vers le yacht en détresse et, avec de violents mouvements de nage, entreprit de s'en approcher.

Il atteignit le navire à mi-distance de la proue, tendit la main vers la rampe. Avant qu'il ait pu la saisir, un creux de vague l'emporta et le fit dériver le long de la coque. Au prix d'un effort surhumain, il se remit en position, attendit le prochain tonneau, puis se laissa porter par la vague jusqu'au niveau du pont, saisit la rampe d'une main ferme et se hissa à bord à la force du poignet tandis que le reflux de la vague menaçait de l'emporter.

Après avoir pris pied sur le pont, il s'avança dans la tourmente jusqu'à la cabine de commandement. Toutes les fenêtres avaient explosé. Le point orange qu'il avait pris pour une veste de secours n'était visible nulle part.

— Sienna ! cria-t-il dans le vent qui emporta sa voix aussitôt.

Il se pencha pour apercevoir l'intérieur. Tout était noyé sous plusieurs mètres d'eau. Il crut apercevoir un corps, mais l'électricité coupée empêchait toute certitude, ça aurait pu être n'importe quoi. Il saisit l'écoutille, tira d'un coup sec pour l'ouvrir, pénétra dans le bateau.

Le yacht grognait horriblement sous la houle. Autour de Kurt, tout s'agitait. Il leva le bras, alluma la lampe-torche étanche attachée à son poignet.

Le rayon jouant sur l'eau se reflétait dans un mur de verre qui se trouvait derrière la cabine. Kurt se souvint avoir lu quelque chose sur le design de ce yacht. Chaque mur du pont supérieur était en acrylique – de manière à faire paraître l'intérieur plus spacieux qu'il n'était en réalité. Pour les moments privés, les cloisons pouvaient être assombries grâce à un commutateur.

Une nouvelle vague heurta le bateau, qui se déporta un peu plus, et Kurt se retrouva à rouler en direction du mur de verre tandis que l'eau verdâtre s'engouffrait par l'écoutille.

Meubles, cartes, gilets de sauvetage et toutes sortes de détritus flottaient tout autour. Kurt se redressa. Son bras sortit de l'eau. La lumière vint se cogner contre le verre une fois de plus. L'espace d'un instant, le reflet l'aveugla, puis il ajusta la lampe, et c'est alors qu'il aperçut le visage de l'autre côté. Un visage de femme encadré de cheveux blonds et humides. Une enfant flottait près d'elle, une gamine blonde de 6 ou 7 ans. Ses yeux étaient ouverts mais dénués d'expression.

Kurt se précipita autant qu'il put dans l'eau saumâtre. Il heurta une cloison de verre.

— Sienna ! hurla-t-il.

Il n'y eut pas de réponse.

L'eau montait vite. Elle s'enroulait autour de la poitrine de Kurt. Il frappa du poing contre la vitre, puis, ramassant une chaise qui flottait, cogna dessus pour essayer de la briser. Un coup, deux coups. La cloison résistait. Il se reculait pour en lancer un troisième, lorsque le yacht se mit à glisser vers le fond et l'eau atteignit son cou.

Il comprit que le navire coulait.

Soudain, sans la moindre sommation, le harnais supportant le câble qui le reliait à l'hélicoptère se referma contre sa poitrine et il fut tiré en arrière.

— Non ! hurla-t-il, d'un cri qui se perdit dans une gorgée d'eau salée.

Un courant puissant envahit toute la cabine. Le filin le tirait dans l'autre sens, et il avait le sentiment de remonter les chutes du Niagara. Les yeux sur la cloison de verre, il vit reparaître les deux visages, puis, sans qu'il comprenne comment, son masque fut arraché et tout ce qui l'entourait devint soudain vert et flou. Une nouvelle saccade du câble le tira de nouveau, sa tête heurta violemment le chambranle de la porte au passage.

Étourdi, à demi inconscient, Kurt sentit qu'il était de nouveau libre. Une part de lui-même comprenait confusément ce qu'il se passait. Joe et le pilote avaient dû manœuvrer l'hélicoptère pour le hisser hors du yacht en train de couler, c'étaient eux qui le tiraient pour le secourir, sauf que le câble avait cédé, peut-être au moment du choc contre le chambranle, et il était maintenant dans l'eau.

Il essaya de nager, battit faiblement des pieds. Mais son esprit était embrumé par le choc et ses muscles ne répondaient pas. La masse du bateau qui coulait créait un tourbillon qui l'emportait vers le fond. Il vit derrière lui un gris flou s'éloigner du rayon de sa lampe-torche.

Il tourna le regard vers le haut, aperçut au-dessus de lui un cercle de lumière argenté. Puis il n'éprouva plus qu'une fascination passive, et le regarda s'approcher comme la pupille d'un œil immense qui voit tout.

4

D'une violente secousse, Kurt se dressa droit dans son lit. Il était trempé de sueur, cherchait son souffle, son cœur battait à tout rompre. Un instant, il se tint parfaitement immobile, fixant l'obscurité, s'efforçant de se libérer des griffes du cauchemar qui le retenait au sommeil.

Le processus était toujours le même : la prise de conscience rapide du lieu où il se trouvait, suivi d'un bref moment d'incertitude, comme si son esprit hésitait à décider entre deux mondes, le vrai et l'illusion.

Dehors, le tonnerre grondait. De brefs éclairs l'accompagnaient ainsi que le bruit de la pluie sur le pont.

Il était chez lui, dans sa chambre à coucher, sur sa péniche amarrée sur la rive du Potomac. Il n'était pas en train de se noyer au cours d'une tentative de sauvetage raté qui avait eu lieu des mois plus tôt, à l'autre bout du monde.

— Kurt ? Est-ce que ça va ? fit une voix de femme apaisante.

Kurt l'identifia aussitôt : Anna Ericsson. Les cheveux naturellement blonds, des yeux verts lumineux, des sourcils fins, un nez étroit dont la pointe remontait légèrement, elle était aussi gentille qu'agréable à regarder. Pourtant, pour une raison inconnue, il se surprit à souhaiter son absence.

— Non, répondit-il en rejetant les couvertures. Non, ça ne va pas du tout.

— Ce ne sont que des cauchemars, dit-elle. Des souvenirs enfouis qui remontent à la surface.

Il sauta du lit, marcha jusqu'à la fenêtre. Une douleur lui martelait la tête, non une simple migraine, mais une pointe violente à la base du crâne, là où il conservait une petite fracture, trace de l'instant où Joe l'avait tiré hors de la cabine du yacht naufragé.

— Ils n'ont rien d'enfoui, malheureusement, dit-il. Ils sont bien présents.

Elle restait calme. Il n'y avait personne pour répondre à son agitation.

— Tu les as vus ? demanda-t-elle.

Un coup de tonnerre retentit, la pluie contre la porte-fenêtre redoubla de vigueur. Il se demanda si ses cauchemars n'avaient pas été réveillés par le temps.

— Tu les as vus, cette fois, répéta-t-elle.

Kurt soupira, la repoussa, se dirigea vers le bar, qui se trouvait dans le salon. Anna le suivit. Elle portait un pantalon de yoga et avait enfilé l'un de ses T-shirts. Il ne put s'empêcher de constater une fois de plus à quel point elle était belle, même ainsi, au milieu de la nuit, sans une trace de maquillage.

Il alluma la lumière, saisit la bouteille de Jack Daniel's à demi pleine qui trônait sur le plateau, et se servit une double dose.

— Les rêves ont un sens, tu sais, insista-t-elle.

Il avala une gorgée de whisky.

— On peut laisser la psychanalyse pour les heures de bureau, s'il te plaît ?

Depuis sa commotion cérébrale consécutive au choc, en plus des cauchemars il était la proie de convulsions, d'amnésies passagères et de crises de rage qu'il parvenait à peine à réprimer, et que ceux qui le connaissaient considéraient avec raison comme parfaitement inhabituelles.

La NUMA lui avait assigné miss Ericsson à titre de thérapeute et de conseiller. Dans une longue bouffée de rancune irrationnelle contre tous ceux qui essayaient de l'aider, Kurt avait passé des semaines à refuser de lui parler. Il en fallait manifestement plus pour décourager la jeune femme, si bien que, de guerre lasse, il avait fini par céder. Et puis les choses, comme on dit, avaient suivi leur cours.

Il avala une autre lampée de whisky. Une douleur le fit grimacer. Il aperçut un flacon d'aspirine à côté des bouteilles d'alcool. Combien de fois cette semaine avait-il répété l'opération ? C'était si fréquent maintenant qu'il en perdait le compte.

— Tu es allé travailler, récemment ? demanda-t-elle en se laissant tomber sur le bord du divan.

Kurt secoua la tête :

— Je ne suis pas censé travailler avant que tu m'aies réparé, tu te souviens ?

— Réparé ? Tu n'es pas un objet, Kurt, tu n'es pas cassé. Tu souffres, ce qui n'est pas la même chose. Quoi que tu prétendes, tu souffres. D'une commotion sévère, d'une fracture du crâne, mais aussi d'un traumatisme émotionnel. En fait, tu manifestes tous les symptômes traumatiques des blessures cérébrales, depuis cette mission. Par ailleurs, pour ce qui est de la culpabilité du survivant, tu es pratiquement un cas d'école.

— Je n'ai aucune raison de me sentir coupable, répliqua-t-il. J'ai fait du mieux que j'ai pu.

— Ce n'est pas moi qu'il faut convaincre. Ni ceux qui connaissent le dossier. C'est toi-même. Même Brian Westgate considère que ce que tu as accompli ce jour-là est digne d'un exploit.

— Brian Westgate, répéta Kurt avec dédain.

Le ton de sa voix n'annonçait rien de bon, mais elle décida de poursuivre.

— Il veut toujours te rencontrer, tu sais. Il voudrait te remercier. Tu lui as retourné ses appels, au moins ?

Bien sûr qu'il ne l'avait pas fait.

— J'ai été trop occupé.

Elle l'étudia une seconde en silence avant de se décider :

— C'est elle, n'est-ce pas ?

— Elle ?

— Tu devais épouser Sienna autrefois. Mais tu l'as repoussée. Si tu ne l'avais pas repoussée, elle n'aurait pas rencontré Westgate, et sans Westgate, elle ne serait pas montée sur ce yacht. Pas de tempête, pas de naufrage. Et pas de tentative ratée pour lui porter secours. C'est ça que tu te reproches.

La culpabilité du survivant était quelque chose de complexe. Kurt le savait. Certains de ses amis étaient revenus d'Irak et d'Afghanistan. Ils y avaient accompli des faits d'armes héroïques, bien plus héroïques que ce que lui-même avait jamais fait. Mais, justement pour cette raison, chacun d'entre eux se considérait comme responsable de presque tout ce qui n'avait pas marché.

De nouveau, il soupira, les yeux au loin. Il y avait trop de vérité dans ce qu'elle venait de dire pour qu'il se donne la peine de la réfuter. Pour des raisons qu'il ne tenait pas à s'expliquer, cependant, ça ne l'aidait pas beaucoup. Il tourna son attention vers le tube d'aspirine, l'ouvrit, fit glisser quelques cachets dans sa bouche, les avala d'un coup de whisky.

Il posa les yeux sur Anna et, dans un effort pour se montrer aimable, dit :

— Pourquoi est-ce si important pour toi tout cela ?

— Parce que c'est mon boulot, répondit-elle, plantant dans ses yeux un regard où la tendresse le disputait à la frustration. Et parce que, comme une idiote, j'ai choisi de voir en toi plus qu'un simple patient.

— Non, fit-il, ce n'est pas ce que je voulais dire. Pourquoi est-ce important pour toi de savoir si je les vois en rêve ou non ? Tu répètes ça constamment. En quoi est-ce que ça t'importe ?

— C'est à toi que ça importe, Kurt. Pas à moi. D'après ce que tu m'as dit, tu fais toujours le même rêve. Sauf qu'une fois sur deux, tu vois cette femme blonde et l'un de ses enfants, et le reste du temps, uniquement des débris et des gilets de sauvetage flottant sur l'eau. Tu n'es même pas certain que la femme est bien Sienna. Quoi qu'il en soit, réelle ou imaginaire, tu n'as pas pu l'atteindre, le bateau a coulé, ils ne sont plus là. Fin de l'histoire.

Elle pencha légèrement la tête. Une nuance d'empathie se peignit sur son visage.

— Pour le reste du monde, ça ne fait aucune différence parce que le résultat est le même. Mais ces rêves alternés – ces réalités alternées – doivent avoir un sens pour toi, sinon ils ne reviendraient pas comme ça constamment. Plus vite tu sauras lequel, plus vite tu te sentiras mieux.

Il ne pouvait que la regarder sans rien dire. Elle était plus proche de la vérité qu'elle ne l'imaginait.

— Je vois, finit-il par articuler.

Elle soupira.

— Je n'aurais pas dû venir, fit-elle soudain en attrapant ses sneakers. Et, tant que j'y suis, je n'aurais pas dû t'embrasser non plus.

Elle se leva, décrocha son manteau du portant, près de la porte.

— Je rentre, fit-elle. Retourne bosser, Kurt. Ça te fera sûrement du bien. En fait, va voir Westgate. Il est à Washington, en ce moment. Il donne une conférence de presse importante au pied du Smithsonian, apparemment. Je ne crois pas qu'il soit le salaud que tu imagines. Vois-le. Ça t'aidera à faire ton deuil.

Elle enfila son manteau, ouvrit la porte au vacarme et à la pluie, franchit le seuil et referma derrière elle. Quelques secondes plus tard, le moteur de sa Ford Explorer reprit vie. Il y eut le bruit de sa manœuvre, tandis qu'elle s'extrayait du créneau, puis le son s'évanouit tandis qu'elle disparaissait vers la colline en direction de River Road.

Kurt fixa l'espace vide pendant peut-être une minute. Puis il avala ce qui restait de whisky dans son verre, hésita à se resservir, posa le verre sur le bar. Pour ce que ça l'aidait, de toute façon…

Il traversa le salon, fit glisser la porte-fenêtre, passa sur le pont de sa péniche. La pluie semblait ne jamais vouloir s'arrêter. Elle tombait sur le pont fraîchement repeint, dansait à la surface de l'eau en milliers de gouttes violentes exactement comme dans son rêve.

Pourquoi est-ce que ça importait ?

Il marcha jusqu'à la balustrade. La pluie qui le détrempait emportait avec elle un peu de son agonie. Au loin, à l'ouest, il pouvait encore apercevoir les feux arrière de la Ford d'Anna en train de disparaître.

Pourquoi cherchait-il absolument à voir la vérité chaque fois que le rêve commençait ?

Il connaissait la réponse, elle lui était venue des semaines plus tôt. Mais il la gardait pour lui. Il ne pouvait se confier à personne, et à sa thérapeute moins que quiconque.

Trempé maintenant de la tête aux pieds, il rentra dans le salon, attrapa une serviette pour se sécher et se laissa tomber sur sa chaise de bureau.

Il jeta la serviette, mit l'ordinateur en marche, attendit que l'écran s'allume. Il composa son mot de passe principal, cliqua sur une icône qui requérait un second code pour s'ouvrir. Une série d'e-mails cryptés apparut.

Le dernier en date provenait d'un agent du Mossad auprès de qui Kurt avait été introduit. Une certaine somme d'argent une fois virée et reçue, l'homme avait accepté d'enquêter sur une rumeur.

L'e-mail résumant ses investigations était sobre et factuel.

Impossible de confirmer ni infirmer la présence de Sienna Westgate à Mashhad ou dans la région.

Mashhad était une ville du nord de l'Iran. Elle passait pour servir de QG au nouveau groupe technique travaillant pour le gouvernement de Téhéran. Personne ne savait au juste ce qu'il s'y trafiquait, mais l'hypothèse la plus commune était que les Iraniens y renforçaient leur cybersécurité. En réalité, furieux que les Américains soient parvenus à introduire un virus connu sous le nom de Stuxnet dans leurs usines nucléaires – un virus qui avait provoqué la perte de contrôle, puis l'explosion de mille centrifuges extrêmement coûteuses –, les Iraniens ne cherchaient pas seulement à se protéger, mais à riposter.

Une bonne part de cet effort impliquait la présence d'ingénieurs en informatique étrangers. Certains avaient été repérés entrant et sortant de Mashhad, parfois sous bonne garde.

Kurt lut le reste de l'e-mail.

De bonne source, on sait que trois Occidentaux ont séjourné à Mashhad quelque temps. Il s'agit de deux hommes et une femme. Ils sont restés dix-neuf jours au moins, peut-être même un mois. Prisonniers ou experts rémunérés, leur statut n'est pas clair. La description de la femme correspond à Mrs. Westgate, à son âge également, mais pas à sa couleur de cheveux. Il n'y a pas de photo mais des extraits de son écriture sont disponibles.

Le sujet a été aperçu arrivant et quittant les bâtiments de défense suspects au nord de Mashhad sous légère surveillance, mais sans coercition apparente. Aucun mauvais traitement n'a été détecté non plus.

Les deux hommes et la femme ont été repérés quittant l'Iran dans un petit avion voici vingt et un jours. Nulle information n'a été fournie indiquant la destination de l'appareil, ou les coordonnées des personnes à bord.

Kurt referma le dossier.

Pourquoi ce qu'il voyait en rêve comptait-il ? Parce que, en dépit de toutes les preuves du contraire, il avait fini par se convaincre que Sienna était encore en vie. Et, si c'était le cas, il ne pouvait évoquer qu'une seule raison pour laquelle elle aurait accepté de travailler pour les Iraniens : ses enfants, Tanner et Elise. Quelqu'un devait les retenir en otages pour faire pression sur elle.

C'était un peu tiré par les cheveux, il en était conscient, les suppositions s'empilaient sans le moindre fait concret pour les soutenir. Et cependant il sentait dans toutes les fibres de son corps qu'il avait raison.

Seul le rêve le faisait douter de lui.

Si le salon vide et le yacht abandonné de ses souvenirs oniriques correspondaient à la réalité, alors il avait des raisons de croire, d'espérer, et de faire confiance à son instinct.

Mais s'il avait bel et bien vu Sienna et sa fille se noyer – s'il essayait inconsciemment de réécrire ses souvenirs pour faire coïncider ce qu'il avait vu avec ce qu'il souhaitait – alors il était à la limite de la folie.

5

Ouest de Madagascar, juin 2014

La femme sur le cheval avançait lentement dans le miroitement de la chaleur de midi. Jeune, élancée, 28 ou 29 ans, elle tenait avec sûreté les rênes d'un Appaloosa tacheté qui trottait sans hâte sur le sable, le long d'une rivière boueuse.

Elle était vêtue de noir de la tête aux pieds, avec des bottes stylées, et un chapeau à large bord qui protégeait son visage à la peau pâle. Guidant le cheval sans effort, elle franchit un passage étroit, les yeux sur l'eau au cas où un crocodile s'y serait dissimulé. Puis la gorge s'élargit.

Poursuivant sa route, elle croisa un groupe de zébus – un troupeau de Brahman aux cornes en V pointues, arborant sur le dos une bosse bien distincte. Le troupeau faisait partie des biens familiaux. C'était un symbole de pouvoir et d'abondance, même si peu de monde leur accordait encore vraiment d'attention à présent. Ils erraient sans surveillance, broutaient au hasard la végétation ayant poussé durant la saison humide.

Elle suivit le coude de la rivière, déboucha sur ce qui ressemblait à un carnage naturel. Des semaines de pluie avaient provoqué d'importantes inondations, les pires que cette partie de Madagascar avait jamais vues.

De véritables torrents avaient balayé des parties entières des berges, découpant la terre en fragments irréguliers de la taille de parkings. Des cadavres d'arbres gisaient, enchevêtrés, racines en l'air.

Elle parvint à une portion du littoral qui était en temps normal une large péninsule et se réduisait maintenant à une île, coupée du reste de la terre et encerclée par les bras de la rivière en furie.

Elle tira légèrement sur les rênes et le cheval s'arrêta. Le bras de mer du Mozambique, avec ses eaux brillantes, s'étendait devant elle jusqu'à l'horizon. Cent kilomètres plus loin, se trouvait la côte orientale de l'Afrique.

Elle était souvent venue jusqu'ici. Pour des raisons que n'importe qui d'autre aurait sûrement trouvées bizarres, c'était son endroit favori sur l'île. Seule dans ce lieu désolé, elle éprouvait une espèce de tristesse incompréhensible, une nostalgie qu'elle dissimulait au reste du monde, et qui semblait la définir plus que n'importe quoi d'autre.

Elle ignorait que ce sentiment de mélancolie allait se voir déchiré pièce à pièce, un peu comme la péninsule changée en île devant elle, et qui s'érodait sous l'eau rageuse.

Un énorme morceau d'argile rouge, de la taille d'une maison, se détacha lentement et tomba dans l'eau. Il glissa sur un côté, comme un iceberg, et commença de se dissoudre à la seconde où il toucha les eaux turbulentes.

C'est alors qu'elle aperçut, à la place, quelque chose de bizarre. Du métal sombre, presque noir, plat et lisse comme un mur de fer. L'eau, érodant la côte et emportant la boue avec elle, dénuda lentement la surface de métal, révélant une soudure, puis une autre. Elle vit que le mur était en fait composé de grands plateaux d'acier cloué.

Un frisson la parcourut, accompagné d'un sentiment de malaise qu'elle ne connaissait pas et qui lui tordit l'estomac, un mélange de peur et de curiosité. Elle se sentit à la fois attirée et effrayée, puis, comme si quelque chose ou quelqu'un l'appelait, comme s'il lui était demandé de venir en aide à des fantômes piégés derrière ce mur de métal, l'impulsion de traverser la rivière pour en savoir plus l'emporta.

Elle dirigea le cheval vers la berge. L'animal se mit à résister. Le courant trop puissant, le sol bien trop traître les emporteraient aussi facilement que les arbres déracinés, l'animal devait le sentir.

Redressant la tête, le cheval se mit à hennir. La jeune femme cessa de lutter, puis reprit ses esprits et revint en arrière. Elle ignorait ce qui se cachait sous le sol rouge, mais, soudainement, elle réalisa qu'elle ne tenait plus à le savoir. Il lui fallait quitter les lieux au plus vite, avant que la vérité ne lui soit révélée.

D'un geste brusque, elle fit faire demi-tour au cheval, et enfonça ses talons dans ses flancs.

— Yaaah ! cria-t-elle, allez !

Le cheval bondit, partit au galop vers les terres, vers les plantations et la maison, et vers tout ce que la jeune femme connaissait.

Au loin, de nouveaux nuages avaient commencé de s'accumuler au-dessus des collines. Une autre inondation était à prévoir. Elle devina que quoi que ce soit se trouvant sous cette île aurait disparu avant l'aube.

Elle ne se trompait pas.

Dans l'entrée principale de l'opulente demeure régnant sur la plantation, Sebastian Brèvard attendait. Soigné, musclé, un mètre quatre-vingts, il était doté, à 42 ans, d'une peau olive et d'épais cheveux noirs. Brèvard était ce qu'on appelle un bel homme dans la force de l'âge. Ses yeux légèrement colorés étaient presque noisette, il arborait une barbe fine, taillée chaque jour par son barbier personnel, et qui dessinait son menton. Il se mouvait avec l'assurance – certains auraient dit l'arrogance – propre à ceux qui ont reçu une éducation privilégiée, et ont été habitués très tôt à se considérer comme les maîtres des lieux. Et bien qu'il appréciât dans la vie les choses les plus raffinées, il ne portait pas de bijoux, à l'exception d'une unique bague en or qui lui avait été donnée par son père.

Tout autour, la maison avait des allures de petit palais. Elle avait été construite dans le style baroque du XVIIIe siècle français. Les terres en terrasses sur le versant de la grande colline contenaient écuries, jardins fleuris, fontaines, et même un labyrinthe de plusieurs mètres carrés qui se trouvait sur la seconde terrasse, juste en dessous de la maison principale.

Cette dernière était décorée avec splendeur. Le sol dans l'entrée était en marbre italien. Des colonnes doriques de granite rose s'élevaient de chaque côté, et des tableaux de maîtres s'alignaient sur les murs, entre les statues et les tapisseries finement ouvragées.

À l'image de sa maison, Sebastian était habillé impeccablement. Il portait un costume à trois boutons Savile Row dont le prix équivalait à une petite Mercedes. Ses pieds étaient protégés par des chaussettes de soie qui disparaissaient dans des chaussures en peau de crocodile d'une valeur de deux mille dollars. Pour compléter l'ensemble, les manches de sa chemise à plastron Eton – cinq cents dollars – étaient fermées par des boutons de manchette en diamant.

Il avait certes un rendez-vous important plus tard dans l'après-midi mais en dehors de cela, il considérait comme un privilège le fait de s'habiller comme un roi. Cela aidait ceux qui le rencontraient à se situer dans la vie. Et l'aura de succès qu'il dégageait rassurait ceux qui travaillaient pour lui.

Au bout du couloir, deux hommes tout aussi élégamment habillés attendaient. C'étaient ses frères, Egan et Laurent. Tous deux savaient l'importance du rendez-vous à venir.

— Tu comptes vraiment recevoir le messager d'Acosta ? demanda Laurent. On aurait dû le tuer pour ce qu'il nous a fait.

Laurent, de plusieurs années plus jeune que Sebastian, était toujours prêt à se battre, il semblait ne pas connaître d'autre mode de confrontation. En dépit des efforts de Sebastian pour le lui faire comprendre, Laurent n'avait jamais saisi ni l'importance des mots, ni l'efficacité de la manipulation, bien plus profitables et généralement plus efficaces que les coups.

— Laisse-moi m'occuper de ça, dit Sebastian. Contente-toi de t'assurer que tout est prêt au cas où on en viendrait aux mains.

Laurent acquiesça et sortit. Les deux frères s'étaient plus d'une fois disputés par le passé, mais Laurent reconnaissait à présent sans discuter l'autorité de Sebastian.

— Et les explosifs dans l'armoire ? demanda Egan. Certaines des munitions laissées par Acosta sont assez instables.

— J'en aurai besoin pour plusieurs choses.

— Je vais te faire un inventaire, dit Egan, avant de sortir lui aussi.

Des trois frères, Egan était le plus jeune et le plus enclin à vouloir plaire à tout le monde. Sebastian considérait cela comme une faiblesse, mais Egan, qui n'était pas âgé de plus de 14 ans à la mort de leur père, n'avait pas eu le temps d'apprendre à s'endurcir – pas de première main.

Dans l'entrée maintenant déserte, le son de bottes à hauts talons claquant sur le marbre se fit soudain entendre, et Sebastian se retourna pour découvrir la silhouette gracieuse de la cadette de la famille.

Calista était aussi différente de ses frères qu'il était possible. Contrairement à eux, elle s'habillait comme une roturière, quoique, avec bien plus de style. Ce jour-là, elle était tout en noir, chapeau de cow-boy inclus. Elle le retira, s'en débarrassa en le plaçant sur la tête d'une statue hors de prix.

Ses cheveux courts étaient teints couleur charbon, ses ongles peints étaient sombres eux aussi, et elle avait mis tellement de mascara qu'elle ressemblait à un raton laveur.

— Hello, Calista, fit-il, où étais-tu passée ?

— Je faisais une promenade à cheval.

— Habillée pour des funérailles, à ce que je vois.

Elle passa son bras autour des épaules de son frère de façon provocante, et joua à placer de travers son nœud de cravate impeccablement centré.

— Des funérailles ? Pourquoi ? fit-elle. C'est ce qu'il y a au menu aujourd'hui ?

Il la fixa sans un mot, jusqu'à ce qu'elle recule. Puis, redressant son nœud de cravate, il dit brutalement :

— C'en sera si Acosta ne nous rend pas ce qu'il nous a pris.

— René vient ici ?

— Ton intérêt pour lui m'indispose, pour être franc. Il n'est pas de ta catégorie.

— Les chats aiment jouer avec les souris, répliqua-t-elle. Parfois ils les tuent… En quoi est-ce que ça te regarde ?

Calista était une enfant perdue. Elle ne se liait pas aisément avec les gens. Non qu'elle évitât les relations, au contraire. Elle passait son temps à en nouer de nouvelles ou à rompre. Toutes, à commencer par celles qu'elle avait eues avec son père, étaient marquées par le même mélange d'amour et de haine.

Confrontée à ce qu'elle ne pouvait avoir, elle devenait la proie de colères incontrôlables qui laissaient place, dès qu'elle obtenait ce qu'elle voulait, à une indifférence soudaine, souvent cruelle, parfois même au désir de faire souffrir. Et Brèvard appréciait à sa juste valeur d'avoir pour sœur une petite sociopathe. Ça la rendait utile.

— C'est le manque d'obéissance de René qui me concerne, dit-il. Il nous a trahis, je te le rappelle.

— Il a emmené la femme en Iran comme tu le lui as demandé, répondit-elle, prête à défendre son ex-amant par esprit de contradiction. Et ça a marché, le cheval de Troie est en place, le lien pirate fonctionne. J'ai vérifié moi-même.

Brèvard sourit. Parmi les charmes de Calista, il y avait son savoir-faire pour les systèmes informatiques. Sebastian était lui-même un programmeur accompli. Ils avaient au moins cela en commun. La différence tenait au fait qu'elle n'avait pas une vue d'ensemble de ce qui se préparait. Elle ne le pouvait pas.

— Les Iraniens ne sont qu'une partie du plan, fit-il. Leur donner accès ne nous sert à rien tant que cette femme n'est pas de retour ici sous notre contrôle. Le monde doit trembler à l'idée de ce que nous pourrions faire, sans quoi ils ne réagiront pas comme nous le voulons.

Elle le fixa un instant, puis haussa les épaules, sauta sur une commode vieille de cinq siècles et se mit à se balancer d'avant en arrière, soulevant le meuble sans plus de précaution que s'il s'était agi d'un buffet d'occasion.

— Tu sais que ce meuble a décoré la résidence d'été de Napoléon, lui fit-il remarquer en sachant que ça ne servait pas à grand-chose.

Elle jeta un œil négligent sur le bois aux lignes parfaites, et sur les finitions ouvragées.

— Il n'en a plus vraiment l'usage, si tu veux mon avis.

Sebastian réprima la colère qu'il sentait monter en lui.

— Nous n'aurions jamais dû la confier à René, ajouta-t-elle, reprenant le fil de leur discussion, d'un ton froid et sombre qui traduisait une autre version de sa personnalité. On aurait dû passer l'accord avec les Iraniens nous-mêmes.

Brèvard secoua la tête.

— René nous sert d'homme de paille. Sa présence nous isole et nous protège. C'est pour ça qu'on l'a recruté. Il nous est utile là où il est. Mais il a besoin d'être remis en place.

— Alors il faut trouver un moyen de le motiver. Je suggère la violence. À dose massive.

— Vraiment ? Pourquoi est-ce que ça ne me surprend pas ?

— C'est la seule chose qu'il comprenne.

— Nous ne sommes pas comme René répondit-il. Nous, nous ne sommes pas des outils mal taillés. Nous sommes les Brèvard. Nous réussissons avec grâce et élégance. Nous sommes des artistes. Une fois que nous aurons pris ce que nous cherchons…

— Je sais, je sais, l'interrompit-elle. *Personne ne doit savoir que c'est nous.*

— Non, la corrigea-t-il. Personne ne doit savoir que ç'a été *pris.*

Elle soupira, fatiguée de ses remontrances incompréhensibles qu'il déblatérait d'un air supérieur.

— Tu n'arracheras jamais cette femme des mains de René à moins de lui flanquer la frousse. C'est peut-être une brute, mais il vit dans la crainte perpétuelle. C'est la seule chose qu'il comprenne et c'est pour ça que c'est une brute. Si tu la veux, il va te falloir user de ça.

Sebastian resta silencieux un moment.

— Tu as peut-être raison, dit-il. Viens avec moi dans le bureau. Son messager devrait arriver d'une minute à l'autre.

Un quart d'heure plus tard, un serviteur ouvrit la double porte du bureau de Sebastian.

— Une visite, monsieur Brèvard. Un homme qui prétend parler pour M. Acosta.

— Il est seul ?

— Trois hommes l'accompagnent. Ils sont sans le moindre doute armés.

— Faites entrer le porte-parole, dit Sebastian.

— Et les autres, monsieur ?

— Servez-leur à boire. Utilisez la réserve personnelle.

— Très bien, monsieur.

Le domestique s'inclina légèrement, puis se retira.

Quelques instants plus tard, un homme trapu et bronzé vêtu d'un pantalon cargo et d'une chemisette large fit son entrée. « Kovack », fit-il en guise de présentation. Son accent venait de l'est de l'Europe. Il posa sur Sebastian un regard inquiet, jeta un œil nerveux derrière lui en direction de Calista, qui se tenait debout le dos au mur, et accueillit son salut immobile, sans aucune expression.

Sebastian sourit intérieurement. Son étrange petite sœur avait le don de rendre nerveux même les plus endurcis de ses invités.

— Où est René ?

— Par monts et par vaux, répondit Kovack avec une désinvolture forcée. C'est un homme très occupé.

— Et pourquoi n'a-t-il pas respecté notre accord ? L'Américaine devait nous être rendue après la fin de l'exercice iranien.

Kovack prit place dans un des fauteuils qui faisaient face au bureau ouvragé de Sebastian.

— Nous avons découvert que d'autres acheteurs étaient intéressés par ses services.

— Qui ? demanda Sebastian.

— Je n'ai pas la liberté de vous donner cette information.

Les Chinois, supposa Sebastian, probablement les Russes aussi. Les deux puissances s'intéressaient à la guerre informatique et se servaient des hackers comme des armes. Ils n'étaient sans doute pas les seuls. En d'autres circonstances il aurait fait monter les enchères, vendu la femme et les autres au plus offrant, exactement comme René s'y efforçait. Mais il avait besoin d'elle ici. Personne d'autre ne faisait l'affaire.

Kovack en était certainement conscient. Il changea de position dans son fauteuil, comme s'il était prêt à dicter les termes de la discussion jusque dans le bureau de Brèvard. Ses yeux se posèrent sur la boîte de cigares posée entre eux sur la table.

— Ces cubains sont exquis, fit-il.

— Ils ne se mangent pas, rectifia Sebastian. Mais si vous parlez de leur arôme, oui, vous avez raison. Vous voulez essayer ? ajouta-t-il avec le plus grand calme, saisissant la boîte et l'ouvrant en direction de son hôte insolent.

Kovack se pencha, saisit un des cigares. Dans la seconde, Calista apparut sur l'autre fauteuil. Elle avait bougé si rapidement que Kovack sursauta. Elle était moins assise que perchée sur l'accoudoir, les pieds sur le coussin.

Elle se pencha, saisit prestement le coupe-cigares qui se trouvait sur le bureau.

— Permettez-moi, miaula-t-elle en jouant avec l'objet entre ses doigts. D'un mouvement vif, elle coupa l'extrémité du cigare que tenait Kovack.

Sebastian retint un rire. Sa sœur adorait cette petite guillotine.

Kovack donnait toutes les apparences d'avoir apprécié l'attention. Il sourit, porta le cigare à ses narines pour en respirer l'arôme.

— Vous avez du feu ?

Sebastian attrapa un bloc de cristal taillé, iridescent, aux angles coupants, qui semblait vaguement volcanique. Un briquet à gaz était enfoncé dans l'un des coins.

— Une obsidienne, dit-il. Elle provient directement de l'Etna.

Le cigare s'allumait. L'arôme riche du tabac cubain envahit aussitôt la pièce.

Sebastian laissa son invité goûter son plaisir, une bonne minute, avant de reprendre :

— Qu'est-ce que René attend de moi, exactement ?

— Il veut que vous renchérissiez. Il compte sur une participation sérieuse, ajouta Kovack d'un ton sarcastique.

— Sérieuse ? dit Sebastian en levant les sourcils.

Kovack acquiesça.

— Il est en train d'organiser de nouvelles enchères. Plusieurs des acheteurs potentiels ont déjà été éliminés. Leurs enchères étaient trop basses. Si vous voulez qu'elle revienne ici, il va vous falloir surenchérir sur ceux qui restent. Dans le cas contraire, M. Acosta n'aura d'autre choix que de livrer la marchandise au plus offrant.

En dépit de son narcissisme et de sa fierté, Sebastian répondit aussitôt :

— Très bien.

Chicaner quand des milliards étaient en jeu aurait été stupide.

— Je ne pense pas que vous compreniez, dit Kovack en aspirant sur le cigare. Il y a beaucoup de concurrents. Je serais surpris que vous puissiez vous aligner sur le cours actuel.

Sur quoi, il exhala un anneau de fumée qui s'élargit, puis se défit dans la pièce.

Sebastian sentait sa colère monter. Surtout parce que Kovack avait raison. Il n'avait aucune chance en face des Chinois, des Russes ou des Coréens, tous désireux, disait-on, de s'approprier les connaissances que possédait la femme. Acosta savait cela et tenait à le lui faire savoir.

À l'évidence, il n'était plus dans leur camp. Il ignorait tout du plan de Brèvard, ne pouvait donc ni le révéler ni se l'approprier. Mais sa rapacité, sa stupidité, suffisaient à mettre en danger un projet méticuleusement préparé depuis trois ans. Un chef-d'œuvre d'escroquerie, le plus complexe que Sebastian ait jamais mis en œuvre – et le plus profitable, pour peu qu'il réussisse.

Le temps des négociations était passé. Brèvard n'allait pas se laisser manœuvrer. Sa volonté triompherait. Il jeta à Kovack un sourire carnassier.

— Vous avez beaucoup appris sur le capitalisme en travaillant avec René, dit-il. Je vous félicite.

La tension se relâcha quelque peu. Kovack opina légèrement de la tête.

— On dirait que votre cigare est éteint. Laissez-moi le rallumer.

Kovack se pencha de nouveau et, pour maintenir l'équilibre, posa la main sur le bureau tandis que Sebastian soulevait de nouveau la pierre d'obsidienne.

Au lieu de rallumer le cigare, Sebastian lança sa main libre, saisit le poignet de Kovack comme dans un étau et le tira violemment vers l'avant. Au même instant, Calista sautait de l'accoudoir derrière Kovack et repoussait son fauteuil en arrière d'un même mouvement.

Kovack se trouva plaqué contre le bureau, l'un de ses bras coincé sous la table, l'autre presque écartelé vers Sebastian. Le cigare était tombé de ses lèvres. La main libre de Sebastian tenait toujours la pierre d'obsidienne.

Kovack commença à se débattre, faisant basculer son poids pour retrouver une position qui lui permettrait de se servir de ses jambes. Calista l'immobilisa d'un coupe-papier pointé sur sa gorge.

— Énerve-le, murmura-t-elle, ses lèvres soyeuses sur le lobe de l'oreille de Kovack. Je veux voir ce qui se passe quand il s'énerve.

Kovack n'était pas sûr de savoir à qui ces paroles s'adressaient. Il s'immobilisa.

— Ne l'écoutez pas, fit Sebastian calmement. Elle va vous égarer. Vous ne seriez pas le premier.

— Qu'est-ce que c'est que ça ? cria Kovack, paniqué par ce qui ressemblait à un jeu sadique entre le frère et la sœur. Qu'est-ce qui se passe ? Nous étions en train de négocier…

— C'est ma façon d'envoyer un message, dit Sebastian. Pour être sûr qu'il est parfaitement compris.

— Appelez vos hommes, intervint Calista. Le verre qu'ils ont bu n'a peut-être pas encore fait tout son effet. Le poison n'est peut-être pas aussi puissant qu'on l'a voulu.

— Le poison ? Le poison ? Les yeux de Kovack semblaient lui sortir du crâne. Ils bougeaient en tous sens. Puis, dans un effort pour se contrôler, Kovack décida de se concentrer sur Brèvard. La fille était manifestement cinglée.

— Quel message voulez-vous que je transmette ? lâcha-t-il. Je dirai tout ce que vous voudrez. Je le lui dirai personnellement. Vous pouvez me croire, je suis son bras droit.

À cette phrase, Sebastian grimaça, tout son visage buriné se plissa.

— Quelle malheureuse expression.

Sur quoi, il se contracta, leva l'obsidienne et l'écrasa sur le poignet tendu de Kovack tel un couperet sur un morceau de viande.

Un hurlement à glacer le sang retentit dans toute la maison et le corps de Kovack, lâché par Calista, fut projeté vers l'arrière. Il atterrit sur le dos, tenant d'une main contre sa poitrine ce qu'il lui restait de poignet – un moignon dont le sang s'échappait dans toutes les directions.

La double porte s'ouvrit d'un coup. Trois domestiques firent irruption.

— Occupez-vous de lui, dit Sebastian, en jetant la main coupée sur Kovack.

Les domestiques se baissèrent vers le blessé pour bander rapidement son bras. Un garrot fut posé pour arrêter l'hémorragie, il fut tiré au-dehors.

Sebastian parcourut la pièce du regard. Il observait le sang qui tachait son bureau, son costume et le sol.

— Regarde-moi ce désordre, fit-il, comme si un verre avait été répandu par mégarde.

D'autres domestiques entrèrent, qui se mirent aussitôt au travail pour nettoyer les lieux. Sebastian se défit de son costume, franchit la double porte-fenêtre le séparant du balcon. Calista le suivait.

Le tonnerre grondait dans le lointain. Un nouvel ouragan se préparait à balayer la côte occidentale de Madagascar. Il avait fait une erreur, pensa-t-il. Il avait cédé à la colère.

— René ne te fera jamais confiance après ça, dit-il à sa sœur.

— René ne m'a jamais fait confiance, le corrigea-t-elle. Mais il a envie de moi et il croit que je joue double jeu.

— Donc tu vas aller à ces enchères.

— Pour racheter cette femme ?

— Pour la voler et la ramener ici, dit Sebastian sans équivoque. René n'aurait jamais accepté une offre de notre part, même avant tout ça. Il a manifestement décidé de faire cavalier seul. Il sait que s'il nous la rendait, nous la garderions ici. Elle est à nous, après tout. Il passerait à côté d'une fortune. Et vu son train de vie, il a besoin de tout ce qu'il peut récolter.

Calista qui acquiesçait aux paroles de son frère en silence semblait préoccupée par le sang de Kovack sur le dos de sa main. Elle posa un doigt dessus et se mit à dessiner des lignes sur son avant-bras avec le sang, comme une peinture corporelle.

— Tu m'écoutes ?

— Bien sûr.

— Dis-moi que tu en es capable.

— Naturellement que j'en suis capable, fit-elle en levant les yeux. Mais René n'est pas idiot. Il va me surveiller. Et si je vole ce que d'autres payent… Les Russes, les Chinois… Eux aussi risquent de devenir un problème.

Brèvard ne craignait pas les ennemis. Le coup qu'il projetait une fois accompli, il disparaîtrait comme la fumée dans l'air. Ce serait comme s'il n'avait jamais existé.

— Trouve un moyen, dit-il sans fard. Tu es plus maligne que lui. Et même que tous les autres. Fais travailler cette petite tête transgressive, et ramène-moi cette femme avant que tout ce que nous avons planifié ne soit foutu en l'air.

6

Le ciel était d'un bleu parfait lorsque Kurt Austin arriva devant l'immeuble de la NUMA, à Washington. Il laissa sa voiture au garage, entra dans le hall de l'immeuble, et prit l'ascenseur jusqu'au neuvième. La réceptionniste ne s'attendait pas à le voir.

— Bonjour, lança-t-il avec un sourire avant de s'enfoncer dans le couloir.

Dans la salle commune, près de son bureau, plusieurs collègues s'étaient rassemblés autour de la machine à café, comme chaque matin et, sitôt qu'ils l'aperçurent, le silence se fit.

— Si un seul d'entre vous me souhaite la bienvenue, je le mute dans l'Antarctique, fit-il.

Quelques sourires entendus parcoururent le groupe, quelques hochements de tête, mais la réponse la plus éloquente se limita à sa secrétaire qui lui serra le bras tandis que quelqu'un lui tendait une tasse de café.

Joe Zavala, tout énergie et sourire, comme à son habitude, entra dans la pièce.

— Hey ! fit-il, regardez un peu qui voilà !

Il parut surpris du peu de réaction autour de lui.

— Tu connais quelque chose à l'Antarctique ? répliqua Kurt, lui-même surpris de se sentir si bien dans un environnement qu'il avait évité tous ces derniers mois.

— Pourquoi ça ?

— Parce qu'il va falloir que je t'y envoie si je ne veux pas perdre mon autorité sur l'équipe.

— Tu ne serais pas là si je n'avais pas plongé pour te récupérer après la rupture du câble, pour commencer, fit Joe, devinant plus ou moins de quoi il retournait. Je crois que nous sommes à égalité.

Au sein de la NUMA, Kurt dirigeait les Opérations spéciales. Cela signifiait que lui et son équipe étaient susceptibles d'être envoyés n'importe quand n'importe où, vingt-quatre heures sur vingt-quatre. Joe Zavala était son adjoint, un ingénieur très talentueux, et l'un des hommes les plus doués de ressources que Kurt avait jamais rencontré. C'était aussi son meilleur ami.

— Bien vu, fit Kurt, tout en ouvrant la porte de son bureau, dans lequel il pénétra, Joe à sa suite. Mais si tu n'avais pas été si nerveux, tu n'aurais pas essayé de me mouliner comme un poisson et je ne me serais pas fracturé le crâne sur le montant de cette porte en acier. En conséquence, je n'aurais pas passé les derniers mois sur le divan d'une psy.

— Je l'ai vue, la psy dont tu partages le divan, fit Joe en refermant la porte derrière lui. Ce n'est pas grave, tu me remercieras plus tard.

— Personne n'a rien foutu pendant que j'étais absent ou quoi ? fit Kurt en contemplant les piles de courrier non ouvert et de rapports non lus qui s'entassaient sur la table de travail.

— Bien sûr que si. D'où crois-tu que vienne cette paperasse ?

Kurt commença à faire le ménage. La plupart des rapports semblaient si passionnants qu'il songea à les ramener chez lui pour guérir ses insomnies. Les mémos et notes requérant sa présence pour des réunions qu'il avait manquées rejoignirent la poubelle.

Il se mit à regarder le courrier. Dans le fatras, se trouvait une boîte sans indication de provenance. Il l'ouvrit. Elle contenait un DVD.

— Qu'est-ce que c'est que ça ?

Joe se pencha en avant.

— Ça vient de la caméra du Jayhawk, dit-il. Un journaliste sud-africain en a fait un sujet. On y voit un peu ce qui s'est passé.

Kurt songea une seconde à regarder la vidéo, mais changea d'avis. Ça ne lui ferait aucun bien et ne répondrait à aucune des questions qu'il se posait.

— Dommage que je n'aie pas eu de caméra à l'épaule, grommela-t-il.

Il posa le DVD, parcourut le reste du courrier interne, tomba finalement sur une enveloppe en provenance des gardes-côtes sud-africains, l'ouvrit, et en sortit le rapport sur l'ouragan et sur l'opération de secours. Il le parcourut comme on parcourt la page des sports, en ne lisant que les titres, lorsque son attention s'arrêta sur un détail.

Il se redressa dans son fauteuil, prit le temps de relire le paragraphe trois fois, puis leva les yeux vers Joe :

— Brian Westgate a été repêché à *trente kilomètres* du lieu du naufrage de l'*Ethernet* ?

— Le lendemain, fit Joe en réponse. Après l'ouragan. Il dérivait dans un canot gonflable.

— Je croyais qu'il avait été retrouvé dans un gilet de sauvetage.

— C'est comme ça que l'histoire s'est répandue. En fait, il a plongé du canot et nagé jusqu'à l'hélicoptère. La seule vidéo diffusée après qu'il a été hissé à bord est celle où on le voit dans l'eau, seul. Sans doute un truc publicitaire.

Kurt posa le rapport.

— Ça ne te paraît pas un peu bizarre ? Tout seul dans un canot pendant que sa femme et ses gosses sont en train de se noyer ?

— Il dit qu'il essayait de préparer le canot pour eux tous quand une vague l'a emporté par-dessus bord avec le radeau. Il a essayé de pagayer en direction du yacht, mais en vain.

Kurt alluma l'ordinateur, ouvrit le système cartographique de la NUMA et zooma sur la côte orientale de l'Afrique du Sud.

Un doigt sur les chiffres donnés par le rapport, il mémorisait les coordonnées du lieu où l'*Ethernet* avait coulé. Il les entra dans l'ordinateur. Un spot apparut sous la forme d'un triangle rouge brillant.

Il réitéra l'opération avec les coordonnées du lieu où Westgate avait été secouru, et un triangle vert apparut sur l'écran.

— Trente kilomètres, répéta-t-il. Impossible.

— On l'a retrouvé trente heures plus tard, précisa Joe. On peut faire beaucoup de kilomètres en trente heures quand on est poussé par les vents. Et c'était une sacrée tempête.

— Sauf que les vents en question n'allaient pas dans cette direction. À moins de dériver contre le courant et par des vents de travers, il n'avait aucune chance de se trouver là où on l'a repêché.

Tout en parlant, Kurt avait tourné l'écran d'ordinateur vers Joe. Il pointa les petites flèches grises indiquant les courants dominants, et la direction inverse où Westgate avait dérivé.

— En bonne logique, il aurait dû se trouver quelque part au sud-ouest du yacht, fit-il, pas au nord-est.

Joe, sidéré, observait l'écran.

— L'ouragan a peut-être modifié les courants un moment, tenta-t-il. Ou bien les vents ont changé.

— Pas à ce point-là.

— OK, admettons. Quelle est ton idée ?

— Je n'en ai pas, répondit Kurt en se levant. Il jeta un coup d'œil à l'horloge, et ramassa ses clés. Pourquoi ne pas aller poser la question directement à Monsieur le Milliardaire ? Il fait son cirque au Smithsonian en ce moment même, à ce qu'on m'a dit.

— Uhmmmm…

— Allons-y, on a une chance de le choper si on se presse.

Mais Joe hésitait. Il se leva avec une lenteur étudiée.

— Je ne suis pas certain que ce soit une bonne idée, fit-il.

Par contraste, Kurt s'agitait comme un excité. Le fait d'aller trouver Westgate en public lui plaisait particulièrement.

— Tout ira bien, dit-il en se dirigeant vers la porte. En fait, mon médecin m'a recommandé de le voir. Ça fait partie de mon traitement.

Sur quoi, il éteignit la lumière et franchit le seuil, sans se retourner pour voir si Joe le suivait. Il n'en avait pas besoin.

7

Les marches du Smithsonian offraient un décor parfait à quiconque souhaitait faire une déclaration d'envergure. Construit en grès rouge du Maryland, à la fois robuste et romantique, « le Château », comme était surnommé le bâtiment original, ressemblait à un fort de l'époque de la guerre civile.

Mais le Smithsonian était surtout connu pour sa mission éducative et son investissement dans les nouvelles technologies. Pour un homme comme Brian Westgate – qui avait fait fortune grâce à Internet mais venait d'une vieille famille – c'était l'endroit idéal où se montrer.

Une foule avait commencé à se rassembler sous le ciel d'un bleu éclatant. Assis dans un bureau au bout du couloir, près de l'entrée principale, Westgate attendait son tour nerveusement. Deux aides le préparaient. À 51 ans, mince et soigné, son visage affichait un air sain et juvénile. Il avait une chevelure naturellement ordonnée, ondulée, blond sable, des pommettes hautes, une fossette au menton. Il ressemblait plus à un présentateur de télé qu'au fou d'électronique qu'il prétendait être.

Une jeune femme du nom de Kara achevait de le coiffer. Un second assistant fixait à son revers un pin's représentant le drapeau américain, et rectifiait les faux plis de son costume.

David Forrester, le directeur général de la compagnie Westgate, s'assit devant lui.

— J'ai l'impression de me présenter à la présidentielle, grommela Westgate en chassant les assistants d'un geste.

— Vous devriez peut-être y songer, fit Forrester.

— Je vois mal comment vendre Phalanx à des gouvernements étrangers depuis la Maison-Blanche, répliqua Westgate.

— En effet. On a déjà des demandes en provenance de cinq pays européens, du Brésil et du Japon. Tout le monde cherche à protéger ses données et personne ne rivalise avec Phalanx pour ça.

Westgate l'étudia un instant :

— C'est vous qui devriez faire le discours, David. Pas moi.

— Je ne suis pas le visage de la compagnie.

Forrester était avocat. Il avait passé deux décennies au sein d'un établissement financier et plusieurs années dans l'une des banques de la Réserve fédérale. Il était petit, trapu, ressemblait à un athlète sur le retour qui se laisse aller, mais une grande force se dissimulait derrière la couche de graisse qui commençait à l'envelopper. Il avait les joues flasques, ses cheveux tombaient, et il portait des lunettes à monture invisible derrière lesquelles des yeux perçants ne perdaient rien de ce qui l'entourait. Des lèvres minces, presque sans couleur, lui donnaient un air sévère et menaçant.

— Vous bradez un million d'ordinateurs au profit des écoles de ce pays, dit-il. Et vous venez de signer un contrat avec le gouvernement fédéral pour protéger les données de toute intervention extérieure. Tout va bien. C'est le moment de se montrer à une nation reconnaissante. De dire aux Américains que leur vie digitale est en de bonnes mains.

— J'ai le sentiment que ce n'est pas la chose à faire, geignit Westgate.

— À cause du naufrage ?

— C'est trop tôt acquiesça-t-il.

— Ça fait des mois, au contraire, dit Forrester. Autant dire une éternité dans le cycle quotidien de l'information qui est le nôtre. Par ailleurs, la valeur des actions a augmenté de quinze pour cent depuis l'accident. Exposition médiatique.

— Vous parlez de ma femme et de mes enfants, David, lâcha sobrement Westgate.

— Je suis désolé, fit Forrester en levant une main, je ne voulais pas…

— Laissez tomber.

— Écoutez, est-ce que ce n'était pas l'idée de Sienna ? Ce n'est pas elle qui vous a demandé à quoi servait tout cet argent et vous a incité à bouger ? Le design de Phalanx et son architecture sont dus à son génie à elle, nous le savons tous. C'est son legs. Tant que le système vivra, elle laissera une trace dans le monde que personne ne pourra contester.

Westgate serra les lèvres. Il n'arrivait pas à savoir s'il était d'accord ou non.

Un coup à la porte vint les avertir qu'il était temps d'y aller.

Tous deux se levèrent. Westgate sortit de la pièce, et s'avança vers la scène sous des applaudissements nourris.

Il commença abruptement, parlant presque trop vite, puis, peu à peu, oubliant la foule, oubliant les contrats, oubliant même David Forrester, il sentit qu'il trouvait son rythme et se mettait à discourir sincèrement.

Il parla éducation et opportunités. Il évoqua l'investissement conséquent que sa compagnie offrait aux écoles américaines. Il expliqua ce que la formation à l'informatique signifiait en termes de perspectives professionnelles pour les mères célibataires, et pourquoi la technologie et l'éducation permettaient de s'extraire de la pauvreté et d'échapper aux services sociaux.

Il ne mentionna pas les accords qu'il venait de passer avec une série d'agences fédérales pour accroître leur cybersécurité, ni les contrats de plusieurs milliards de dollars avec la DOD, la SEC, la Fed, et le Département de la Sécurité intérieure. Il ne parla pas non plus du naufrage, ni de la perte de sa famille. Il n'en avait nul besoin. Il savait que les journalistes présents évoqueraient le sujet d'eux-mêmes, et ce fut le cas, sitôt que vint le moment des questions.

La première à se lever fut une grande femme en robe rouge :

— Votre compagnie vient d'être choisie pour gérer la sécurité informatique de la plupart des branches du gouvernement fédéral. Un million d'ordinateurs est certes un cadeau de poids, mais c'est une goutte d'eau, non, comparé à un contrat de plusieurs milliards ?

Westgate sourit. Il avait été coaché la veille pour répondre à cette question, formulée au mot près. Il comprit que Forrester avait agi en coulisses, il avait dû payer la femme pour qu'elle la pose, laissant ainsi Westgate délivrer le message de la compagnie au plus près de ce qu'ils avaient préparé.

Westgate maintint son sourire juste assez longtemps pour laisser les photographes le saisir.

— Les ordinateurs, commença-t-il, ne sont qu'un début. La phase suivante consistera à ouvrir des centres de formation dans tous les quartiers défavorisés. Des espaces où jeunes comme adultes pourront venir se former gratuitement. Nous ne voulons pas nous contenter de sécuriser les données. Nous voulons que les gens qui les utilisent se sentent eux aussi en sécurité. Quant au contrat, ajouta-t-il, un milliard de dollars par an n'est rien si cela peut éviter la perte de vingt milliards par piratage. Savez-vous que, rien que pour l'année passée, des hackers anonymes et des groupes sponsorisés par des États étrangers sont parvenus à infiltrer les réseaux théoriquement cryptés du FBI, du ministère de l'Énergie, de l'administration de la Sécurité sociale et des centres de conservation des données de la NASA et du ministère de la Défense ?

Et je ne parle là que des piratages touchant le gouvernement. Chaque jour, des compagnies partout dans le monde sont la proie de criminels, de terroristes sponsorisés par des États et des mercenaires de l'espionnage industriel. Une fois installé, le système Phalanx, que mon épouse a aidé à mettre au point, créera un niveau de sécurité entièrement neuf et totalement inédit. Ce nouveau système pense littéralement par lui-même.

Il utilise la logique, et non de simples correspondances de codes hasardeuses. La Fed et le ministère de la Défense sont tous deux enthousiastes. Et le reste du pays le sera bientôt tout autant.

Une série de questions suivit. Elles étaient superficielles et furent gérées facilement. Puis un type d'une chaîne locale l'interrogea sur Sienna et les enfants, et Westgate marqua un temps. Il tenta de se ressaisir, mais, lorsqu'il ouvrit la bouche, il sentit sa voix nouée, aucun son ne sortit.

Son malaise n'avait rien de préparé. Du coin de l'œil, il aperçut le large sourire de Forrester. Une partie de lui aurait voulu s'excuser et passer à la question suivante. Il sentit une douleur dans la tempe, se demanda s'il n'allait pas faire un AVC. Il se força à répondre.

— Est-ce que je devrais faire le deuil ? commença-t-il. En privé, au fond de moi, c'est le cas. Ma femme, mes enfants, me manquent terriblement. Ils étaient la lumière de ma vie. Mais je sais que Sienna serait la première à me dire de ne pas me vautrer dans le deuil ou dans l'apitoiement. Tout comme elle était la première à venir en aide aux autres, même lorsqu'elle souffrait elle-même. Le système Phalanx est sa création. J'aimerais penser que c'est son legs à l'Amérique.

Un silence ému tomba sur la foule, avant une nouvelle série de questions plus faciles. Puis la séance s'acheva sous des applaudissements nourris et chaleureux. Lorsqu'il descendit de l'estrade, Brian Westgate se sentait satisfait.

— Bon boulot, souffla Forrester en le retrouvant sur les marches.

Tous deux s'engouffrèrent à nouveau dans le Smithsonian pour rejoindre le bureau qu'ils utilisaient comme loge.

Ils arrivaient à hauteur de la porte, quand Westgate repéra deux hommes qui approchaient. L'un d'eux lui semblait vaguement familier. La mâchoire carrée, de grands yeux bleus, une crinière de cheveux platine…

— J'ai une question pour vous, monsieur Westgate, dit l'homme.

— Nous ne prenons plus de questions, le contra Forrester, par réflexe.

Arrêté devant la porte, Westgate examinait l'homme. *Kurt Austin*, réalisa-t-il enfin. Avant qu'il ait eu le temps de dire quoi que ce soit, ce dernier reprit :

— Où étiez-vous ?

— Pardon ? fit Westgate, tandis que Forrester s'interposait :

— J'ai dit : plus de questions.

À ces mots, Forrester commit l'erreur de poser ses mains sur Austin. Aussitôt, son corps fit un tour à 180 degrés, son bras se tordit en arrière tandis que son visage se retrouvait plaqué contre le mur.

— Au secours ! cria-t-il.

Deux gardes au bout du hall se mirent à courir dans leur direction.

L'homme qui accompagnait Austin, un type aux cheveux noirs et aux yeux brun foncé, s'avançait vers eux en exhibant un badge :

— Nous travaillons pour le gouvernement. Kurt Austin, Joe Zavala. Nous sommes de la NUMA.

Ce ne fut pas efficace. À l'instant où Austin libérait Forrester de son étreinte, l'un des deux officiers en civil se jeta sur lui et le plaqua sur le sol. Austin ne résista pas. Il semblait concentré exclusivement sur Westgate.

— Où étiez-vous quand l'*Ethernet* a coulé ? répéta-t-il en criant.

— Ce n'est pas nécessaire, disait Westgate aux deux gardes.

— Quoi ? Bien sûr que si ! protestait Forrester. Arrêtez ce fils de…

— Vous vous trouviez trente kilomètres au nord ! poursuivait Austin. Trente kilomètres !

— La ferme ! cria Forrester.

Un homme apparut dans le hall. Il pointait sur eux la caméra de son téléphone.

— Éteignez ça !

Comme surgi du néant, un troisième officier entra en scène, brandissant une paire de menottes, qu'il referma sur les poignets d'Austin dans son dos. Austin ne se débattait pas le moins du monde. Son regard restait fixé, au-delà des hommes qui l'entouraient, sur celui de Westgate.

— Lâchez-le ! cria finalement ce dernier en posant une main sur ses tempes. Lâchez-le nom de Dieu !

Les flics redressèrent Kurt et le remirent sur ses pieds.

— Nous devons l'emmener au commissariat, expliqua l'un d'entre eux. Il s'agit d'une agression caractérisée.

— Emmenez-le lui aussi, fit Forrester en désignant l'homme aux cheveux noirs.

— Pour quelle raison ? demanda Zavala.

— Vous l'accompagniez, répondit l'un des flics. Tournez-vous !

— Vous cachez quelque chose ! dit encore Austin en direction de Westgate tandis qu'on l'emmena.

Forrester en avait plus qu'assez. À défaut d'obliger les flics à bâillonner ce malade, il pouvait au moins emmener son client hors de portée de voix. Il saisit le bras de Westgate et le poussa dans le bureau.

— Saisissez ce téléphone portable ! cria-t-il à son assistant. Je me fous de la manière dont vous vous y prendrez !

Westgate était trop sidéré pour réagir. À l'instant où la porte se refermait, il aperçut une dernière fois la silhouette d'Austin, qui criait toujours dans sa direction :

— Qu'est-ce qui s'est passé sur ce yacht, Westgate ? Qu'est-ce qui s'est passé ?

Puis la porte se referma violemment, et l'incident prit fin. Forrester guida Westgate jusqu'au divan.

— Ça va, vous tenez le coup ?

Westgate cligna les yeux.

— Bien sûr que je tiens le coup. Personne ne m'a touché.

— Peut-être pas. Mais si cet enregistrement est diffusé, vous et tout le consortium allez avoir un vrai problème.

Westgate n'arrivait pas à réfléchir. Les battements dans son crâne ne cessaient pas.

— De quoi parlez-vous ?

Forrester, en guise de réponse, se dirigea vers le bar improvisé, remplit un verre et le mit dans la main de Westgate.

— Buvez ça, ça vous remontera.

Du bout des lèvres, Westgate s'exécuta. Il se sentait toujours aussi confus, et sa tête tournait.

Forrester s'assit, se servit lui-même un verre, le vida d'un trait.

— Il ne faudrait pas que ça tourne au désastre, grommela-t-il pour lui-même.

La porte s'ouvrit sur un assistant qui pénétra dans la pièce, le téléphone portable de l'inconnu à la main.

— Combien ?

— Vingt K, dit l'assistant.

Forrester acquiesça.

— Bien, occupez-vous-en. Et trouvez un job à ce type si ça l'intéresse. Quelque chose de bien payé. Je ne veux pas le voir changer d'avis.

L'assistant sortit sur ces mots. Westgate releva les yeux. En dépit de la migraine persistante, il reprenait ses esprits.

— Savez-vous qui c'était ?

— Bien sûr que je le sais, répondit Forrester. Et je vais le faire enfermer pour agression, menaces et je ne sais quoi encore. Tout ce que je pourrai trouver.

— Vous êtes cinglé ou quoi ? Cet homme a plongé d'un hélicoptère au milieu de la tempête pour tenter de sauver ma famille, David. Vous n'allez certainement pas le poursuivre ! Ça ressemblerait à quoi ?

Forrester soupira en signe de frustration. Westgate pouvait littéralement le voir penser, parvenir à la seule conclusion logique. Ce n'était pas difficile.

— Je veux le rencontrer, ajouta-t-il.

— Hors de question.

— Pourquoi ça ?

— Parce que, fit seulement Forrester.

— Parce que quoi ?

Forrester bafouilla une seconde.

— Parce qu'il est fou. D'après ce que je sais, il s'est battu, il a été blessé pendant l'opération de sauvetage, et il est en arrêt maladie. Il est obsédé par une espèce de théorie du complot, selon laquelle le yacht n'a pas vraiment coulé, ou bien votre femme ne se trouvait pas à bord et aurait survécu. Je ne sais pas au juste. Il croit qu'elle travaille pour les Iraniens si j'ai bien saisi.

— Les Iraniens, répéta-t-il, sidéré, dans un vertige.

— Il est fou, je vous dis. Vous comprenez pourquoi je vous demande de vous tenir éloigné de lui ?

— Et pourquoi pense-t-il une chose pareille ?

Forrester détourna le regard.

— Oubliez, Brian, ce n'est rien.

— Non, ce n'est pas rien. Est-ce que c'est possible ? Et s'il avait raison ?

Forrester planta son regard fixe dans celui de Westgate.

— Ne vous infligez pas ça, Brian, je vous en prie. Vous savez tout comme moi qu'elle s'est noyée.

Westgate détourna les yeux. Il ne savait plus quoi penser. Bien sûr qu'il savait. Mais la question était : pourquoi Austin ne le savait-il pas ? Il était le seul à l'avoir aperçue.

— Comment savez-vous qu'Austin est en arrêt maladie ? s'enquit-il.

— J'ai mes sources. L'information fait partie de mon boulot, Brian, c'est pour ça que vous me payez. Dès que j'en ai entendu parler, j'ai tout de suite voulu en savoir plus.

— Et vous ne m'avez rien dit ?

Forrester se pencha vers Westgate. Il tenait son verre à deux mains. Son ton, lorsqu'il parla, était venimeux.

— Et qu'est-ce que vous auriez fait, si je vous l'avais dit ?

Westgate ne répondit pas.

— Pour nous, c'est un danger. Quel que soit le compte qu'il veut régler, il faut le tenir à distance.

— Pourquoi aurait-il un compte à régler avec moi ?

— Je vous en prie, répondit Forrester, ne soyez pas naïf. Il était fiancé à votre femme il y a quelques années. Le mariage était prévu pour l'été même où vous l'avez rencontrée. Elle ne vous a jamais raconté ça ?

Westgate prit la remarque pour ce qu'elle était : une pique destinée à l'exciter contre Austin, à le pousser à monter un sale tour. Et il était bel et bien piqué, il ne pouvait en être autrement. Mais la nouvelle n'avait rien de neuf.

— Vous seriez étonné de ce que Sienna m'a confié sur Kurt Austin, fit-il. Le plus important est que c'est un type bien. Décent.

— Eh bien ce décent personnage détient la possibilité de détruire cette compagnie d'un seul mot de travers de sa part.

Westgate vit la peur s'allumer dans les yeux de Forrester. C'était quelque chose d'inédit.

— De quoi parlez-vous ?

— Vous n'êtes sans doute pas au courant, mais nous tutoyons le désastre, actuellement, fit Forrester brutalement. En fait, nous sommes tout près du bord. Travailler sur Phalanx au détriment de tous les autres produits a placé la compagnie dans une situation financière pratiquement désespérée. J'ai réussi à mettre ça sous le tapis jusqu'à présent, en jouant avec les livres comptables, et avec le cash flow qui vient de rentrer, mais…

— Qui vient de rentrer ? fit Westgate devinant instantanément d'où venait l'argent frais. Le yacht appartenait à la compagnie. Vous utilisez les cinquante-quatre millions de la Lloyd pour donner le change. Et vous craignez qu'ils interrompent le paiement en cas d'enquête ?...

Forrester balaya l'hypothèse.

— Ce serait le cadet de nos soucis. La vraie menace, c'est ce que Sienna savait. Elle a dessiné le système. S'il devait se répandre qu'elle est vivante et cachée quelque part... vous imaginez ce que cela signifierait ? Phalanx perdrait toute valeur. La compagnie tout entière coulerait instantanément.

— Coulerait ? Vous avez de ces mots.

— Pardon, heu, je ne voulais pas...

Westgate l'interrompit.

— Et si Austin avait raison ?

Forrester plissa les yeux, et se mit à étudier Westgate. Il glissa une main dans sa poche comme s'il cherchait ses clés et se rassit sur le divan.

— On a déjà parlé de ça, Brian.

Westgate sentit la migraine revenir.

— Oui... J'imagine que oui... nous en avons déjà parlé.

— On devrait peut-être tout reprendre une fois de plus ?

Le mal de crâne se faisait cuisant, sa tête était brûlante, toute la pièce semblait luire.

— Qu'est-ce qui s'est passé pendant l'ouragan ? demanda Forrester. Comment vous êtes-vous retrouvé sur le radeau ?

Westgate hésita. Il savait quoi répondre. Mais cette fois les mots restaient coincés dans sa gorge. Il avala une nouvelle gorgée de gin, pour tenter de libérer ses cordes vocales.

Étrangement, c'est Forrester qui commença de raconter toute l'histoire.

— Le yacht prenait l'eau. Vous prépariez le canot. Une vague énorme vous a balayé et vous a jeté à la mer.

Les souvenirs lui revinrent. Il sentit presque physiquement l'eau glacée.

— J'ai failli me noyer, dit-il.

— Exactement, Brian. Vous avez bien failli vous noyer.

Westgate posa les yeux sur Forrester. La douleur dans sa tête obscurcissait sa vision. Bientôt, Forrester ne fut plus qu'une voix au fond d'un tunnel :

— Vous ne pouviez plus les rejoindre.

— J'ai essayé, dit Westgate.

Il pouvait sentir la douleur dans ses épaules. Il avait littéralement le gout du sel sur les lèvres, et ses yeux le brûlaient.

— … La tempête soufflait si fort… Au bout de vingt minutes je ne pouvais plus voir le yacht. J'ai entendu… J'ai entendu…

— Vous avez entendu l'hélicoptère, fit Forrester.

— Ils ne m'ont pas vu.

— Et avant tout cela ? demanda Forrester. Avant que vous ne veniez sur le pont ?

Westgate se souvenait de quelque chose. Des cris. Le chaos. Cela semblait faire revenir la migraine. Même les yeux fermés, il continuait d'apercevoir une lumière brûlante. Un souvenir indistinct lui revint, quelque chose à propos de pompes. Une écoutille cassée. Il revit Sienna et les enfants engoncés dans leurs gilets de sauvetage. Mais sa mémoire lui jouait des tours bizarres. Tout était trop fixe. Personne ne bougeait dans ses souvenirs, personne ne parlait.

La voix dans le brouillard se fit pressante.

— Il me faut une réponse, Brian. Qu'est-ce qu'il s'est passé sur le yacht, avant que vous ne soyez jeté par-dessus bord ? Pouvez-vous le raconter sans aide, cette fois ?

Westgate trébuchait sur le mot.

— Brian ?

La vérité. Westgate parvint à la formuler enfin :

— Si seulement, dit-il, si seulement je le savais.

À ces mots, la migraine atteint son paroxysme. Son univers fut réduit au néant, il ne distingua plus rien – rien, sinon la voix de David Forrester.

— Désolé, Brian. Mais ce n'est pas la réponse qu'il me faut.

8

Dirk Pitt était le directeur de la NUMA, un poste qu'il occupait depuis que son mentor et ami, l'amiral James Sandecker, était devenu Vice-Président des États-Unis, quelques années plus tôt.

C'était une silhouette mince, presque efflanquée, d'un mètre quatre-vingt-dix, avec des yeux opalins dans lesquels brillait un regard à la fois intense et ironique. Avec ses cheveux noirs, ses épaules larges et sa mâchoire carrée, il attirait immédiatement l'attention. C'était particulièrement le cas ce soir, vêtu comme il l'était d'un smoking, rasé de près et inondé d'eau de Cologne.

L'occasion était un bal de charité pour vétérans, une cause que Pitt était heureux de soutenir. Il devait prononcer le discours de remise de prix avant de faire un don, bien sûr anonyme, après quoi il se mêlerait à la foule pour le reste de la soirée. Car la vraie star de l'événement, il le savait, serait son épouse, Loren Smith.

C'était elle qui présidait le bal. Elle avait la haute main sur les invitations comme sur le choix de l'orchestre. Sa beauté, son élégance naturelle, captiveraient sans mal tous ceux qu'elle rencontrerait. C'était d'elle qu'ils se souviendraient au bout du compte, bien plus que de lui, réduit à jouer les utilités – du moins s'ils arrivaient à cette soirée avant l'heure du petit déjeuner. Le temps qu'elle mettait à se préparer était le seul problème.

Plutôt que de la presser – ce qui n'aurait fait que ralentir le processus – il se tenait, stoïque, au milieu d'un groupe de voitures anciennes parfaitement restaurées. Toutes faisaient partie de sa collection personnelle. Elles embellissaient le rez-de-chaussée du hangar à avions dans lequel il vivait, à l'aéroport de Washington.

Tant au poste de directeur de la NUMA qu'à celui de responsable de la Division des Projets spéciaux qu'il avait occupé avant cela, ses différentes missions avaient amené Pitt à parcourir le monde de multiples fois. Il en avait rapporté lui-même certains des véhicules présents dans le hangar autour de lui, et d'autres lui avaient été offerts peu après son retour par des collègues ou des gouvernements reconnaissants. Les butins vont aux vainqueurs.

Il se demandait encore lequel de ces bijoux automobiles il allait conduire ce soir, quand l'interphone retentit. Pitt jeta un regard à l'écran suspendu au mur, découvrit le visage d'un vieil ami planté devant l'entrée. Deux hommes plus épais se profilaient derrière lui, sans le moindre doute des agents des Services secrets.

Pitt appuya sur le bouton qui débloquait le verrou de la porte blindée. Elle s'ouvrit, laissant passer le

Vice-Président des États-Unis. L'amiral James Sandecker fit signe à ses gardes du corps de ne pas le suivre.

— Monsieur le Vice-Président, dit Pitt. Je ne m'attendais pas à vous voir si tôt dans la soirée. À quoi dois-je ce plaisir ?

— J'ai pensé que nous aurions un peu de temps pour parler de manière informelle, répondit Sandecker.

Pitt jeta un coup d'œil vers l'escalier en spirale qui menait à l'appartement. Aucun signe de Loren.

— On doit en être au troisième essayage, là-haut, fit-il. On devrait avoir un moment jusqu'au quatrième, j'imagine.

Sandecker sourit.

— Je cours le risque. Il y a quelque chose dans ce bouge qui puisse étancher la soif d'un voyageur épuisé ?

Pitt conduisit Sandecker jusqu'au bar, remplit deux verres de Johnnie Walker Blue Label, en tendit un au Vice-Président :

— Ce n'est pas une visite de pure courtoisie, n'est-ce pas ?

— Non, fit Sandecker. Je suis venu parler de ce qu'il s'est passé ce matin entre Kurt et Brian Westgate.

Pitt acquiesça :

— J'ai distribué quelques retours de bâton moi-même.

— Ça ne donne pas de la NUMA la meilleure impression, pour être franc.

Si quelque chose était susceptible d'agacer Sandecker, c'était bien qu'une organisation qu'il avait montée lui-même, et sur laquelle il continuait de veiller jalousement, puisse voir son image abîmée par de telles vétilles.

— Non, c'est vrai, dit Pitt. Mais je pense que Kurt a gagné le droit de se laisser un peu aller, vu les circonstances.

Sandecker plissa les yeux.

— C'est ce que tu as dit à David Forrester ? Je sais qu'il t'a appelé.

Pitt sourit malicieusement, but une gorgée de scotch.

— Ce que j'ai dit à Forrester, commença-t-il, ne peut pas être répété en bonne compagnie. Mais, en gros, la ligne générale donnait quelque chose comme ça : s'il cherche des noises à Kurt, il faudra d'abord qu'il me passe sur le corps.

Sandecker sourit.

— J'aurais dû m'en douter. Kurt a bien de la chance.

— Kurt a déconné, admit Pitt. Mais je ne vais pas le jeter aux lions pour ça. Son dossier et ses états de service plaident pour lui.

Sandecker acquiesça. Son regard brillait d'une inaltérable lueur de fierté.

— Je n'en attendais pas moins. La loyauté demande de la réciproque et Kurt ne nous a jamais laissés tomber. Lui et toi avez tout mon soutien. Mais il y a un problème. Que penses-tu de son état psychologique ?

Pitt n'était pas sûr de savoir comment répondre. Il n'était pas habitué à voir Sandecker tourner autour du pot.

— Où veux-tu en venir ?

— Il a contacté des sources étrangères. Il a viré de l'argent à des gens susceptibles d'errer, disons, dans des zones troubles.

Pour Pitt, c'était une découverte.

— Dans quel but ?

— Récolter le moindre indice indiquant que Sienna Westgate serait vivante.

Pitt leva les sourcils.

— Tu es sûr de ça ?

Sandecker opina de la tête.

Le regard de Pitt se perdit dans le hangar. Il y avait quelque chose de malsain là-dedans qui ne ressemblait pas à Kurt, un garçon pragmatique, peu enclin aux divagations.

— Tout homme a ses limites, fit-il à haute voix, revenant à la question initiale de Sandecker. Il nous est même arrivé de frôler les nôtres, toi et moi. C'est peut-être son tour.

— Possible, dit Sandecker. Mais dans ce cas précis ce n'est pas si simple. Trent MacDonald, à la CIA, m'a remis un rapport pas plus tard qu'aujourd'hui. Ils ont examiné les photos que Kurt a reçues. Leurs analystes n'éliminent pas complètement l'hypothèse que Kurt ait raison.

— Ils n'éliminent pas complètement ? Qu'est-ce que ça veut dire ?

— Ça veut dire qu'ils pensent qu'il chasse des chimères, mais sans pouvoir le prouver. Ceci, ajouta-t-il en sortant de sa poche une photo sur papier glacé, a été pris à Bandar Abbas.

Le cliché granuleux montrait une femme ressemblant plus ou moins à Sienna Westgate s'engouffrant dans une voiture, un gros garde du corps à ses côtés. Dirk prit le temps de l'étudier en détail.

— Ils croient vraiment que c'est elle ?

— Une chance sur cinq, à ce qu'on me dit. Ce n'est pas une forte probabilité. Mais l'éventualité, même faible, d'une Américaine disparue découverte en train de se faire conduire à travers l'Iran ne comble pas le gouvernement d'aise. En particulier quand la femme en question a dirigé le programme Phalanx.

— Je vois bien pourquoi. Qu'est-ce qu'ils comptent faire ?

— Eh bien, c'est tout le problème, fit Sandecker. En dépit de mes efforts, l'Agence rechigne à faire quoi que ce soit à part garder un œil sur elle. Ils pensent que la situation est trop compliquée. Si c'est elle, et que les Iraniens l'ont enlevée, ça constitue un acte de guerre, et personne n'a envie d'ouvrir une telle boîte de Pandore. D'un autre côté, si ce n'est pas elle, ils risquent d'exposer certaines de leurs meilleures sources pour rien en essayant de l'identifier.

Dirk comprenait parfaitement le dilemme. Il fixa la photo à nouveau. La femme y apparaissait maquillée, ses cheveux étaient tirés en arrière, et ses vêtements stricts. De larges lunettes de soleil dissimulaient son regard et lui mangeaient le visage, rendant toute identification impossible.

— Elle n'a pas l'air stressée.

— C'est encore pire. Ça suggère qu'elle est là-bas de son plein gré.

— Qui est l'abruti à côté ?

— On ne sait pas grand-chose de lui, dit Sandecker. Il répond au nom d'Acosta. Un de ces affairistes de second ordre qu'on croise en Afrique et au Moyen-Orient. Spécialisé dans les armes, mais à la marge, rien de central. Un second couteau.

Les yeux sur Sandecker, Dirk lui rendit la photo. Il attendait la suite.

— On m'a fait comprendre que s'il venait à l'idée de Kurt Austin de fouiller un peu dans cette direction, personne au sein de la hiérarchie ne s'interposerait pour l'en empêcher. Tant qu'il le fait pour son compte personnel.

— Je vois.

— Il a déjà commencé à secouer les branches. Qui sait ce qui en tombera s'il continue.

Pitt n'était pas certain d'apprécier l'idée.

— Si je comprends bien, fit-il, ils veulent l'utiliser pour sonder les recoins obscurs de cette histoire. S'il trouve quelque chose, ça viendra enrichir nos dossiers, et s'il se fait griller au passage, rien d'essentiel n'est perdu.

— Tels sont les aléas de la vie au grand air, fit Sandecker, cyniquement.

— Non que ça me dérange. Mais est-ce que quelqu'un s'est penché sur l'état mental de Kurt ? Envoyer un blessé dans la gueule du loup n'est pas forcément la meilleure solution, si l'on veut être productif.

— Ce qui nous ramène à ma première question. À ton avis, Kurt Austin est-il en état de remplir une mission ?

La conversation revenait à son point de départ. Pitt en était réduit à étudier la chose tout seul.

Sandecker sortit de sa poche une petite clé USB noire, équipée d'une lampe LED de même taille, à la lumière vacillante.

— Des dossiers cryptés. Pour le mettre en route. Mais uniquement si tu penses qu'il est apte.

Pitt prit la clé des mains de Sandecker, sans commentaire. À cet instant, la porte à l'étage s'ouvrit et Loren

Smith apparut. Elle était vêtue d'une robe vanille dorée Ralph Lauren qui soulignait parfaitement sa silhouette, et ses cheveux auburn, dégageant son visage, tombaient en drapé sur ses épaules.

— Madame la députée, fit le Vice-Président. Vous êtes radieuse. Bien trop belle pour le lourdaud que vous allez devoir traîner derrière vous toute la soirée.

— Merci, monsieur le Vice-Président, répondit-elle. Mais un seul regard à Dirk, et je suis certaine qu'il va lui falloir toute son énergie pour éloigner les admiratrices.

— Qu'il en éloigne quelques-unes dans ma direction, dans ce cas, fit Sandecker avec un clin d'œil. À tout de suite.

Il se pencha, l'embrassa sur la joue, puis se dirigea vers la sortie.

Tandis que Sandecker s'éloignait, Loren passa son bras sous celui de Dirk. Elle sentit immédiatement la tension.

— Qu'est-ce qui se passe ?

— J'ai une décision difficile à prendre, fit-il.

— Tu n'es pas du genre indécis, normalement.

— Non, mais c'est un choix plus complexe que les précédents. J'espère que tu n'as pas trop faim, parce qu'on va devoir faire un petit détour sur le chemin.

9

Quand la sonnette de la porte retentit, Kurt Austin remplissait de vêtements un sac de marin dans lequel il ajoutait tout ce dont il pensait avoir besoin. Il avait glissé dans un coin de l'argent liquide, plusieurs cartes de crédit, et divers papiers d'identité portant des noms différents.

Il avait aussi écrit deux mots brefs. L'un à destination d'Anna, un mélange d'excuses et de remerciements, et le second pour Dirk Pitt : une lettre de démission de son poste à la NUMA.

Il ne s'était pas attendu à la délivrer en main propre, pensa-t-il en découvrant Dirk sur le palier.

— Loren veut entrer ? fit-il en ouvrant la porte.

— Elle aime autant qu'on se parle seul à seul, répondit Pitt. De toute façon, elle n'aime rien tant que de bousiller les présélections sur la radio de la voiture. C'est un de ses plaisirs secrets. Tu pars en voyage ? ajouta-t-il en passant le seuil.

— En Iran, fit-il sans prendre la peine de nier.

— Ils ont ouvert un nouveau Club Med là-bas ? Personne ne me dit jamais rien.

Kurt ne releva pas.

— J'ai des raisons de croire que Sienna est vivante et qu'elle est retenue là-bas, enchaîna-t-il. J'ai un contact en Turquie. Il peut m'aider à passer la frontière clandestinement. Je verrai comment me débrouiller ensuite.

Pitt resta impassible.

— C'est très très flou, non, comme plan ?

— C'est un point de départ, répondit Kurt sans s'étendre.

Il ouvrait un tiroir. À l'intérieur, se trouvaient son badge d'identification de la NUMA et sa clé magnétique.

— Je suis navré pour ce qui s'est passé tout à l'heure. Sincèrement, je ne m'imaginais pas perdre tout contrôle comme ça. Je ne suis pas moi-même, en ce moment.

L'espace d'une seconde, Kurt hésita, puis, d'un geste brusque, il saisit le badge et la carte et les jeta sur le bureau.

— Je sais que tu m'as défendu, fit-il. Je t'en suis très reconnaissant. Je n'ai pas l'intention de te mettre à nouveau en situation délicate ou de gêner la NUMA. Mais je ne compte pas changer d'avis non plus.

Pitt prit la carte, l'étudia pensivement.

— Je ne suis pas venu ici pour essayer de te dissuader, en réalité.

— Pour quelle raison, alors ?

— Pour vérifier dans quelle mesure tu es vraiment sain d'esprit.

Kurt se sentait en proie au doute et à l'introspection. Il avait le sentiment de se trouver dans la peau d'un adolescent en train de fuguer. Quitter la NUMA revenait à laisser derrière lui une famille qui était la sienne depuis dix ans. Le devoir vis-à-vis de l'organisation avait toujours été prioritaire, durant cette période, mais c'était aussi l'une des raisons pour lesquelles il avait perdu Sienna. Si elle était vivante et détenue quelque part, il ne pouvait faire moins que d'essayer de la retrouver.

— Eh bien, reprit Pitt. Est-ce que tu es fou ou non ?

— Je n'en suis pas sûr. Je n'ai jamais été aussi peu sûr de quoi que ce soit dans ma vie, pour être franc. Mais je ne peux pas rester ici à attendre d'aller mieux. J'ai des souvenirs qui n'ont aucun sens, des sensations qui paraissent contredire ce que je tiens pour vrai. Je me pose beaucoup de questions, et il faut que j'aille chercher les réponses. D'ici là, je ne serai bon à rien pour personne.

— As-tu envisagé la possibilité de plonger pour examiner l'épave ?

— C'est la première chose à laquelle j'ai pensé. Mais les gardes-côtes l'ont examinée au sonar. Le yacht s'est brisé en coulant. Il doit y avoir trois ou quatre morceaux d'épaves au fond de l'eau. Tout indique que les corps se trouvant à l'intérieur ont été libérés, s'il y en avait. On ne les retrouvera plus.

L'air entendu avec lequel Pitt acquiesça donna à Kurt le sentiment que son ami était déjà au courant. Manifestement, Pitt était en train de l'évaluer.

— Et toi, fit-il, tu crois que je suis cinglé ?

— Je crois que quiconque est conscient des possibilités qu'il a de devenir fou, commença Pitt, est probablement sain d'esprit. Et j'ai des raisons de penser que tu as peut-être mis le doigt sur quelque chose.

Sur quoi Pitt l'informa de ce qu'il avait appris de la part de Sandecker. Kurt ne manifesta pas la moindre émotion. Il écoutait intensément, s'accrochait à chaque mot. Rien de ce qu'il entendait ne prouvait que Sienna fût en vie, ou ne le rendait probable, mais, si les analystes de la CIA eux-mêmes n'éliminaient pas l'hypothèse, cela rendait son projet de voyage infiniment plus rationnel.

— Change ton billet de vol, suggéra Pitt en conclusion. Commence par Dubaï.

— Dubaï ? Pourquoi ça ?

Pitt extirpa la photo de la poche de sa veste et la tendit à Kurt, avec la clé USB.

— Ce cliché a été pris à Bandar Abbas, juste en face du golfe de Dubaï.

Kurt se mit à l'étudier attentivement. L'homme sur le cliché avait l'air d'une brute, mais la femme… Était-ce Sienna ? Même lui ne pouvait en être sûr.

— Je n'ai pas de contact à Dubaï, fit-il en tendant la photo.

— Moi si, répondit Pitt. Descends à l'Excelsior, quelqu'un te contactera. Il s'appelle Mohammed El Din. C'est un homme de confiance.

Kurt resta un moment sans voix. Lui qui s'était attendu à se faire virer, ou suspendre à tout le moins, en tout cas à passer sur le gril d'une manière ou d'une autre, voilà que, au lieu de cela, on lui proposait de l'aide.

— Merci, fut tout ce qu'il trouva à dire.

— Puisque tu joues les espions, enchaîna Pitt, assure-toi de détruire la photo et le flash-drive une fois que tu les auras étudiés.

Kurt acquiesça.

— Préviens Joe de ne pas me suivre. Je ne veux pas l'entraîner là-dedans. Le service d'ordre du Capitole l'a déjà arrêté à cause de moi…

Pitt hésita.

— Je trouverai de quoi l'occuper, dit-il après un moment. Quand penses-tu être de retour ?

C'était une question difficile. Kurt choisit d'y répondre en la retournant.

— Si Loren se trouvait là-bas, combien de temps passerais-tu à rechercher ?

— Jusqu'à ce que je la trouve, répondit Pitt sincèrement.

— Je compte revenir à ce moment-là.

Pitt sourit, fit glisser le badge d'identification sur le bureau en direction de Kurt.

— Mets ça dans un tiroir, fit-il. Personne ne démissionne sans ma permission.

Kurt fit ce qu'on lui ordonnait, et les deux amis se serrèrent la main. C'était une poignée de main solide, entre deux hommes faits du même bois.

Pitt se dirigeait vers la sortie, lorsqu'il se retourna à nouveau.

— Fais attention, Kurt. Tu sais qu'il y a une possibilité pour que tu découvres quelque chose qui ne te plaira pas.

Sur quoi il franchit le seuil et disparut.

Cinq minutes plus tard, la Jeep noire de Kurt sortait du parking et prenait la direction de l'aéroport. À quelques centaines de mètres de là, sans qu'il le sache, Dirk Pitt et Loren Smith le regardaient s'éloigner.

— Alors il part bille en tête, finalement, nota Loren.

— Non, rectifia Pitt. Il s'est équipé pour affronter l'imprévu. Et il ne part pas tout seul. J'envoie Joe et ses hommes en soutien. Kurt ne veut pas le savoir, mais il aura besoin d'aide à un moment ou à un autre. Officiellement ou non, il faudra que nous soyons là quand ça se produira.

10

Dubaï, Émirats arabes unis

À travers ses jumelles, Kurt Austin observait le pur-sang brun galopant en tête sur le champ de courses de Meydan sous les applaudissements et les huées, la terre riche et grasse volant sous ses sabots. Les sept autres chevaux se trouvaient à une telle distance derrière lui qu'il semblait seul en piste.

— Rien ici n'est ce qu'il semble, dit dans son dos une voix de sable, presque un murmure, la voix de quelqu'un d'âgé. On y percevait l'expérience, mais aussi une nuance d'avertissement.

Kurt regarda le cheval franchir la ligne d'arrivée. Le jockey se dressa sur ses étriers, relâcha lentement les rênes, de manière à laisser l'animal ralentir peu à peu.

Le spectacle achevé, Kurt baissa ses jumelles et posa les yeux sur l'homme qui venait de lui parler. Mohammed El Din était vêtu d'une *dishdasha* blanche fraîchement lavée, d'une chemise fermée au col et aux manches, et d'un *keffieh* blanc maintenu sur sa tête par un turban à carreaux, sous lequel son visage semblait rétrécir. Mince, les épaules étroites, il pouvait avoir 70 ans, peut-être plus.

— Vous parliez de la course ou bien d'autre chose ?

L'homme sourit, les coins de ses yeux se plissèrent.

— De tout, fit-il. Puis avec un geste vers le champ de courses : Cette course n'est pas une course mais un argument de vente mis en scène. Le prix, c'est le cheval qui mène. Les autres jockeys sont payés pour ralentir. De cette manière, la victoire paraît plus impressionnante que ce qu'en dit le chronomètre. Même le sol sous les sabots est artificiel, en fait. Un synthétique composé de sable, de caoutchouc et de cire. Tout ce que vous avez sous les yeux est un décor savamment orchestré, tout comme la ville elle-même.

Kurt acquiesça pensivement. S'efforcer de distinguer fiction et réalité semblait l'histoire de sa vie.

— C'est un mirage, c'est ça ? demanda-t-il.

— On peut le dire comme ça.

Kurt attrapa une théière en verre soufflé, décorée d'une bague d'argent au motif arabe.

— Un peu de thé ?

— S'il vous plaît.

Il remplit les deux verres sur la table.

Aujourd'hui homme d'affaires prospère, El Din avait été autrefois un pourvoyeur d'informations. S'il fallait en croire la rumeur, pendant la guerre froide il avait vendu des secrets aux Américains comme aux Russes. Cependant sans jamais dépasser les bornes, pour autant qu'on puisse le savoir, et, de toute façon, les secrets de valeur étaient difficiles à trouver. Tout cela avait fini par le faire entrer dans la catégorie des personnages sulfureux, à qui l'on fait confiance néanmoins, justement parce qu'on sait à quel point il faut s'en méfier.

Comment lui et Dirk Pitt s'étaient connus restait un mystère. Mais El Din parlait admirablement de Pitt, et selon Pitt lui-même, l'homme était fiable. Cela suffisait à Kurt.

Il reposa la théière, se concentra de nouveau sur le champ de courses devant eux.

— Bien, fit-il. Sommes-nous ici pour discuter de la nature évanescente de la réalité ou pour parler de choses plus concrètes ?

El Din but une gorgée d'un thé parfumé à la pomme.

— Dirk m'a prévenu que vous étiez impatient. Regardez l'enclos où le cheval gagnant est en train d'être lavé.

Kurt attrapa les jumelles, fit le point sur le bout de la piste. Plusieurs hommes entouraient l'animal. Deux d'entre eux étaient vêtus traditionnellement, comme El Din, les autres arboraient des costumes en dépit de la chaleur.

— Qu'est-ce que je suis en train de regarder ? demanda-t-il.

— Concentrez-vous sur l'homme sans cravate.

— Qui est-ce ?

— Il se fait appeler René Acosta, mais il n'est ni portugais ni espagnol. Il parle un français passable. Personne ne connaît son véritable nom, personne ne sait d'où il vient.

Le nom se trouvait sur les fichiers électroniques que Pitt lui avait procurés. Il zooma sur la silhouette. C'était le type de la photo accompagnant la femme qui était ou n'était pas Sienna. Petit, de larges épaules, il avait des pectoraux solides, un cou de taureau, un nez plat de boxeur. Un fouillis de cheveux gris et courts couvrait l'arrière et les côtés de son crâne, dont le sommet brillait, lisse, sous le soleil brûlant du Moyen-Orient. La quarantaine, estima Kurt.

— Il vend ou il achète ? demanda-t-il en jetant un regard rapide aux deux hommes qui se tenaient derrière Acosta. Ils étaient plus grands et plus sveltes que lui, mais également costauds. Probablement des gardes du corps.

— Les deux, répondit El Din. Acosta aime les belles choses. Il échange ce qui a moins de valeur à ses yeux pour les obtenir.

— C'est un système de troc ?

— Pas exactement. Plutôt un échange triangulaire. Il transférera le bien sous son contrôle à un intermédiaire, si ce dernier achète ce qu'il veut et le lui fait parvenir. C'est une façon de vivre exonérée d'impôts mais très compliquée.

— Donc c'est un trafiquant.

— Certainement, fit El Din. Et il est en train de développer un tout nouveau secteur en extension rapide. Le trafic de marchandises humaines spécialisées dans les nouvelles technologies.

— Vous êtes certain de ça ?

— Malheureusement.

Kurt se concentra de nouveau sur l'enclos.

— Il veut le cheval, dit-il.

— Il y tient beaucoup, répondit El Din. Ce sera le grand favori de la Coupe de Dubaï, avec dix millions de dollars à la clé. S'il gagne, cet étalon en vaudra au moins cinquante.

— C'est une somme. Acosta doit avoir quelque chose de valeur à échanger.

El Din acquiesça.

— Et s'il s'agit de votre amie disparue, vous pouvez être certain qu'il trouvera pas mal d'acheteurs potentiels.

C'était presque plus que Kurt n'avait espéré. Il se demanda brièvement si ce que savait Sienna pouvait vraiment valoir des millions de dollars aux yeux des personnes concernées. Mais le système Phalanx lui-même valait bien plus que cela pour la société de Westgate. Et si Sienna pouvait fournir aux Iraniens leur version de ce système, leur sécurité électronique serait assurée pour des années. Cinquante millions pour un tel objectif ne représentaient rien.

— Il y a une possibilité de participer aux négociations ?

— Non, répondit El Din en secouant la tête. Ma situation rend cela impossible.

Kurt connaissait la « situation » de El Din grâce aux documents de la CIA contenus dans la clé USB fournie par Pitt, et il l'admirait. Le fait est que la plupart des gratte-ciel scintillants de Dubaï avaient été construits sur le dos d'esclaves modernes, des travailleurs immigrés importés d'Inde et des Philippines. Non qu'ils furent esclaves au sens littéral du terme, mais ils étaient pour la plupart bien moins payés que ce à quoi leurs employeurs s'étaient engagés en les embauchant. Ils travaillaient deux fois plus, et leurs passeports avaient été confisqués par les autorités pour les empêcher de fuir. El Din, avec une poignée d'autres, s'était battu pour essayer de changer leur sort.

— Vous vous êtes fait des ennemis en essayant d'émanciper les travailleurs immigrés dans ce pays, fit-il.

— Oui. Je suis trop connu, et pas de la meilleure manière, pour vous servir d'introduction auprès d'un homme comme Acosta.

— Comment est-ce que je peux arriver jusqu'à lui ? Il est entouré de gardes du corps.

— Il possède un yacht ancré dans le port, expliqua El Din. Le *Massif*. Le nom est peut-être choisi en référence à son ego, sinon à son apparence physique. En tout cas, il y donne une réception après-demain soir. Une réception réservée aux acheteurs et vendeurs potentiels. Une croisière est planifiée le long de la côte.

— Une promenade touristique, en somme, sourit Kurt.

El Din acquiesça.

— Exactement, oui. Quelque chose me dit qu'un homme de votre ressource trouvera le moyen de monter à bord.

11

Kurt regagna l'Excelsior par la plage. C'était le plus simple pour faire des repérages autour du *Massif*.

Beaucoup trop gros pour la marina, le yacht était contraint de mouiller au large. Sa coque était bleu marine, sa structure entièrement blanche. Sur la proue en forme de V, on distinguait une large fente laissant passer l'ancre. Les ponts se trouvaient au milieu, ainsi que la passerelle supérieure surélevée, et sur l'hélipad installé à la proue, était posé un hélicoptère fuselé au logo rouge. À l'avant de l'hélipad, des vagues de chaleur distordaient l'air comme épuisé par la ventilation des moteurs, dont la disposition rappelait celle des avions de combat hypersoniques, et qui étaient peints du même logo rouge que l'appareil. Muni d'un appareil Canon DSLR de 20 mégapixels à objectif à focale additionnelle, Kurt en prit plusieurs clichés.

Il déambula sur le front de mer, jouant les touristes, prenant des photos d'autres bateaux ou des gratte-ciel de Dubaï à l'horizon, derrière lui, pour donner le change.

Lorsqu'il posa de nouveau les yeux sur le *Massif*, une petite embarcation accostait. Il prit encore une dizaine de photos d'Acosta montant à bord du yacht. L'homme était en compagnie d'une blonde, qui retira ses lunettes une seconde pour en nettoyer les verres, et Kurt en zoomant et faisant le point sur elle ne put s'empêcher de noter ses yeux sombres, gris cendré. Acosta prit la main de la femme mystérieuse, la guida vers la proue. Ils furent bientôt hors de sa vue et Kurt se concentra sur le dispositif de sécurité.

On apercevait sans mal des gardes armés arpentant le pont d'un bout à l'autre, et des caméras vidéo installées sur la passerelle supérieure. De là, pensa-t-il, ils devaient pouvoir surveiller toute la longueur des ponts supérieurs, et n'importe quoi venant du port. Deux projecteurs de surveillance et des radars jumeaux dépassaient du pont, rendant presque impossible l'accès au yacht par voie de mer sans se faire repérer. Cela lui laissait deux options : aborder le navire par le haut, ou par le bas. Kurt avait atterri en parachute sur un supertanker il y avait de cela quelques années – une manœuvre qui s'était révélée dangereuse et très aléatoire, alors même que le navire, de la taille de plusieurs terrains de football, bougeait lentement. Tenter la même opération sur un yacht cinq fois plus petit et se déplaçant trois fois plus vite ne lui disait rien qui vaille.

Sa décision prise, il quitta la plage, se dirigea vers l'hôtel à pied, luttant contre la sensation désagréable qu'il était suivi ou observé durant tout le trajet. Il changea de route, s'arrêta plusieurs fois, scruta la foule de visages autour de lui, en quête d'un détail suspect. À un moment, un homme vêtu d'une dishdasha à motifs détourna les yeux et se fondit dans la cohue en toute hâte. Kurt tenta de le repérer mais l'homme avait disparu.

— Fantastique, murmura-t-il, contrarié à l'idée que sa présence à Dubaï fût déjà éventée.

Il reprit sa route vers l'hôtel, vérifiant de temps à autre ce qu'il se passait derrière lui dans le reflet des vitrines alignées le long du boulevard. Il aperçut l'homme à deux ou trois reprises, fit comme si de rien n'était.

Il pénétra dans l'hôtel, traversa le hall d'accueil, prit l'ascenseur jusqu'au dix-septième étage, se posta au coin du couloir et attendit. Comme il s'y attendait, la sonnerie du second ascenseur se fit bientôt entendre.

Il perçut le bruit de la porte coulissante, quelqu'un s'avança dans sa direction. Priant pour qu'il ne s'agisse pas d'un touriste, Kurt attendit que l'homme atteigne l'angle et se jeta sur lui. Il ne s'était pas trompé, c'était le même type, vêtu de la même dishdasha.

Kurt plaqua une main sur sa bouche, le jeta contre le mur et lança le poing droit dans le plexus solaire de l'inconnu. À sa surprise, l'homme réagit immédiatement, arquant son corps et virant sur le côté.

Kurt le frappa d'un coup oblique, son poing heurta des abdominaux durcis, prêts à encaisser les coups. L'homme écarta la main de Kurt et leva les bras en signe de reddition.

— Du calme, Kurt, c'est moi Joe !

Il y eut une seconde d'incohérence, tandis que l'esprit de Kurt tentait de faire coïncider la voix de son ami avec les vêtements qu'il avait devant lui, et avec le fait que Joe devait se trouver à quelque 7 000 kilomètres de là.

Pendant ce temps, Joe retirait le *gutra* gris qui lui mangeait la moitié du visage.

— Qu'est-ce que tu fais ici ? demanda enfin Kurt.

— Je suis là pour t'aider.

Kurt ne savait trop s'il devait se montrer furieux ou satisfait. Il accompagna Joe jusqu'à sa chambre et, une fois à l'intérieur, réitéra sa question.

— Je t'ai suivi, dit Joe. Tu es difficile à pister, je te signale.

— Pas tant que ça, visiblement. Qu'est-ce que c'est que cet accoutrement ?

— Je ne voulais pas que tu me repères.

— Il faut améliorer ta technique, dans ce cas. Un conseil. Quand ta cible se retourne vers toi, évite de décamper, ça attire l'attention.

Joe sourit.

— Bien noté.

— Parfait. Maintenant, voilà ce que tu vas faire. Tu vas prendre le premier avion et déguerpir d'ici. J'apprécie l'intention, mais je ne tiens pas du tout à t'entraîner là-dedans. Cette affaire est mon problème, pas le tien.

— Tu ne peux pas me renvoyer, dit Joe.

— Ah non ? Je suis ton supérieur, que je sache.

— Tu es en congé sabbatique, lui rappela Joe. Techniquement, ces temps-ci, tu n'es le supérieur de personne.

— Je ne veux pas le savoir. Tu rentres à la maison.

Joe secoua la tête.

— Désolé, *amigo*. Impossible.

Il mit la main à sa poche, en sortit une enveloppe et la tendit à Kurt avec un petit air de malice dans les yeux.

Kurt l'ouvrit sans rien dire. Joe, pendant ce temps, se laissait choir sur le divan, les pieds sur le coussin et les mains derrière la tête.

L'enveloppe contenait un mot de Dirk Pitt. Non un ordre, juste quelques mots agrémentés d'une citation de Rudyard Kipling.

Voici la loi de la jungle – aussi vieille et vraie que le ciel lui-même ;

Et le Loup qui la suivra prospérera, mais le Loup qui la transgressera périra.

Comme la liane autour du tronc qu'elle enlace, la loi partout passe et repasse

Car la force de la meute est le loup, et la force du loup est la meute.

On a besoin que tu nous reviennes en un seul morceau, Kurt. Et tu as besoin de notre aide.

Dirk

— Qu'est-ce que ça dit ? demanda Joe. J'ai dû me retenir dix fois pour ne pas l'ouvrir.

Kurt considéra le message que Dirk essayait de lui transmettre.

— Que je suis coincé avec toi. Et que j'ai de la chance d'avoir tant de bons amis.

— *Muy bueno*, fit Joe. Il y a un mot sur une éventuelle augmentation et sur ma demande de prime ?

— Je crains bien que non, dit Kurt en repliant la note et en la fourrant dans sa poche. Il posa les yeux sur Joe.

En dépit de son ton bourru, il était content de voir celui qu'il considérait comme son meilleur ami. Joe était du genre à ne jamais hésiter. Complètement investi dans ce qu'il faisait, il était toujours là pour ceux qui comptaient pour lui. Même si la tâche s'annonçait difficile, Kurt savait pouvoir compter sur lui jusqu'au bout.

Une qualité au moins aussi importante était son habileté technique. Il avait construit la plupart des sous-marins de pointe et des engins télécommandés de la NUMA et en assurait la maintenance. Son travail sur les voitures était légendaire : il en avait fait voler une, en avait transformé une autre en engin submersible. Il était même parvenu à transformer un kart de golf en bolide de course de 500 chevaux.

— Tu finiras peut-être par m'être utile, après tout, fit Kurt. Je dois trouver un moyen d'aborder un yacht qui s'appelle le *Massif*. Il mouille au large, gardé par une équipe de sécurité permanente et rempli d'hommes armés. Ah, j'oubliais : un dîner huppé doit s'y tenir avec des gens qui sont peut-être des criminels endurcis.

Joe le regardait avec l'air de se demander s'il était devenu fou – un air auquel Kurt avait eu tout le temps de s'habituer au cours de ces derniers mois. Mais il ne fallut pas à Joe plus de dix secondes pour se ressaisir.

— J'imagine que tu ne peux pas infiltrer l'équipe de cuisine ?

— Non, à moins d'apprendre à parler arabe en quelques heures. Je ne peux pas non plus approcher le yacht par la surface. Ni essayer de l'aborder tant qu'il est ancré. La seule possibilité d'action est sous-marine, et pendant que le yacht est en mer.

— Tu vas avoir besoin d'un submersible.

— Exactement.

— C'est un peu court, hein, fit Joe. Je ne peux pas vraiment fabriquer un sous-marin en deux heures.

— Et quelque chose que je pourrais conduire ?

— Un engin de plongée à propulsion ?

Kurt acquiesça.

— Tu peux construire un truc capable d'accrocher un yacht ?

— Oui, dit Joe. Mais où trouver les pièces nécessaires ?

— Bonne question. Je crois que j'ai une idée.

Une heure plus tard, tandis qu'El Din se procurait un bateau de pêche qui n'attirerait pas trop l'attention, Kurt et Joe se trouvaient à l'aéroport en train d'examiner un gigantesque parking de voitures poussiéreuses.

— J'ai l'impression d'être mort et d'avoir ressuscité au paradis des voitures, dit Joe.

— Ou au moins au purgatoire, répliqua Kurt.

Les véhicules brûlant sous le soleil devant eux étaient exotiques. Lamborghini, Maserati, Bentley, Ferrari par centaines, garées si près les unes des autres que leurs portières se touchaient. Depuis combien de temps elles se trouvaient là, nul n'aurait pu le dire. La plupart étaient si totalement recouvertes d'un mélange de sable et de poussière que leurs couleurs avaient pratiquement disparu. Tous les pneus ou presque étaient à plat.

— Nous avons encore trois autres parkings comme celui-ci, leur fit savoir le vendeur qui les avait amenés jusque-là.

— Comment est-ce possible ?

— Les étrangers endettés les laissent là quand ils doivent s'enfuir. La faillite n'existe pas à Dubaï. Ceux qui ne peuvent pas honorer leurs dettes doivent affronter la prison et les châtiments.

Kurt leva les sourcils.

— On fera en sorte de vous payer à l'avance.

— C'est bien, fit l'homme. De quoi avez-vous besoin ?

— Du plus rare des plus rares, fit Kurt. La nouvelle Sedan de Tesla.

Une heure plus tard, leurs comptes en banque allégés de cinquante mille dollars, Kurt et Joe désossaient la Tesla poussiéreuse dans un garage fourni par Mohammed El Din. El Din lui-même arriva au milieu de l'après-midi avec une cargaison de matériel en provenance de la décharge nautique – des morceaux de fibre de verre, une paire de jet-skis cassés, et divers autres accessoires, dont les hélices de plusieurs moteurs de hors-bord très puissants. Deux d'entre elles semblaient désespérément abîmées mais la troisième paraissait en bon état.

— Ça fera l'affaire, dit Kurt.

— Pour ? demanda El Din.

— Vous verrez, vous verrez.

12

Deux jours plus tard au crépuscule, Kurt et Joe prirent place sur le plat-bord d'un petit vaisseau de pêche ballotté par la douce houle du golfe Persique. Le bateau à la poupe fuselée était doté de deux moteurs. Il se composait d'une petite cabine et d'un pont sur lequel s'empilaient un tas de filets et des containers qui, en temps normal, étaient remplis de glace de manière à conserver au frais la prise du jour. Deux cannes à pêche dépassaient à l'arrière, et leurs fils s'enfonçaient dans l'eau.

— Tu es sûr de vouloir faire ça ? demanda Joe.

— Et toi ? Tu es sûr de vouloir aider un type qui perd la boule depuis quelque temps ?

— Depuis quelque temps ? fit Joe en riant. Ça va peut-être te décevoir, *amigo*, mais je n'ai jamais pensé que tu étais complètement sain d'esprit.

Kurt ne put s'empêcher de rire à son tour.

— Tu sais que tu es le seul à ne pas m'avoir demandé pourquoi je fais ça.

— Parce que ça ne me regarde pas, répondit Joe fermement. Tu as besoin d'aide, je suis là, voilà tout.

Kurt acquiesça, plein de reconnaissance.

Les deux hommes se mirent au travail. Kurt dirigea le puissant télescope d'observation qu'il avait apporté avec lui, au-delà des cannes à pêche, au-delà des immeubles scintillants de Dubaï sur le verre desquels se reflétait, en des tons bronze et or, le soleil couchant derrière eux, vers le large où mouillait la silhouette épaisse du *Massif*.

— À quelle vitesse pensez-vous qu'il peut aller ? fit-il à Mohammed El Din qui sortait de la cabine de pilotage.

— Aucune idée, répondit ce dernier. Fabriquer des bateaux n'est pas mon métier.

— Je dirais 20, 25 nœuds maximum, intervint Joe. Bien plus que nous sur ce rafiot.

— Je vois de la fumée, fit El Din. Il doit se préparer à appareiller.

Kurt acquiesça.

— Il est temps de bouger.

El Din rentra dans la cabine, alluma les deux moteurs qui prirent vie dans un nuage sonore de fumée bleuâtre.

Joe passa à l'arrière pour remonter les fils des cannes, tandis qu'El Din accélérait. Le bateau exécuta un large demi-cercle qui les amena en direction du chenal. Kurt enleva sa dishdasha, révélant un costume de plongée. Il se pencha pour soulever une bâche qui dissimulait ce qui ressemblait à une petite torpille munie d'anses.

— Vous êtes sûrs que ce machin de votre invention va marcher ? demanda El Din.

— Bien sûr qu'il va marcher, l'interrompit Joe. Je l'ai pratiquement construit moi-même.

Avec soin, Kurt et Joe avaient prélevé les batteries de la Tesla abandonnée pour les appareiller avec le moteur électrique de l'une des roues de la voiture. Puis, avec un peu d'ingéniosité, ils avaient soudé ce moteur à l'une des hélices du hors-bord. Après avoir testé le moteur et vérifié leur capacité à le contrôler, ils avaient emballé le tout dans un plastique épais, avant de construire un revêtement étanche tout autour au moyen de la fibre de verre arrachée aux jet-skis et à d'autres objets récupérés. Une résine super-résistante, pour finir, collait les joints de manière plus ou moins chaotique, et une couche de peinture gris sombre avait été ajoutée pour rendre l'objet moins visible.

L'objet ressemblait au projet scientifique d'un enfant sous stéroïdes. Kurt comptait l'enfourcher, contrôler le gouvernail qui se trouvait à la queue avec ses pieds tout en se maintenant aux poignées pour guider l'unité de propulsion.

— J'admets que ce n'est pas le design le plus réussi, fit Kurt. Mais Joe et moi étions limités question budget et aussi un peu pressés par le temps.

— Au moins vous êtes à l'extérieur, fit El Din, avec un regard hésitant. Je veux dire, vous vous asseyez bien à l'extérieur de l'engin, n'est-ce pas ?

Kurt acquiesça. D'un petit coup sur le bouton en caoutchouc, il activa le moteur. Une série de petites lampes LED s'alluma sur le tableau de bord de fortune. Il appuya sur l'accélérateur, et l'hélice se mit aussitôt à tourner. Le ronronnement du moteur électrique et l'air déplacé par l'hélice étaient les seuls bruits perceptibles.

— Si tu survis à ça, fit Joe, j'en ferai peut-être un commerce de rue.

— Tu risques d'avoir des problèmes de cash-flow, répondit Kurt, vu le prix de la voiture dont on s'est servis pour le construire.

Depuis la cabine, aux commandes du vieux bateau de pêche qui traçait sa route en crachotant, El Din demanda :

— Comment comptez-vous monter à bord une fois que vous serez à sa portée ?

— Comme Spiderman, répondit Kurt.

Il s'approcha d'un casier, l'ouvrit, en retira quatre objets métalliques. Les deux premiers étaient attachés à une sorte d'attelle pour poignet. Lorsqu'il les fixa à ses avant-bras, ils prirent l'apparence de gants d'armure du Moyen Âge. Les deux autres, d'aspect plus volumineux et encombrant, étaient fixés à des genouillères que Kurt enfila par-dessus son costume de plongée. Chacune des attelles était équipée d'une batterie au lithium autonome, attachée à un puissant électroaimant. Après les avoir ajustés aussi confortablement que possible, il actionna du pouce un petit interrupteur qui mit en marche l'attelle de son bras droit. Il leva le bras en direction de la boîte à outils, et, instantanément, la boîte s'éleva dans les airs et vint se plaquer contre l'attelle avec un bruit de métal. Il tira dessus avec son bras gauche pour la détacher, sans parvenir à la faire bouger. Lorsqu'il remit l'interrupteur dans sa position initiale, la boîte s'écrasa lourdement au sol.

— Si la coque du yacht est en acier, je devrais pouvoir grimper sans problème, fit-il avec un sourire de fierté.

— Et si c'est de la fibre de verre ? demanda El Din.

— Dans ce cas, fit Kurt, il faudra venir me chercher et m'emmener loin d'ici picoler jusqu'à ce que j'oublie tous mes ennuis.

Tandis qu'El Din et Joe achevaient les préparatifs, Kurt glissa un petit transmetteur dans une poche étanche équipée d'une fermeture Éclair, fourra un Beretta 9 mm compact dans une seconde poche plus large, et scotcha un couteau de plongée à son mollet. Il était prêt. Il donna ses dernières instructions :

— Quand je descendrai du yacht, le transmetteur s'activera automatiquement au contact de l'eau. Il est équipé d'une lumière très faible mais visible à trente pieds. Au-delà, il vous faudra utiliser le scanner pour me repérer. Suivez-moi à distance, mais restez calmes. N'essayez pas de suivre si Acosta accélère. Ça paraîtrait suspect.

— Ces eaux sont remplies de bateaux de pêche, objecta El Din.

— Mais la plupart sont occupés à pêcher, pas à suivre des yachts au-delà de leurs capacités. Si tout se passe comme prévu, ajouta Kurt, je trouverai Sienna et je la ramènerai sans que personne se soit rendu compte de mon passage. Dans ce cas, attendez de voir le yacht s'éloigner avant de venir nous chercher.

— Et si tout ne se passe *pas* comme prévu ? demanda Joe.

Kurt lui jeta un regard torve. Joe rectifia :

— Je demande ça juste au cas où, vu que rien ne s'est jamais passé comme prévu jusqu'ici dans aucune de nos missions.

— Dans ce cas, fit-il en haussant les épaules, ce sera à vous d'improviser en fonction de la situation.

La réponse parut plonger El Din dans la plus grande perplexité.

— Il veut dire *démerdez-vous*, fit Joe en guise d'explication.

— Tu deviens un vrai sage, avec le temps.

— C'est surtout que je commence à te connaître.

Le bateau approchait maintenant du bout du bras de mer, long d'un demi-kilomètre environ. Au-delà, c'était le large. Le yacht mettrait sept à huit minutes pour couvrir la distance, s'il s'en tenait aux règles.

— Laissez-moi ici, dit Kurt. Ils vont probablement commencer à accélérer avant la dernière bouée, je ne veux pas les rater.

El Din ralentit, puis positionna le bateau proue vers le port, de manière à dissimuler Kurt aux regards.

Avec l'aide de Joe, Kurt souleva l'engin à propulsion en forme de missile, et le jeta sur la traverse. Il ajusta son masque, mordit le caoutchouc de son régulateur d'oxygène, puis, sur un signe d'El Din, lui et Joe basculèrent l'engin par-dessus bord. Il atteignit l'eau avec un grand splash, coula aussitôt et Kurt plongea à sa suite.

Avec le poids de sa ceinture, Kurt coulait plus rapidement que la machine, dont le degré de flottaison n'était que faiblement négatif. Il le récupéra rapidement, le guida jusqu'à un endroit stable dans la vase, au fond de l'eau, puis s'installa dessus. Le bruit du petit bateau de pêche en train de s'éloigner lui parvint, étouffé.

Immergé au fond des eaux chaudes du golfe, Kurt ne perçut bientôt plus rien, sinon son propre souffle, tandis que l'air passait des tuyaux à ses poumons, puis à nouveau dans les tuyaux – l'avantage de ce système étant de ne laisser aucune bulle s'échapper vers la surface.

Il attendit.

13

Un vrombissement à basse fréquence lui indiqua bientôt l'approche du *Massif*.

Immobile, Kurt parcourut l'eau des yeux à la recherche d'un signe. La première chose qu'il aperçut fut la zone écumeuse en forme de V de la proue du yacht. Puis la pointe de la quille apparut dans son champ de vision. Pulvérisant les eaux, la forme sombre fonçait droit sur lui et semblait vouloir l'écraser. Le yacht avançait bien plus vite que les 3 nœuds autorisés.

Dans l'attitude d'un motard de la police qui s'apprête à prendre un chauffard en chasse, le torse collé au missile, il appuya sur l'accélérateur. L'hélice se mit à tourner, balaya le sable alentour en le propulsant vers l'avant. Tout en se mettant en mouvement, il essayait de prévoir le moment de l'interception.

L'approche n'allait pas être facile. Il lui fallait arriver à côté du bateau, suffisamment près pour être dissimulé par la coque, mais assez éloigné pour ne pas se faire broyer. Le seul point de jonction, en fait, était la zone protégée juste derrière le V de la coque. Un peu trop loin devant, il serait repoussé par les remous générés par le yacht, un peu trop loin vers l'arrière, il risquait de se faire accrocher par la partie dure du sillage et projeté droit sur les hélices qui le broieraient.

Le vrombissement du yacht se rapprochait. Kurt augmenta la vitesse. Un coup d'œil derrière son épaule lui indiqua qu'il avançait trop rapidement. Il poussa l'accélérateur et obliqua sur le côté.

C'est tandis qu'il atteignait la vitesse de 7 nœuds qu'il comprit son erreur. Il avait tout prévu, sauf la force de l'eau menaçant à tout instant de l'éjecter de l'engin qu'il chevauchait, et qui était dix fois supérieure à ce qu'eût été la pression de l'air sur une moto. Il avait déjà le sentiment de lutter contre un vent de cent kilomètres-heure.

Il se pencha plus encore sur la machine. Le courant passa sur lui. Il tourna la tête. Le *Massif* approchait toujours. La quille avançait implacablement dans sa direction comme une lame géante prête à le couper en deux. Son plan si brillant lui semblait soudain une idée parfaitement stupide.

Il mit pleins gaz, pour atteindre la vitesse du yacht qui le chargeait. Presque aussitôt, le signal d'alarme de l'engin se mit à clignoter.

Son regard passa du signal à la coque du yacht, qui semblait maintenant gigantesque. Il dériva encore plus près, jusqu'à sentir la pression de la proue sur ses épaules. Plus il se rapprochait, plus la violence de la course augmentait. Le vacarme presque insupportable, combinant le bruit des chutes du Niagara à celui d'un train emballé, lui martelait les tympans tandis que tout son torse était écrasé par la pression du yacht au-dessus de lui. Sur sa machine, la lumière clignotante passa du jaune à l'orange.

Kurt recula, passa sous la vague d'étrave, et dans le mouvement faillit perdre tout contrôle. Enfin derrière la vague, se rétablissant de justesse, il dirigea la pointe de l'engin vers la coque, et se mit à avancer peu à peu vers l'avant et vers le haut. Alors qu'il atteignait la surface, la pression sur l'engin se relâcha, ce qui lui permit de prendre un peu de vitesse.

Soudain, un tourbillon imprévu le déporta brutalement et il vint heurter la coque. L'impact l'envoya tournoyer sans contrôle. Il lutta pour rétablir sa direction, tenta une nouvelle approche, tandis que l'alarme orange clignotait vers le rouge. La puissance de propulsion commença à faiblir.

Dans un effort désespéré, Kurt obliqua vers la coque, s'étira vers l'avant et poussa sur ses jambes de toutes ses forces pour se dégager de l'engin tout en allumant les interrupteurs de ses brassières. Dans un double choc brutal, les avant-bras puis les genouillères vinrent se coller à la coque du yacht.

Incroyablement, il était à présent à l'air libre, en position, accroché à la coque juste au-dessus de la ligne de flottaison – passager clandestin de la plus curieuse espèce.

Il leva la tête. Pour autant qu'il puisse s'en rendre compte, personne ne l'avait repéré. Courbée juste au-dessus de lui, la coque en V s'élargissait vers le haut si bien que, pour l'apercevoir, quiconque à bord du yacht aurait été obligé de se pencher par-dessus bord de plusieurs dizaines de centimètres, ce qui lui assurait une certaine sécurité.

Il resta immobile une minute entière, récupérant ses forces tandis que les aimants puissants de ses bras et ses jambes le maintenaient collé au navire. Puis, lorsqu'il se sentit prêt, il appuya sur l'interrupteur gauche et souleva le bras correspondant. Il l'étira vers l'avant, le fixa au-dessus de lui avec un clic inverse. Il exécuta la même opération de la jambe droite. Puis vint le tour du bras et de la jambe gauches, et ainsi de suite, en un rythme lent et régulier.

La furie des vagues en bas lui indiquait que le yacht prenait de la vitesse. Au jugé, il estima qu'ils passaient les 15 nœuds, devaient approcher les 20. Il poursuivit son escalade. Le plus dur était fait.

Du moins, c'est ce qu'il croyait.

14

Le pont principal du *Massif* abritait un vaste salon ovale deux fois plus long que sa largeur. De grandes baies vitrées donnaient sur la mer. À l'intérieur, les cloisons étaient recouvertes de marqueterie aux motifs intriqués, aux couleurs chaudes, et les meubles Arts-Déco revêtus de cuir doux qui décoraient les lieux avec goût. Sur tout l'espace, tombait une douce lumière tamisée.

Au centre de la pièce, se trouvait un escalier circulaire menant aux étages inférieurs du yacht, surmonté d'un puits de lumière de trois mètres de diamètre, qui, dans la journée, laissait pénétrer la clarté naturelle, et la nuit faisait office de miroir sans tain, reflétant ce qu'il se passait en bas.

Quinze personnes, plus l'équipage, étaient dispersées dans le salon. Certains admiraient le décor précieux, d'autres buvaient et bavardaient.

Calista Brèvard pénétra dans ce décor vêtue d'une robe de cocktail noire chatoyante. Son maquillage était plus sobre que d'habitude, ses cheveux noirs dissimulés sous une perruque blonde platine qui tombait sur ses épaules et son dos, et dont les mèches gracieuses s'arrêtaient au-dessus des yeux.

Elle avança lentement vers un grand piano où René Acosta se trouvait entouré d'une petite cour.

— Essentiellement, c'est très simple, était-il en train de dire à un Chinois, vous serez toujours enfermé dehors, et pendant ce temps, eux auront accès à tous vos secrets.

— Est-ce qu'un système aussi avancé peut vraiment exister ? demanda l'homme. Tous les programmes ont leurs faiblesses. Pénétrer Phalanx n'est qu'une question de temps.

Accosta secoua la tête.

— Est-ce que les États-Unis mettraient tous leurs œufs dans le même panier s'ils n'étaient pas certains que le panier en question est entièrement sécurisé ?

— Peut-être qu'ils se trompent.

Acosta haussa les épaules.

— Peut-être, dit-il. Mais pouvez-vous vous permettre de prendre le risque ?

Le Chinois se tourna vers les deux hommes qui l'accompagnaient pour examiner la question, et Acosta en profita pour s'éloigner. Il prit Calista par le bras.

— Tu les as à ta disposition, fit-elle. Je dois admettre que tu es bien plus diplomate que je le croyais.

— J'ai appris à avoir du tact.

— Et mon frère à être une brute.

— Tu aurais pu le stopper, dit Acosta. Pauvre Kovack. Il va lui falloir apprendre à tirer et poignarder les gens de la main gauche. Il est peut-être préférable que tu l'évites, pendant quelque temps.

— Je ne pense pas qu'il puisse me reconnaître.

— Mais si c'était le cas ?

— Eh bien, je lui ferais comprendre qu'il s'en est tiré à peu de frais.

Acosta gloussa. Ils se dirigèrent vers le bar. Le serveur lui tendit aussitôt un verre de porto de cinquante ans d'âge.

— Et pour madame ? demanda-t-il.

— De l'eau glacée, fit-elle.

— C'est ce qu'elle a dans les veines, ajouta Acosta.

Le barman remplit immédiatement un verre de cristal au plomb. Il essuya les bords avec une serviette en papier puis le lui tendit.

— Tu aurais au moins pu essayer de limiter la casse, poursuivit Acosta.

— Au risque de me découvrir ? Sûrement pas. Si j'avais protégé Kovack, mon frère aurait trouvé ça suspect. Il se méfie probablement déjà de moi. Si tu ne nous rends pas la femme, ça va être une guerre sans merci entre vous deux.

— J'ai encore besoin d'elle pour un tout petit laps de temps, dit Acosta.

— Les autres aussi. Tous les trois. Tu dois nous les rendre tous.

— Tu ne comprends pas, dit Acosta. Tu n'as aucune idée de ce que ces étrangers sont prêts à payer. Dix millions pour un mois de travail ! Vingt pour six semaines ! Tu imagines ce que ça signifie ? Ton frère ne peut pas rivaliser avec de telles sommes, c'est impossible. Retiens-le. Dis-lui qu'il aura sa part, et qu'il ne le regrettera pas.

— Il a d'autres projets, fit Calista.

— Quel genre de projets ?

— Comment veux-tu que je sache ? répondit-elle. Il ne me dit que ce qu'il a envie de dire. Mais je peux t'assurer que ce sont des projets vitaux, qu'il est prêt à tout pour les réaliser, et qu'il a besoin de l'Américaine. Il m'a envoyée ici pour te la reprendre. La seule façon de l'arrêter, c'est que je la récupère comme prévu et que l'on mette tout sur le dos des Iraniens.

Acosta hésitait. Calista se concentra. Elle pouvait voir quelque chose briller au fond de ses yeux. Et ce quelque chose lui disait qu'il avait déjà passé le point de non-retour.

— Qu'est-ce que tu as fait, René ?

Il ne répondit pas, mais les muscles de sa nuque épaisse se raidirent en signe de tension.

— René ?

— Elle n'est pas là, si tu veux tout savoir, fit-il enfin. Je l'ai livrée à Than Rang la semaine dernière. Il veut aussi les autres.

Than Rang était un industriel coréen. Calista tentait de comprendre les raisons qui avaient pu le pousser à s'intéresser à l'Américaine ou aux autres hackers.

— Si c'est le cas, fit-elle en réfléchissant, tu ferais bien de la récupérer.

— Impossible, dit Acosta. Than Rang n'est pas le genre d'homme à qui on cherche des noises. Je préfère encore affronter ton frère.

— Écoute, fit-elle, Sebastian n'attendra pas. La femme doit lui être remise avant que les Américains n'aient achevé leurs tests sur le programme Phalanx, sans quoi ce sont trois années d'efforts qui partent à la poubelle. Je sais au moins ça. Et dans ce cas, Sebastian n'aura pas de repos avant de t'avoir fait tuer.

Tout en parlant, Calista fixait sur son ancien amant un regard déterminé. Sa nervosité croissante la comblait d'une joie secrète. Elle était prête à tout pour augmenter son angoisse.

— Ce qui est fait est fait, dit-il. La seule question est de savoir où tu places ta loyauté.

— Ma « loyauté » ?

— Oui. S'il y a une guerre entre ton frère et moi, dans quel camp est-ce que tu te ranges ?

Elle secoua la tête, comme si le sujet était trop stupide pour être envisagé.

— Mon cher René, fit-elle, avec un petit sourire diabolique, je serai de mon côté, bien sûr. Je pensais que tu avais au moins compris ça, depuis le temps.

Sur quoi, elle posa le verre et lui tourna le dos.

Il la regarda se diriger vers l'escalier en colimaçon. En dépit de sa détermination à garder son sang-froid, il se sentait, comme chaque fois qu'elle était dans les parages, émotionnellement instable, un cocktail explosif de désir et de fureur.

Le problème était que les faits étaient simples. Quand bien même il l'aurait voulu, il ne pouvait pas plus arracher l'Américaine aux griffes de Than Rang, qu'il n'avait les moyens de renoncer à ce qu'il avait déjà touché sur les transactions à venir concernant les trois autres experts en sa possession. Préserver son style de vie extravagant impliquait toujours plus de cash, et toujours plus rapidement.

Il claqua des doigts, deux de ses hommes apparurent.

— Surveillez-la, ordonna-t-il. Je ne veux pas qu'elle crée de problème ou trouble les invités d'aucune manière.

Ils acquiescèrent en silence et s'éloignèrent.

Calista, cependant, s'attendait à être suivie. Elle s'était dirigée vers l'escalier avec une lenteur calculée et le descendit au même rythme pour rejoindre le pont inférieur. Une petite mais confortable cabine munie d'une couchette à une place lui avait été réservée à la poupe.

Elle ouvrit la porte, la tint ouverte afin de s'assurer que les hommes de René la repéraient. Ils avaient ralenti le pas, mais continuaient d'avancer. Elle leur lança un clin d'œil, se glissa dans la chambre et referma la porte.

Le plus probable était qu'ils allaient la surveiller jusqu'au début des enchères. René tenait à ce qu'elle y assiste. Elle représentait pour ses invités une présence mystérieuse et une distraction, et les offres seraient plus élevées si elle se trouvait dans les parages.

Elle alluma la radio, fit couler la douche. Ça devait suffire. Elle avait déjà fouillé les lieux à la recherche de micros.

Elle défit sa robe de cocktail, enleva sa perruque, enfila rapidement un pantalon sombre et une chemise de soie grise – le tout suffisamment habillé pour l'occasion, et assez sport pour la laisser libre de ses mouvements.

Elle souleva le double-fond de sa valise, en sortit un téléphone satellite et le glissa dans sa poche. Un pistolet Beretta .350 compact suivit. C'était un petit automatique plaqué nickel muni d'une crosse en polymère noire. Le chargeur contenait sept cartouches à pointes creuses, une huitième se trouvait dans la chambre. C'était une arme de confiance, précise, à la détente facile. En guise de précaution ultime, elle glissa un couteau de dix centimètres dans un fourreau fin accroché au-dessus de sa cheville.

Prête à l'action, elle s'avança vers la fenêtre de la cabine et l'ouvrit aisément. Elle examina du regard la passerelle étroite qui courait le long du yacht : personne en vue. Elle escalada la fenêtre, atterrit avec souplesse sur le pont. Elle referma la fenêtre et s'avança vers la proue.

15

Accroché à la paroi du *Massif* tel un coquillage à son rocher, Kurt examinait la suite. La vitesse du yacht était maintenant de 20 nœuds à peu près. La lumière tombant du pont supérieur jetait un fin halo sur les eaux, mais, en dehors de cela, il était en pleine obscurité.

Puisqu'il ne pouvait pas grimper sur le pont sans risquer d'être aperçu, il entreprit de se déplacer vers la poupe. Il y avait repéré plusieurs écoutilles, dont au moins une avait été ouverte peu avant le départ pour permettre à l'équipe de charger les réserves.

Il s'y dirigea lentement, avançant comme un crabe doué de ventouses. L'écoutille, qui se trouvait tout près de la ligne de flottaison, avait été soigneusement refermée. Il regarda autour de lui, aperçut plus haut derrière lui sur la coque un rai de lumière.

Il l'atteignit rapidement, jeta un coup d'œil rapide alentour et, n'apercevant personne, prit son élan et sauta.

Il se trouvait à présent dans un petit bureau encombré, connecté à la salle des machines dont le vacarme lui parvenait distinctement. Il faisait chaud. Il avait à peine fait quelques pas à l'intérieur quand un homme en combinaison blanche apparut. Un casque volumineux sur les oreilles le protégeait du bruit, si bien qu'il n'aperçut pas tout de suite Kurt.

Le choc se peignit sur son visage à la vue du Beretta quand Kurt surgit soudain devant lui. Il lui fit signe de se taire, lui retira son casque.

— Tu parles anglais ?

L'homme acquiesça sans un mot.

— Est-ce qu'il y a des prisonniers à bord de ce yacht ?

L'homme ne parut pas comprendre la question.

— Des prisonniers ? répéta-t-il.

— Des gens retenus contre leur volonté, expliqua Kurt. Je suis à la recherche d'une femme blonde, une Américaine.

— Non, dit l'homme en secouant la tête. Moi, je m'occupe des turbines, c'est tout.

Évidemment. Kurt était tombé sur un marin. Il le guida jusqu'à un schéma des circuits électriques affiché au mur, sur lequel était reproduit un plan complet du yacht.

— René Acosta, dit-il. Son numéro de cabine ?

L'homme hésita.

Kurt arma le chien du Beretta.

— Numéro Un, fit le type. À l'avant du pont inférieur.

À en juger par le plan, c'était la plus grande cabine du yacht. Il aurait dû s'en douter, vu ce qu'il devinait d'Acosta.

Kurt traîna l'homme jusqu'à un cagibi, le fit entrer dedans et sortit d'une poche une petite seringue. Il la planta dans la cuisse du type, qu'il observa tandis que ses yeux se fermaient rapidement.

— Dors bien, fit-il en jetant la seringue.

Une minute plus tard, il avait enfilé la tenue du marin. Elle dissimulait entièrement son costume de plongée, son équipement électromagnétique, mais pas ses cheveux. Apercevant une casquette rouge sur une patère il s'en saisit, l'ajouta à sa panoplie. Puis, la casquette vissée sur ses cheveux gris, il s'avança tête baissée dans le couloir, en direction de la proue où se trouvait la cabine d'Acosta, tout au bout de la passerelle centrale.

Kurt trouva la porte fermée, la força au couteau, se glissa dedans et entreprit sa recherche. Il ne s'y était pas mis depuis cinq minutes qu'il entendit bouger la poignée de la porte.

Avec une agilité surprenante, vu l'équipement et les couches de vêtements dont il était affublé, il passa dans la salle de bains, s'accroupit derrière la vitre incurvée de la douche italienne et, la main de nouveau sur le Beretta, prêt au combat, il attendit.

S'il avait la chance qu'il s'agisse d'Acosta, il saurait obtenir de lui des réponses immédiates à toutes ses questions.

La porte de la cabine s'ouvrit et se referma doucement, mais, à sa grande surprise, personne n'alluma la lumière. Des pas étouffés par la moquette épaisse se dirigèrent vers le bureau où Kurt lui-même avait farfouillé quelques minutes plus tôt.

Le grincement d'une chaise lui indiqua que quelqu'un était en train de s'asseoir. La chambre dans l'obscurité fut bientôt partiellement éclairée par la lueur bleue caractéristique d'un écran d'ordinateur.

Kurt entendit le bruit du clavier tapoté puis, enfin, une voix féminine, au ton méprisant :

— René !… Tu croyais vraiment que mon propre système de sécurité pouvait m'arrêter…

C'était une question purement rhétorique, bien sûr. Il n'y avait personne pour répondre, et bientôt, la curiosité de Kurt l'emporta.

Il se déplaça pour essayer de voir ce qu'il se passait. La femme assise au bureau d'Acosta tapait furieusement sur le clavier.

— Va te faire foutre, mon petit René, fit-elle au bout d'un moment. Elle exhiba un téléphone satellite, composa un numéro. Quelqu'un décrocha.

— Oui, fit-elle. C'est moi. On a un problème, ils ne sont pas là… Ni l'Américaine ni les autres, personne. Ils n'ont pas été embarqués.

Une pause suivit. Puis :

— J'en suis certaine. C'est ce que je suis en train de lire sur l'ordinateur de René en ce moment même. Je pensais qu'il mentait, mais non. Il a bel et bien expédié la femme en Corée. Il a promis les trois autres à Than Rang. Les enchères sont un faux-semblant. Soit il a vraiment besoin de cash, soit il teste les acheteurs pour le futur.

Un second silence, plus prolongé que le précédent.

— Non, ça m'étonnerait que ça marche, répondit-elle à son interlocuteur invisible. Je peux toujours pointer un canon sur sa tempe, mais ça ne les fera pas revenir. Il va falloir les enlever à Than Rang nous-mêmes. Et ça ne va pas être facile.

En dépit de ses efforts, Kurt ne parvenait pas à capter ce que disait l'interlocuteur de la jeune femme.

— Il n'y a pas d'autre moyen, fit-elle encore. Sans elle, personne ne croira que nous pouvons combler l'écart, pénétrer le mur américain et mettre à bas le système.

Kurt n'avait aucune idée de ce dont elle parlait, mais il enregistrait tous les mots.

— Il faut que j'y aille, dit-elle finalement, tout en tapant sur le clavier pour fermer le système. René est capable d'essayer de me rejoindre dans la douche. Nouvelle pause, puis : Tu avais raison, au fait. Je suis trop bien pour lui, finalement.

Elle raccrocha, éteignit l'ordinateur, se leva et se dirigea vers la porte.

Kurt bougea lui aussi, et prit position dans l'embrasure. Dans la faible lumière, il aperçut la silhouette de la femme, l'oreille collée à la porte d'entrée, un petit pistolet à la main.

— Vous oubliez quelque chose, murmura-t-il.

Elle se retourna d'un coup, et apercevant le Beretta pointé sur elle, se figea net.

— L'ordinateur était fermé quand vous êtes entrée.

16

— Jetez le pistolet par ici, ajouta-t-il, en indiquant le tapis épais près de la porte de la salle de bains.

Elle s'exécuta. L'arme atterrit presque sans bruit.

Kurt s'avança vers l'un des fauteuils en face du bureau d'Acosta.

— Asseyez-vous.

Elle n'hésita qu'une seconde à peine, avant de faire les quelques pas qui la séparaient du fauteuil, dans lequel elle s'assit avec une grâce naturelle. Kurt nota l'absence de toute nervosité dans ses mouvements. Confortablement, elle s'adossa au dossier, croisa les jambes, prit la pose de quelqu'un qui attendrait un apéritif avec une pointe d'impatience.

Kurt, le canon du Beretta toujours pointé sur elle, passa derrière le bureau, pour taper le mot de passe de l'ordinateur sur le clavier.

— Vous l'avez piraté une première fois, fit-il. Ça vous ennuie de me dire comment ?

— Qui êtes-vous ? demanda-t-elle d'une voix qui ne trahissait aucune crainte, plutôt une certaine curiosité pour un jouet tout neuf.

— Le mot de passe, fit Kurt, ignorant délibérément sa question.

— Un cambrioleur ? Une taupe quelconque ?

— Le mot de passe, répéta-t-il.

— *Calista*, fit-elle. Avec un C.

Il tapa le nom sur le clavier tout en la surveillant du coin de l'œil. Un tableau apparut sur l'écran, dont le fond entièrement blanc était si lumineux qu'il dut presque fermer les yeux. Ce qui se trouvait au-delà de l'ordinateur échappait maintenant entièrement à son champ de vision. Il appuya sur la touche servant à diminuer autant que possible l'intensité de la lumière.

Mais la femme n'avait pas bougé, à ceci près qu'elle se penchait en avant pour mieux l'étudier.

— Vous ne faites pas partie de l'équipage, constata-t-elle calmement. Et vous êtes un peu trop dépenaillé pour être membre des invités.

— Mon carton s'est perdu à la poste, fit-il en réponse. Qu'est-ce que vous cherchiez ? Et à qui est-ce que vous parliez ?

— Jusqu'à quel point voulez-vous le savoir ? fit-elle en levant les sourcils.

— Suffisamment pour vous coller une balle dans la tête si vous ne répondez pas.

Elle rit.

— Vous n'allez pas m'abattre. D'abord, ça ferait beaucoup trop de bruit.

— J'ai un silencieux.

— Je ne vous serais d'aucune utilité une fois morte, fit-elle en se levant.

Kurt croisa son regard.

— Qui a dit que j'allais vous tuer ? Une balle dans le genou suffira.

— Et pendant que je serai au sol à me tordre et hurler de douleur, fit-elle en s'avançant furtivement, vous croyez que je serais capable de parler clairement ?

Un silence suivit, pendant lequel l'inconnue grimpa à quatre pattes sur le bureau tel un chat, puis tendit le bras jusqu'à toucher l'ordinateur. Elle appuya deux doigts prestes sur les touches F1 et F4 du clavier.

— Qu'est-ce que je gagne à vous aider ? fit-elle en le fixant d'un regard amusé.

Kurt n'arrivait pas à la percer à jour.

— Une médaille d'or, fit-il pour gagner du temps.

Il jeta un œil à l'écran. Le tableau avait disparu. À la place, sur un fond d'écran sombre, apparaissaient deux colonnes faites de boîtes. Dans la première colonne, chacune des boîtes affichait une photo de ce qui se trouvait à l'intérieur : un avion d'affaires dans l'une, une petite cache abritant des diamants dans une autre, etc. Une légende, au-dessous, indiquait « Total 400 carats, toutes les pierres VS ou VVS. » Quant à la troisième boîte, elle montrait la course à laquelle il avait assisté dans l'après-midi. Des nombres, sous chacune des boîtes, indiquait les contributions financières supplémentaires. Il y avait apparemment plus de liquide dans ce business qu'El Din ne l'avait supposé.

Kurt en déduisit que ces boîtes contenaient des offres d'enchères concernant ce que pouvait vendre Acosta. Il suivit les lignes sur l'écran vers la seconde colonne d'images. Chacune représentait une œuvre d'art de style varié, du classique au cubiste, parmi lesquelles quelques représentations de toiles de maîtres.

— Posez le curseur sur les toiles, fit l'inconnue. Vous aurez une description complète qui vous aidera à comprendre.

Un œil sur la jeune femme curieusement serviable, et l'autre sur l'ordinateur, Kurt fit ce qu'elle lui indiquait.

Les descriptions étaient étranges. Kurt mit une seconde à comprendre pourquoi.

— Des experts en balistique connus pour avoir travaillé avec les Syriens, lut-il à voix haute.

La peinture suivante était sous-titrée « Ingénieur de guidage de système, familiers des schémas soviétiques et américains. »

La troisième, en revanche, n'indiquait qu'une série de lettres et de chiffres incompréhensibles : *ZSumG, Montreso, XENO9X9.*

— Des noms de hackers, fit-elle. Des aides. Ce sont eux qu'il vend.

Kurt se souvint de ce qu'elle avait dit au téléphone. Il fit défiler les colonnes. Il y avait une douzaine de boîtes supplémentaires dans la colonne Œuvres d'art. Il les passa en revue, mais sans trouver trace de Sienna Westgate.

Il leva les yeux juste à temps pour voir le coup qu'elle venait de lancer en direction de son arme.

Elle était rapide mais Kurt s'y attendait. D'un geste du bras, il esquiva sa frappe, la saisit de l'autre main et la projeta au sol. Elle se releva, une lame de dix centimètres à la main. Kurt esquiva une seconde fois, et, dans le mouvement, vint heurter une sculpture métallique de forme vaguement humaine qui vint s'écraser au sol tandis que l'inconnue l'attaquait à nouveau.

De sa main libre, il attrapa le poignet de la jeune femme, lui tordit le bras jusqu'à ce qu'elle lâche l'arme. Puis il la plaqua contre le mur et l'immobilisa.

Comme elle se mettait à lutter, il exhiba de nouveau son arme, ce qui la fit se figer aussitôt.

— Je n'ai pas spécialement l'intention de vous tuer, mais je le ferai sans hésiter si vous me mettez en danger, fit-il.

Dans la lutte, ses cheveux sombres étaient tombés devant son visage. Elle avait une balafre sur la lèvre et saignait. Elle le fixa une seconde, les yeux écarquillés.

— Je vous connais, fit-elle dans un souffle, sous le coup d'une brusque illumination. Le chevalier blanc… Sans peur… Je suis surprise de vous trouver ici, je dois dire. Vous êtes un peu en avance.

Kurt maintint la pression. Il n'était pas décidé à se laisser distraire.

— Je ne sais pas de quoi vous parlez, jeune fille. Je ne vous ai jamais vue de ma vie.

— Je n'ai pas prétendu le contraire.

— Qui était votre interlocuteur au téléphone ?

Elle ne répondit pas, passa sa langue sur ses lèvres sanglantes avec l'air d'y prendre plaisir, comme une sorte de vampire.

— J'ai posé une question.

— Embrassez-moi, murmura-t-elle.

Kurt resta sans réaction.

— Embrassez-moi ou tirez-moi dessus, fit-elle. Je vais hurler si vous ne faites pas l'un ou l'autre.

— Non, vous n'allez sûrement pas crier. Vous n'avez pas plus que moi envie qu'on nous trouve ici.

Kurt avait à peine fini sa phrase qu'elle rejeta la tête en arrière et se mit à hurler à pleins poumons.

— Bon Dieu ! fit-il en plaquant une main contre sa bouche.

Il était plus que temps de déguerpir. Il plongea sa main libre dans la poche de la jeune femme, saisit son téléphone satellite, et le fourra dans l'une des poches de sa combinaison.

Avant qu'il n'ait eut le temps de faire un pas, la porte de la cabine s'ouvrit brusquement, et trois hommes s'engouffrèrent. Ils saisirent Kurt, le débarrassèrent de son arme. Il parvint à en repousser un, envoya le deuxième valdinguer sur le bureau, mais le troisième le cueillit d'un direct au menton.

Kurt fut projeté en arrière une seconde, le temps suffisant aux deux autres pour qu'ils se jettent sur lui. Une pluie de coups s'abattit, il s'effondra.

Les hommes le remirent sur pied. Ils le collèrent au mur contre lequel il avait plaqué l'inconnue quelques instants plus tôt.

Le pistolet de Kurt à la main, la femme mystérieuse se tenait maintenant derrière les gardes du corps d'Acosta.

— Trois contre un, fit-elle, ce n'est pas juste.

Sur quoi elle fit feu sans la moindre hésitation. Les hommes s'effondrèrent l'un après l'autre autour de lui tandis que, impassible, elle les trouait littéralement de balles pour s'assurer qu'ils ne se relèveraient pas. Puis, enjambant les cadavres, elle tendit l'arme à Kurt.

— Tu ferais mieux de filer, fit-elle rapidement. Il y en a encore plein en réserve.

C'était dément, mais Kurt n'avait pas le temps de réfléchir. La seule certitude, c'était qu'il avait débarqué au milieu d'une situation étrange, très étrange.

Il passa un œil dans le couloir. Des types armés de fusils couraient dans sa direction. Il battit en retraite dans la pièce et referma la porte.

— Tu aurais dû m'embrasser, fit-elle en levant les sourcils.

— La prochaine fois, peut-être.

Se détournant, il cogna trois fois dans la fenêtre puis se jeta au travers, pulvérisant la vitre. Il atterrit sur le pont, se releva d'un bond, se mit à courir vers la poupe tandis qu'une alarme résonnait au milieu des coups de feu et que des balles ricochaient autour de lui.

Le temps de recharger son arme, il se plaqua contre la paroi du yacht, puis tira plusieurs fois au jugé avant de se mettre à couvert sous l'un des piliers d'acier supportant l'hélipad.

Il leva les yeux vers l'hélicoptère rutilant et, pour le neutraliser en prévision de sa fuite, tira une demi-douzaine de fois vers le cockpit, fit exploser la vitre de côté, logea des balles dans le tableau de bord et, pour faire bonne mesure, dans le réservoir d'essence.

Il se renfonça dans l'ombre, vérifia de nouveau l'état de son chargeur. Il restait quatre cartouches.

— Il est temps d'abandonner le navire, fit-il pour lui-même.

Le bruit de bottes sur le pont supérieur ne fit que renforcer sa décision.

Il fit feu deux fois de suite en direction des hommes qui approchaient, se mit à sprinter en direction de la balustrade. Au même instant, l'un des gardes du corps d'Acosta déboula depuis l'angle et tous deux se heurtèrent comme deux voitures à un carrefour.

Kurt chuta sur le pont de tout son long, se mit à rouler pour récupérer son Beretta, se retourna pour se retrouver face à un Colt .45 braqué sur sa poitrine. Le type qui le tenait en joue avait des cheveux blonds et clairsemés, des yeux pâles, et un visage vide qui dans la faible lumière semblait presque squelettique.

— Les mains en l'air, dit-il, avançant vers Kurt jusqu'à ce que l'arme ne soit plus qu'à quelques millimètres de son nez.

Kurt s'exécuta lentement. L'homme, se relâchant quelque peu, saisit de sa main libre une radio attachée à son col.

— C'est Caleb, fit-il. J'ai l'intrus. Vous voulez l'interroger ?

Quelques secondes de parasite, puis :

— Non, fit une voix dont Kurt supposa qu'il devait s'agir de celle d'Acosta. Butez-le et apportez-moi son cadavre.

Dans la seconde où ces mots furent prononcés, Kurt actionna l'interrupteur à son poignet gauche. L'aimant s'activa aussitôt et l'arme lourde de Caleb fut instantanément déportée vers sa droite à l'instant précis où il appuyait sur la détente. La balle vint se loger plusieurs centimètres à gauche, dans le pont en teck plutôt que dans le crâne de Kurt.

Caleb fixait, incrédule, son arme collée à l'aimant accroché au bras gauche de Kurt et ne vit pas le poing droit s'envoler à la rencontre de sa mâchoire. Le coup le saisit de côté, l'étalant pour le compte.

Kurt se redressa, sprinta vers la balustrade sans regarder derrière lui. En pleine vitesse, il posa ses mains sur le bord et bondit. Il se lança dans les airs et disparut dans l'obscurité.

Sur le pont du *Massif*, René Acosta attendait la confirmation de la mort de l'intrus. À sa surprise, la voix de Caleb se fit de nouveau entendre, teintée de colère et même de panique.

— L'intrus a plongé par-dessus bord ! criait-il. Je répète, l'intrus s'est échappé et a sauté par-dessus bord !

Acosta leva la radio jusqu'à ses lèvres.

— Je vous avais ordonné de tirer !

— C'est ce que j'ai fait ! fit Caleb.

— Et alors ?

— Je ne sais pas ! Mais je suis certain de l'avoir touché !

Acosta brûlait de fureur. Elle était dirigée pour moitié contre Caleb et sa bêtise, et pour moitié contre l'intrus lui-même, qui avait eu l'outrecuidance de gâcher sa fête.

Il jeta un œil vers le capitaine du yacht, fit un geste tournoyant de la main :

— Faites demi-tour ! On part à la chasse !

À cet instant, Kovack surgit, fit signe à Acosta de son bras bandé. Tandis qu'Acosta posait les yeux sur lui, il jeta Calista devant lui. Elle atterrit aux pieds d'Acosta.

— On l'a trouvée dans votre cabine.

— Dans ma cabine ?

Avec un grognement, Calista dit :

— L'intrus est d'abord entré chez moi. Il m'a mis le canon de son arme sur la tempe et il m'a traînée jusqu'à la fenêtre pendant que vous ronfliez devant ma porte, tas d'abrutis !

Acosta l'examina. Un mensonge de plus. Elle n'avait que des mensonges au bord des lèvres.

— Tu crois que je vais avaler ça ? explosa-t-il. Tu as changé de vêtements, qu'est-ce que tu trafiquais ?

Il se tourna vers Kovack :

— Vous l'avez frappée ?

— Non, fit Kovack.

— Dis-lui ! fit Calista. Dis-lui comment tu nous as trouvés !

Kovack hésita.

— Eh bien ?

— Ce sont ses cris qui nous ont alertés, dit-il finalement. Sans elle nous n'aurions pas eu vent de sa présence.

Le yacht manœuvrait pour faire demi-tour. Acosta avait plus important à faire que de s'occuper d'elle.

— Enfermez-la dans sa cabine et placez un garde à sa fenêtre, ordonna-t-il. Rejoignez-moi sur le pont avec des fusils et un projecteur.

— Les invités sont inquiets, fit l'un des hommes.

— Expliquez-leur qu'il va y avoir du sport. L'intrus est à l'eau. Je donne dix mille dollars à quiconque réussit à le toucher et le tue.

17

À huit kilomètres environ derrière le *Massif*, Joe Zavala debout à la proue du petit bateau de pêche s'efforçait se garder le yacht en vue. À cette distance, il distinguait encore le halo de lumière en provenance des salons du navire, mais, pour peu que celles-ci s'éteignent, la silhouette du *Massif* disparaîtrait entièrement dans la nuit.

Il se tourna vers El Din, qui se tenait à la barre.

— On est toujours à la traîne, fit-il. Vous ne pouvez rien tirer de plus de ce rafiot ?

— Un peu de patience, répliqua El Din. La patience est amère, mais ses fruits sont doux, souvenez-vous-en.

Joe lui jeta un regard torve.

— Je ne suis pas là pour apprendre la sérénité. Débrouillez-vous seulement pour ne pas perdre le yacht.

Soudain le scanner se mit à crépiter.

— C'est le signal. Il est dans l'eau !

— Dieu merci, dit El Din, qui poussa les moteurs à fond comme si le bateau pouvait atteindre une vitesse supérieure à ses capacités.

Kurt avait abordé le *Massif* presque une heure plus tôt, mais on eût dit qu'une nuit entière venait de s'écouler. El Din leva l'observateur à hauteur de regard pour tenter de le repérer.

— Merde ! fit-il aussitôt.

— Quoi, qu'est-ce qui se passe ?

— Le yacht est en train de virer. Il arrive droit sur nous.

18

Le *Massif* négocia un arc large, perdant de la vitesse. Lorsqu'il fut à nouveau en position, il ne dépassait plus les 5 nœuds. Dans la cabine, Acosta marqua un point sur le plan GPS du navire, à l'endroit où le passager clandestin avait sauté par-dessus bord.

— Maintenez cette vitesse et gardez le bateau stable, ordonna-t-il. Vous allez faire des allers et retours sur tout ce secteur, jusqu'à ce qu'on le repère et qu'on le tue.

— Oui, monsieur, répondit le capitaine sans ciller.

Acosta passa sur le pont où Caleb l'attendait, un fusil de chasse à culasse entre les mains.

— Donne-moi ça, fit Acosta. Tu serais capable de le rater une fois de plus.

Caleb s'exécuta, l'air maussade.

Acosta avait installé des groupes d'hommes en arme à intervalles réguliers sur le pont principal. Deux se trouvaient au centre, de chaque côté, et deux autres attendaient à la proue.

— Pleins feux ! ordonna-t-il.

Aussitôt, les projecteurs extérieurs illuminèrent les eaux du golfe Persique dans un rayon de soixante mètres de large et de cent cinquante de long. Deux projecteurs au-dessus de la cabine étaient braqués vers l'avant à quarante-cinq degrés, de manière à couvrir le plus de surface possible.

— Ça ne va pas prendre longtemps, promit Acosta, serrant l'arme contre lui.

De bâbord où il se trouvait, il retraversa la cabine et poussa la porte de tribord juste à l'instant où ses hommes ouvraient le feu.

Acosta leva son arme et, repérant la cible dans un flash de combinaison blanche, fit feu une seule fois. Sous l'impact, la combinaison tressauta dans des geysers d'eau. Aucune trace de sang n'apparut, aucun spasme.

Acosta ne mit pas longtemps avant de comprendre pourquoi. La combinaison était vide. Il la regarda dériver lentement le long de la coque, doucement ballottée par les vagues.

— Cessez le feu ! cria-t-il. Il n'y a personne ! Il s'est débarrassé de la combinaison et l'a laissée là pour se foutre de nous.

Dans le silence revenu, Acosta, en quête du moindre signe, tourna de nouveau toute son attention vers les eaux noires. Plusieurs minutes s'écoulèrent.

— On y retourne ! cria-t-il finalement à bout de patience. On recommence ! Il est forcément par ici !

En réalité, Kurt se trouvait bien plus près que ce que Acosta pouvait imaginer. Il était accroché à la coque du navire, six mètres sous le pont principal, à moins de deux mètres des eaux. En sautant par-dessus bord, il s'était accroché à la balustrade une demi-seconde plus que nécessaire, transformant ainsi son plongeon en un arc de cercle qui l'avait ramené droit contre le yacht à l'instant où il activait ses blocs d'aimants.

Le choc avait été rude, mais les aimants avaient tenu bon. De là, Kurt avait avancé en crabe jusqu'à l'avant du bateau, pour se réfugier juste sous l'ancre de quatre tonnes.

Après s'être débarrassé de la combinaison et l'avoir jetée à l'eau, il avait attendu patiemment tandis que le yacht faisait demi-tour et ralentissait. Si l'on exceptait la pression sur ses bras et ses jambes, c'était presque confortable. Si les batteries tenaient le coup, il pouvait rester accroché comme ça encore un certain temps.

Tôt ou tard, Acosta abandonnerait la chasse, éteindrait les projecteurs, tandis que le yacht reprendrait sa course originale. À ce moment, Kurt sortant de sa cachette se mettrait à l'eau et nagerait dans l'obscurité jusqu'à ce que le yacht soit suffisamment éloigné pour que Joe et El Din le récupèrent.

Au bout de trois allers et retours, il imagina que Acosta devait être prêt à jeter l'éponge. Il souriait de satisfaction dans le noir, quand il nota quelque chose d'imprévu : la pointe d'un bateau de pêche encore à peine visible sous la lune et qui accélérait dans leur direction.

— C'est une blague, murmura-t-il, qu'est-ce qu'ils fabriquent, bordel ?

Enfin, il comprit. Dans la lutte contre la femme mystérieuse, ou contre les hommes d'Acosta, la poche contenant le transmetteur s'était déchirée, et l'objet était tombé dans l'eau avec la combinaison quand Kurt s'en était débarrassé, ou bien pendant qu'il traçait son chemin en crabe sur la coque du navire. Quoi qu'il en soit, le contact de l'eau avait déclenché le mécanisme, transmettant le message d'appel à ses amis, et les invitant à venir le rejoindre dans ce qui ressemblait maintenant à un piège mortel.

19

À la proue, filant en direction du transmetteur, Joe partageait son attention entre le yacht qui se rapprochait et l'eau devant lui, d'où il s'attendait à voir surgir Kurt. Quatre cents mètres seulement séparaient maintenant les deux bateaux.

— Ils l'ont sûrement raté, dit Joe. Dépêchons-nous.

— Et s'ils nous repèrent ? demanda El Din.

— Je serais surpris que ce ne soit pas déjà le cas. De toute façon on n'a pas le choix, on ne va pas abandonner Kurt.

Tandis qu'El Din laissait les moteurs tourner, Joe se mit à farfouiller dans un des casiers du bateau.

— Qu'est-ce que vous cherchez ?

— Je pense qu'il va falloir faire très, très vite. Il nous faut quelque chose pour attraper Kurt sans perdre de temps. Ça devrait faire l'affaire, ajouta-t-il au bout de quelques instants, en exhibant un filet de chargement.

El Din acquiesça.

— Trois cents mètres, fit-il, un œil sur le scanner.

— Ralentissez un peu.

— Deux cents.

Joe attrapa une lunette de visée infrarouge pour scanner les eaux. La surface du golfe était entièrement noire. La chaleur du corps de Kurt aurait dû apparaître, mais il n'y avait rien.

— Est-ce qu'on avance en direction de la cible ? demanda-t-il.

— Pile dessus, répondit El Din. On est à cent mètres du signal droit devant.

Joe abaissa la lunette, plissa les yeux à la recherche du moindre signe de vie de Kurt.

— Cinquante, fit la voix d'El Din derrière lui.

Il ralentissait les moteurs.

— On devrait être juste au-dessus de lui, maintenant, fit El Din au bout d'un moment.

Le bateau était à l'arrêt. Dans la nuit horriblement calme, Joe se sentit devenir nerveux.

Il jeta un regard au yacht. Lui aussi reposait sur les eaux, sa tête fuselée pointant à trente degrés par rapport à eux.

Ça ressemblait à un match nul entre le prédateur et sa proie. Le yacht, tel un cougar accroupi, et le petit navire de pêche, une gazelle prête à bondir à la moindre alerte. Pour l'heure, tous deux se tenaient immobiles comme des pierres, attendant que l'autre fasse le premier mouvement.

— Ils savent qu'on le cherche, dit Joe dans un murmure. Ils attendent qu'on le trouve pour eux. Soyez prêt à filer.

— Sitôt que nous l'aurons.

De nouveau, Joe saisit la lunette infrarouge, cette fois pour examiner le yacht. Il distinguait clairement la colonne de fumée émanant des tuyaux. La lunette fonctionnait ; alors pourquoi ne repérait-il pas Kurt ?

Craignant le pire, il attrapa le scanner, se positionna juste en face de la balise. Kurt n'était pas là. Dans l'obscurité, cependant, il aperçut une faible lumière, trop faible pour être vue au-delà de trente ou quarante mètres.

— Là-bas, fit-il pour El Din, qui poussa les moteurs afin de mener le navire à l'endroit indiqué.

Puis Joe lança doucement le filet sur le côté.

— Est-ce que c'est ce que je crois ? demanda El Din derrière lui.

— Le transmetteur, acquiesça Joe.

— Et où est celui auquel ce truc est normalement attaché ?

Un vrombissement soudain, en provenance du yacht, lui évita de répondre. Joe se tourna pour apercevoir l'eau s'agiter à l'arrière tandis que la proue se mettait rapidement à bouger comme tirée par un propulseur d'étrave. Presque simultanément, les deux projecteurs jumeaux au-dessus de la cabine convergèrent, illuminant le petit bateau de pêche et les eaux tout autour.

Le monstre était en train dc les charger.

— Go ! hurla Joe.

El Din mit les gaz, s'éloignant du yacht aussi vite que possible en direction de la côte. La chasse commençait.

Joe comprit vite le problème : le navire fonçait sur eux avalant la distance avec une rapidité croissante.

— On ne peut pas le semer, cria-t-il, sidéré par la vitesse du *Massif*. C'est impossible. Faites demi-tour. Faites-lui face.

— Vous êtes sûr ?

— Dépêchez-vous !

El Din tourna le gouvernail à bâbord. Les moteurs tribord pivotèrent. La petite embarcation fit un demi-tour en direction du yacht tandis que Joe s'agrippait pour ne pas être projeté par-dessus bord. Le *Massif* tenta la même manœuvre. Mais à une telle vitesse et vue sa masse, c'était perdu d'avance.

El Din accéléra, distançant son poursuivant, tandis que des coups de feu résonnaient. Joe, à couvert, se mit à observer la coque du navire à mesure qu'ils s'en éloignaient.

— On a un problème, finit-il par dire au bout d'un moment.

— Oui, on est en train de se faire tirer dessus.

— Non, non, pas ça.

— Ah non ?

— Il faut revenir vers le yacht. Kurt est accroché à la coque.

20

Depuis sa position, accroché à la coque, Kurt avait vu le bateau de pêche s'arrêter. Il avait senti la brusque poussée du moteur se répercuter dans toute la coque du *Massif*, tandis que les turbines tournaient à plein régime et que les hélices mordaient les eaux chaudes du golfe.

Il avait espéré que la petite embarcation pilotée par ses amis se dirigerait vers le large, mais, au lieu de ça, elle avait fait demi-tour dans sa direction, si bien que les deux vaisseaux se trouvaient maintenant dans l'impasse. Tel le grizzly harcelé par un teckel, le yacht ne pouvait rien contre la frêle embarcation qui le harcelait. Mais si le bateau de pêche tentait de fuir, le *Massif* utiliserait toute sa puissance pour lui foncer dessus.

Puis dcs coups de feu retentirent et Kurt comprit qu'il lui fallait agir.

Tandis que le yacht s'engageait lourdement dans une nouvelle manœuvre, Kurt commença à escalader la paroi. Il grimpa droit en direction de l'ancre et de l'écubier d'où la chaîne pendait jusque sur la coque.

Plus il montait, plus la coque s'arrondissait, un peu comme s'il avait escaladé la partie supérieure d'une voûte, et il redoubla d'attention. Si l'un des aimants glissait ou perdait de sa force, il tomberait dans l'eau juste à bonne distance pour se faire broyer par la masse du yacht. L'image de son corps écrasé sous la quille puis réduit en bouillie par les hélices lui traversa brièvement l'esprit.

— Il faut vraiment que j'apprenne l'optimisme, maugréa-t-il en s'élançant. Il atteignit l'écubier, se glissa dans l'interstice, atterrit sur le pont avant à l'instant où le yacht achevait sa manœuvre. Tous les yeux étaient braqués sur la cible que constituait le petit bateau de pêche, personne ne lui prêta attention.

— Dommage que ce ne soit pas la salle des machines, murmura-t-il en songeant à tous les dégâts qu'il aurait pu causer.

Une nouvelle salve de tirs se fit entendre, les projecteurs furent braqués à tribord. Kurt rampa jusqu'à l'endroit où la chaîne de l'ancre s'enroulait autour d'un lourd cabestan. Un crochet de métal acéré, qu'on surnommait la griffe du diable, bloquait la chaîne. Un regard sur le panel de contrôle lui fit comprendre qu'il s'agissait d'un modèle standard. Il l'alluma, souleva la chaîne, et débloqua le crochet.

Il songea à jeter l'ancre au fond de la mer afin de faire diversion. La profondeur moyenne dans le golfe persique était de quarante-cinq mètres environ, ce qui rendait la longueur de la chaîne plus que suffisante, mais l'ancre elle-même paraissait un peu faible. Avec un yacht d'une telle masse naviguant à une vitesse pareille, elle s'envolerait littéralement après avoir touché l'eau. Et, dans le cas inverse, si elle atteignait le sol et s'enfonçait, la chaîne risquait de se briser et le désordre mineur que cela causerait ne lui serait d'aucune aide.

Après un rapide calcul, Kurt appuya sur le bouton libérant les vingt-deux kilos de chaîne dans un bruyant vacarme.

Tandis que le bruit se répercutait dans tout le navire, une lumière d'alerte s'alluma sur le panel de contrôle.

— Capitaine, fit le timonier, nous sommes en train de perdre l'ancre.

— Qu'est-ce que ça veut dire ? fit Acosta en repoussant le capitaine.

— Quelqu'un a libéré la chaîne.

L'ancre heurta l'eau dans un splash ! Le choc du métal heurtant la coque se réverbéra dans tout le navire.

— L'intrus est toujours à bord ! jeta Acosta. C'est pour ça qu'on ne l'a pas retrouvé. Braquez le projecteur sur le pont avant !

Acosta se mit à courir sur l'aile du pont. Il suivait des yeux la lumière du projecteur que l'un de ses hommes orientait vers l'avant.

— Là-bas ! cria-t-il, apercevant une forme. Tuez-le !

Deux de ses hommes ouvrirent le feu. Des étincelles rebondirent sur le pont tout autour de la silhouette, qui se précipita derrière une cloison. Le tangage rendait les tirs difficiles.

— Pouvez-vous bloquer l'ancre d'ici ? demanda Acosta au capitaine.

— Non, répondit-il. Il est passé en mode manuel. Mais…

— Mais quoi ?

Le capitaine l'observa, l'air perplexe.

— Pour une raison quelconque il l'a bloquée lui-même.

Le poids de l'ancre fit bientôt dériver le navire vers bâbord. Un autre bruit métallique non moins violent fit vibrer tout le bateau, suivi d'un troisième, pire encore. Un frisson parcourut l'échine d'Acosta.

L'ancre se traînait maintenant derrière le bateau, ballottée par le courant d'avant en arrière. Inévitablement, elle finit par s'enrouler autour de la poupe et vint se coincer dans une des hélices. Avec une efficacité brutale, l'ancre de quatre tonnes pulvérisa les lames qui tournaient. L'instant suivant, la chaîne mêlée au moyeu fut brusquement plaquée contre le flanc du yacht comme un fil à plomb tendu, pulvérisant les vitres et creusant un profond sillon dans la coque. Le brusque arrêt de l'hélice déséquilibra le bateau, et, dans une embardée, le yacht se mit à vaciller et à dériver vers la droite.

Acosta et les autres furent projetés contre le panneau de contrôle. Le capitaine mit les deux accélérateurs en marche arrière aussitôt, et le bateau redevint contrôlable.

— Qu'est-ce que vous faites ? grommela Acosta.

— Tant qu'on n'aura pas fait glisser cette ancre jusqu'au fond de la mer, il nous sera impossible d'avancer autrement qu'à vitesse réduite. Autrement, on risque de déséquilibrer tout le yacht et de détruire l'autre hélice et même de faire un trou dans le fond de la coque.

Acosta écarquilla les yeux, les veines de son cou gonflèrent, il se tourna vers Caleb.

— Retrouve ce mec, bute-le, et ramène-moi son cadavre.

— Tout de suite, cria Caleb, pressé de se racheter. Il disparut en courant vers l'échelle, suivi par deux de ses hommes.

— En cas d'échec, tu sais ce qui t'attend ! l'avertit encore Acosta.

Depuis l'arrière du bateau de pêche, Joe regardait le yacht en train de ralentir.

— Ils ont l'air d'avoir un problème, cria-t-il en direction d'El Din.

— Pouvez-vous voir ce qu'il se passe ? demanda ce dernier, tendant la tête pour tenter de discerner quelque chose.

— Non. Mais je parierais que Kurt a quelque chose à voir là-dedans.

Le yacht dérivait complètement à présent, il avait cessé de les poursuivre. Les projecteurs semblaient dirigés vers le pont avant.

— À nous de jouer ! dit Joe. Faites-nous faire un cercle complet et attaquons-les par l'arrière.

— Accrochez-vous ! dit El Din en réponse.

Joe s'agrippa à la traverse tandis que le bateau entamait un nouveau virage serré.

Sur le pont avant, Kurt pouvait deviner que son plan avait fonctionné. Maintenant commençait le plus difficile : sortir de là en un seul morceau. Chaque fois qu'il se risquait à passer une tête hors de la cloison, un sniper posté sur le pont le tirait à vue.

Ce qu'il lui fallait, c'était neutraliser les projecteurs. Mais il avait perdu son Beretta depuis longtemps, et le Colt qu'il avait arraché des mains de Caleb grâce aux aimants avait été projeté dans l'eau lorsqu'il avait heurté la coque. Il y eut deux autres coups de feu, puis il vit la poignée de l'écoutille commencer à pivoter. Au même instant, il aperçut le bateau de pêche en train d'approcher. C'était maintenant ou jamais. Il se mit à courir, tout en s'efforçant de rester aussi près que possible de la varangue qui le protégeait. D'un sprint, il fonça sur l'écoutille, la heurta de son épaule de toutes ses forces à l'instant où elle s'ouvrait. La porte épaisse se referma sur un bras avec un bruit atroce.

Kurt entendit à peine le cri de douleur. Il était déjà en train de plonger, tête tendue vers l'avant, aussi loin du yacht que possible. Dans un mouvement parfait, il fendit les eaux et s'enfonça à la verticale dans les profondeurs. De fines lignes de bulles trouèrent l'obscurité tout autour, Acosta et ses hommes étaient en train de lui tirer dessus. Nageant avec force, Kurt obliqua vers le fond pour échapper aux balles. Le yacht passa sur lui dans un grondement, il aperçut la chaîne de l'ancre enroulée au moyeu de l'hélice. Puis le bruit diminua et il se mit à nager horizontalement. Il garda la même position jusqu'à ce que ses poumons lui donnent le sentiment qu'ils allaient éclater et, enfin, refit surface dans l'obscurité. Il regarda derrière lui.

Le yacht faisait déjà demi-tour. Plus loin devant lui, il pouvait apercevoir le bateau de pêche en train de revenir.

Il ne prit pas la peine de crier – cela n'aurait eu d'autre effet que de lui faire boire la tasse. À la place, il mit toute son énergie dans la nage, fendant l'eau vers l'endroit qui permettrait à ses amis de le récupérer.

Le petit bateau approchait. Kurt se dressa et fit un signe. Il les vit changer de direction et s'approcher de lui. Enfin à sa hauteur, le bateau ralentit.

— Attrape ça, cria Joe, en jetant à l'eau un filet de pêche.

Kurt obtempéra. Il était presque à hauteur de la traverse quand les projecteurs du yacht les illuminèrent brutalement.

Joe le tira hors de l'eau tandis qu'El Din mettait rapidement les moteurs en marche, et le bateau de pêche démarra sous une pluie de balles dont les éclats ricochèrent sur l'eau tandis que des débris de bois volaient dans toutes les directions. Kurt sentit une balle lui érafler le bras.

Au bout de quelques secondes, ils furent hors de la zone de tir, filant dans le noir vers la côte. Dans son état, le yacht ne pouvait plus les suivre. La distance s'accroissait de seconde en seconde jusqu'à l'instant où, enfin, ils virent le *Massif* abandonner la course et faire demi-tour.

— On a réussi ! s'exclama El Din.

Étendu sur le quai, épuisé et à demi surpris d'être encore en vie, Kurt dévisageait ses sauveteurs.

— Tout le monde s'en est sorti ?

El Din acquiesça. Joe leva les deux pouces.

— Et toi ? fit-il.

— Je pète la forme.

— Vous saignez, fit remarquer El Din.

Kurt examina rapidement la plaie, qui était superficielle.

— Je me suis blessé en me rasant, dit-il sans rire. Je devrais apprendre à faire attention.

Joe se mit à rire, heureux de voir que son ami avait enfin retrouvé son sens de l'humour, après ses trois mois de convalescence.

— Comment ça s'est passé sur le yacht ? Tu as apprécié la soirée ?

— Pas vraiment mon genre de mondanités. Mais je n'ai pas eu le temps de m'ennuyer.

Kurt jeta un regard derrière eux. Loin vers l'horizon, les lumières du *Massif* s'éteignaient l'une après l'autre. Le yacht reprenant sa course initiale emportait avec lui tous les secrets que Kurt n'avait pas été capable de percer à jour. Une foule de questions se précipitait dans son esprit à propos des dernières heures – à commencer par l'identité – et à l'évidence la santé mentale –, de la femme brune sur laquelle il était tombé.

Quel était le sens des sarcasmes qu'elle lui avait jetés ? L'avait-elle vraiment vu avant cela quelque part ? Ou bien était-ce une manœuvre de diversion ? Et pour commencer que faisait-elle sur ce bateau ? Qu'avait-elle voulu dire en lui faisant remarquer qu'il était venu trop tôt ?

D'une certaine manière, il lui était redevable d'avoir échappé aux tueurs d'Acosta. De l'autre, cependant, ils ne l'auraient jamais trouvé si elle ne s'était pas mise à hurler. Il se demanda si elle avait profité du grabuge pour fuir le yacht elle-même et, plus important encore, à qui elle avait bien pu parler au téléphone. Qu'est-ce qu'elle et son interlocuteur manigançaient ?

— Tu n'as pas réussi à trouver Sienna, supposa Joe.

— Elle n'était pas à bord, pour autant que j'aie pu m'en rendre compte.

— Une idée du lieu où elle se trouve ? demanda El Din.

— Pas vraiment, répondit-il. Mais j'ai surpris une conversation à propos de quelqu'un qu'ils appelaient « l'Américaine ». Qui que ce soit, il semble qu'elle ait été remise entre les mains d'un certain Than Rang.

— Qui ça ? demanda Joe.

— Un industriel coréen. Probablement quelqu'un de haut placé, susceptible de créer pas mal d'ennuis si l'envie lui en prend.

— Ça ne nous a jamais arrêtés, ce genre de chose jusqu'à présent, fit Joe en souriant.

— Jamais, répondit Kurt. Et ça ne va pas commencer aujourd'hui. Mais on est tombés sur bien plus gros qu'un simple enlèvement. De plus complexe et de plus gros.

— De quoi s'agit-il ?

— Aucune idée. Je les ai entendus parler de « faire une brèche dans le mur américain ». Je ne sais pas ce que ça signifie, mais il va falloir les arrêter avant que ça se produise.

21

— Than Rang est un tueur à sang froid, pas du tout le genre de type à qui se frotter pour un rien.

Ces mots émanaient de Dirk Pitt. Ils étaient prononcés via un lien crypté dont le résultat se laissait voir sur l'écran de l'ordinateur de Joe.

— Ce n'est *pas* rien, répondit Kurt, si Sienna est là-bas et que ce type la détient. À en croire ce que j'ai vu sur l'ordinateur d'Acosta, il a déjà à sa disposition un cheptel des meilleurs hackers internationaux.

— J'en suis convaincu, dit Pitt. Mais la question est : pourquoi ? Qu'est-ce qu'il vise ?

— Qu'est-ce qu'on a sur lui ? demanda Kurt. Son histoire nous fournira peut-être quelques clés.

— Il est à la tête d'un conglomérat sud-coréen. Exploitation minière, gestion des déchets, énergie, ce genre de choses.

— On a des détails ?

— Than est né en 1949, juste avant la guerre de Corée. Des deux côtés, la fortune familiale commençait à pâlir. Le conflit et les ravages causés par le Nord dans la région de Séoul ont achevé de les ruiner. On sait que son père a eu des contacts avec la pègre pour essayer de se maintenir à flot. Vers le milieu des années 60, les ressources principales de la compagnie étaient le trafic et le blanchiment d'argent. Than avait 16 ans. Et puis son père est mort, ce qui a déclenché une guerre de succession. Il a fait assassiner tous ceux qui s'opposaient à lui, a anéanti les criminels qui le finançaient et tué tous les membres de la famille qui pouvaient menacer son leadership.

— Un coup d'État, fit Joe.

— Radical.

— Pourquoi le gouvernement n'est-il pas intervenu ?

— Il avait des amis bien placés, expliqua Pitt. La plupart des gens oublient que la Corée du Sud était pratiquement une dictature aux mains du complexe militaro-industriel, entre 1951 et 1979. La priorité absolue était le développement économique par tous les moyens nécessaires. La prospérité servait à financer l'armée et à se préparer pour la prochaine invasion venue du Nord. On avait tendance à pardonner les crimes ou à les oublier s'ils contribuaient à consolider le pouvoir central ou l'ordre social et permettaient d'accroître la production industrielle.

— Donc, Than Rang est un criminel qui s'en sort avec les honneurs, dit Kurt. Mais ça ne nous dit pas ce qu'il compte faire d'experts informatiques.

— Beaucoup de choses différentes, répondit Pitt. Surtout si l'on considère la structure de son conglomérat et l'intensité de la compétition internationale aujourd'hui. Je pencherais personnellement pour l'espionnage industriel.

— Ce n'est pas absurde, admit Kurt. Mais la femme que j'ai rencontrée sur le yacht et celui avec qui elle parlait au téléphone avaient l'air de s'intéresser à quelque chose de plus précis que ça. Elle a dit, je cite : « Faire une brèche dans le mur américain. » Elle a aussi mentionné quelque chose appelé *entrefer*. Vous avez une idée de ce que ces termes signifient ?

Sur l'écran, Pitt dirigea son regard au-delà de la caméra.

— Hiram, vous voulez répondre là-dessus ?

Hiram Yaeger apparut dans le cadre, ses longs cheveux ramassés en queue-de-cheval, une paire de lunettes épaisses sur son nez.

— Bonjour, messieurs. J'irai droit au but. Le terme de *mur américain* est en usage dans le cyberespace depuis quelques années. Il fait référence à une série de pare-feux antivirus sophistiqués mis au point pour protéger l'infrastructure de l'information. Le problème, c'est que personne n'est censé en avoir entendu parler. Ces systèmes sont opérés exclusivement par la NSA. Ils couvrent toutes les institutions américaines ainsi que les entreprises civiles les plus importantes.

Kurt ne put s'empêcher de marquer sa surprise.

— Tout le monde dit partout que nos systèmes internet sont très vulnérables, dit-il. Êtes-vous en train de nous expliquer que ce n'est pas le cas ?

— Disons que nous ne sommes pas aussi faibles que nous prétendons l'être, répondit Hiram. Mais le fait que votre amie ait parlé d'infiltrer ce mur et de détruire tout le système implique qu'elle et ses complices ont un projet bien plus énorme et plus profond qu'un simple piratage.

— Ce n'est pas mon amie, jeta Kurt avec humeur. Même si elle m'a sauvé la peau.

— C'est bizarre, d'ailleurs, fit remarquer Pitt.

— Croyez-moi, ce n'est pas la seule chose bizarre de cette histoire.

Pitt eut un petit rire.

— Qu'est-ce que Sienna et Phalanx ont à voir dans tout ça ? demanda Kurt.

— Si Phalanx est aussi efficace qu'on le dit, répondit Hiram brutalement, il remplacera le mur actuel. En fait il sera le Mur américain 2.0.

— Et les hackers ? demanda Joe. On sait qui ils sont ?

— On travaille dessus. L'enquête est à la fois facilitée et compliquée par le fait que ces types ont leur propre sous-culture d'acronymes.

— La femme les appelle les « outils ».

— Exactement, répliqua Hiram. Les acronymes sont plus que de simples combinaisons de chiffres et de lettres pris au hasard, ils ont une signification bien précise. Ils servent à entrer en contact avec la personne la plus apte pour un job donné. *Xeno 9X9*, par exemple, dit quelque chose du talent particulier du hacker qui porte ce nom. *Xeno* vient du grec et veut dire *étranger*. *9X9* a une structure identique à la vieille expression « cinq sur cinq » pour dire « signal fort, bonne réception ». D'après moi, *Xeno 9X9* désigne quelqu'un capable de pirater des systèmes à l'étranger sans trop de problèmes.

Pitt intervint :

— D'après les recherches intensives que nous avons déjà entreprises, il s'agirait d'un Ukrainien du nom de Goshun. Il a disparu il y a de ça un an environ. La version officielle veut qu'il soit en cavale depuis que sa véritable identité a été éventée. On se demande si Acosta n'y est pas pour quelque chose.

Kurt nota mentalement l'information.

— Et les autres ? demanda-t-il.

— Nous pensons que *ZSumG* est un raccourci pour *game à somme nulle*, répondit Hiram. C'est un terme couramment utilisé en économie et dans les théories du marché. Il signifie qu'un camp ne gagne que si l'autre perd en proportion égale.

— Un gagne, l'autre perd, précisa Joe. Il n'y a pas de place pour la logique du gagnant-gagnant.

— *ZSumG* serait un hacker financier ? demanda Kurt.

— C'est notre hypothèse, répondit Hiram. Nous pensons qu'il a déchiffré les systèmes de sécurité de plusieurs établissements bancaires majeurs au cours des cinq dernières années. Il a volé plusieurs millions de numéros de cartes de crédit, de profils de clients et de codes secrets et les a revendus à des groupes liés au crime organisé un peu partout dans le monde.

— Un type adorable on dirait, fit Joe.

— Ou une fille, répliqua Hiram. Nous ne savons pas de qui il s'agit. Ce qui nous amène au dernier nom : *Montresor*.

— Pourquoi est-ce que ce nom me dit quelque chose ? fit Joe.

— Tu n'as pas fait tes devoirs, dit-il à son ami.

— J'attends les vacances pour ça, répliqua Joe. Je fais tout à la dernière minute.

Kurt rit doucement, puis récita :

— *« J'avais supporté du mieux que j'avais pu les mille injustices de Fortunato ; mais, quand il en vint à l'insulte, je jurai de me venger*[1]. »

— « La Barrique d'Amontillado », expliqua Hiram à l'intention de Joe. Une nouvelle d'Edgar Poe. C'est de là que vient le nom de *Montresor*.

— Donc, ça pourrait être une allusion à une vengeance quelconque, proposa Joe.

— Ou au fait de cacher quelque chose si parfaitement qu'il ne sera jamais trouvé, conjectura Kurt. Dans la nouvelle, *Montresor* emmure Fortunato à jamais.

— Ou bien il s'agit d'un Italien amateur de vin rouge, dit Hiram.

— Donc, nous n'avons pas vraiment de réponse, conclut Kurt. Seulement de nouvelles questions.

— Et le *Massif* ? demanda Joe.

— On a suivi sa trace par satellite, répondit Pit. Il est à quai à Bandar Abbas pour réparations. Il a sûrement besoin d'une autre hélice. Mais Bandar Abbas est dans les eaux iraniennes, on est un peu bloqués.

— Les plus intéressants parmi ceux qui se trouvaient à bord sont partis depuis longtemps, j'imagine, nota Kurt.

— Ce qui nous ramène au point de départ, conclut Pitt. Nous savons qu'il y a une sorte d'équipe olympique de hackers à vendre ou à louer quelque part, et

1. Edgar Poe, *Nouvelles Histoires extraordinaires*, « La Barrique d'Amontillado », trad. Charles Baudelaire.

qu'au moins deux groupes se disputent les enchères. Mais nous ignorons leur but. Et nous savons qu'aucun de ces deux acheteurs n'est le genre de joueur à qui se frotter.

— Donc, il faut court-circuiter les deux menaces en même temps, dit Kurt. On n'a pas d'autre choix.

— Et comment vous y prendre ? demanda Pitt.

— Je propose d'aller en Corée du Sud pour en ramener « l'Américaine » et les autres hackers. Dès qu'ils seront entre nos mains, plus personne ne pourra les utiliser contre nous.

22

Au dernier étage de l'immeuble de la NUMA, à Washington, Dirk Pitt et Hiram Yaeger étaient assis devant l'ordinateur. Kurt et Joe venaient de couper la communication.

Pitt décida qu'il était temps de tester l'ambiance.

— Eh bien, fit-il. Qu'en pensez-vous ?

En face de lui, hors de portée de la caméra de l'ordinateur durant toute la conversation, se trouvaient Trent MacDonald, de la CIA, un certain Sutton venu de la NSA, ainsi que deux autres membres de la NUMA, le Dr Elliot Smith, devenu l'officier médical supérieur de l'organisation, et Anna Ericsson.

Pitt n'aimait pas converser avec Kurt en présence de ces observateurs clandestins, qui lui faisaient l'effet de les juger l'un et l'autre, mais, devant l'importance de l'enjeu, il n'avait pas eu le choix.

Le Dr Smith fut le premier à répondre.

— Il a l'air stable. Son comportement est normal. Aucun symptôme apparent.

— Très bien, dit Pitt.

— Oui, ajouta Smith avec un haussement d'épaules neutre, sauf que les symptômes dont Kurt a souffert ne disparaissent pas simplement parce qu'il a quitté Washington.

— J'ai toujours pensé que s'éloigner un peu de la capitale avait un effet miraculeux sur un certain nombre de maux, fit Yaeger avec ironie. Il espérait sincèrement que Kurt était sur la voie de la guérison.

— Peut-être, répliqua Smith platement, mais pas ceux qui affectent Kurt.

Pitt intervint. Il lui fallait des éléments concrets, pas de vagues allusions.

— Ce qui signifie ?

— Je dirai que nous pouvons nous attendre à une rechute à un moment ou un autre. Probablement lorsqu'il sera soumis à une pression intense.

— Madame Ericsson ? demanda Pitt en se tournant vers elle.

— Il m'a l'air d'aller bien. En tout cas mieux qu'il n'était lorsqu'on l'a ramené ici.

— Et sa version des faits ? demanda Sutton.

— Eh bien ?

— Elle ne vous paraît pas un peu bizarre ? Il monte sur le yacht, trouve quelque chose de très imprécis, est attaqué, puis sauvé par une femme mystérieuse, dont il dit avoir récupéré le téléphone satellite, sauf qu'il l'a perdu. Tout ça est très flou. Et il nous faut le croire sur parole.

— Vous pensez qu'il a tout inventé ?

— C'est tout le problème, répondit Sutton. Il était seul à bord. On ne peut rien prouver ni dans un sens ni dans l'autre.

— Et l'appel qu'est censée avoir passé la femme ? demanda Pitt.

— Nous avons essayé de déterminer s'il avait eu lieu ou non, admit Sutton. Rien de tangible pour l'instant.

— Elle a pu utiliser un service étranger, fit remarquer Hiram. Un service auquel nous n'avons pas accès.

— Nous avons accès à tout, écarta Sutton. Croyez-moi.

— Et les noms des hackers ? demanda Pitt. Il n'a pas pu les inventer de toutes pièces.

Sutton haussa les épaules. Il n'avait pas de réponse à cela.

— Bien, fit Pitt. Nous connaissons l'avis de Sutton. Il pense que tout ça n'est que le fruit d'une énorme hallucination. Mais si Kurt avait bel et bien trouvé quelque chose ?

Trent MacDonald agita la main une seconde. L'homme de la CIA était resté jusqu'ici étonnamment muet, ce qui n'était pas bon signe.

— Trent ? fit Pitt.

— S'il a trouvé quelque chose, si Sienna Westgate est vivante et entre les mains d'un groupe ou d'un État étrangers, il se pourrait que nous soyons en face d'un problème bien pire que ce que nous sommes capables d'imaginer. Au minimum, nous devrions laisser Kurt enquêter sur Than Rang. En tordant un bras ou deux, je devrais être en mesure d'apporter un peu d'aide. Nous avons bien plus d'agents dans la péninsule coréenne qu'en Iran.

Dirk acquiesça calmement. Il ne se souvenait pas que la CIA se soit montrée un jour à ce point coopérative.

Il se demanda si cela avait à voir avec le passé de Kurt, ou avec celui de Sienna. Une pensée lui vint :

— Est-ce que Sienna Westgate travaille toujours pour la CIA ?

MacDonald ne répondit pas tout de suite.

— D'une certaine façon, dit-il enfin, Sienna a quitté l'Agence il y a de ça des années. Nous ne voulions pas la perdre quand elle est entrée dans le privé, mais nous ne pouvions pas non plus concurrencer un type comme Westgate et tout ce qu'il avait à offrir.

— Continuez…

— C'était une femme brillante, continua MacDonald en se tournant vers Hiram. Vous avez vu son travail.

— Une scientifique, confirma Yaeger. Et je l'entends comme le plus grand compliment que je puisse faire.

— Exactement, reprit MacDonald. On a donc passé un accord avec elle et Westgate. Nous leur avons donné les prémices de nos systèmes théoriques les plus avancés avec pour mission de construire à partir d'eux une barrière infranchissable.

— Qui est devenue le système Phalanx, fit Pitt.

MacDonald acquiesça.

— Mais vous ne vous attendiez pas à ce qu'il soit mis sur le marché.

— Non. Et cette possibilité est dramatique pour deux raisons. La première, c'est que nous allons perdre énormément en terme de capacité de collecte d'information si d'autres utilisent Phalanx et nous empêchent de pirater leurs systèmes. La seconde est pire encore, et nous ne savons pas exactement comment la quantifier.

— De quoi s'agit-il ?

— Nous estimons tous que Phalanx est indéchiffrable. Nous l'avons installé dans tous les systèmes informatiques du pays, depuis les ordinateurs individuels jusqu'à ceux de l'administration. Mais personne n'en sait autant sur Phalanx que Sienna Westgate. Elle était chef du projet. À ce titre, c'est à elle et à elle seule que nous avons confié les bases technologiques de Phalanx, et c'est elle qui les a développées. Ce qui signifie qu'elle en connaît les faiblesses mieux que quiconque. Il est possible qu'elle ait désigné un accès de secours au système au cas où elle en aurait besoin. Nous n'avons aucun moyen de le savoir.

Pitt commençait à comprendre.

— Et Phalanx sert aujourd'hui de protection à tout le gouvernement fédéral.

MacDonald acquiesça de nouveau. Sutton également.

— On devrait peut-être le mettre en sommeil ? suggéra Pitt.

— Nous sommes en train d'y réfléchir, dit Sutton. Mais il serait prématuré et stupide de déclencher une telle procédure sur la seule base de ce que nous savons pour l'instant. Il nous faut des preuves solides dans un sens ou dans l'autre avant d'agir.

MacDonald résuma :

— Je ne sais pas si elle est quelque part aux mains d'ennemis potentiels. Mais, même si ça me gêne de le dire, je préférerais de beaucoup être sûr qu'elle s'est bien noyée et que son cadavre est au fond de l'eau.

— Donc, fit Pitt, indifférent à la froideur de ce qu'il venait d'entendre, il faut mettre sur pied une équipe de plongeurs et l'envoyer examiner ce qui reste du yacht.

Vu l'état du navire, ça ne va pas être facile. Mais si nous trouvons le corps de Sienna, nous pourrons tous dormir tranquilles. Et je pourrai ramener Kurt à Washington.

23

Le vaisseau de la NUMA *Condor* fendait une mer d'huile étincelante, à quelque trois cents kilomètres du port sud-africain de Durban. Le soleil brillait haut, dans un ciel sans nuages.

Sans nulle perturbation à l'horizon, et avec un système de navigation automatique guidant le *Condor* contre le courant selon les coordonnées préétablies, l'activité sur le pont était réduite au minimum.

Il n'en allait pas de même à l'arrière où une dizaine d'hommes et de femmes étaient regroupés autour d'une paire de bossoirs, où s'achevaient les préparations pour le largage de deux petits sous-marins jumeaux.

On les avait surnommés les Scarabées en raison de leur ressemblance avec les doryphores des hiéroglyphes égyptiens. Plutôt qu'étroite et plus ou moins ovale, comme tous les sous-marins, la forme des scarabées était plate et large, avec une pointe bulbeuse en polymère clair de trois centimètres d'épaisseur, et un compartiment arrière plus ou moins fuselé où se mêlaient équipements, batteries de rechange et réservoirs. Des propulseurs étaient disposés dans de courts tubes de chaque côté du corps de l'engin, et une paire de bras mécaniques équipés de sondes de prélèvement et d'appendices de saisie dépassait de l'avant, telles des pattes de scarabées.

Scarab One, le plus ancien modèle, était peint en orange, la couleur des gilets de sauvetage. *Scarab Two*, jaune vif, une teinte communément associée aux sous-marins expérimentaux, était sorti des ateliers un mois plus tôt seulement. Plus puissant, doté de batteries de plus longue durée, il était équipé d'un système de contrôle à écran tactile.

Sur le pont qui dominait l'équipage, Paul Trout observait avec intensité l'achèvement des préparatifs. Il avait la taille et la corpulence d'un joueur de basket professionnel. À défaut d'en posséder les réflexes et le talent, c'était un géologue brillant. Son épouse Gamay était diplômée en biologie marine, avec à son actif plusieurs découvertes d'espèces inconnues. Tous deux étaient régulièrement mandatés par la NUMA comme experts scientifiques sur les dossiers les plus délicats.

— Hé ! Paul, tu montes avec moi ?

Le cri émanait de William « Duke » Jennings, l'un des pilotes de sous-marins les plus expérimentés de la NUMA.

— Très peu pour moi, répondit Paul. Je suis claustrophobe et je ne peux pas me plier en huit.

— Elena ? reprit Duke à l'intention de l'une des femmes les plus sexy du groupe. Il y a de la place pour deux dans ces engins. Et la vue est imprenable.

Duke ressemblait à un surfeur. Il était jeune, musclé et noueux, doté d'une peau bronzée en permanence et d'une épaisse crinière blonde. Il était drôle, sûr de lui, un peu trop, et il excellait dans tout ce qu'il faisait.

— Non, merci, répondit Elena, autant être enfermée dans une cabine téléphonique avec une pieuvre.

— Et où vas-tu trouver une cabine téléphonique par les temps qui courent ? fit-il du tac au tac.

Sur le pont supérieur, l'écoutille s'ouvrit, la silhouette de Gamay apparut derrière Paul. Un mètre cinquante-cinq, le teint clair et les cheveux auburn, Gamay était une athlète accomplie. Elle avait l'esprit vif, prompte à la plaisanterie et à l'ironie, et ne supportait aucune lourdeur d'esprit.

— Nous sommes presque prêts à ce que je vois, dit-elle.

— Pratiquement, oui, dit Paul. Tu penses qu'on va trouver quoi là-dessous ?

— Aucune idée. Mais regarde ça, dit-elle en lui tendant une feuille où figurait l'image imprimée du sonar, montrant l'*Ethernet* échoué par deux cent cinquante mètres de fond.

Ils avaient de la chance. Le yacht avait atterri sur un plateau rocheux qui faisait comme une péninsule submergée dans la profondeur du bras de mer. Dix kilomètres plus loin seulement, l'épave aurait reposé à plus de mille mètres de profondeur.

Paul examina le cliché, et nota aussitôt quelque chose d'anormal.

— L'épave est intacte, fit-il. Kurt dit que le yacht a été brisé en plusieurs morceaux en coulant. Aucun de nous n'a mis cela en doute.

— Je me demande où il a eu ces informations, dit Gamay.

— Ou qui l'a volontairement induit en erreur.

— J'ai parlé avec Mme Ericsson. Si sa version est le fruit d'une aberration mentale inconsciente de sa part, il fera tout ce qu'il peut pour la soutenir. Que le yacht soit intact rend les recherches bien plus faciles pour retrouver des corps éventuels, et donc pour éliminer les doutes. C'est un système de déni assez commun.

Paul sentit son estomac se nouer. Il ne pouvait imaginer que l'un des hommes qu'il admirait le plus pouvait à ce point perdre le contrôle de ses facultés. Cela ne fit que renforcer sa détermination à remplir sa mission.

— Allons voir ce qu'il en est réellement, dit-il.

Gamay acquiesça, s'approcha de l'escalier menant aux sous-marins.

— Je serai dans *Scarab One*, précisa-t-elle.

— Okay. Je te suivrai depuis la salle de contrôle, dit Paul. Sois prudente.

Il l'embrassa rapidement, la regarda disparaître dans l'escalier, puis, relevant la tête, ses yeux scrutèrent l'horizon. Rien en vue, sinon la mer paisible étendue jusqu'aux confins dans toutes les directions. Il rentra.

Gamay pénétra dans *Scarab One*, s'assit du côté droit. À sa gauche, prit place Elena Vasquez, la pilote. Elena était petite, avec des cheveux noirs et courts, et une peau couleur café. C'était une ancienne plongeuse de la Navy qui avait rejoint la NUMA récemment.

Tandis qu'elle guiderait l'engin, Gamay gérerait les communications sous-marines et manipulerait les bras mécaniques qui étaient équipés d'outils coupants incluant des torches à acétylène et une scie circulaire munie d'une lame en acier au carbone diamantée et capable de percer un blindage de plusieurs centimètres. Attaché à l'autre bras, se trouvait une petit taillant hydraulique, semblable à ceux utilisés pour ouvrir les carcasses de voitures lors des accidents de la route.

Le plan était simple : ouvrir la coque du yacht par le côté, envoyer une caméra télécommandée « nageante » dans le bateau, et chercher des corps.

Gamay posa un casque sur sa tête, vérifia sa liste. Elena fit de même depuis le siège de commandement.

— Tout est OK de mon côté, dit-elle.

— OK pour moi, confirma Gamay. Puis, dans le micro du casque : *Scarab One* prêt à partir. Mettez-nous à l'eau.

Les grues hydrauliques entrèrent en action. L'engin de huit tonnes fut soulevé du pont et transporté au-dessus de l'eau le long du *Condor*. Puis, lentement, avec une précision minutieuse, il fut déposé sur les eaux.

Un son métallique bruyant, la sensation que l'engin flottait, leur fit comprendre que le sous-marin venait d'être libéré. La voix de Paul leur parvint :

— *Scarab One, Scarab One, vous êtes maintenant opérationnels. Parés à plonger.*

Quelques secondes plus tard, Duke se faisait entendre dans les écouteurs.

— *Vous avez coupé la priorité*, dit-il avec une indignation feinte. *C'est moi qui devais passer en premier.*

— Les femmes d'abord, gloussa Elena en réponse. Déploiement des balises de communication. On vous retrouve en bas.

D'une main ferme, elle appuya sur une série de boutons. De l'air se mit à souffler depuis les réservoirs de ballast, l'eau verte s'enroula autour du cockpit et les recouvrit bientôt.

Elena engagea les propulseurs. Avec une incroyable douceur, l'engin orange commença sa plongée. Une demi-heure s'écoulerait avant que le fond de la mer devienne visible.

À deux cents pieds de profondeur, Gamay alluma les lumières extérieures. Enfin, à près de huit cents pieds, ils arrivèrent en vue du plancher sous-marin.

— *Scarab One* au sol, lança Gamay dans le micro. Ses messages radio étaient transmis par un câble de fibre optique de l'épaisseur d'un fil de pêche, jusqu'à une petite bouée munie d'une attelle qui relayait en surface le signal jusqu'au *Condor*.

— En direction du site du naufrage, ajouta-t-elle.

L'épave apparut au bout de quelques minutes. La quille de l'*Ethernet* reposait sur le limon, presque parfaitement droite. Elle était sérieusement enfoncée vers la proue mais, en dehors de ça, paraissait à peine endommagée.

— Épave en vue, dit Gamay dans le micro. L'avant ressemble à un accordéon. Mais les structures extérieures supérieures paraissent en bon état. Le mas du radar et les antennes sont manquantes. En dehors de ça, on dirait un modèle d'exposition.

Ils passèrent côté bâbord de l'épave. Puis à tribord, Gamay aperçut des lumières trouant les eaux noires.

— Duke, c'est toi ? Ou est-ce qu'on reçoit la visite de Martiens ?

— *Pas de panique*, répondit-il. *Le Duke arrive.*

— Heureuse que tu puisses te joindre à nous. On va examiner le bâbord, tu prends tribord. On gagne du temps.

— Bien reçu.

Elena se tourna vers Gamay.

— Par où tu veux commencer ?

— Par le dessus. Selon Westgate, c'est là que sa femme et ses gosses l'attendaient. Et c'est là que Kurt les a ou ne les a pas aperçus.

Elena acquiesça, fit tourner les moteurs. *Scarab One* s'éleva le long de la coque de l'épave, tout en avançant doucement vers le pont aux vitres pulvérisées.

— On pourrait faire passer la caméra par les fenêtres, suggéra Elena.

— Non. Je ne suis pas fan de tout ce verre. Si un morceau coupe le câble, on la perd définitivement. On va plutôt arracher la porte.

Elena maniait la manette de poussée avec l'assurance d'un pilote de combat. Elle orienta l'un des projecteurs vers l'écoutille, qui était légèrement entrouverte. Elle dirigea *Scarab One* à proximité suffisante pour que Gamay l'attrape avec le bras mécanique. Gamay fixa la prise.

— On va devoir la découper.

À cet instant, le sous-marin se mit à reculer.

— On est pris dans un tourbillon, expliqua Elena.

— Tu peux maîtriser ?

— Facilement.

Tandis qu'elle effectuait la manœuvre, la voix de Duke se fit entendre dans la radio.

— *Ce côté-ci est plutôt en bon état. Aucun signe de dommage qui ne puisse être attribué au choc au moment où le yacht a touché le fond. Je poursuis l'inspection.*

L'appareil de nouveau en position, Gamay actionna la torche à acétylène.

La flamme apparut avec un bruit sec et un crépitement, un courant de bulles monta vers la surface. Ils découpèrent les gonds, puis saisirent la porte avec la pince. D'un coup léger, Gamay poussa la lourde porte blindée qui vint lentement tomber sur le pont avec un bruit assourdi.

— Largage de la caméra, fit Gamay dans le micro.

Elles observèrent le petit appareil s'infiltrant dans l'épave. Il était muni de projecteurs et d'une source d'énergie autonomes, et relié au sous-marin par une fine ligne en fibre optique connectée à une bouée qui, en surface, faisait office de relais et retransmettait les images.

— Le pont est couvert de débris, nota Gamay. Elle dirigea l'appareil pour obtenir un panoramique et une vue d'ensemble du pont à 360 degrés. Bien que couvert de craquelures, le mur de verre – que Kurt avait vu – était toujours en place. Entre les craquelures et la couche visqueuse qui le recouvrait, cependant, il était impossible de distinguer quoi que ce soit au travers.

— Il va falloir faire le tour, dit Gamay.

Une écoutille ouverte fournissait un chemin possible et Gamay dirigea la caméra dans cette direction.

— *Bizarre que toutes les écoutilles soient ouvertes.* La voix dans le casque venait de Paul, qui pouvait voir les images vidéo depuis le *Condor*. *Si l'on tient compte du fait que le yacht était en détresse et en train de couler, toutes les portes étanches auraient dû être fermées.*

— *J'ai trouvé quelque chose*, intervint Duke tandis que Gamay dirigeait la caméra vers l'écoutille. *Les vannes de ballast du système de refroidissement des machines sont ouvertes.*

— Si le navire prenait l'eau, elles auraient dû être fermées elles aussi, fit Gamay.

— *Exactement ce que j'étais en train de me dire*, dit Duke. *Je me dirige vers la poupe.*

Gamay orientait maintenant la caméra vers le salon principal. Elle n'arrivait pas à espérer la découverte des cadavres, une femme et ses enfants. Pas même si cela signifiait la fin du mystère.

Tout comme le pont précédemment, le salon principal était rempli de débris. Tandis que les éléments les plus lourds reposaient sur le sol, les autres – coussins, gilets de sauvetage dégonflés, bouteilles en plastique vides, ordures – flottaient jusqu'au plafond. Elle dut guider la caméra dans ce fatras, où se mêlait aussi la vase constante, transportée par les courants du bras de mer, et que les petits moteurs de la caméra remuaient à chaque manœuvre en dépit de leur petite taille.

Duke se fit entendre à nouveau :

— *J'ai un trou béant au bout de la poupe.*

— *Impact ou explosion ?* demanda Paul depuis le *Condor*.

— *Aucun des deux, je dirais. Les contours sont trop aiguisés. On dirait qu'une partie entière de la coque a été retirée. Je vais envoyer la caméra prendre quelques belles images.*

Tout en écoutant, Gamay se concentrait sur le guidage de la caméra, qui avait atteint l'extrémité du salon. Elle la fit pivoter pour balayer la pièce dans l'autre sens.

— Je la laisse au repos quelques minutes, dit-elle. La cabine principale est entièrement encrassée par la vase. Il faut la laisser se déposer.

Tandis qu'elle attendait que l'eau s'éclaircisse, la voix de Duke se fit de nouveau entendre.

— *Quelque chose de bizarre, ici. J'ai envoyé la caméra à travers le trou vers le pont numéro deux, j'en suis pratiquement sûr. Ça devrait correspondre aux cabines de luxe à l'arrière. À la place, on dirait une espèce de remise.*

— Mieux vaut vérifier les schémas, dit Elena. Connaissant Duke, il a dû se tromper de pont.

Gamay toucha l'écran de l'ordinateur devant elle, les plans du yacht apparurent. La NUMA les avait téléchargés depuis le site du constructeur. Une réserve y apparaissait au-dessus de la quille, puis venaient les cabines sur le pont numéro deux, et le *lounge* au sommet.

— *Il y a un support de métal ici. Le gréement est très solide. Clairement étudié pour supporter quelque chose de lourd. Je vois une porte étanche au bout de la pièce. Il y a une inscription sur la porte. J'essaie de m'approcher pour la lire.*

Comme elle attendait toujours que le limon se dépose dans la pièce, Gamay changea d'écran et activa la caméra de Duke.

Il utilisait les moteurs de la caméra pour nettoyer le dépôt visqueux répandu sur la porte étanche, si bien que l'objectif de la caméra était dirigé à l'envers. Puis il l'actionna pour le positionner de nouveau devant la porte, et Gamay put apercevoir une cloison blindée grise. Des chevrons jaunes la barraient comme autant de signes d'avertissement. Sous les chevrons, se trouvaient deux épées.

— Un radeau de survie, lut-elle à haute voix. Le navire a été modifié après avoir quitté l'usine de fabrication.

— J'ai déjà entendu parler de ça, intervint Elena. Certaines stars se font construire des panic-rooms qui leur servent à s'isoler des harceleurs. De la même manière, les grosses huiles modifient leurs yachts pour y inclure des radeaux de survie ou des « panic-boats ». Les propriétaires montent dedans, ferment la porte derrière eux, et s'éjectent du bateau qui fait naufrage.

— *Ça explique la découpe particulière du trou*, fit Duke. *J'ai l'impression qu'on a fait sauter un panneau à l'explosif.*

Gamay acquiesça :

— Une fois libéré, le radeau peut soit flotter, soit descendre dans les eaux jusqu'à deux cents pieds de profondeur. Suffisamment pour le mettre à l'abri des pirates et des terroristes. Ou pour traverser les pires ouragans. Selon le nombre d'occupants, ils peuvent contenir jusqu'à une semaine de réserves et au minimum deux jours d'oxygène. Ils peuvent appeler les secours avec les mêmes bouées que nous utilisons nous-mêmes.

Paul intervint :

— *Donc, si le yacht était équipé d'un de ces radeaux, pourquoi Westgate et sa femme ne s'en sont-ils pas servis ?*

— *Ils n'y ont peut-être pas eu accès*, proposa Duke. *Les ponts inférieurs étaient peut-être noyés.*

— Quelqu'un y a eu accès, fit valoir Gamay.

— *Un membre de l'équipage ?*

— Où sont-ils, d'ailleurs ? demanda Elena.

Gamay sentit un frisson la parcourir.

— Peut-être effectivement que quelque chose cloche, ici.

— *Je ne veux pas jouer les rabat-joie,* dit Paul, *mais beaucoup de choses peuvent expliquer l'absence de ce radeau, y compris un dysfonctionnement ou une procédure quelconque automatisée qui s'active quand le yacht est submergé par les eaux. Ne nous emballons pas tout de suite.*

— Mon mari, dit Gamay en souriant. La voix de la raison.

Elle changea de nouveau d'écran pour revenir à sa caméra. Le limon s'était dispersé. Elle fit une dernière fois le tour du salon, lentement, pour ne rien perdre du moindre détail.

Elle était sur le point d'achever, lorsqu'elle aperçut une main flottant mollement derrière des meubles empilés.

— Bon Dieu.

— *Qu'est-ce qui se passe ?* demanda Paul.

— Une seconde. On dirait que tout ce qui n'était pas fixé ou attaché a glissé en avant d'un côté du yacht pendant qu'il coulait. Il faut que je manœuvre derrière une pile de débris.

Le cœur battant plus qu'elle ne voulait l'admettre, Gamay dirigea la caméra derrière l'amas de meubles bloquant la vue et se concentra sur le petit rayon de lumière pour ajuster l'image. Ce qu'elle aperçut alors clairement était un corps gonflé par l'eau et coincé par les meubles.

— Je suis désolée de le dire, dit Elena, mais cet homme ne s'est pas noyé.

— Non, renchérit Gamay. Apparemment, il n'en a pas eu le temps.

En dépit des effets corrosifs de l'eau salée, trois trous dans sa poitrine étaient clairement visibles.

24

Huit cents pieds au-dessus de l'épave, Paul avait les yeux fixés sur l'écran qui retransmettait les images prises par la caméra de Gamay.

Les traces des balles étaient impossibles à manquer.

D'un geste, il gela l'image, l'envoya directement par e-mail à Dirk Pitt. Puis, approchant de sa bouche le micro baladeur :

— Continuez à chercher, dit-il. Faites attention au moindre détail. Ce n'est plus une mission d'expertise, à présent. C'est une scène de crime.

Duke répondit aussitôt – l'appel venant de Gamay était un peu brouillé.

— *Scarab One ? Scarab One ? Répétez ?*

Cette fois, Paul entendit encore moins. Une explosion de parasites sortit des écouteurs, suivie d'un cri qui lui perça les oreilles.

— Gamay ? fit Paul en appuyant sur le bouton de transmission. Tu me reçois ?

Il attendit.

— Gamay ? Elena ?… Oscar, ajouta-t-il en direction d'un membre de l'équipe qui se trouvait à l'autre bout de la pièce. Tu as leur télémétrie ?

Oscar était en train de consulter ses propres écrans.

— Rien. Je reçois le signal de la bouée, mais aucune donnée de *Scarab One*.

Paul saisit de nouveau le micro.

— Duke, tu me reçois ?

— *Cinq sur cinq.*

— On a perdu la télémétrie d'Elena et Gamay. Il se peut que ce ne soit qu'un problème de micro défectueux, mais tu peux aller vérifier ?

— *De ce pas.*

Paul s'efforçait de se rassurer. Le câble reliant la bouée au sous-marin était extrêmement fin, les raccords souvent problématiques… Perdre le contact avec sa femme quand elle se trouvait à huit cents pieds de profondeur était en soi stressant… Il appuyait régulièrement sur la touche de l'ordinateur pour rafraîchir l'image, tout en se répétant cela, avec l'espoir de voir les coordonnées du sous-marin de Gamay reparaître comme par magie. Mais l'écran restait vide.

— Allez, allez, Duke, murmura-t-il pour lui-même. Ne lambinons pas.

Il y eut un mouvement sur l'écran. Paul se prit à espérer que l'image allait surgir. Au lieu de quoi l'écran devint noir.

— Mais qu'est-ce que…

Avant qu'il ait eu le temps d'achever, les lumières au-dessus s'éteignirent. Tout dans la pièce, l'éclat vert des petites lampes LED sur les ordinateurs et les claviers disparurent elles aussi. Le système de ventilation s'arrêta net.

Les lampes du groupe électrogène de secours s'allumèrent aussitôt.

— Qu'est-ce qui se passe ? cria Oscar depuis l'autre côté de la salle.

Paul fit des yeux le tour de la pièce. Sans les ventilateurs, l'air était comme suspendu. D'ici peu, l'endroit serait une vraie fournaise. Il appuya plusieurs fois sur le bouton de transmission, sans résultat.

— Quelqu'un a oublié de payer la facture EDF, fit-il pour détendre l'atmosphère.

Il se dirigea vers l'interphone. Mort également. Il ouvrit la porte : la passerelle était noire.

— Restez là, lança-t-il en direction d'Oscar. Je vais voir ce qu'il en est.

Il se glissa jusque dans le hall. En dehors des lumières d'urgence, tous les compartiments se trouvaient plongés dans la même obscurité, tous les moteurs éteints. Le navire était une carcasse morte flottant sur l'eau.

Il agrippa l'échelle au milieu du navire, se hissa sur le pont. Le timonier était le seul présent.

— Qu'est-ce qui se passe ? demanda-t-il.

— L'électricité est coupée sur tout le bateau.

— Je m'en rends bien compte. On sait pourquoi ?

— Le capitaine est parti voir avec l'ingénieur en chef. Le générateur principal a disjoncté et le système de secours a suivi. Tout est HS.

Paul était sur le point de se rendre à la salle des machines quand il sentit une légère vibration parcourir tout le navire. Puis, sans plus de raison que le reste, les machines et la turbine auxiliaire se remirent en marche.

— Ouf ! Dieu merci, fit-il pour lui-même.

Il vérifia l'interphone : toujours *out*. Tout comme la radio, constata-t-il. Il actionna un interrupteur : rien.

Tandis que Paul essayait de comprendre, il réalisa que le *Condor* commençait à bouger et à accélérer. Il s'approcha de la console de commandes. Les écrans étaient allumés. Mais les efforts du timonier appuyant sur diverses icônes pour tenter de contrôler l'événement restaient vains.

Le navire se mit à tourner.

— Ce n'est pas moi, cria le timonier. Il avait les mains sur le volant contrôlant le gouvernail.

Le navire acheva son virage, prit la direction du sud en accélérant. Au bout de quelques instants, il atteignit sa pleine vitesse, fendant les eaux lumineuses, laissant derrière lui une traînée d'écume qui l'éloignait chaque seconde un peu plus des deux sous-marins et de l'épave.

Un signal d'alarme s'alluma sur la console. Le moteur atteignait sa limite de puissance.

— Il faut réduire la vitesse, jeta Paul.

— C'est ce que j'essaie de faire ! Rien ne fonctionne !

Sur la console, la jauge tremblait au-delà de la ligne rouge. Leur vitesse dépassait déjà de trois pour cent les capacités du moteur.

— Pourquoi le limiteur ne fonctionne-t-il pas ?

Un autre membre de l'équipe les rejoignit et fonça vers le disjoncteur.

— Passez en commande manuelle ! hurla Paul. Arrêt d'urgence !

Le timonier obéit, plaqua sa main sur le bouton rouge et jaune d'arrêt d'urgence. Le navire continua sa route plein sud.

Paul comprit que l'arrêt d'urgence n'était qu'une autre commande gérée par l'ordinateur. Si le système était défectueux, ou s'il avait été piraté, il n'y avait aucune raison de supposer qu'il fonctionne mieux que le reste.

Le navire prenait de la vitesse. Une panne générale devenait prévisible, voire une défaillance des machines elles-mêmes.

— Essayez encore, cria Paul. Je file en salle des machines.

Depuis son siège, dans le cockpit du *Scarab One*, Gamay continuait à tenter de joindre le *Condor*.

— Paul ? Tu me reçois ? *Condor* ? Duke ? Est-ce que tu captes quelque chose ?

Toujours pas de réponse.

Quelques secondes plus tard, cependant, *Scarab Two* apparut. Sa silhouette s'élevait lentement à l'extrémité de l'épave, tel le soleil en train de se lever. Gamay vit les moteurs s'aligner. Le sous-marin jaune faisait route dans leur direction.

— La radio doit être *out*, dit Gamay.

— Je vais l'allumer, répondit Elena en actionnant les phares dans sa direction.

— Je suis sûre qu'il rêve de ça depuis longtemps.

Elena sourit. Avec les projecteurs du sous-marin elle envoya un message en morse : *radio out*.

Scarab Two approchait toujours. Il s'éleva doucement au-dessus de l'épave, et, à la même vitesse, se mit à descendre vers eux. Les projecteurs du sous-marin s'orientèrent dans leur direction, mais il n'y eut aucun message en réponse.

— Merci de nous aveugler, Duke, dit Elena en plissant les yeux.

— Il avance trop vite, non ?

— Beaucoup trop.

D'un mouvement vif, Elena passa en marche arrière pour tenter de mettre le sous-marin hors de la trajectoire de *Scarab Two* mais le submersible qui se jetait sur eux à toute vitesse les percuta, cockpit contre cockpit, avant qu'elle ait eu le temps d'achever sa manœuvre. Sous le choc, Gamay fut projetée sur le côté.

— Qu'est-ce qui lui prend, il est cinglé ? hurla Elena en essayant de reprendre le contrôle des commandes.

Gamay fit des yeux le tour du cockpit. Pas de fuite apparente. Aucune fissure. Les *Scarabs* pouvaient atteindre deux mille pieds de profondeur, leur coque était immensément résistante.

Elle dirigea son regard de l'autre côté du cockpit. *Scarab Two*, faisant demi-tour, revenait dans leur direction plus rapidement encore.

— Quelque chose ne va pas ! lança-t-elle.

— Quoi ?

— Il faut filer d'ici. Tout de suite !

Elena mit pleins gaz, poussa le gouvernail pour diriger le sous-marin vers le fond à bâbord. La silhouette jaune de *Scarab Two* passa au-dessus d'eux à toute vitesse, et tourna vers la gauche pour faire demi-tour.

— Mais qu'est-ce qu'il fout, putain ? cria Elena.

— Avance, avance, sors-nous d'ici, fit Gamay pour toute réponse.

— J'ai poussé les moteurs au maximum. Mais *Scarab Two* est un modèle plus récent. Il est équipé de machines et de batteries plus puissantes. On ne peut pas rivaliser.

Gamay pouvait voir qu'Elena disait vrai. Cette fois, Duke venait sur eux latéralement, dans le but manifeste de les faire entrer de force dans la coque de l'épave.

Elena renversa la vapeur, le sous-marin orange ralentit. Duke les avait manquées une fois de plus.

— Et maintenant ?

— Remonte vers la surface.

— Il nous chopera si on essaye ça.

— Non, pas jusqu'à la surface. Juste au-dessus de l'épave, de l'autre côté.

Elena orienta le manche vers le haut, les moteurs pivotèrent en positon verticale. Le sous-marin s'éleva, dominant l'épave, puis accéléra. Sitôt qu'ils furent passés de l'autre côté, Elena poussa le manche vers l'avant, ramenant le sous-marin vers le bas, derrière la poupe du yacht. *Scarab One* se trouvait maintenant dissimulé dans un coin derrière la section arrière de la coque.

— Éteins les lumières ! dit Gamay qui actionnait une série de boutons de son côté. Elena fit de même et le sous-marin se retrouva bientôt plongé dans l'obscurité. Gamay soupira.

— Maintenant, retiens ton souffle, fit-elle. Et prie pour qu'il ne nous trouve pas.

À la surface, pendant ce temps, le *Condor* filait à la vitesse d'un hors-bord de trois mille tonnes, planant littéralement au-dessus des eaux. Paul sauta sur le pont principal pour courir vers l'arrière. À mi-chemin de la salle des machines, il tomba sur le capitaine, qui courait dans la direction opposée.

— Mais qu'est-ce qu'ils foutent, là-haut ? hurla ce dernier.

— Ce n'est pas l'équipage, dit Paul. C'est le système qui est hors de contrôle.

— Je n'aurais jamais dû accepter le commandement d'un navire informatisé.

— Il faut revenir à la salle des machines. On va beaucoup trop vite. Les moteurs vont sauter si on ne parvient pas à les arrêter.

Le capitaine fit demi-tour, courut avec Paul vers l'arrière. Ils pénétrèrent dans le bateau, prirent l'échelle qui les amenait dans la salle des machines. Le vacarme était assourdissant, rendant tout espoir de communication verbale impossible.

Ils trouvèrent l'ingénieur en chef en train d'essayer désespérément de ralentir les moteurs avec un membre de l'équipage.

— Les pompes d'alimentation ! hurla Paul de toutes ses forces pour couvrir le bruit.

Les trois hommes le fixèrent.

— Les pompes d'alimentation ! répéta-t-il en s'approchant. Il doit y avoir un dispositif d'arrêt d'urgence en cas d'incendie !

L'ingénieur confirma vivement, leur fit signe de le suivre. Comme beaucoup de navires modernes, le *Condor* était propulsé non par des moteurs diesel mais par un système sophistiqué de turbines à gaz. Pour l'essentiel, c'était un moteur à réaction connecté à un réducteur puissant, puis à l'arbre d'hélice.

La cloison entre eux et les turbines suffit à étouffer le son pour leur permettre de hurler et se faire comprendre.

— Il y a deux turbines, dit l'ingénieur. Deux pompes d'alimentation. Montez à l'échelle jusqu'à mi-hauteur et glissez-vous derrière les jauges. Le levier rouge arrêtera l'alimentation du fuel. Je m'occupe de la pompe à tribord. Prenez bâbord.

Paul acquiesça et s'élança vers l'échelle. Du fait de la vitesse, le navire tremblait et tressautait. La chaleur venant des turbines avait transformé les lieux en fournaise. Une sueur épaisse coulait dans ses yeux tandis qu'il grimpait à l'échelle. Les jauges et le levier étaient bien là. La jauge indiquait un dépassement du nombre de tours par minute de 139 %.

Sans plus de délai, il saisit le levier d'urgence et le poussa violemment vers le bas.

L'alimentation du fuel coupée, la turbine décéléra presque aussitôt. C'était plus que le réducteur ne pouvait supporter.

Un choc puissant suivi d'un bruit de métal arraché lui indiqua que quelque chose d'essentiel venait de lâcher. Paul plongea vers le pont en se couvrant la tête tandis que des morceaux de métal volaient en tous sens, coupant plusieurs câbles et le circuit de refroidissement.

Lorsque le calme se fit, Paul releva la tête. Il pouvait sentir le navire ralentir. Toute la salle se remplissait de vapeur. Il se remit sur ses pieds, couvert de sueur. Il rebroussa chemin en direction de l'endroit où il avait laissé l'ingénieur et le capitaine. Ce dernier gémissait, allongé, une mauvaise entaille à la jambe en train de saigner.

— Relevez-moi, ordonna-t-il, une main sur sa plaie. Il faut que je vérifie si tout est en ordre, à présent.

Paul l'aida à se mettre debout. L'ingénieur, pendant ce temps, ouvrait les écoutilles pour disperser la vapeur.

— Le navire s'est arrêté, constata Paul.

— Qu'est-ce qui s'est passé ? demanda le capitaine.

— Quelque chose s'est détraqué dans l'unité de contrôle principale. Le système est devenu autonome. On a affaire à des pirates informatiques de très haut vol. Et ce navire est l'un des plus récents de la flotte. Basiquement, c'est un énorme ordinateur.

Le capitaine hocha la tête faiblement. Il pâlissait un peu plus à chaque seconde.

— Arrachez tous les ordinateurs et neutralisez-moi les disjoncteurs. On avancera à la rame s'il le faut, mais je refuse de perdre à nouveau le contrôle de ce navire.

25

Au fond de l'eau, Gamay fixait l'obscurité. L'épave n'était plus qu'une silhouette noire, rétro-éclairée par les projecteurs du sous-marin de Duke – une vision effrayante qui la fit frissonner. Elena avait les mains sur l'accélérateur.

— Attends, fit-elle.

Dans le noir, *Scarab Two* apparut, survolant l'*Ethernet* comme une sorte de poisson prédateur.

— Il nous a vus filer vers la surface, nota Elena.

Gamay avait les yeux fixés sur l'orbite de lumière entourant le sous-marin jaune qui s'éloignait d'eux. Elle avait le sentiment d'observer un navire interstellaire s'enfonçant dans l'espace. Le fond de la mer était entièrement noir, l'eau une vaste masse sombre. Rien de familier ici. Même ce qui servait de ciel au-dessus d'eux était noir.

Les lumières du sous-marin de Duke s'évanouirent à leur tour, tandis que le submersible disparaissait.

— Il va où, à ton avis ? demanda Elena.

— À notre recherche. Pourquoi, mystère. Ça n'a aucun sens.

— J'aurais dû m'en douter. Chaque fois que la Division des Projets spéciaux est sur le coup, on peut être sûr que ça va mal tourner. En tout cas c'est ce qu'on dit.

Gamay ne pouvait la contredire.

— C'est trop d'émotion pour moi, continua Elena.

— Pour moi aussi, je t'assure.

— Qu'est-ce qu'on fait ? On rentre ?

— Tu peux nous remonter à la surface sans utiliser les phares ?

— Sans problème.

Du regard, Gamay fit une dernière fois le tour des lieux.

— Allons-y, alors. Je veux faire un point avec Paul et les autres aussitôt que possible.

Sur un geste d'Elena, l'écran interne s'alluma pour indiquer le niveau des propulseurs. Le sous-marin commença à s'éloigner de l'épave. Elena faisait pivoter les moteurs pour préparer la remontée, lorsque surgit de nulle part quatre lumières aveuglantes braquées droit sur le cockpit. Les phares foncèrent sur les deux jeunes femmes telles les deux paires d'yeux d'un monstre sous-marin. Un horrible raclement de métal leur vrilla les oreilles. C'était le bruit des terrifiants bras mécaniques du submersible de Duke, qui s'agitaient pour assurer leur prise sur la coque de leur sous-marin.

Gamay saisit ses instruments de contrôle pour tenter de diriger en retour les bras de son propre appareil.

Elle avait à peine eu le temps d'agir que Duke emprisonna l'un des deux et, l'attaquant à la scie circulaire, le sectionna en quelques secondes.

— Sers-toi de la torche ! cria Elena.

Aussitôt, Gamay alluma la torche à acétylène pour la diriger droit sur le cockpit de Duke avec l'intention de trouer le bulbe en verre. Mais tout à coup elle aperçut le visage de Duke qui paraissait terrifié. Il levait les mains dans leur direction alors même que sa machine continuait de repousser *Scarab One* vers l'arrière.

— Ce n'est pas lui ! hurla Gamay. Il ne contrôle plus rien !

Au lieu de poursuivre ce qu'elle avait entrepris au risque de tuer Duke, elle dirigea alors le bras vers le flanc du submersible pour tenter de découper l'un des moteurs. Presque au même instant, les deux femmes furent poussées à l'intérieur de l'épave. Dans le choc, le propulseur bâbord se tordit et devint aussitôt inutilisable.

Le submersible de Duke avait maintenant plus du double de leurs propres capacités.

— Il est en train de nous clouer au sol ! cria Elena.

— Ce n'est pas lui, je te dis !

Elle étendit le bras, entreprit de découper l'un des propulseurs de Duke, mais la scie circulaire de *Scarab Two* heurta violemment le verre du cockpit, l'endommageant au passage, et passa derrière elles.

Les tuyaux de la torche à acétylène furent sciés en un rien de temps et le sous-marin aussitôt noyé dans un tourbillon de bulles enflammées. Bientôt, le feu encercla les deux submersibles en train de s'affronter dans les profondeurs. Dans la lumière aveuglante, Gamay aperçut Duke se levant de son siège, une clé anglaise à la main et frappant la console pour détruire l'unité de contrôle. Au bout de trois ou quatre coups, les lumières de son sous-marin s'éteignirent et le combat entre les deux machines cessa.

Les submersibles, maintenant prisonniers l'un de l'autre et enveloppés de bulles et de flammes, tombèrent avec lenteur au fond de l'eau, avant de s'immobiliser sur le tapis de vase. Au bout de quelques minutes, les réservoirs d'acétylène vidés, le feu s'éteignit.

Le monde qui les entourait devint complètement noir. Gamay tenta d'allumer quelques interrupteurs, sans succès.

— Il a coupé les fils, expliqua Elena. Ou son sous-marin l'a fait, rectifia-t-elle.

Gamay dénicha une lampe-torche et l'alluma. Pour incroyable que cela paraisse, il n'y avait nulle fissure sur les cloisons de la cabine. Elle concentra le faisceau de lumière sur la vitre, éclairant au passage l'avant du *Scarab Two*.

Se servant de la lampe comme d'un sémaphore, elle envoya en morse le message : *Tu es OK ?*

Quelques secondes plus tard, une réponse leur parvint par le même moyen : *Désolé les filles, je ne sais pas ce qui s'est passé.*

Gamay était arrivée à la même conclusion que Paul en surface. L'écran tactile du sous-marin de Duke l'avait rendu vulnérable au piratage, contrairement à leur propre appareil, plus ancien, et dont les systèmes hydrauliques étaient encore manuels. *Tu as été hacké*, envoya-t-elle.

Elle lut à haute voix la réponse qu'il leur envoya : *Plus rien à hacker maintenant. J'ai réduit en bouillie tout ce qui est à portée et arraché les fils... J'espère qu'ils ne vont pas retenir ça sur ma paye, là-haut.*

Les deux femmes sourirent.

— On peut remonter ? demanda Gamay à Elena.

— On n'a plus de courant mais on peut se servir des réservoirs d'air, répondit-elle. Duke devrait pouvoir faire de même.

Gamay opina de la tête, envoya le message à Duke.

Il y eut un délai dans la réponse. Elles virent Duke faire le tour du cockpit, se servant de sa torche pour vérifier les jauges analogiques encore en état de fonctionner. Il parut passer un temps infini à inspecter le mur arrière.

— Qu'est-ce qu'il fait ?

— La valve d'urgence, dit Elena, en pointant une valve et une jauge dans leur propre appareil.

Enfin, la réponse de Duke : *Je crois que je ne serai pas du voyage. Vous avez découpé un de mes caissons d'air comprimé. Il ne m'en reste pas assez pour atteindre le seuil de flottabilité. Remontez et venez me chercher ensuite.*

— *Combien d'air te reste-t-il ?*

— *Assez pour cinq heures. Plus ce qui reste dans la cabine.*

— Ça devrait largement suffire, dit Elena.

Gamay acquiesça. Tout ce qu'elles auraient à faire une fois à la surface serait de lancer un câble et se servir du treuil du *Condor* pour remonter Duke.

— Encore heureux que Paul ne l'ait pas rejoint, dit Gamay. Ils auraient deux fois moins de réserve.

— Et tu serais deux fois plus inquiète.

Gamay tapa un nouveau message : *On remonte. J'espère que tu supporteras d'être sauvé par deux filles.*

— Si ça me permet de voir à nouveau le soleil, je suis prêt à porter un T-shirt à l'emblème du MLF pour tout le reste du voyage.

— Ça, j'aimerais bien voir, fit Elena, en posant une main sur la valve. Préparation à l'ouverture des caissons.

Bonne chance, envoya Gamay.

Vous aussi.

Sur quoi Elena actionna la valve. Un sifflement puissant envahit le cockpit tandis que l'air pressurisé s'échappait du caisson. À mesure que l'eau était repoussée, le submersible s'élevait.

Il y eut une pause brève, suivie d'une série de bruits métalliques tandis que le sous-marin se détachait de celui de Duke. Puis, libéré, il reprit sa lente montée.

Gamay tourna son attention vers le haut, qui pour l'instant restait sombre, aussi sombre que le fond. Elle était impatiente de voir les premières taches de lumière gris-vert qui lui indiqueraient que la surface approchait.

Une minute s'écoula. Puis une autre. Gamay commença à éprouver une sorte de vertige.

— J'ai l'impression de me trouver dans un caisson de dérivation sensorielle, dit-elle.

— Moi aussi, dit seulement Elena.

Elle jeta un coup d'œil à sa montre :

— Dix minutes.

— Encore quinze à tenir.

Ils remontaient toujours, quand soudain ils furent secoués par un impact. Gamay fut projetée en avant puis violemment renvoyée en arrière contre le dossier de son siège.

— Qu'est-ce que c'était que ça ? On a été touché par quelque chose ?

Elena regardait vers le haut, comme si elles avaient heurté le fond d'une corniche ou la coque du *Condor*. Ça ne pouvait pas être ça, songea Gamay. Elle avait clairement senti l'impact sous ses pieds et dans le bas de son dos.

Elle sortit la lampe-torche de sa poche, l'alluma et la dirigea vers le plancher, puis vers la vitre, où apparurent des tourbillons de vase, et le gris brun informe du fond de mer.

— On est retombées, dit-elle.

Une lumière clignotait à peut-être trente mètres : *Je vous manque à ce point ?*

Gamay défit sa ceinture, se leva à demi de son siège. Elle se retourna, dirigea la torche vers la section arrière du bulbe. Un mince filet de bulles s'échappait du caisson arrière – comme si quelqu'un avait ouvert une boîte entière d'Alka Seltzer.

— Inutile de m'expliquer, dit Elena. Duke a percé le caisson avec sa scie.

Gamay acquiesça, se rassit, éteignit la lumière.

— Autant pour l'espoir d'une remontée rapide.

— Oh, c'est bien plus grave que ça, dit Elena. Nous sommes deux, ici. Et on vient juste d'épuiser nos réserves d'air. D'après mes calculs, il nous en reste pour moins de deux heures.

26

Dans une pièce sombre, très similaire au centre de contrôle du *Condor*, Sebastian Brèvard fixait les deux écrans plats des moniteurs devant lui. Il souriait de façon presque maniaque, dans la lumière froide des ordinateurs. Calista, à son côté, tapait sur le clavier.

Elle leva les yeux.

— J'ai bien peur que les deux lignes ne soient mortes, mon cher frère.

— Oui, je vois ça. On ne reçoit plus rien ni des sous-marins ni du *Condor*.

Ils venaient tout juste de regarder, en couleur – via les caméras de la NUMA – comment un virus conçu par Calista venait de créer le chaos dans toute l'opération de la NUMA. En piratant une simple mise à jour de navigation, ils avaient implanté le virus à la fois sur le *Condor* et sur les submersibles. À leur tour, les programmes pirates avaient transféré le contrôle des vaisseaux informatisés jusqu'à un lieu reculé – en l'occurrence la tanière de Brèvard.

Seul *Scarab One*, un vieux modèle, avait été immunisé.

Avec le talent et l'instinct du chasseur, Calista s'était servie des instruments de contrôle au bout de ses doigts pour transformer l'un des sous-marins en prédateur, pourchassant le second et le pulvérisant contre la coque de l'épave. Les dernières images disponibles avaient montré les deux engins luttant l'un contre l'autre, puis tout s'était éteint.

— Eh bien, tu en as eu pour ton argent, fit-elle. Ils ont découvert l'unité de survie manquante. Ils sauront la vérité sur l'*Ethernet* d'ici peu.

— Il serait temps, dit son frère. Je commençais à me dire qu'ils ne la cherchaient pas.

— Nous n'aurions peut-être pas dû éditer l'image du sonar pour leur montrer l'épave.

— C'était nécessaire, dit Brèvard. Sitôt qu'Austin s'est remis d'aplomb, c'est dans cette direction qu'il s'est mis à chercher. Il aurait plongé il y a trois mois si on ne l'avait pas induit en erreur. Et ça aurait remis tout notre calendrier en question.

Son frère et ses calendriers… Tout était toujours compliqué avec lui.

— Est-ce qu'ils vont s'en prendre à Westgate, à présent ?

— Pas tout de suite. Ça ne ferait qu'augmenter les soupçons. Ils vont commencer à enquêter discrètement, de loin, pour ne pas l'inquiéter.

— Et ensuite ?

— Ensuite, nous leur fournirons un nouvel indice. Au bon moment.

Un pas après l'autre, pensa-t-elle. Mais il y avait un problème.

— Il faut supposer qu'ils se savent piratés, maintenant.

— J'espère bien. Nous avons besoin qu'ils comprennent à quel point ils sont vulnérables. Ça fera réfléchir les responsables. Ça créera doute et confusion et ça entraînera un sentiment souterrain de panique non dite ainsi que la nécessité d'y réagir. Par n'importe quel moyen. C'est comme ça qu'ils fonctionnent. Action. Réaction. Ils ne resteront pas sans rien faire.

— Tu es en train de planter la graine, fit-elle.

Il acquiesça.

— Une graine qui fera éclore notre plan.

Elle se recula de la console, se renversa sur sa chaise, étendit ses jambes et posa les pieds sur la table. Des cuissardes à talons aiguilles atterrirent sur l'ordinateur, balayant le clavier.

— Tu pourrais faire attention, s'il te plaît, fit son frère avec humeur.

Comme d'habitude, elle l'ignora.

— Et maintenant ? demanda-t-elle.

— Acosta va vendre les hackers au Coréen. Toi et Egan, vous allez prendre un groupe d'hommes et établir le contact avec lui. Si tu peux négocier, négocie. Sinon, laisse le deal se faire et fonce. Le plus probable est qu'ils te conduiront droit sur Sienna Westgate. Ramène-la, qu'on puisse finir ce qu'on a commencé.

27

Paul Trout se tenait sur le pont, surveillant l'évacuation du capitaine du *Condor* par l'hélicoptère du bateau – celui-là même qui avait transporté Kurt et Joe durant leur mission d'évacuation de l'*Ethernet* trois mois plus tôt.

Le capitaine avait dû être évacué de force, après que le médecin de bord avait confirmé qu'une artère majeure avait été entaillée et que son état nécessitait des soins urgents. Le capitaine avait perdu trop de sang pour être en mesure de protester efficacement.

— Prenez soin de mon bateau, avait-il dit à Paul tandis qu'ils le chargeaient à bord.

L'hélicoptère disparut vers l'ouest. L'ingénieur du *Condor* s'approcha de Paul.

— Vous êtes aux commandes à présent, je suppose.

— Et heureux de l'être, fit Paul avec ironie. Dans quel état est le bateau ?

— Tous les systèmes sont out. On est à la merci des eaux.

— Au moins on ne va nulle part, grommela Paul.

— Qu'est-ce que vous voulez faire, avec les sous-marins ?

Paul jeta un œil à sa montre.

— Ça fait trois quarts d'heure. Selon le protocole standard de la NUMA, les opérations sous-marines doivent être interrompues en cas de coupure de communication de plus de trente minutes avec le vaisseau de surface.

— J'ai mis des hommes au guet. Aucune nouvelle pour l'instant.

Inquiet, Paul acquiesça.

— Quel est l'état des machines ?

L'ingénieur souleva sa casquette et se gratta le crâne.

— La machine de tribord fonctionne, on peut la faire repartir. Mais il faut reconnecter l'ordinateur principal, pour ça.

Paul secoua la tête.

— Trouvez un autre moyen, dit-il. Je ne veux pas d'ordinateur.

— Lequel ?

— Je ne sais pas. Comment M. Scott s'y prend-il, d'habitude, pour faire redémarrer l'*Enterprise* quand les circuits tombent en panne ?

Avec un soupir, l'ingénieur s'éloigna vers la salle des machines. Paul, certain qu'il finirait par trouver quelque chose, tourna son attention vers la mer. Il avança vers le bastingage, porta une paire de jumelles à ses yeux, fit le tour de l'horizon. Nulle trace des sous-marins.

À ce stade, ils auraient dû se trouver en surface et envoyer des feux de détresse. Que ce ne soit pas le cas indiquait un problème. Il saisit un talkie-walkie, seule forme de communication encore fiable sur le navire :

— Marcus, fit-il. Marcus était l'ingénieur chargé des sous-marins.

— *Oui, Paul.*

— Les Scarabs sont en retard. Je veux aller à leur recherche. Qu'est-ce qui nous reste à bord, comme équipement ?

— *Un petit engin télécommandé et la CPA.*

La CPA était l'acronyme de Combinaison de Plongée Atmosphérique, une tenue en métal plaqué utilisée pour les plongées solitaires en eaux profondes. Elles étaient utilisées le plus souvent sur les pipelines et les poses de câbles océaniques. La plus fameuse était la combinaison volumineuse JIM, en usage dans les années 80 et 90. D'un design plus moderne, bien que encore assez volumineux et d'aspect robotique, celle de la NUMA bénéficiait d'un propulseur autonome, un peu comme une combinaison de la NASA.

— La CPA est équipée d'un terminal informatique ?

— *Non, pourquoi ?*

— Pour rien. Prépare-la. Je vais plonger.

À l'intérieur de Scarab One

— Quelqu'un va venir, dit Gamay avec détermination. Paul ne va pas nous laisser ici.

Elena acquiesça en fixant le vide autour d'elles d'un air maussade.

— Je ne veux pas mourir, dit-elle.

— Personne ne veut mourir, Elena, répliqua Gamay.

Pourquoi les secours mettaient-ils autant de temps ? La rupture des communications avait dû leur faire comprendre que quelque chose n'allait pas.

Pour économiser l'oxygène, les deux jeunes femmes bougeaient et parlaient le moins possible. Mais le silence lui-même était devenu une torture, les minutes s'étiraient comme des heures. Gamay était consciente du moindre petit bruit à l'intérieur de l'appareil et elle sursauta violemment quand un coup retentit contre la coque.

Levant les yeux, elle ne vit d'abord rien, puis finit par distinguer un point de lumière dans l'obscurité. Elle saisit la lampe-torche, l'alluma et, se penchant vers l'avant pour scruter l'obscurité, finit par apercevoir l'armure robotique de la CPA du *Condor*.

En morse, elle fit comprendre au plongeur qu'elles étaient en vie mais transies de froid et à court d'oxygène. Le plongeur répondit en tapant sur la coque : *Pas d'inquiétude. Vous secourir est ma BA du jour.*

— C'est Paul, fit-elle avec un soupir de soulagement.

Une autre série de coups :

— *Préparez-vous pour la remontée. Vous d'abord, ensuite Duke.*

— *Merci*, tapa-t-elle en réponse. *Tu es mon chevalier servant.*

Paul se mit sur le côté du sous-marin, laissant apparaître près de lui un engin télécommandé relié à un câble ultrarésistant équipé d'une prise. Avec une surprenante dextérité pour un homme affublé de pinces de métal géantes à la place des mains, il accrocha le câble à la poignée extérieure du Scarab.

Le filin se tendit. De nouveau, le Scarab commença à s'élever. Cette fois, les trente minutes de remontée s'effectuèrent sans encombre. Le submersible surgit à la surface, juste derrière le *Condor* sous les cris de joie des deux femmes. Puis, à la surprise de Gamay, plutôt que d'être soulevé et transporté à bord, comme le voulait la procédure, *Scarab One* fut soulevé et tiré sur le côté du bateau.

— Qu'est-ce qui se passe ? demanda-t-elle en s'extrayant de la cabine.

— Difficultés techniques, expliqua l'ingénieur. Navré d'avoir mis autant de temps mais on a eu nos propres problèmes.

Gamay sentit la fumée tout autour. Elle nota la présence des générateurs de secours à proximité du treuil qui venait de les ramener à l'air libre.

— Il a fallu tout bricoler, poursuivit-il. On ne fonctionne plus qu'avec un seul moteur et il est en contrôle manuel. Au prochain coup dur, on en sera réduits à utiliser les draps de lit pour fabriquer des voiles.

Elle décida de rester sur le pont jusqu'au retour de Paul, qui était parti chercher Duke. Tandis qu'elle attendait, elle vit la fumée qui commençait de s'échapper des conduits d'aération de la salle des machines. Deux membres de l'équipage débouchèrent sur le pont en titubant.

— Chef, fit l'un d'eux. Le moteur tribord est défectueux.

— Un incendie ?

— Non, non, juste de la fumée.

Paul, hissé à bord entre-temps, apprit la nouvelle tandis qu'on le libérait de sa combinaison.

— Lancez un appel radio, répondit-il immédiatement. Demandez un remorqueur. Dites-leur bien qu'on ne veut rien de sophistiqué. Qu'ils envoient le plus vieux, le moins automatisé des rafiots rouillés sur lequel ils peuvent mettre la main.

28

Kurt et Joe, entre-temps, avaient fait leurs bagages. Leur plan d'action, si on pouvait appeler ça comme ça, n'allait pas au-delà du billet d'avion qui les amenait en Corée. Leur hôte, Mohammed El Din, les conduisit à l'aéroport dans sa limousine blindée et leur distribua des cadeaux d'adieu. Pour Joe, un petit sablier.

— Il vous apprendra la patience, dit-il.

— Je n'ai pas l'impression qu'il vous ait tellement servi.

— Pourquoi croyez-vous que je m'en débarrasse ?

Joe rit de la plaisanterie tandis qu'un sourire radieux se peignait sur les lèvres d'El Din.

Il se tourna vers Kurt, lui tendit une petite boîte. Kurt l'ouvrit, pour découvrir un antique Colt Single Action Army en excellente condition. Il était équipé pour accueillir des balles de calibre .45, dont six étaient soigneusement alignées juste sous le canon. C'était le genre d'arme qu'on trouve dans les westerns – le Single Action Army était surnommé le Colt qui a conquis l'Ouest. Ç'avait été l'arme la plus commune aux USA entre 1873 et 1892.

— Dirk m'a dit que vous collectionnez les pistolets de duel, expliqua El Din. Celui-ci n'est pas exactement de cette époque, mais j'ai pensé que vous l'apprécieriez quand même. Il a été donné à mon arrière-arrière-grand-père par un Américain qui a aidé ma famille à échapper aux pirates.

— Je ne peux pas accepter, dit Kurt. C'est moi qui devrais vous offrir un présent.

— Vous devez l'accepter. Ou je me sentirais offensé.

Kurt hocha la tête.

— C'est un présent magnifique. Merci.

Un sourire plissa le visage d'El Din.

— Que la paix soit avec vous, fit-il.

— *As-salam Aleykoum*, fit Kurt en réponse.

Doté d'un étage, l'A 380 de la Korean Air était assez spacieux pour leur permettre de supporter sans encombre le vol de neuf heures qui les amena à Séoul, dans un univers entièrement différent. Lorsqu'ils sortirent de l'avion, la lumière aveuglante du soleil et la chaleur de Dubaï avaient fait place à une pluie froide et brumeuse. Sans qu'on les ait prévenus, la nature de leur mission avait changé également. Au lieu de la voiture de location prévue, ils furent accueillis à l'aéroport, à leur surprise, par trois hommes en costumes sombres et imperméables.

— Suivez-nous, fit celui qui semblait être le chef, en exhibant une carte du Département d'État.

Sans autre choix, Kurt et Joe s'engouffrèrent à l'arrière d'un van équipé d'une plaque diplomatique. Le véhicule prit la direction du nord.

Tandis que les lumières de Séoul disparaissaient derrière eux, Joe énonça sur le ton de l'humour ce qui devenait évident :

— Si vous nous emmenez au consulat, on est en train de prendre la route touristique, manifestement.

Kurt resta muet. Il avait identifié les trois hommes sans doute possible, à leur style et leur laconisme. Des agents de la Compagnie.

Le van continua vers le nord durant environ quinze minutes, jusqu'aux abords de la Zone démilitarisée. Avec les barbelés et les postes de garde visibles à l'horizon, le van obliqua vers l'est, rejoignit une zone déserte, ponctuée d'arbres, de radars et de tours hérissées d'antennes aux formes bizarres. Il n'y avait aucun bâtiment visible.

La route commençait à descendre. Des murs de béton s'élevèrent de chaque côté, et le van se retrouva dans un tunnel vingt pieds sous terre éclairé de lumières orange.

Quelque part sous les collines du centre de la Corée, un virage serré marqua la fin de la route souterraine. Une épaisse porte blindée s'ouvrit, ils en franchirent le seuil pour déboucher dans un parking. Ils furent extraits du van et escortés jusqu'à un centre de commandement.

À l'intérieur, deux hommes en pleine discussion semblaient aussi exténués l'un que l'autre. Le premier était un colonel coréen en uniforme militaire, le second, un Américain en civil, vêtu d'une chemise blanche aux avant-bras retournés et d'une cravate au nœud relâché. Sa veste était accrochée au dossier de la chaise derrière lui. Ce fut lui qui parla le premier.

— Je suppose que vous vous demandez pourquoi vous êtes ici plutôt qu'au Carlton ?

— On avait réservé au Hilton, fit Kurt, pour être précis. Mais oui, les photos des suites ne correspondant pas vraiment.

L'homme eut un sourire fatigué.

— Mon nom, dit-il, est Tim Hale. Je suis le chef de station de la CIA pour la Zone démilitarisée. Voici le colonel Hyun-Min Lee, directeur adjoint à la sécurité pour l'Intelligence Service de la Corée du Sud.

Les quatre hommes échangèrent des poignées de main, puis s'assirent autour de la table.

— Nous savons qui vous recherchez, expliqua Hale, et nous savons dans quel but. Nous sommes là pour vous aider.

— Pourquoi ? demanda Kurt. Qu'est-ce qui a changé ?

— Vos amis de la NUMA sont allés rendre visite à l'épave de l'*Ethernet*.

— Et ?

— Pas trace de Sienna Westgate ni de ses enfants.

— Ce n'est pas surprenant, vu l'état de l'épave. Quand un navire se brise de cette façon dans le naufrage…

— C'est justement le problème, l'interrompit Hale. L'*Ethernet* repose par le fond, mais en une seule pièce bien solide.

Kurt plissa les yeux. Il avait vu l'image du sonar. Il avait vu le bateau démembré.

Hale les mit au courant de ce qu'ils avaient appris et conclut :

— Le rapport que vous avez vu a été trafiqué. Quelqu'un a piraté la base de données des gardes-côtes sud-africains. Ces derniers vous ont envoyé ce qu'ils pensaient en toute bonne foi être le dossier du naufrage de l'*Ethernet*, mais ce que vous avez vu est un leurre.

— Dans quel but ?

— Pour que vous ne plongiez pas pour découvrir ce que la NUMA a trouvé, dit Hale. Trois corps ont été extraits de l'épave. Deux sont des membres de l'équipage de Westgate, et le troisième son garde du corps personnel.

Hale apprit également à Kurt ce qui était arrivé au *Condor* ainsi qu'aux deux sous-marins.

— Pirater les systèmes informatiques d'un navire et de deux sous-marins et en prendre le contrôle n'est pas à la portée de n'importe qui, constata-t-il. Surtout si l'on considère les protections informatiques très strictes mises en place par la NUMA ces dernières années.

— Elles n'ont pas été suffisantes, à l'évidence, dit Kurt.

— Qu'est-ce qui l'est encore, par les temps qui courent ?

— Tout ça nous conduit à notre principal suspect, intervint le colonel Lee. M. Than Rang, patron du groupe DaeShan, un homme lié de plusieurs manières aux généraux du Nord.

Kurt était sidéré.

— Êtes-vous en train de dire que Than Rang est un agent dormant de Pyongyang ?

— Non, répondit Lee, c'est le contraire. Than Rang s'intéresse au jour inévitable où les deux Corées entameront une procédure de réunification. Voilà des années que son conglomérat achète de vieux titres de propriété de terrains dans le Nord. Ces titres n'ont aucune valeur, bien sûr, mais, en cas de réunification, il pourrait prétendre avec une certaine légitimité à un territoire considérable au nord. Il entretient ses relations avec les généraux et les hauts fonctionnaires du Parti qui entourent Kim Jong-un. Si les choses changent, ils seront les premiers à bénéficier de ses acquisitions foncières, exactement comme les ardents défenseurs du communisme dans l'ex-Union soviétique ont accaparé la plupart des industries contrôlées par l'État quand l'URSS s'est effondrée.

— Qu'est-ce qu'il leur donne ? demanda Joe.

— Du bon vieux cash, tout simplement. Des ordinateurs sophistiqués. Et du software, sans doute aussi, assura Lee.

— Et peut-être aussi des hackers et des programmeurs de renom, ajouta Hale.

— Tout ça en échange de terrains pratiquement sans valeur ? demanda Kurt, incrédule.

— Oui, sauf que la plupart de ces terres se tiennent sur des réserves de minéraux, répondit le colonel Lee. Et Than Rang a déjà prouvé qu'il avait le don d'acquérir des mines apparemment épuisées pour les faire fructifier souvent jusqu'à des taux records. Il n'y a aucun doute, il deviendrait très riche si son plan fonctionnait.

— Je vois, fit Kurt. Si je comprends bien vous voulez qu'on fasse le sale boulot pour vous. La question est : pouvez-vous me faire passer en Corée du Nord ?

— Non, répondit Hale platement. Vous ne survivriez pas cinq minutes si on le pouvait.

— Quel est le plan dans ce cas ?

— Than Rang donne une réception huppée pour ses partenaires en affaires, expliqua le colonel Lee. Il y aura du vin, des femmes et des chansons, comme vous aimez dire. Plus important encore, il y aura un invité spécial. Il amènera avec lui un colis plus spécial encore. Je crois que vous le connaissez. Heureusement, ce n'est pas réciproque. Il ne vous a jamais vu.

— Acosta, fit Kurt avec dégoût.

— Il vient livrer les hackers, devina Joe.

— Exactement, confirma Hale. Il va les échanger contre une grosse somme en diamants et une toile de maître.

Kurt réfléchissait rapidement :

— Pour qu'un tel échange se produise, il faut que les diamants et la toile soient expertisés.

— Acosta ne veut évidemment pas de faux, et Than Rang, de son côté, n'entend pas ramener des pirates informatiques amateurs à ses amis de Pyongyang. Il va donc leur falloir à tous deux des experts capables de vérifier que les biens sont *bona fide*. Than Rang va faire appel à des techniciens de sa compagnie pour tester les hackers. Le plus probable : il leur donnera un code complexe avec pour mission de le décrypter. On leur demandera peut-être aussi d'introduire un programme dans un système hautement protégé. Acosta, quant à lui, fera expertiser la toile et c'est là que vous entrez en action. Acosta se tient pour un collectionneur avisé, figurez-vous. Sauf qu'il en sait beaucoup moins en matière d'art qu'il ne le prétend. Vraiment beaucoup moins. Pour être certain qu'il ne se fait pas arnaquer, il a mandaté un expert du nom de Solano qui sera là avec lui.

— Et nous devons faire… ?

— M. Zavala ici présent va se faire passer pour Solano. Le vrai Solano nous vient de Madrid.

Vous avez la même taille que lui, presque le même poids, fit-il en se tournant vers Joe. Avec un peu de maquillage, vous devriez être l'image parfaite de notre expert en art.

— Et si Acosta le perce à jour ? intervint Kurt.

— Aucun danger, appuya Hale. Acosta n'a jamais rencontré Solano. Ils se sont parlé au téléphone, sans plus. Et ils arrivent séparément. Solano débarque demain, Acosta après-demain.

— Et sa voix ? S'ils se sont parlé, Joe va devoir adopter les intonations de Solano.

— D'après votre dossier, monsieur Zavala, vous parlez couramment espagnol ?

Joe acquiesça.

— Le seul problème est que Solano est catalan, fit Hale. Nous allons l'intercepter avant qu'il ne rejoigne son hôtel, dès la sortie de l'aéroport. Cela vous laissera le temps de pratiquer l'accent.

— Ça ne devrait pas être bien compliqué, dit Joe.

Kurt était réticent. Il n'aimait pas l'idée de voir son ami prendre tous les risques. Mais il comprenait que c'était là leur seule chance.

— Je l'accompagne, bien entendu, fit-il.

— Naturellement. D'autant que votre mission va consister à placer un émetteur sur l'un des hackers.

Kurt opina de la tête.

— Je crois que nous pouvons imaginer la suite si nous échouons. Mais que se passera-t-il si on réussit ? Exfiltrer les hackers du Nord reste une tâche impossible pour vous comme pour nous.

— Le truc, dit Hale, c'est que nous ne sommes pas sûrs de l'endroit où ils se trouvent. La Corée du Nord possède une unité informatique connue sous le nom d'Unité 121. Nous savons que certains des membres de cette unité opèrent depuis la Chine, d'autres ont été repérés sur des sites en Russie, d'autres encore ici même, à Séoul. On peut attaquer informatiquement un pays depuis n'importe où, de nos jours. Cela signifie que les pirates informatiques une fois livrés sont susceptibles d'être dispatchés n'importe où.

Kurt comprenait, mais quelque chose le mettait mal à l'aise, sans qu'il identifie quoi. Il étudia Hale. Lui et le colonel Lee étaient tous deux impénétrables. Peut-être était-ce dû à la nature de leurs occupations, à leur expression de chiens battus disant qu'ils avaient passé en revue pendant des heures tous les aspects de la mission. Quoi qu'il en soit, quelque chose clochait. Kurt n'arrivait pas à mettre le doigt dessus, mais il avait l'intuition que, si la lumière se faisait, ce serait au pire moment.

29

Le Condor, *au sud-ouest de l'océan Indien*

Le *Condor* dériva avec le courant tout l'après-midi. Vers le soir, Paul Trout se sentait dans la peau d'un pirate sur un vieux galion coincé dans les Tropiques en partance vers nulle part.

Au crépuscule, l'ingénieur et ses hommes étaient parvenus à bricoler une unité auxiliaire suffisamment puissante pour alimenter les systèmes de désalinisation et de ventilation, mais guère plus. La plupart des lumières et la climatisation restaient HS. Dépourvu de toute aération, en conséquence, l'intérieur du bateau était une étuve. La plupart des marins qui le pouvaient s'étaient dispersés sur le pont.

Paul, quant à lui, avait pris place sur la passerelle avec Gamay.

— Quelle nuit merveilleuse, dit-elle.

Une brise venue du sud soufflait doucement, juste assez pour apporter un peu d'humidité rafraîchissante, et l'air était doux.

— Voilà qui plaide pour la nostalgie, ajouta-t-elle en passant un bras autour du torse de Paul en se serrant contre lui. Aucun bruit en provenance des machines. Pas d'ordinateur nous obligeant à guetter les nouveaux messages… Je ne serais pas contre un dîner aux chandelles, si tu n'as rien de prévu.

Paul allait l'embrasser lorsqu'ils furent interrompus par un homme d'équipage au T-shirt détrempé par la sueur :

— Nous venons de repérer quelque chose au radar.

— Je croyais que le radar ne marchait pas ? fit Gamay avec humeur.

— J'ai demandé à l'ingénieur de le brancher sur l'unité auxiliaire, intervint Paul. Qu'on sache au moins ce qui se passe autour de nous.

Gamay fit la moue, tandis que tous trois se dirigeaient vers la cabine de pilotage à demi plongée dans l'obscurité. Sur l'écran du radar, à l'extrémité, presque hors champ, un point lumineux apparaissait.

— Ça peut être le remorqueur ? demanda Gamay.

— Non, madame, répondit le marin. Le remorqueur est attendu par l'ouest. D'après nos estimations, il est à quatre heures d'ici. La cible repérée se trouve à l'est.

— À quelle distance l'estimez-vous ?

— Soixante-quinze kilomètres. C'est la portée maximale du système avec cette puissance.

— Trajectoire et vitesse de la cible ? On peut l'arraisonner ?

— C'est justement le problème. On dirait qu'elle n'a ni trajectoire ni vitesse. Elle apparaît et disparaît de façon intermittente. Il n'y avait plus rien depuis une heure, on pensait qu'elle avait pris une autre direction, et elle vient de réapparaître plus ou moins sur la même position.

— Je ne comprends pas, nous sommes en train de dériver, fit remarquer Paul. Même si la cible était stable, sa position sur le radar devrait changer, à moins qu'elle ne dérive également.

— Ou bien c'est un vaisseau qui nous suit en se maintenant à l'extrême limite de la portée du radar, répondit le marin d'un ton qui ne présageait rien de bon.

— Quoi qu'il en soit, pour apparaître à une telle distance, ses dimensions doivent être impressionnantes, dit Gamay. Ils essaient peut-être de ne pas se faire repérer.

Ils en étaient réduits aux hypothèses. Vu ce qu'ils venaient de traverser, cependant, Paul n'était pas décidé à prendre le moindre risque.

— Le retour de l'hélicoptère est prévu pour quand ?

— C'est le second problème, dit le marin. Le pilote a signalé une défaillance technique tout de suite après avoir quitté Durban, et ils ont dû faire demi-tour. Aux dernières nouvelles, ils cherchaient des pièces détachées. Dans le meilleur des cas, ils ne seront pas là avant demain matin.

— Et le remorqueur est à quatre heures ?

— Au mieux.

Paul soupira. Ils étaient seuls sur la mer qui s'obscurcissait, surveillés par un objet inconnu. Une position guère enviable.

— Contactez le QG par téléphone satellite, dit-il. Prévenez-les que nous risquons d'avoir de la compagnie.

— Et quoi faire en attendant ? demanda Gamay.

— Prier pour qu'on se trompe, goûter l'air du soir, répondit Paul. Et se préparer à repousser un ennemi inconnu.

30

Le crépuscule fit place à l'obscurité totale, puis à un sentiment de complet isolement. Le navire, d'habitude débordant d'activité, était totalement silencieux. L'équipage se préparait au combat.

Mais l'adversaire mystérieux ne se matérialisait pas, et Paul commençait à se demander s'il n'avait pas cédé à la paranoïa.

— Du nouveau ? demanda-t-il à l'opérateur radar, pénétrant une nouvelle fois dans la cabine.

— Non, monsieur. Qui que ce soit, ils se contentent de dériver avec nous depuis trois heures.

Comme le remorqueur qui devait les ramener à Durban n'était plus qu'à une heure de distance, Paul sentit le danger s'éloigner.

— Il y a une vedette à grande vitesse sur ce navire, non ? fit-il, en proie à une inspiration soudaine.

— Un CSU, oui monsieur. Un Canot de Secours d'Urgence.

— Parfait. Préparez-le. Je vais aller examiner de près notre espion mystérieux.

— Pas sans moi, en tout cas.

Paul se retourna pour faire face à Gamay, qui se tenait dans l'embrasure.

— Je n'oserais pas, fit-il. En fait, l'idéal serait une sortie à quatre. Va chercher Duke et Elena.

Quelques instants plus tard, tous quatre avaient pris place dans la vedette la plus rapide du *Condor*, un canot élégant de dix mètres de long, tout juste sorti des ateliers de la Dutch Special Marine Group. Avec sa proue élevée, son pont ouvert, sa console de contrôle centralisée et son mât de navigation, son design faisait songer à une vedette de la police fluviale gonflée aux stéroïdes. Le moteur, un Volvo Water Jet bruyant, les emportait à une vitesse de 40 nœuds.

Paul prit place à la proue face à Gamay, tandis que Duke se mettait aux commandes. Elena préparait les armes tout juste sorties de la réserve du *Condor* en cas de besoin.

Naviguant au jugé, Duke offrit une estimation :

— On devrait voir la cible apparaître d'ici quelques minutes. Du moins si elle est équipée d'un système d'éclairage quelconque.

Paul acquiesça, les yeux sur l'obscurité.

— Quel est le plan ? demanda Gamay.

— Le plan ? répéta Paul.

— Le plan, oui. Tu sais, ce truc qui sert à anticiper ce qu'on va faire et qu'on oublie une fois sur place quand rien ne se passe comme prévu.

— Ah oui. Eh bien, je pense que le mieux est d'encercler la cible et, s'il s'avère qu'il s'agit d'une menace, de demander au capitaine de se rendre.

Gamay soupira.

— Ouais. On n'aura guère de mal à l'oublier, celui-là.

— Je ne pense pas qu'on ait affaire à quoi que ce soit d'hostile, dit-il plus sérieusement. Je pense que nous allons trouver un autre vaisseau en détresse exactement dans notre situation.

— Pourquoi emporter des armes dans ce cas ? demanda Elena, qui tenait un pistolet à la main. Deux AR-15 étaient alignés côte à côte sur le pont. Paul et Gamay se réservaient les fusils.

— Pour le moment inévitable où mon hypothèse se révélera fausse, dit Paul, impassible.

Tandis que le canot filait dans la nuit, la radio émit un bruit à peine audible, puis la voix de l'ingénieur retentit :

— CSU *ici* Condor. *Vous êtes sortis du radar. Nous ne percevons plus votre signal. Compte tenu de votre vitesse et de votre direction vous devriez compter jusqu'à cinq et rentrer.*

Le message était codé de façon simple au cas où quelqu'un l'intercepterait. *Compter jusqu'à cinq* signifiait qu'ils n'étaient plus qu'à cinq kilomètres de la cible.

— La voie est libre, traduisit Paul en direction des trois autres.

— Dit la souris en courant vers le piège, commenta Gamay.

Paul reprit sa position à la proue et scruta l'obscurité.

— Ils ont éteint tous leurs feux, nota Gamay. Sans quoi, on les apercevrait déjà.

— Sans doute, dit-il en levant les yeux. Une lune de cire aux trois quarts pleine répandait un flot de lumière argentée sur les eaux. Aucun nuage. En vérité, même sans lumière ils auraient dû distinguer au moins la silhouette du bateau qu'ils cherchaient.

— Duke, quelle est notre direction ?

— Zéro neuf cinq, répondit Duke.

— Il devrait être juste devant nous.

— C'est peut-être un fantôme, fit Elena.

— Un fantôme ?

Elena ouvrit de grands yeux :

— Sur le radar. Tu sais ? Un faux signal. C'est le terme technique.

Paul devait envisager l'hypothèse. Il commença à se demander s'ils n'avaient pas entrepris cette expédition pour rien. Il saisit une paire de jumelles infrarouge, fixa l'horizon en quête d'une forme quelconque… C'est alors qu'il l'aperçut enfin. Rien de plus qu'une ligne noire montant depuis l'horizon – une ligne basse, longue, qui émergeait tout juste des eaux calmes.

— Droit devant, fit-il. Enfin.

La masse sombre de la cible se faisait lentement plus épaisse. Dans l'obscurité, il n'arrivait pas à mesurer la distance à laquelle elle se trouvait.

— Réduis la vitesse à 10 nœuds, lança-t-il à Duke.

Le bruit du moteur se changea en ronronnement, le canot ralentit. Rien n'indiquait la moindre menace.

— Autant pour le piège, fit Paul à l'intention de Gamay au bout de quelques instants.

— Les dernières paroles du condamné.

Ils s'approchèrent de la masse noire qui, dans les ténèbres, semblait maintenant bloquer l'horizon. Paul estimait sa longueur à cent cinquante mètres. Il n'y avait ni cheminée, ni antenne, ni pont ou structure quelconque qu'il pût apercevoir. Et, bien que l'objet fût divisé en parties plus ou moins hautes, l'effet global était celui d'un bloc épais d'un seul tenant.

— On dirait une péniche, dit Paul.

— Qu'est-ce qu'une péniche ferait par ici ? demanda Elena.

Nul ne s'aventura à répondre.

— Allons sur bâbord, dit Paul en direction de Duke.

Duke actionna le gouvernail. Le canot tourna à droite, s'avança le long de l'un des côtés du vaisseau, parvint à l'extrémité, fit le tour pour passer de l'autre côté.

— La poupe est arrondie, constata Paul.

— Ce n'est pas une péniche, dit Gamay. C'est un navire.

— Une carcasse morte et sombre, murmura Elena.

— Un vaisseau fantôme, renchérit Gamay.

Paul lui-même dut admettre que quelque chose de sinistre émanait de cette silhouette opaque, une aura maléfique, encore renforcée par la vision granuleuse et verdâtre qu'en offraient les lunettes de nuit. La brume entourant la forme rétro-éclairée par les étoiles et la lune argentée achevait de lui conférer un caractère spectral.

Paul en avait assez vu. Il posa les lunettes, se dirigea vers le mât de transmission. La vedette, prévue pour les sauvetages d'urgence, était équipée de puissants projecteurs. Paul alluma le flot de lumière et le pointa sur la coque de l'objet mystérieux.

Les rayons firent apparaître des plaques de métal épais, rouillées et corrodées, comme si le navire avait dérivé des années durant. Les hublots alignés, juste au-dessus de la ligne de flottaison, étaient hermétiquement fermés et opaques.

Il fit glisser la lumière sur la coque, révélant des lignes emmêlées, striées de vert et de brun. Il leur fallut un moment pour réaliser ce qu'ils étaient en train de voir. Gamay fut la première à le formuler.

— Ce sont des lianes, dit-elle, incrédule. C'est de la végétation.

Duke mit le moteur au repos. Paul orienta le projecteur en direction d'un enchevêtrement de lianes qui courait le long de la coque jusqu'à ce qui aurait dû être le bord du pont supérieur, mais se révélait une couche de sédiments bruns érodés.

— Mais qu'est-ce que…

Au-dessus, la végétation se répandait partout, comme du lierre sur un mur de pierre. De mauvaises herbes et des broussailles emmêlées recouvraient entièrement l'espace du pont supérieur.

Duke secoua la tête.

— J'ai déjà vu des choses étranges flotter en mer, mais voilà qui dépasse tout.

— Je crois que nous devrions revenir au *Condor*, fit Gamay abruptement.

— Tu n'es pas curieuse d'en savoir plus ? demanda Paul en se tournant vers elle.

— Bien sûr que si. Mais nous sommes venus voir si nous étions menacés ou s'il s'agissait d'un vaisseau en détresse, et ce n'est ni l'un ni l'autre. Maintenant qu'on sait cela, on ferait mieux de rentrer avant que quelque chose de bizarre ne se produise.

Paul examina son épouse.

— Ça ne te ressemble pas de jouer les femmes raisonnables. Où est passé ton sens de l'aventure ?

— Je l'ai laissé sur la table de nuit, avec les clés de la voiture.

— On est venus jusqu'ici, fit-il en riant. On peut aussi bien monter à bord.

— Et comment va-t-on faire ça, d'après toi ?

Paul la regarda comme si la réponse tombait sous le sens.

— Façon Tarzan, bien sûr, dit-il en désignant les lianes.

31

Avec calme et précision, Duke amena la vedette tout contre la coque du navire, à un point d'où pendait un amas épais de plantes grimpantes. Paul les saisit à pleines mains, tira pour s'assurer de leur solidité.

— Je passe le premier, fit-il. Si elles supportent mon poids, elles supporteront le vôtre.

Il prit appui sur le rebord d'un hublot, se hissa, puis se mit à grimper, s'accrochant à la végétation avec la dextérité d'un entraînement sur un pan d'escalade. En un rien de temps, il fut sur le pont, qui était entièrement couvert de terre et de boue séchée.

Gamay l'avait suivi, puis, juste derrière, Elena. Duke restait aux commandes de la vedette.

— J'ai l'impression de découvrir une île déserte, dit Elena.

— Espérons qu'elle soit déserte, ajouta Gamay. Je n'ai pas envie de voir surgir des coupeurs de tête.

Paul parcourait les lieux du regard. Rien autour d'eux ne semblait le produit d'une activité humaine.

Ce qui avait dû être un navire n'offrait plus pour tout paysage qu'un monticule de terre recouvert d'herbes et de végétation errant au milieu de l'océan Indien.

— On dirait que ce bateau s'est retrouvé coincé dans la mer des Sargasses.

— Sauf qu'il ne s'agit pas d'algues, dit Gamay.

— Le niveau de flottaison est très bas mais il flotte, nota Elena. Cela signifie qu'il est resté étanche.

— Toute cette végétation doit l'alourdir, dit Paul.

— C'est probable, vu son épaisseur et celle de la couche de terre. On a de la chance que le temps soit au calme. Vu son poids, il ne tiendrait sûrement pas le coup en cas de turbulences.

Paul était dévoré par la curiosité. D'où venait ce bateau, qu'est-ce qu'il était ?

— Envoie les pagaies, ordonna-t-il à Duke, je crois qu'on peut s'en servir.

Duke sortit de leur casier les pagaies d'urgence de la vedette et les lança une à une. Paul les attrapa, en tendit une à Gamay, garda l'autre.

— Qu'est-ce que nous sommes censés en faire d'après toi ? demanda-t-elle, ramener le bateau vers la civilisation à la rame ?

— Ce n'est pas une pagaie, c'est une pelle, expliqua Paul. On ne va pas ramer, on va creuser. Si ce navire est bel et bien étanche, cela signifie sans doute que toute la boue se trouve à l'extérieur et que l'intérieur est intact. On va trouver une écoutille et y pénétrer.

— Quand je pense que je n'arrive pas à te faire balayer les feuilles mortes dans le jardin de la maison.

— Ce n'est pas aussi excitant que tout ça.

— Ça me plaît bien, personnellement, fit Elena.

— Tu vois ?

— Tu es censée être de mon côté, toi, fit Gamay en direction d'Elena. Solidarité féminine.

— Désolée. Mais c'est tout de même mieux que de rester assis dans le noir en attendant un remorqueur.

— Dans ce cas, tu peux aider Paul à creuser, fit Gamay en lui tendant la pagaie avec un sourire de satisfaction.

Paul gloussa, se pencha de nouveau vers Duke, trois mètres plus bas :

— Reste à portée. On part en excursion.

Sa curiosité exacerbée, Paul prit la tête du petit groupe, le guidant à travers le feuillage dense qui se répandait jusqu'au plus haut point de la butte de terre, sur laquelle dominait un enchevêtrement épais de lianes. S'il avait vu juste, la partie principale du pont supérieur devait se trouver juste en dessous.

Il se fraya un chemin entre deux buissons et s'arrêta :

— Regardez ça, dit-il, dirigeant sa lampe sur un fouillis de feuilles.

Une énorme araignée, de la taille d'une main d'enfant, reposait au milieu d'une toile parfaitement tissée. Son corps était jaunâtre et doté d'une carapace dure, à l'opposé de la consistance molle et pelucheuse de la tarentule. Non loin d'elle, une seconde araignée d'apparence similaire était posée sur une toile plus grande encore. Ils en comptèrent trois autres dans un rayon de trois mètres.

— Argh ! réagit Elena calmement. Elles sont absolument écœurantes.

— Tu avais besoin de nous les montrer ? demanda Gamay en se retournant pour vérifier que son dos était intact. J'ai l'impression qu'elles sont en train de me sauter dessus.

Paul ne put s'empêcher de rire. Il avait depuis l'enfance un goût pour les araignées, même s'il devait admettre qu'il n'aurait pas aimé trouver celles-là dans son sac de couchage.

— Avançons, dit-il. Ils s'enfoncèrent dans l'espèce de jungle qui les entourait, prenant garde d'éviter les araignées et les parties les plus enchevêtrées des branchages et des herbes, et parvinrent au point qui se trouvait juste en dessous du sommet du monticule, presque au centre du navire.

Gamay dirigea la lumière. Paul et Elena entreprirent d'arracher les lianes et de creuser le sol épais. Les pagaies se révélèrent efficaces, ils se retrouvèrent bientôt creusant un tunnel à quarante-cinq degrés. Soudain, Gamay posa sa main sur l'épaule de Paul :

— Stop ! fit-elle.

Il se retourna.

— Je crois que j'entends quelque chose.

— Autre chose que mes ruminations à l'idée que je me tape tout le boulot ?

— Sérieusement, Paul.

Paul et Elena s'étaient équipés d'armes de poing avant de monter à bord, des Rugers SR9 fabriqués en Arizona. Mais depuis qu'ils avaient découvert que leur cible n'était qu'une épave abandonnée, aucun d'eux ne songeait sérieusement en avoir besoin.

Gamay dirigea le rayon de sa lampe sur les alentours. Rien ne bougeait.

— C'est peut-être une araignée géante, murmura Paul. La maman de toutes ces petites bêtes qu'on a croisées.

Gamay lui donna un petit coup sur l'épaule.

— Je suis sérieuse, fit-elle. J'ai un mauvais pressentiment.

Elena, près d'eux, détacha la sangle de l'étui de son arme et posa la main sur la crosse.

Une brise légère agita les feuilles tout autour. À l'instant où elle s'évanouissait, Paul entendit quelque chose à son tour. Un bruit lent, grinçant, une sorte de souffle pénible, qui ne dura que quelques secondes, puis disparut. Il plongea ses yeux dans la végétation, mais ne vit rien.

— Tu l'as entendu toi aussi, non ? chuchota Gamay.

Leurs esprits leur jouaient des tours, songea Paul.

— Vous et vos histoires de fantômes, fit-il. Restons rationnels s'il vous plaît.

Elena acquiesça, elle lâcha son arme.

— Je vais garder un œil sur les esprits malins, annonça Gamay, plaisantant à demi.

— C'est ça, répondit Paul. Essaie d'en trouver un qui aime creuser.

Ils reprirent leur tâche avec une énergie renouvelée. Quelques instants plus tard, les pagaies heurtèrent une surface dure. Après avoir déblayé les débris, ils découvrirent une plaque de métal rouillée.

— Ça y est ! s'exclama Paul.

Ils élargirent le passage, libérant une écoutille. Tenter de l'ouvrir serait inutile. Ils continuèrent à creuser autour, jusqu'à dégager une fenêtre à demi pulvérisée. Paul dégagea ce qui restait de verre et passa la tête à l'intérieur.

— Qu'est-ce que tu vois ?

— Ça ressemble à une cave. La boue a envahi presque toute la pièce, mais on dirait qu'elle est moins épaisse vers le fond.

— Je suis surprise que ce ne soit pas rempli jusqu'au plafond, dit Elena.

— Le feuillage extérieur a probablement fait barrage, dit Paul en guise d'explication. L'humidité a pénétré la pièce, visiblement. Le sédiment a l'air lisse comme du sable à marée basse.

Comme il dirigeait la torche vers l'intérieur, la lumière disparut, avalée par la profondeur des lieux. Il se recula :

— À qui l'honneur ?

Elena secoua la tête. Gamay en fit autant.

— C'est ton idée, dit-elle, pas la mienne.

Étant donné sa taille et sa corpulence, Paul n'appréciait pas spécialement les espaces exigus. Sans être vraiment claustrophobe, il se sentait mal à l'aise dans les lieux peu faits pour quelqu'un de sa taille. Cependant, Gamay avait raison – c'était son idée.

Il vérifia qu'il ne restait pas de morceaux de verre dans l'embrasure de la fenêtre, puis grimpa dessus et passa au travers.

Il atterrit sur un sol humide et compact.

— Tu vois des araignées ? fit Gamay depuis l'extérieur.

— Aucune, non.

— Tu es sûr ?

— Absolument.

Gamay se faufila par la fenêtre à son tour, suivie, à la surprise de Paul, par Elena.

— Je n'ai pas envie de rester toute seule dehors, fit-elle en guise d'explication.

Dans un premier temps, il leur fallut ramper. Le sédiment s'était empilé à une telle hauteur dans la pièce que le plafond n'était qu'à un mètre au-dessus de leurs têtes. Puis, à mesure qu'ils s'éloignaient de la fenêtre, la couche de boue s'inclina vers le bas et l'espace s'élargit. Paul aperçut de petites arêtes dépassant dans un coin. Il s'approcha et se mit à rire.

— Qu'est-ce qu'il y a de drôle ? demanda Gamay.

— Ton dîner aux chandelles, tout à l'heure, tu te souviens ?

— Eh bien ?

— Voilà l'occasion, fit-il en s'efforçant de dégager de la boue l'objet qu'il venait d'entrevoir. Je crois que nous sommes dans la salle à manger du bateau.

— Je ne sais pas pourquoi, mais j'espérais un peu plus d'ambiance, dit Gamay en gloussant.

Ils s'enfoncèrent encore plus loin dans la pièce, descendant la pente jusqu'à ce que le limon ne soit plus qu'une mince couche de terre au sol. Paul se dressa, Gamay également.

— Et maintenant, mon leader intrépide ? On fait quoi ? fit-elle en essuyant les paumes de ses mains sur son jean. Je pourrais me passer d'un bain de boue la prochaine fois que je vais au spa.

Du regard, Paul faisait le tour des lieux.

— Voyons si l'on parvient à identifier le navire et savoir d'où il vient, fit-il.

Ils s'avancèrent, jusqu'à ce qui s'avéra être les cuisines et la réserve.

— Regardez ces fours, dit Gamay. Ils sont vieux.

— Vieux comment ?

— Je ne sais pas. Mais vieux. On dirait le four qu'utilisait ma grand-mère.

Paul examina les ustensiles. Gamay avait raison, tout semblait venir d'une autre époque. Il avait l'impression d'avoir fait un bond en arrière dans le temps.

Il ouvrit la porte d'un placard rempli de plateaux de service. Il en prit un au hasard, entreprit de gratter la surface en étain toute noircie par le temps et les intempéries, et une sorte de logo finit par apparaître au centre. C'était une ancre stylisée, aux extrémités en pointe, vue de côté. Elle lui parut familière.

Il la montra à Gamay qui, pour tout commentaire, haussa les épaules.

— La réserve est vide, dit Elena, en faisant irruption dans la cuisine.

Paul remit le plat en place.

— Essayons de trouver le pont.

Il fit un pas vers la porte. S'arrêta net. Le souffle grinçant qu'ils avaient cru percevoir se faisait de nouveau entendre. Sans doute possible cette fois : un bruit profond, guttural, menaçant.

Paul braqua sa lampe vers la porte à l'instant où quelque chose jaillit. Une espèce de rugissement résonna dans l'ombre tandis que tous trois plongeaient instinctivement sur le sol.

Paul agrippa Gamay, la couvrit de son corps tandis qu'une forme tournoyait vers eux. Quelque chose de la texture d'une bûche épaisse vint le frapper en plein dans les côtes. Il tomba, s'enfonça dans la boue, lâchant la torche dans le mouvement.

— Fuyez ! cria-t-il par-dessus le rugissement.

Gamay l'aida à se relever. Elena s'accrochait aux fourneaux. Une masse s'abattit tout près d'elle et disparut et, sous la violence du choc, les plats dans le placard se répandirent sur le sol. Elena braqua son arme au jugé et une rafale de coups de feu retentit, illuminant la pièce de flashes brefs.

Gamay mit la main sur sa lampe-torche, la braqua sur la porte menant à la cuisine qu'ils venaient de franchir. Un monstre en sortit. Il fonçait droit sur eux. Gamay réalisa qu'il s'agissait d'un crocodile. Le corps de l'animal aux dents mal taillées et à l'allure affreuse et cabossée devait bien mesurer trois mètres de long. Il sauta à l'instant précis où Paul fit feu, logeant plusieurs balles droit dans la gueule ouverte de la créature.

Tout près, Gamay hurla mais le bruit des tirs noya sa voix tandis que l'animal s'effondrait sur Paul en plein sur son abdomen, lui coupant la respiration comme l'aurait fait un sac de béton.

Les balles étaient ressorties derrière son crâne. Le corps de la bête, et ce qui restait de sa tête pulvérisée par les tirs, reposaient maintenant, immobiles, sur la poitrine de Paul. Les pattes épaisses et les griffes continuèrent de s'agiter quelques secondes encore sur sa jambe en un réflexe nerveux, avant de s'immobiliser tout à fait. Paul ne put s'empêcher de noter la puanteur émanant de la gueule du cadavre.

Réalisant avec un temps de retard qu'il n'avait plus rien à craindre, il se dégagea, se releva, puis éloigna la dépouille d'un violent coup de pied. La queue puissante de la bête s'agita une dernière fois avant de retomber.

Paul réalisa alors qu'il s'appuyait sur Gamay. Elle se tenait derrière lui, un bras passé autour de lui dans une étreinte, l'autre tenant toujours la torche et éclairant l'animal.

— Elena ? cria Paul. Ça va ?

Elena sortit de la cuisine en boitillant, son arme toujours à la main.

— Ça va. Je me suis tordu le genou mais je peux marcher.

Paul se dégagea du bras de son épouse et, passant à son côté, s'adossa au mur.

— Bravo pour la lampe, fit-il. Ça va ? Tu es entière ?

Elle acquiesça.

— Ça m'a guérie de ma peur des araignées, si tu peux le croire.

Paul ne put s'empêcher de rire. Entre autres qualités, l'esprit et l'humour de sa femme étaient les deux traits auxquels il n'avait jamais pu résister.

— Je t'aime, fit-il en s'approchant d'elle. Il l'embrassa, tout couvert de boue qu'il était.

— On a du crocodile à dîner, je suppose, dit-elle.

— Non. Mais, d'un autre côté, il ne nous mangera pas non plus.

— On pourrait en tirer une sacrée paire de bottes, en tout cas, dit Elena. Et le sac à main qui va avec.

Cette fois, ils rirent tous les trois.

— D'où peut-il bien venir ? demanda Paul.

De nouveau, Gamay dirigea sa torche vers l'entrée, où des marques de griffes et la trace de son corps étaient bien visibles dans la boue. Il a dû vivre sur le navire, dit-elle. On dirait qu'il nous suivait.

— Qu'est-ce qu'un crocodile peut bien faire sur un navire ? demanda Elena. Sans parler de cette jungle.

Paul se posait la question depuis le début.

— Kurt et Joe ont récupéré un bateau comme ça, une fois. Le bateau était échoué depuis plusieurs années, il avait fait naufrage près d'un parc naturel protégé sur la côte de Birmanie. La NUMA avait accepté d'intervenir parce que du pétrole s'échappait des cuves. Kurt m'a raconté que, lorsqu'ils sont arrivés, le navire était pratiquement devenu une partie de la jungle. Il était couvert et rempli de plantes et d'insectes. J'imagine que celui-ci a connu le même sort.

— On ne le devinerait pas, vu le temps ces jours-ci, mais il y a eu de sacrées tempêtes dans la région ces derniers mois, intervint Elena.

— Si ce navire était échoué quelque part, il a pu être poussé vers les courants par l'orage, supposa Gamay.

— Peut-être, dit Paul. Et ce malheureux crocodile s'est retrouvé piégé à bord.

— Il aurait pu tout simplement sauter dans l'eau et nager jusqu'à la plage ?

— La tempête était peut-être trop violente.

Gamay examina la dépouille de l'animal. Comparé aux trois humains présents il en imposait, certes, mais sa taille n'était pas disproportionnée pour un spécimen de son espèce.

— Je sais que les crocodiles marins peuvent parcourir de sacrées distances dans l'océan, mais celui-ci m'a l'air différent. Il est plutôt maigre. Il est peut-être d'une autre espèce.

Paul hocha la tête, se releva, nettoya la boue dont il était maculé et aida Gamay à se remettre sur ses pieds. Ce n'est qu'ensuite qu'il nota le grand cadre qui se trouvait derrière eux. La toile était noire de boue et de pourriture, on ne discernait rien de l'œuvre qui se trouvait dessous. Une plaque de cuivre, fixée sur la partie inférieure du cadre, indiquait quelque chose. Il s'approcha, frotta la plaque avec son pouce pour la débarrasser des sédiments accumulés. Au bout d'un temps relativement court, trois lettres d'une inscription gravée commencèrent à apparaître sur le métal terni. T-A-H. Cela ressemblait à la dernière partie d'un nom. Il frotta encore pour libérer le reste du mot, mais sans succès.

— Ce n'est pas possible, murmura-t-il.

— Quoi donc ? fit Gamay.

Il songeait à l'aspect vieillot des ustensiles de cuisine, aux dimensions du navire, au logo sur les plateaux qu'il avait trouvés.

— Tu n'as peut-être pas tort, fit-il. Il se pourrait bien que ce soit un vaisseau fantôme.

Gamay lui jeta un coup d'œil soupçonneux.

— Qu'est-ce que tu racontes ?

— Sortons d'abord d'ici. Je ne veux pas précipiter mes conclusions.

Il leur fallut vingt bonnes minutes avant de se retrouver sur le pont. Il y avait quelque chose d'inquiétant et de légèrement morbide à se retrouver ainsi au milieu de toute cette terre agglutinée contre les cloisons et les vitres d'un bateau désert. Comme si le vaisseau avait été enterré dans une tombe gigantesque.

Ils pénétrèrent dans la cabine de commandement, où Paul fit l'inventaire de chacun des tiroirs et des meubles.

— Pas d'organigramme, constata-t-il. Pas de journal de bord. Rien qui ait la moindre valeur.

— Comme dans la réserve. Quelqu'un a nettoyé ce bateau d'un bout à l'autre.

Au terme de leur fouille, Paul mit la main sur quelque chose de trop lourd pour avoir été transporté hors du navire : une cloche de la taille d'un panier à linge. Il la retourna pour l'examiner. Cette fois, le tracé du logo était plus profond et, sans la rouille et les ternissures, les lettres apparurent enfin dans leur totalité. C'était un nom, gravé sur le côté de la cloche, un nom qu'il reconnut aussitôt – que tous les marins ayant étudié les naufrages connaissaient parfaitement.

— Le *Waratah*, fit-il en désignant l'objet à Gamay. Je n'arrive pas à y croire. Ce navire est le *Waratah*.

— Le nom me dit quelque chose.

— Bien sûr. L'affaire est restée célèbre. Le *Waratah* était l'un des fleurons de la Blue Anchor Line. Il a disparu avec son équipage et ses passagers en 1909. On pensait qu'il avait coulé pendant une tempête quelque part entre Durban et Cape Town. Mais aucune épave n'a jamais été repêchée. On n'a rien retrouvé, pas même un gilet de sauvetage.

Elena plissa les yeux.

— Tu es en train de me dire que le navire sur lequel on se trouve, couvert de boue et de végétation, est en fait une ruine de plus de cent ans qui est censé se trouver au fond de la mer ?

Paul acquiesça.

— Au fond de la mer et très très loin d'ici.

— Je t'avais dit que ces fours étaient passés de mode.

— Toutes les stars du milieu nautique sous-marin ont cherché ce navire ou ont voulu le faire à un moment ou à un autre, fit-il. Les chasseurs de trésors, les historiens de la marine, les aventuriers. Même la NUMA s'y est attelée à un moment donné.

— Et en réalité, le *Waratah* n'a jamais coulé, fit Elena.

— Ce qui soulève pas mal de questions, ajouta Gamay, à commencer par savoir où il a bien pu se trouver durant toutes ces années, et ce qui est arrivé à son équipage et à ses passagers. Comment ont-ils pu disparaître sans laisser de traces ?

32

Incheon Airport, Corée du Sud

Les passagers du vol Air France 264 Paris-Séoul rassemblaient leurs affaires avec la hâte soudaine de gens confinés dans un tube de métal pendant plus de onze heures. En raison d'un dysfonctionnement à l'avant, avait annoncé l'équipage, la sortie s'effectuait par les portes en queue de l'appareil, si bien que, contrairement à l'habitude, les passagers à l'arrière furent les premiers à sortir, tandis que ceux de première classe restaient confinés sur leurs sièges dans une attente interminable.

Au tout premier rang, sur le siège A1, Arturo Solano ne faisait rien pour dissimuler son mécontentement. Son seul réconfort était de passer quelques instants supplémentaires à détailler les courbes de l'Américaine assise à son côté. Ils n'avaient échangé que quelques mots, durant le vol, mais, tandis que les autres passagers de première classe commençaient enfin à avancer, elle se tourna soudain vers lui avec un sourire engageant.

Solano se dit qu'il connaissait ce genre de regard. Quelques réflexions de sa part sur l'art et les premières d'expositions, et la plupart des femmes lui faisaient comme ça les yeux doux. Sans nul doute, celle-ci faisait partie du lot. Elle allait lui demander un passe pour la réception qui devait avoir lieu le soir même, et dont il s'était vanté devant elle au début du vol. Peut-être même allait-elle solliciter un dîner.

— Je sais ce que vous voulez, fit-il dans son meilleur anglais.

— Ah oui ?

— Bien entendu. Et je serai plus qu'heureux de vous faire mettre sur la liste des invités.

— Très flattée, répondit-elle, jetant un œil devant elle où la porte était en train de s'ouvrir. Mais, puisque vous n'y serez pas vous-même, je ne vois pas la nécessité de m'y rendre.

Solano se sentit perdre pied. Et sa confusion ne fit qu'augmenter quand trois Coréens en costumes sombres surgirent par la porte prétendument coincée. Il se leva et, à mi-chemin entre indignation et suspicion, s'apprêtait à réagir quand la femme le frappa. Il sentit le choc se répercuter dans tout son corps, sa conscience vacilla, il tomba dans les bras de sa voisine, et somnolait déjà lorsqu'elle l'étendit sur le sol entre les rangées.

Juste avant qu'il ne perde conscience, un autre homme entra dans l'avion. Celui-là portait un costume blanc en lin, identique au sien. Ses cheveux étaient coiffés vers l'arrière exactement comme les siens, et son visage arborait un bouc semblable au sien.

— Qui… êtes… vous ? parvint-il à articuler d'une bouche pâteuse.

— Je suis vous, fit l'homme en guise de réponse.

Sur quoi Solano ferma les yeux et s'endormit.

Deux des Coréens le soulevèrent, plièrent son corps assoupi pour l'enfoncer dans le chariot de restauration, tandis que la femme en costume d'affaires saisissait Joe par le bras.

— Il faut sortir d'ici, fit-elle. Acosta a envoyé un chauffeur pour accueillir Solano. Allez le trouver et parlez-lui le moins possible. On vous fera parvenir un enregistrement de Solano dans la soirée pour que vous puissiez vous faire à son accent.

— Pas de souci, fit Joe. Il saisit l'attaché-case de Solano et emboîta le pas de la femme qui se dirigeait vers l'arrière de l'appareil.

Quelques minutes plus tard, il était dans le terminal, face au chauffeur d'Acosta, qui saisit les bagages de Solano et le conduisit jusqu'à une limousine à l'arrêt.

— Quel hôtel ? fit Joe en forçant sur un accent anglais.

— Le Shilla, dit le chauffeur. Cinq étoiles. M. Acosta n'a pas lésiné à la dépense, il est très impatient de vous rencontrer.

Joe acquiesça de la tête. Il se renversa contre le dossier rembourré de la banquette, et ne dit plus un mot jusqu'à ce que le chauffeur referme la porte. Il était sans inquiétude. Il savait que la CIA et les forces de sécurité sud-coréennes le surveillaient et le contacteraient sitôt que l'occasion se présenterait. Jusque-là, il n'y avait rien d'autre à faire qu'admirer le paysage.

À des kilomètres de là, Kurt Austin était moins détendu. Ce qui avait commencé comme une mission personnelle s'était transformé en une opération internationale dans laquelle son meilleur ami se trouvait aux avant-postes.

Kurt étudiait les plans du gratte-ciel de Than Rang, où la soirée devait avoir lieu. L'immeuble d'acier et de verre de cinquante-deux étages était une merveille d'ingénierie qui s'élevait tel un monolithe au cœur de Séoul. Au onzième, un côté avait été découpé pour laisser place à un jardin ornemental, et une terrasse extérieure offrait l'un des plus beaux panoramas de la ville.

Kurt nota que le jardin était protégé par un atrium de verre. Il apprit que l'ascenseur circulait dans une colonne centrale et que des cages d'escalier étaient disposées aux quatre coins de l'immeuble. Il découvrit que les corridors d'accès couraient derrière certains murs, et que plusieurs conduits étroits, réservés aux tuyaux et aux circuits électriques, possédaient des points d'entrée et de sortie permettant la maintenance.

Il se tourna ensuite vers d'autres distractions : les photos qu'il avait prises du yacht d'Acosta, les visages de ceux qui se trouvaient dessus.

La tête presque bulbeuse d'Acosta était clairement visible sur plusieurs clichés, tout comme la femme blonde à laquelle il avait parlé sur le pont. En y regardant de plus près, Kurt trouva qu'elle lui paraissait familière. Les pommettes hautes. Les yeux brun foncé, et les sourcils plus sombres encore… Elle n'était pas blonde du tout, songea-t-il.

Il zooma encore et réalisa de qui il s'agissait. C'était la mystérieuse intruse contre laquelle il s'était battu dans la cabine d'Acosta.

Il connecta son appareil à son terminal d'ordinateur, téléchargea en quelques clics la prise de vue.

Puis il saisit son téléphone et composa un numéro à Washington.

La sonnerie retentit une demi-douzaine de fois avant qu'une voix bougonne ne réponde :

— Allô ?

— Hiram, c'est Kurt.

— Dis-moi que je rêve, dit Hiram Yaeger. Tu as une idée de l'heure qu'il est ?

Kurt avait presque oublié les quatorze heures de décalage entre Séoul et Washington DC.

— Le temps est un concept relatif, à ce qu'on dit, fit-il en matière d'excuse.

— Pas dans ce cas précis. C'est important, j'imagine ? Tu as besoin de quoi ?

— Je suis en train de t'envoyer une photo d'une très jolie femme.

— La mienne appréciera.

— Je crois qu'il s'agit de la femme mystère sur laquelle je suis tombé sur le yacht. Sauf qu'elle porte une perruque blonde. Le cliché est très net. J'ai pensé que tu pourrais le faire analyser par ta machine magique et trouver son identité. À moins que ce ne soit au-delà des capacités du système.

Yaeger répondit par un ricanement bref. La meilleure façon de le mettre au travail, Kurt le savait, était de lui lancer un défi.

— Ça me vexe que tu puisses seulement penser ça, fit-il comme prévu. Notre système de reconnaissance faciale s'est perfectionné au-delà de tout ce que tu peux imaginer. Si ce cliché est aussi précis que tu le dis, et s'il y a le moindre dossier sur elle quelque part, on trouvera.

— Parfait. Une dernière chose : un virus informatique a endommagé le *Condor*, comme tu sais. Tu es certain que Max est sécurisé ?

Max était le nom du super-système mis au point par Hiram. Il l'avait construit lui-même de toutes pièces, et le résultat constituait certainement l'une des technologies les plus avancées et les plus puissantes au monde.

— Tu essaies délibérément de m'insulter ou quoi ? répliqua Hiram. Bien sûr que Max est sécurisé ! Personne sur cette planète ne connaît les rudiments de son code-source, sans lequel aucune machine ne peut être piratée. En fait, si chacun construisait son propre ordinateur plutôt que de l'acheter, on serait tous beaucoup plus en sécurité.

— Très bien, parfait, dit Kurt. Donc, je n'ai pas besoin d'imprimer ça et de te l'envoyer par Fedex ?

— Non. Sers-toi juste du circuit crypté que la CIA a mis à ta disposition. J'ai scanné leur software, tout est clean.

— Okay. Je suis en train de te l'envoyer. Préviens-moi quand tu l'auras reçu.

Yeager raccrocha et Kurt l'imagina en train de s'extirper de ses draps pour se mettre au travail. Il se sentait presque coupable. Mais il avait le sentiment que le temps jouait contre eux et qu'ils n'avaient pas une seconde à perdre.

33

La limousine transportant Joe Zavala s'arrêta devant l'immeuble de Than Rang. Il était vêtu du costume en lin blanc avec cravate argent assortie empruntés à la garde-robe de Solano. Kurt l'accompagnait, dans un costume noir plus classique, et avec, à la main, un petit attaché-case contenant, en plus des instruments de travail de Solano, le minuscule émetteur que les deux hommes comptaient poser sur l'un des hackers. Par précaution, les cheveux argentés de Kurt avaient été coupés court et teints en noir, au cas où des caméras de surveillance auraient filmé sa présence sur le yacht d'Acosta.

Les agents de la sécurité les conduisirent jusqu'à un ascenseur privatif qui les amena au onzième étage. Les portes s'ouvrirent sur la réception qui battait déjà son plein.

Une foule de plusieurs centaines de personnes réunissant les personnalités les plus influentes de la Corée du Sud était dispersée dans le vaste salon et jusque dans le jardin sur le toit. Industriels, politiciens, célébrités diverses se mêlaient aux philanthropes et aux artistes, aux ambassadeurs de cinq pays différents et aux représentants commerciaux internationaux, parmi lesquels figurait en bonne place une délégation américaine.

Than Rang venait d'apparaître sur une scène surélevée installée au fond de la pièce. Il était vêtu du costume traditionnel coréen appelé *hanbok*, qui se composait d'une sorte de robe en soie indigo nouée à la poitrine par une écharpe grise, et d'un haut col – un vêtement réservé aux nobles sous le régime dynastique, autrefois, et qui en disait long sur la manière dont Than Rang se percevait.

Quelques invités étaient vêtus de la même façon, mais la plupart avaient choisi de s'habiller à l'occidentale : costumes et smokings pour les hommes, toute une gamme de vêtements formels de luxe pour les femmes qui faisaient de la pièce un kaléidoscope de mouvements et de formes à donner le tournis.

— Quand est prévu le rendez-vous avec Acosta ? demanda Kurt.

— Il m'a fait savoir qu'il me ferait appeler en temps voulu.

Joe, nota Kurt, parlait avec un accent épais. Il s'était mis dans la peau de son personnage depuis qu'ils avaient quitté l'hôtel. Ses cours d'art dramatique semblaient porter leurs fruits.

— Voulez-vous attendre dans le jardin, monsieur ? fit Kurt en se glissant dans la peau d'un assistant.

— Parfait, dit Joe. Profitons un peu de l'air du soir.

Ils traversèrent la pièce jusqu'au jardin qui s'étendait sur toute la moitié de l'étage. Des milliers de petites lampes l'éclairaient, rivalisant avec l'aura de lumière qui montait de la ville onze étages plus bas. L'autre moitié de l'immeuble disparaissait dans le ciel obscur.

Il ne fallut pas longtemps aux trois femmes qui se trouvaient non loin de là pour repérer Joe dans son costume blanc. Elles s'approchèrent, Joe se présenta comme un curateur international, propriétaire d'une hacienda conséquente sur une plage privée quelque part en Espagne, et, constatant que les verres de deux des femmes étaient vides, se tourna vers Kurt :

— Deux martinis et un gin Rickey, s'il vous plaît, fit-il sans même le regarder.

Il prenait manifestement plaisir à son rôle, nota Kurt.

— Oui, monsieur Solano, dit-il en se jurant de lui rendre la pareille à la première occasion, tout de suite. Autre chose ?

— Non. Je crois que j'ai tout ce qu'il me faut sous la main.

Kurt tendit l'attaché-case à Joe, se dirigea vers le centre du jardin, où se dressait un bar circulaire en verre brillant d'une lumière bleu électrique. Il passa commande et, en attendant les verres, en profita pour examiner les lieux.

Il cherchait Acosta. L'homme n'était pas visible, ce qui n'avait rien d'une surprise, vu le nombre des invités.

Le barman disposa devant lui les deux martinis, à base de vodka, de curaçao et d'une larme de tonic, dont la couleur bleue semblait refléter celle du bar, puis s'éloigna pour préparer le gin Rickey.

Comme il le suivait du regard, les yeux de Kurt s'arrêtèrent sur un couple élégant juste en face de lui. Si l'homme lui était inconnu, le visage de sa compagne était impossible à manquer. C'était la femme mystère du yacht d'Acosta.

Brillant sous la lumière, ses cheveux teints en cuivre, ce soir-là, étaient coiffés de façon asymétrique et encadraient son visage de manière à le mettre en valeur tout en le dissimulant. La forme des pommettes hautes, le nez étroit, l'arc des sourcils, avec la petite cicatrice qui traversait l'un d'eux à la verticale : Kurt n'avait pas le moindre doute. Il avait examiné les photos d'elle en blonde, après les avoir fait parvenir à Hiram, jusqu'à en graver chaque détail dans sa mémoire. Il nota que sa lèvre inférieure paraissait enflée – sans doute un reste des coups reçus quatre jours plus tôt.

— Votre commande, monsieur, l'interrompit le barman en déposant les verres devant lui.

— Merci, dit Kurt, en laissant sur le comptoir un pourboire de 50 000 won, l'équivalent de quarante dollars.

— Merci à vous, monsieur, fit le barman avec un grand sourire.

— De rien. Kurt souleva le petit plateau où les verres avaient été disposés. Nous autres, prolos, on doit se tenir les coudes.

Avec la grâce d'un domestique professionnel, Kurt se faufila dans la foule jusqu'à Joe, toujours entouré des trois femmes qui semblaient boire chacune de ses paroles. Les verres furent distribués et, aussitôt, Joe lui tendit l'attaché-case.

Presque au même instant, Acosta se matérialisa devant eux. Sa seule apparition eut pour effet de disperser les trois femmes, qui s'éclipsèrent telles des colombes effrayées.

Quelques plaisanteries furent échangées en guise de salutation sur un ton malaisé.

— Mon espagnol n'est pas très bon, se justifia Acosta.

— Mon français non plus, répondit Joe. Si nous passions à l'anglais ?

— Ce n'est pas mon fort non plus, mais c'est le plus pratique. Vous êtes prêt ?

— À votre disposition.

Sans plus de préambule, Acosta et ses hommes conduisirent Joe, flanqué de Kurt, jusqu'à un autre ascenseur dont l'accès était gardé par des agents de sécurité. Ils pénétraient à l'intérieur quand l'un d'eux pointa le doigt sur Kurt en secouant la tête.

— Mon assistant, expliqua Joe.

— Vous avez besoin de lui ? demanda Acosta.

— Bien sûr que non, dit Joe. Il porte ma valise, c'est tout.

Il claqua des doigts en direction de Kurt qui lui tendit l'attaché-case d'un air soumis.

— Profitez de la fête, dit Joe. Je vous ferai signe quand j'ai fini.

Il suivit Acosta dans la cabine de l'ascenseur, et la porte se referma sur une conversation entre les deux hommes, où il était question du peintre Degas.

Kurt n'avait rien de plus à faire qu'attendre. Il retourna au bar. Il lui fallait éviter de se faire reconnaître par l'inconnue, et la meilleure façon de ne pas tomber sur elle par hasard, décida-t-il, était encore de la suivre à bonne distance.

La repérer ne fut pas difficile – sa chevelure cuivrée détonnait, dans cette foule où dominaient surtout des

Coréennes. Éviter son regard fut un peu plus compliqué car elle semblait en permanence sur le qui-vive et passait son temps à scruter la salle. Il espéra que sa technique de surveillance était meilleure que celle de son équipier.

34

Les portes de l'ascenseur s'ouvrirent au cinquante-deuxième étage. Dans la pièce, s'avança un homme d'allure européenne, auquel il manquait une main.

— Kovack, fit Acosta en guise de présentation, voici Arturo Solano.

— Than Rang vous attend, jeta Kovack en lançant un bref coup d'œil à Joe en guise de salut.

— Parfait.

Les trois hommes se dirigèrent vers le bureau de l'industriel.

Than Rang s'y trouvait déjà. Toujours vêtu de sa robe indigo, il observait les lumières de Séoul de l'autre côté de la baie vitrée.

— Nous sommes là, annonça Acosta en franchissant le seuil. Nous allons pouvoir procéder à l'échange.

— À condition que vos experts passent l'examen final, annonça Than Rang en se tournant vers eux.

— Ils passeront tous les examens que vous désirez, je peux vous l'assurer, était en train de dire Acosta.

Joe fit des yeux le tour de la pièce. Le vaste bureau s'étendait jusqu'à une salle de conférences abritée par une paroi en verre fumé. Toute la pièce était sombre. Aucune trace des hackers.

Than Rang tendit la main vers le mur qui se trouvait au bout de la pièce. Encadré par deux gardes du corps, un petit chevalet y était disposé. En son centre, se trouvait une toile guère plus grande qu'une feuille de papier A4. Le cadre qui l'entourait jetait des reflets d'or et baignait dans une lumière douce et chaude.

— Nous allons d'abord procéder à nos propres tests, dit Acosta avec assurance.

— Comme vous voudrez.

Acosta guida Joe jusqu'au chevalet.

— Ça ne prendra pas longtemps, j'en suis certain.

Joe s'avança. Les gardes restaient immobiles.

— Excusez-moi, dit-il. J'ai besoin de place pour travailler.

Ils s'écartèrent de quelques pas.

Joe posa l'attaché-case au sol, entreprit d'examiner la toile. Par chance, il l'avait tout de suite identifiée. Il s'agissait de *Chez Tortoni*, un Manet. Elle montrait un Français en chapeau haut de forme assis à la terrasse d'un café que le peintre fréquentait. Tout en s'installant, il passa mentalement en revue ce qu'il en savait. Huile sur canevas, exécutée par le peintre sur une période de plusieurs années, achevée quelque part dans les années 1880. *Mais il y avait autre chose...*

— Vous êtes surpris de le revoir, fit Acosta en gloussant.

Bien sûr, réalisa Joe. Le tableau avait été dérobé, avec une douzaine d'autres, au musée Gardner de

Boston. Ensemble, la valeur des toiles volées devait atteindre les cinq cents millions de dollars. La biographie de Solano indiquait qu'il travaillait au Gardner au moment du vol.

Joe réagit avec calme.

— Si c'est le vrai, dit-il. J'ai expertisé une demi-douzaine de copies ces dernières années, certaines d'entre elles étaient remarquables.

— Je peux vous assurer qu'il est authentique, intervint la voix tendue de Than Rang derrière lui.

Joe ouvrit son attaché-case, en sortit un petit outil qui ressemblait à une caméra.

— Qu'est-ce que vous allez faire avec ça ? s'enquit Than Rang.

— C'est un scanner infrarouge, expliqua Joe. Réglé sur la bonne fréquence, il va regarder sous la peinture pour voir si d'autres images sont présentes.

Than Rang semblait un peu nerveux, et Joe ne put s'empêcher de se demander ce qu'il se passerait si Mickey Mouse ou Bugs Bunny apparaissaient sous le scanner. Le plus probable était que Acosta et Rang s'enverraient leurs gardes respectifs à la figure et qu'un bain de sang suivrait. Joe n'avait aucun désir de se retrouver pris entre deux feux.

Il alluma le scanner. Aucune image n'apparut sous la toile, heureusement, mais il distingua sans doute possible plusieurs lignes latérales mal définies, comme les contours d'un petit immeuble. Joe prit quelques notes, et éteignit le scanner.

— Eh bien ?

— Je n'ai pas encore fini. Éteignez les lumières, s'il vous plaît.

La pièce fut plongée dans l'obscurité. Joe braqua un rayon ultraviolet sur la toile afin de tester les différentes teintes de pigment blanc.

— Je ne vois aucune trace de restauration sur cette toile, dit-il enfin. Aucun signe d'ajout récent. En fait, le niveau de fluorescence est exactement ce qu'il doit être. La pigmentation correspond à ce qui existait dans les années 1880.

Les lumières furent rallumées. Than Rang, nota Joe, commençait à se détendre.

— Et les lignes latérales ?

— Peu de gens savent cela, dit Joe, inventant avec l'espoir que personne n'allait vérifier trop rapidement. Mais Manet peignait ses tableaux sur des esquisses d'autres toiles. On pense que ces marques sont les contours d'une remise à calèche à Toulouse.

— Donc, il s'agit d'une toile authentique.

— Ou d'un faux parfait.

— Qu'êtes-vous en train d'insinuer ? intervint Than Rang.

— Rien, fit Joe. Mais dites-moi, avez-vous volé cette toile ?

— Bien sûr que non.

— Vous l'avez donc achetée aux hommes ou aux femmes qui l'ont fait. C'est-à-dire à des criminels. Vous ne leur avez certainement pas accordé une confiance aveugle au moment de les payer, n'est-ce pas ?

La remarque eut le don de hérisser Than Rang.

— Je ne suis pas assez stupide pour me faire refiler un faux, fit-il.

— Il doit exister un moyen d'avoir une certitude, dit Acosta.

— Poussez l'éclairage au maximum, dit Joe. Il y a une chose qui ne peut pas être contrefaite, ce sont les craquelures. À mesure que le temps passe et que la toile vieillit, l'huile sèche et des craquelures apparaissent. Selon l'âge du tableau et le type de peinture utilisée, des motifs spécifiques apparaissent. Un peu comme des empreintes digitales artistiques, si vous voulez.

Joe se mit à examiner la surface du tableau. Selon ce qu'on lui avait expliqué, les craquelures des toiles françaises avaient tendance à former des lignes courbes très nettes, tandis que les peintures italiennes se fendillaient en petits blocs carrés ou rectangulaires, ce qui expliquait l'apparence de *Mona Lisa* lorsqu'on la regardait de près.

À sa consternation, aucune de ces craquelures n'apparut à la lumière sur le Manet. Il y avait bien quelques altérations verticales, d'autres horizontales, mais rien qui ressemblât à ce qu'on lui avait appris. Il saisit une loupe pour gagner du temps. Mais, plus il observait la toile, plus il devenait évident qu'il s'agissait d'un faux.

35

Tandis que Joe jouait les curateurs, Kurt suivait à la trace la mystérieuse femme du yacht. Elle semblait se déplacer à travers la soirée selon un schéma bien établi. Avec le bar pour point d'ancrage, elle explorait une zone de la pièce après l'autre et revenait au comptoir rendre compte d'on ne savait quoi à l'homme qui l'accompagnait.

Kurt, s'incrustant dans la conversation animée entre deux hommes d'affaires coréens et leur tournant le dos, s'était approché de façon aussi discrète que possible, dans l'espoir de surprendre quelque chose de leur conversation. Il entendit l'homme l'appeler « Calista » et il se dit que, quand bien même il se serait agi d'un pseudonyme, cela lui fournissait au moins un nom auquel se raccrocher.

Elle secoua la tête, en réponse à quelque chose que l'homme venait de dire :

— Je ne vois Acosta et Than Rang nulle part, fit-elle. Ils doivent être en train de procéder à l'échange. Il va falloir se mettre en position.

Calista et son compagnon se levèrent, parvinrent à sa hauteur, le dépassèrent, puis se séparèrent en s'éloignant. Kurt décida de suivre la jeune femme tandis qu'elle passait du jardin dans le salon puis dans un petit hall. Elle ouvrit une porte et disparut derrière. La porte se referma. Kurt s'approcha : c'étaient les toilettes pour dames.

Il se recula jusqu'à un endroit d'où il pouvait discrètement surveiller tout le hall dans le reflet d'une fenêtre aux vitres fumées, et attendit. Bientôt, la porte s'ouvrit de nouveau.

Kurt garda ses yeux sur le reflet tandis que la silhouette de la jeune femme sortait des toilettes pour retourner vers le jardin. Moins brutale, plus élégante, le corps un peu plus rond dans sa robe, elle passa devant lui sans lui jeter le moindre regard. Il mit quelques secondes avant de comprendre qu'il ne s'agissait pas de la même femme.

Au cinquante-deuxième étage, pendant ce temps, Joe, les yeux sur le tableau, se demandait comment réagir. S'il annonçait qu'il s'agissait d'un faux, la suite n'était que trop prévisible. Dans le cas contraire, s'il s'agissait d'un test visant à le mettre à l'épreuve, son déguisement serait éventé.

— Eh bien, s'impatienta Than Rang. Quel est votre verdict ?

Joe se passa la main sur le bouc factice qui ornait son menton.

— C'est… C'est…

Il se tourna vers Acosta :

— J'en ai les larmes aux yeux, fit-il. Jamais je ne pensais le revoir.

Than Rang se détendit visiblement. Acosta soupira. Joe également.

— Oui, ajouta-t-il. Je peux vous assurer qu'il s'agit là du travail d'un vrai maître. Regardez cette touche. Voyez cette profondeur. Vous avez beaucoup de chance, messieurs.

— Très bien, fit Acosta. Puis, s'avançant vers l'homme à qui il manquait une main et désignant Joe :

— Payez-le.

Un attaché-case apparut, exactement semblable à celui de Solano.

— C'est la seconde moitié de votre commission. Cent mille euros, comme convenu.

Joe ouvrit la mallette, contempla la rangée de billets, la referma. À cet instant, le manchot saisit l'attaché-case qu'il avait apporté et qui contenait, en plus des outils de Solano, le transmetteur miniature.

— Mon stylo, tenta-t-il. Il est dans la mallette.

— Vous pourrez vous en acheter une usine entière avec ce que je viens de vous donner, fit Acosta en riant et en le saisissant à l'épaule.

Joe s'efforça de rire, dissimulant son désagrément. Il savait qu'il ne pouvait rien faire. Impuissant, il regarda disparaître la valise contenant le transmetteur, tandis que le manchot sortait de la pièce.

— Profitez du reste de la soirée, dit encore Acosta. Les jeunes femmes avec qui je vous ai vu tout à l'heure sont sûrement encore dans les lieux.

— Je ne peux que l'espérer.

Than Rang lui désigna l'ascenseur, vers lequel il se dirigea.

Il ne pouvait s'attarder plus longtemps. Il entra dans l'ascenseur et, sitôt les portes refermées, activa le micro minuscule étanche fixé sur l'une de ses molaires que la CIA lui avait fourni.

— Tu as les écouteurs ouverts, bonhomme ? fit-il presque silencieusement, sans remuer les lèvres.

Il y eut un temps de silence, puis la voix de Kurt se fit entendre dans le petit haut-parleur posé contre l'os de sa mâchoire et connecté à son oreille :

— Je suis là.

C'était comme si Kurt lui avait parlé directement dans le crâne.

— J'arrive.

— Mission accomplie ?

— Pas tout à fait. Je pense qu'on ferait bien de filer d'ici.

— Où est l'urgence ? Qu'est-ce qui se passe ?

— D'abord, le tableau est un faux. Je suis presque sûr que Than Rang le sait. Et si Acosta s'en rend compte, ou si Than Rang pense que je l'ai deviné… disons que je n'ai pas envie de me trouver dans la peau de Solano pour affronter ce qui suivra.

— Sauf que tu l'es.

— Exactement. Et il y a autre chose. Ils ont pris la mallette avec le transmetteur dedans et m'en ont refilé une autre remplie de cash. Sans le traceur, notre mission est foutue.

— Pas forcément, dit Kurt. Je nous ai trouvé un plan B.

— Un plan B ?

— Oui, sous la forme de la seule personne à ma connaissance qui cherche Sienna avec autant d'énergie que nous. Et si je ne me trompe pas, elle est sur le point d'entrer en action.

— Ta femme mystérieuse.

— Aujourd'hui elle porte une perruque rousse, et se fait appeler Calista.

L'ascenseur atteignit le onzième étage, les portes coulissèrent, libérant Joe qui fendit la foule aussitôt.

— Dépêchons-nous. Où es-tu ?

— Sur le point d'entrer dans les lavabos pour dames.

— Je te savais désespéré mais tout de même pas à ce point.

— Elle y est entrée il y a une minute environ, murmura Kurt. Quelqu'un d'autre en est sorti qui portait ses vêtements. Pour tromper les caméras de Than Rang, j'imagine.

— Tu crois qu'elle est passée par une fenêtre ?

— Ou par une porte arrière.

— J'arrive.

Sur place, Kurt pénétrait déjà dans les toilettes. En arrivant, Joe le trouva en train de frapper sur les cloisons à la recherche d'une issue dissimulée. Il n'y avait ni fenêtre ni porte de secours.

— Et le circuit d'aération ? proposa Joe, les yeux sur la plaque de métal qui y donnait accès.

— Personne ne peut passer dans ces tuyaux, objecta Kurt. Regarde plutôt ça, ajouta-t-il, désignant la cloison de la cabine où une fine couche de poussière blanche bordait la tuile de granit poli.

— Du placoplâtre ? fit Joe.

— Exactement.

Une fente avait été recouverte à la hâte par un panel de plâtre qui achevait de sécher.

Avec un peu d'effort, Kurt parvint à infiltrer ses doigts dans le plâtre et à retirer le panneau, découvrant un trou carré d'un mètre de côté – juste assez grand pour permettre à quelqu'un de s'y glisser.

— Où est-ce que ça mène ? demanda Joe.

Kurt plongea sa tête à l'intérieur.

— Je les ai repérés sur les plans du bâtiment. C'est un espace entre les murs qui sert à faire passer les câbles électriques et les tuyaux. Entièrement sombre côté droit, mais il y a peut-être un filet de lumière à trente mètres sur la gauche. Ça ressemble à une porte.

— On peut passer ?

— Un seul moyen de le savoir, fit Kurt en s'infiltrant.

Joe referma la porte de la cabine derrière eux et suivit Kurt. Une fois une fois à l'intérieur du trou carré, il se retourna pour replacer le panneau de plâtre, et dans le mouvement son crâne heurta un tuyau. Le bruit de l'impact résonna dans l'obscurité.

— Baisse la tête, murmura Kurt.

— Mais on ne voit rien, là-dedans !

Tandis que Joe tentait de s'habituer à l'obscurité, une lumière blanche tirant sur le bleu remplit l'espace : c'était l'écran du téléphone de Kurt. La lumière suffisait à se repérer. Kurt commença à se hisser dans le circuit. Joe suivit, jusqu'à l'endroit d'où filtrait la lumière.

— C'est le panneau de visite, dit Kurt.

Une petite poignée apparut sur la porte en métal. Kurt se baissa, l'actionna, et la porte s'ouvrit.

— Qu'est-ce que tu vois ? demanda Joe.

— Un vestibule et une échelle à incendie.

Kurt glissa ses larges épaules dans la porte étroite et sortit du tunnel. Joe suivit, en se saucissonnant avant de se redresser une fois libre.

— Tu es dans un état…, fit Kurt en lui jetant un regard.

Joe baissa les yeux. Sa veste blanche immaculée était tachée de graisse noire et de traînées de poussière. Il la retira, défit sa cravate, et les jeta l'une et l'autre dans le tunnel derrière lui avant de refermer la porte.

— J'en avais marre de cet accoutrement, de toute façon, fit-il. Qu'est-ce qu'on fait, maintenant ?

— Bonne question, dit Kurt. Elle ne peut pas faire grand-chose, ici. Si elle veut intercepter les hackers, elle doit s'en prendre à leur moyen de locomotion, quel qu'il soit.

— Il y a un hélipad sur le toit, dit Joe.

— Et un parking dans le sous-sol.

— Si elle avait dû prendre l'ascenseur, elle n'aurait pas pris ce chemin.

— Ce qui signifie qu'elle est dans les escaliers.

Sans plus attendre, Kurt se dirigea vers l'échelle à incendie et ouvrit la porte. Comme la plupart des sorties de secours, les escaliers étaient en métal et descendaient en zigzag. Kurt s'y était à peine engouffré qu'il perçut le bruit de pas rapides résonnant quelque part devant lui.

Il s'approcha de la rampe, tandis que Joe le suivait et refermait derrière lui, pour apercevoir une main de femme glissant rapidement vers la cave – sauf qu'elle n'était pas seule. Une autre main la suivait.

Kurt se recula, leva deux doigts à l'intention de Joe, qui acquiesça. Puis il pointa ses pieds :

— Les chaussures, murmura-t-il.

— À ce rythme, je serai à poil avant qu'on la rattrape, souffla Joe tandis que les deux hommes enlevaient leurs chaussures.

— Ça devrait suffire à l'effrayer, répliqua Kurt. Elle et tous ceux qui l'accompagnent.

Laissant leurs chaussures derrière eux, ils commencèrent à descendre, d'un pied léger et rapide, tout en se maintenant à distance de la rampe d'où ils pouvaient être aperçus.

Ils venaient de dépasser le sixième étage et s'approchaient du cinquième quand la femme et son acolyte touchèrent le sol. La porte à la base de l'escalier s'ouvrit, le bruit immanquable d'un coup de feu équipé d'un silencieux retentit trois fois de suite.

— Ils viennent de buter quelqu'un, murmura Joe.

Kurt se pencha. Les cadavres de deux hommes probablement chargés de la surveillance étaient tirés vers l'échelle. Calista et le type qui l'accompagnait dépouillèrent les corps de plusieurs objets, les recouvrirent précipitamment d'une bâche, puis s'engouffrèrent dans le garage.

— Qu'est-ce qu'ils fabriquent ? demanda Joe à haute voix.

Kurt n'en avait pas la moindre idée. Sitôt Calista disparue, il se remit à descendre, aussi vite qu'il le pouvait. Arrivé au bas de l'échelle, il se pressa contre la porte, les yeux sur la vitre de sécurité.

Il pouvait très clairement voir la femme, à présent. Ses cheveux étaient de nouveau courts et noirs, elle était vêtue d'un uniforme semblable à celui des hommes de Than Rang.

— Elle est en train de monter dans un semi-remorque, fit Kurt.

— Et le type ?

Ce dernier restait invisible. Mais le bruit d'une porte refermée, et une légère vibration dans le rétroviseur d'un second camion, permirent à Kurt de deviner qu'il devait se trouver dedans. Les camions restèrent immobiles.

— Qu'en est-il des gardes là-bas ? demanda Kurt.

Joe revint vers l'échelle à incendie, souleva la bâche qui recouvrait les cadavres.

— Les ceintures de munitions et les étuis à pistolet sont vides, dit-il. Les poches de leurs radios également.

— Selon toute apparence, nos deux tourtereaux ont pris leur place.

— Et ils attendent les chauffeurs ?

— Probablement, oui.

— Qu'est-ce qu'on fait ?

— On joue les passagers clandestins, dit Kurt. On se faufile dans les camions, ils chargent les autres hackers, et avec un peu de chance, ils nous mènent droit jusqu'à Sienna.

— Et si Sienna est gardée ailleurs ? Dans le palais de Kim Jong-un, par exemple ? dit Joe.

— Dans ce cas, on va faire un tour en Corée du Nord.

— Je ne suis pas sûr que ça m'enthousiasme. Leur margarita n'est pas fameuse, à ce qu'on dit. Et la qualité de la nourriture laisse à désirer.

La perspective d'un voyage à Pyongyang ne plaisait pas plus à Kurt. Mais il n'y croyait pas vraiment.

— Ne t'en fais pas. D'après ce que nous a dit le colonel Lee, la frontière est fermée. Même dans le cas contraire, il n'y a aucune chance pour que ces types franchissent la Zone démilitarisée. Pas dans ces camions et avec le logo DaeShan affiché partout.

— Très bien, dit Joe. Mais je préférerais tout de même appeler les renforts.

— Si on les arrête maintenant, on ne trouvera jamais Sienna, dit Kurt. Je ne suis pas venu de si loin pour m'arrêter à mi-chemin. Mais si tu veux rester ici, je comprendrai.

— Et retourner à cette cocktail-party là-haut ? fit-il en arrachant le faux bouc qui lui couvrait le menton. Non merci ! Mais si nous n'allons pas en République démocratique de Corée, quel est le programme exactement ?

— D'après le colonel Lee, les cyberattaques ne venaient pas directement de Corée du Nord, même s'il ne fait guère de doute que Pyongyang était derrière. L'Unité 121 a des équipes dispersées en Chine, au Japon et ici, à Séoul. Si c'est le cas, il se pourrait que nous n'ayons même pas à quitter la ville.

— J'aime bien quand tu penses comme ça, fit Joe avec un sourire. Je suis sûr qu'on va découvrir que tu te trompes complètement, comme d'habitude, mais il faut rester positif jusqu'à ce que tout espoir soit perdu.

Kurt jeta un dernier regard aux deux gardes. Du sang s'échappait déjà de sous leurs cadavres.

— Cette bâche ne va pas les dissimuler longtemps, fit-il. Ça veut dire que nos amis ne vont pas pouvoir jouer les imposteurs éternellement. Quoi qu'ils aient prévu, ça doit se passer très vite.

— Okay, allons-y, dit Joe. Mais si on se retrouve sur les quais de Incheon ou coincés dans un 747, j'appelle les secours pour de bon.

— *Deal*, dit Kurt.

Joe recouvrit les corps, puis tous deux se faufilèrent dans le parking aussi discrètement que des chats de gouttière. Ils parvinrent à l'arrière du premier camion. Kurt défit le loquet de la porte arrière et poussa Joe à l'intérieur. Puis il grimpa à son tour et referma derrière lui.

Le temps qu'il se retourne, Joe avait déjà sorti son téléphone et le braquait sur l'espace autour d'eux, encombré de matériel.

— Des ordinateurs, fit-il. Des serveurs très performants, apparemment. J'ai vu plusieurs équipements de ce genre dans le centre de données de Hiram.

— On est au bon endroit, dit Kurt. Cette cargaison est certainement destinée à la cyberforce de Corée du Nord.

Ils se trouvèrent une place derrière un épais stock d'équipement qui les dissimulerait aux regards si quiconque ouvrait la porte, s'assirent dos à la paroi et se mirent à attendre.

Bientôt, leur parvint le bruit des portes du parking, suivi d'un échange de voix fortes parlant coréen, entrecoupées d'ordres donnés dans un anglais passable. Au bout d'un petit moment encore, les parois se mirent à trembler sous la puissance du moteur, et le camion démarra. Il traversa le parking, jusqu'à la rampe de sortie, et accéléra.

Kurt percevant le bruit de la rue sortit son téléphone, vérifia la force du signal, et passa en mode *plan*. Il lui fallut quelques minutes encore pour localiser leur position mouvante, calculer leur direction et leur vitesse et rendre le système GPS pleinement opérationnel.

— On va où ? demanda Joe.

— Tu ne veux pas le savoir, répondit Kurt.

À son grand embarras, ils se trouvaient sur l'autoroute principale et roulaient vers le nord, droit sur la Zone démilitarisée.

36

Sebastian Brèvard était assis dans la véranda de son gigantesque palais baroque, et surplombait la piscine olympique qui l'accueillait chaque matin pour une série de longueurs. Un domestique lui servait son petit déjeuner à base de crêpes et de fruits, lorsque Laurent entra dans la pièce.

— Des nouvelles, je suppose, fit Sebastian.

— Calista vient de nous faire savoir que le plan d'infiltration est en route, dit Laurent. Egan est avec elle.

— Assure-toi que l'équipe d'extraction est prête à intervenir sitôt qu'elle enverra le signal.

— C'est déjà fait.

— Et les autres ?

— Ils se préparent à éliminer Acosta.

— Parfait, fit Sebastian en souriant. Je n'ai qu'un seul regret : ne pas être présent pour voir sa grosse face de rat quand ils le jetteront à la mer.

— Oui. Ça aurait été vraiment bien de l'exécuter nous-mêmes, renchérit Laurent.

— Vérifie bien qu'il n'y ait pas de trace. Il est crucial que le reste du monde le croie vivant.

Sebastian prit une gorgée de jus de papaye frais. Son regard passa de la piscine scintillante au labyrinthe de buissons et d'arbustes taillés qui s'étendait sur quatre hectares, un peu plus bas. Son grand-père avait bâti la maison et les murs qui l'entouraient. Son père avait apporté les plantes, et construit le labyrinthe. *Un rappel*, disait-il souvent, *que ceux qui ne savent pas comment s'y prendre pour obtenir ce qu'ils veulent sont susceptibles de se perdre.*

Brèvard savait comment s'y prendre.

Tout comme son grand-père avant lui, il allait accomplir le coup de sa vie et disparaître. Une part de lui détestait l'idée d'abandonner cette maison familiale. Mais c'était la seule voie à suivre, il le savait. Conserver le trésor faramineux dont il comptait s'emparer impliquait que le reste du monde ignore jusqu'au fait qu'il avait été victime d'un vol. Mais si le pot aux roses était découvert, et que l'on se lance à sa recherche, une précaution supplémentaire consisterait à faire croire qu'il avait été tué, et que la menace était éliminée. Pour faire bonne mesure, il dirigerait les soupçons sur quelqu'un d'autre, qui servirait de bouc émissaire, et sa petite sœur et son ex-amant Acosta seraient parfaits pour ce rôle.

Il médita une seconde sur le sort de Calista. Ne convenait-il pas d'éprouver quelque chose comme de la culpabilité ? Mais c'était absurde. La vérité était qu'elle ne lui serait bientôt plus d'aucune utilité, pas plus que le foyer familial où ils avaient grandi.

Sebastian renvoya Laurent, ouvrit l'ordinateur portable près de lui, tapa quelques touches sur le clavier.

Calista avait configuré l'appareil de manière à pouvoir contrôler les activités de l'équipage de la NUMA enquêtant sur le naufrage de l'*Ethernet*. Selon le dernier rapport, le bateau de la NUMA était toujours dans les parages, en attente d'un remorqueur sud-africain, et se préparait à récupérer un navire à l'abandon sur lequel ils avaient mis la main.

Il s'activa sur le clavier, et mû par la curiosité, pénétra dans la banque de données de la NUMA pour voir les clichés du navire en question. À sa surprise, l'épave était recouverte de feuillage et d'une sorte de terre fauve. Il faisait dérouler les photos à la recherche d'informations quand le nom de l'épave apparut. L'équipe de sauvetage l'avait désigné comme le *Waratah*.

Il posa le quartier d'orange qu'il était en train de mâchouiller, s'essuya les lèvres avec une serviette, comme si ces gestes ordinaires pouvaient le protéger du choc qu'il éprouvait. Cela lui semblait impossible. À la recherche de données supplémentaires, il se mit à explorer fébrilement le dossier de la NUMA. Les dimensions correspondaient. Les images des différentes parties du navire montraient un équipement et des installations vétustes. L'image des plateaux au logo de la Blue Anchor était immanquable, et une mauvaise photo de la cloche du navire avec le nom et la date de sa mise à l'eau gravés dessus acheva de dissiper ses doutes.

— Bon Dieu ! fit-il.

Il lui semblait que des mains invisibles, surgies du royaume des morts, l'étranglaient pour lui faire payer ce que sa famille avait commis il y avait de cela près d'un siècle.

Tout en passant en revue les détails du dossier, il se souvint de l'histoire que lui avait racontée son père, le patriarche lui-même, une histoire cruelle de mort conjurée et transmise à d'autres afin que la famille puisse survivre, et qui s'étendait sur quatre générations.

Il se souvint comment les Brèvard avaient fui l'Afrique du Sud, la police de Durban à leurs trousses. Comment seule une extrême brutalité leur avait permis de rester en vie, alors que l'équipage tentait de reprendre le contrôle du navire après le piratage. Comment ce même équipage s'était fait piéger par son grand-père qui, s'attendant à la résistance, avait pris les familles en otages.

Après la tentative de soulèvement, les passagers et presque tout l'équipage, à l'exception de la petite vingtaine indispensable au fonctionnement du navire, avaient été mis à l'eau sur des canaux de sauvetage et abandonnés à leur sort. Le destin avait voulu qu'une tempête se lève dès le lendemain, une tempête si puissante que même le *Waratah* avait failli chavirer. C'était d'ailleurs exactement ce que la presse avait conclu. Aucun des canots de sauvetage n'avait jamais été retrouvé.

En réalité, cependant, la tempête avait poussé le *Waratah* vers le nord. Aidé par les vents, le navire était parvenu à l'embranchement d'un fleuve situé bien au-delà du périmètre des recherches, avant de s'échouer dans un bras tortueux de la rivière dissimulé par la végétation. C'était le lieu idéal, sans la moindre population alentour, et c'est là qu'avaient été tués les derniers membres de l'équipage.

Dans les années qui suivirent, le navire parut s'enterrer lui-même dans le limon. Il s'enfonça très lentement, tandis que sa coque peu à peu recouverte de terre disparaissait sous la végétation croissante. Le père de Sebastian lui avait montré la colline derrière laquelle se trouvait l'épave. Il aperçut lui-même l'épave bien plus tard, lorsqu'une femme détenue par la famille Brèvard était parvenue à s'enfuir avec ses deux enfants, en se servant d'un des derniers canots de sauvetage encore présents sur le bateau – on les avait retrouvés tous les trois au large des côtes sud-africaines, morts d'épuisement en pleine mer.

Sebastian avait toujours vu dans cette histoire quelque chose de poétique. En un sens, cette femme et ses deux enfants étaient les dernières victimes du navire maudit. Et la part la plus superstitieuse de lui-même se demandait maintenant quel funeste présage se dissimulait derrière cette réapparition.

— Comment est-ce possible ? murmura-t-il.

Les pluies torrentielles du mois précédent avaient dû déterrer le navire avant de le pousser dans le chenal vers les courants qui l'avaient ensuite entraîné au large – et, coïncidence, droit sur l'équipe de la NUMA. C'était l'explication la plus convaincante. Mais comment n'avait-il pas sombré ? Comment la coque usée ne s'était-elle pas rompue, envoyant le navire par le fond – là où il était censé se trouver depuis un siècle ?

Quelle que fût la raison technique, en tout cas, cela ressemblait à la manifestation d'un karma. La nature opaque et hasardeuse de la vie venait de lancer des dés dont le résultat le terrifiait, et cela juste à l'instant où il s'apprêtait à jouer sa partie. Il ignorait tout des éventuelles preuves que le *Waratah* pouvait contenir sur les crimes de son arrière-grand-père. Rien n'empêchait d'imaginer qu'il en existait suffisamment, en tout cas, pour diriger les soupçons sur sa famille, voire conduire les autorités internationales sur le perron de sa villa avant même qu'il ait eu le temps de mettre son plan à exécution. Il fallait agir.

Il rappela Laurent. Il allait devoir parler prudemment. Personne d'autre ne connaissait l'histoire de ce bateau. Pas même sa sœur et son frère.

— Qu'est-ce qui se passe, frangin ? fit Laurent, de retour dans la véranda.

— Rassemble tes pilotes et prépare l'hélicoptère, répondit-il. Il est temps d'attaquer nos amis de la NUMA, avant qu'ils ne se ramollissent.

— Tu veux les attaquer depuis les airs ? demanda Laurent, interloqué. Je pensais que Calista et toi aviez saboté leur navire à distance.

— C'est le cas. Sauf qu'au lieu de rentrer au port, ils sont restés sur place. Ils ont même mis la main sur une épave qu'ils sont en passe de récupérer. Ils ont plus de ressources et sont plus déterminés que je ne peux le tolérer. Il faut agir, et leur opération de récupération les rend vulnérables.

— On a quelques torpilles en réserve, si tu veux. Avant de nous trahir, Acosta comptait les vendre aux Somaliens.

— Parfait, dit Brèvard. Arme les hélicoptères. Je veux voir cette épave envoyée par le fond. Et pendant que vous y êtes, mitraillez au passage les autres navires et leur petite flotte.

— Attends, je ne comprends pas. Tu veux qu'on attaque l'épave ?

Sebastian se figea.

— Ne pose pas de questions, grommela-t-il, et fais ce que je dis. J'ai mes raisons, fais-moi confiance.

— Navré, dit Laurent en levant les mains en acte de contrition. Je voulais juste m'assurer que j'avais bien saisi.

— Quand est-ce que tu peux frapper ?

— Il me faut quelques heures.

— Parfait.

Laurent disparut. Brèvard revint à son petit déjeuner. Mais il avait perdu l'appétit. Plus que toute autre chose, il craignait que la police ne s'intéresse à lui avant qu'il ait eu le temps de mettre son plan à exécution.

37

Embarqués à l'arrière de l'un des semi-remorques de Than Rang, Kurt et Joe roulaient sur l'autoroute 3 de la Corée du Sud. Grâce aux merveilles du GPS, Kurt suivait leur progression sur son téléphone portable.

— On va toujours vers la Zone démilitarisée ? demanda Joe.

— On file droit dessus, répondit Kurt.

À soixante-dix kilomètres de Séoul, cependant, et à moins de deux kilomètres des premiers contreforts de la Zone, ils sentirent le camion ralentir. La connexion avec le GPS s'interrompit, tandis qu'une série de virages leur faisaient comprendre qu'ils venaient de quitter l'autoroute. Où qu'ils se trouvent, c'était hors de portée des réseaux. Kurt rangea son appareil et jeta un coup d'œil à Joe.

— Tu peux oublier les renforts, fit-il. On a perdu le signal.

— Super.

Kurt, sortant de son recoin, rampa jusqu'au bout du camion, où un petit point de lumière brillait depuis un trou dans la cloison de métal. Il plaqua son œil dessus.

— Tu vois des panneaux nous souhaitant la bienvenue en Corée du Nord ? demanda Joe.

— Pas encore, dit Kurt. Il y a plein de lumières partout. Et une espèce d'odeur…

— Oui, fit Joe, ça sent…

— Ça sent les ordures, le coupa Kurt. On est en train d'entrer dans une décharge géante. Je vois des projecteurs au-dessus de nous, des camions-poubelles et des bulldozers qui sont en train de tout écraser. On dirait que la moitié des ordures de Séoul est traitée ici.

— Ça doit être une des sociétés de Than Rang, dit Joe, qui se souvenait du briefing qu'ils avaient reçu.

Kurt acquiesça.

— Tu sais ce qu'on dit. Là où il y a des ordures, il y a du cuivre.

— Du cuivre ?

— De la monnaie. *Dinero*. Du fric.

— Ah oui, fit Joe. Eh bien espérons qu'il y a aussi des experts en informatique, parce que c'est ça qu'on est venus chercher.

— On est mieux ici qu'en Corée du Nord, en tout cas.

Le camion poursuivit sa route cahotante, ralentissant à chaque seconde, avant de s'arrêter dans un long crissement des freins. La lumière qui tombait des projecteurs illuminant la décharge avait disparu.

— On a dû s'arrêter dans une sorte de remise quelconque, fit Joe. Peut-être une ère de chargement.

Kurt s'étira, et se prépara à l'action. Il prit position derrière une pile de composants électroniques et s'assura qu'il ne pouvait être vu depuis la porte arrière de la remorque. Joe fit de même.

Ils attendirent dans l'obscurité, à l'écoute des voix s'exprimant en coréen, bientôt noyées dans le vacarme d'une machine quelconque. Puis, Kurt sentit que le camion se remettait à bouger. Non, vers l'avant, ni vers l'arrière, mais, cette fois, à sa surprise, vers le bas.

Le rythme de la descente s'accrut, avant de ralentir, mais Kurt savait qu'il s'agissait d'une illusion semblable au sentiment d'immobilité que l'on peut avoir dans un avion en plein vol. En réalité, ils continuaient de descendre, à un rythme égal, à une profondeur appréciable.

Il jeta un regard à sa montre. Enfin la descente prit fin.

— Quatre-vingt-dix secondes, fit-il au bout d'un moment. À quelle vitesse crois-tu qu'on bougeait ?

— Pas si vite que ça, dit Joe. Un mètre par seconde, peut-être un peu plus.

— Ça nous met soixante mètres sous terre à peu près.

Après un instant de complète immobilité, une secousse fit trembler le container. Une grue devait être en train de les soulever pour les extraire du camion.

Kurt posa de nouveau son œil contre le trou.

— On est en train de passer sur une espèce de plate-forme.

Le container pivota, signe que le grutier les alignait sur un emplacement prédéterminé.

— Je peux voir l'autre camion, dit encore Kurt. J'aperçois aussi Calista. Elle s'éloigne vers ce qui doit être le bureau de contrôle.

Kurt l'observa tandis qu'elle frappait à la porte et attendait qu'on vienne lui ouvrir.

— Ne fais pas ça, murmura-t-il sans la quitter des yeux.

Mais personne ne l'entendit. La porte s'ouvrit sur un garde à qui la jeune femme tendit un papier quelconque et, alors que l'homme baissait les yeux pour le lire, elle sortit calmement une arme de sa poche et fit feu, plusieurs fois, de façon précise et sans aucune précipitation.

Presque au même instant, le complice de Calista agrippa le second garde et lui brisa la nuque d'un geste rapide. Deux hommes qui se précipitaient depuis la grue pour intervenir furent proprement exécutés par Calista. Le calme revint.

— Et l'autre chauffeur ? murmura Joe.

— Probablement mort. Calista a dû l'éliminer avant de sortir du camion.

— Elle n'a pas froid aux yeux, ta copine, dit Joe.

— Ce n'est pas ma copine.

— Est-ce qu'ils viennent vers nous ?

— Non, dit Kurt. Ils sont en train de pénétrer dans le bureau de contrôle.

Inconsciente d'être observée, Calista franchit le seuil de la pièce et s'assit aussitôt devant l'un des ordinateurs. Elle ne mit pas une minute avant de briser le code qui permettait d'entrer dans le système.

Egan, son troisième frère, apparut.

— La plate-forme de chargement est sous contrôle, dit-il. Est-ce qu'on a été repérés ?

— J'ai éliminé tout le monde avant qu'ils n'aient le temps de sonner l'alerte, répondit Calista tout en parcourant, sur l'écran, les différents protocoles de sécurité. On est bons. Fais sortir les hackers du second camion. On va les escorter.

— Il y a combien d'hommes de l'autre côté ?

— Un bon million. L'armée nord-coréenne, fit-elle en souriant.

— Non, tu sais ce que je veux dire.

— D'après la liste de service que j'ai pu établir sur l'ordinateur, la station nord-coréenne est sous la garde d'une troupe de cent vingt soldats. La plupart sont cantonnés à la surface. Une quarantaine seulement a l'autorisation d'accéder aux niveaux inférieurs, et ils sont divisés en deux équipes. Donc on a affaire à deux fois vingt types.

— Mais nous ne sommes que deux.

— Ça rend la situation intéressante, tu ne trouves pas ?

Il la fixa sans répondre.

— Calme-toi, fit-elle, ouvrant un paquet qui contenait trois boîtes sur lesquelles figuraient des combinaisons de chiffres étranges. Ça va égaliser les chances.

— Des gaz de combat ?

— Non non, rien d'aussi dangereux. C'est un APR, un agent paralysant rapide. Il agit sur le système nerveux central pendant une dizaine de minutes, à peu près. Ils resteront conscients mais ça en fera des cibles faciles. On prend leur centre de commandement par surprise, on jette ça dans la station et le reste ne posera pas de problème.

— On se protège comment ?

Calista exhiba deux petits filtres semblables à ceux que portent les équipes médicales en salle d'opération, en plus épais.

— Nous n'en aurons pas besoin longtemps, dit-elle. Le gaz se dissipe au bout de soixante secondes.

— Mais avant cela, on doit traverser les tunnels.

Un message en coréen apparut sur l'écran à cet instant précis. Calista saisit un petit scanner qui le traduisit immédiatement.

— Notre invitation, fit-elle. Ils attendent le transfert des hackers. Fais-les sortir du camion et monter dans le wagon.

— Qu'est-ce qu'on fait d'eux pendant qu'on envoie les gaz ?

— Ils seront figés sur place, expliqua Calista. Ça les empêchera d'intervenir, si jamais l'idée les en prenait.

Egan, satisfait, sortit de la pièce. Calista passa une dernière fois le système en revue et transféra les commandes sur une unité télécommandée qu'elle avait apportée à cet effet. Puis elle se leva, se dirigea vers un wagon en métal, sans toit, posé sur des rails à l'entrée d'un long tunnel.

Elle y pénétra, tandis que Egan exhumait les hackers de la remorque du second camion.

Xeno 9X9, ZSUMG, et *Montresor* étaient peut-être de puissantes personnalités dans le monde clandestin du piratage informatique, mais, en chair et en os, ils apparaissaient moins reluisants. Trois silhouettes maigres et débraillées. Leurs visages étaient pâles, presque livides, leurs orbites enfoncées, et leurs bras comme leurs jambes semblaient aussi frêles que fragiles. Rien dans leur apparence ne suggérait le danger, sans parler de pouvoir faire tomber des régimes entiers de par le monde. Aucun d'eux n'avait offert la moindre résistance depuis leur kidnapping. Leurs sœurs, leurs épouses ou leurs enfants détenus par Brèvard, qui les utilisait comme moyen de pression, éliminaient de toute façon toute velléité de rébellion.

— Montez, grommela Calista.

Ils s'exécutèrent sans un mot. Le wagon était posé juste en face de la plate-forme sur laquelle le container du premier poids lourd avait été déposé.

Egan passa devant. Calista prit le siège arrière. Les hackers étaient disposés entre eux deux. Elle tapa un code sur le petit ordinateur servant de télécommande. Presque aussitôt, le wagon se mit en branle tandis que le bruit assourdissant d'un puissant générateur se faisait entendre. Un signal vert apparut sur son écran, elle pressa le bouton « go », et le wagon s'enfonça dans le tunnel à vitesse croissante.

38

— Ils sont partis, fit Kurt. Ils viennent de disparaître dans une espèce de tunnel. C'est maintenant ou jamais.

Il se dirigea vers la porte, actionna le loquet, sauta au sol et fit le tour des lieux du regard. Dans la salle de commandement ne se trouvaient plus que des cadavres. Des cadavres et les ordinateurs clignotants trafiqués par Calista. S'il ne se trompait pas, ceux qui surveillaient l'endroit à distance devaient avoir reçu un rapport indiquant *Situation normale.*

— On ferait bien de s'armer, fit-il en saisissant un pistolet sur le cadavre d'un des gardes. Joe fit de même. Puis ils sortirent de la salle de contrôle pour examiner les alentours.

C'était un vaste terrain de la taille d'un hangar à avions. Sur un côté, le semi-remorque qui les avait transportés reposait, seul, sur une plate-forme octogonale. Vidé de son container, il paraissait maintenant tout petit, presque déplacé. Un puits de la dimension et de la forme de la plate-forme s'enfonçait vers le haut dans l'obscurité. Les parois du puits étaient dentées, et un imposant matériel équipé de roues dépassaient de quatre des huit angles de la plate-forme.

— Ces engins doivent servir à le transporter en haut et en bas, j'imagine, fit Joe. Comme des rails inclinés mais à la verticale.

Kurt ne put qu'acquiescer.

— Ça explique comment on se trouve ici, fit-il, mais ça n'explique pas pourquoi.

À la recherche d'une explication, il s'avança vers l'autre tunnel, dans lequel Calista et son complice avaient disparu. Coloré de bandes blanches et grises selon l'alternance des lumières au plafond, il semblait s'enfoncer à l'infini.

— Qu'est-ce que tu en penses ? demanda Joe.

— Je n'en suis pas sûr, admit Kurt, mais j'ai le sentiment que Than Rang n'est peut-être pas aussi neutre que le colonel Lee et la CIA veulent bien le croire.

— À ton avis, ce tunnel passe sous la Zone démilitarisée ?

— C'est la seule conclusion logique, dit Kurt. On est tout près de la frontière. Le Nord creuse des tunnels dans cette région depuis des années. On en connaît quatre avec certitude, mais on sait qu'il en existe beaucoup d'autres. La plupart sont plus petits que celui-ci, ils ont été pensés pour l'infiltration d'agents, mais on estime que les plus vastes sont susceptibles de transporter une division d'hommes et d'équipement léger en une heure environ. Les photos n'ont rien à voir avec ça.

— Le Sud surveille le moindre signe de nouvelle activité souterraine, dit Joe. Ils auraient dû être alertés en cas de nouvelle excavation.

— Pas forcément. On est juste sous une décharge. L'activité des bulldozers, des grues et des camions a dû faire diversion. Qui plus est, on est presque à soixante mètres sous terre. À une telle profondeur, tous les bruits sont étouffés.

— Il faut le reconnaître, c'est vraiment bien pensé. Ça leur donne même la place de dissimuler la terre et les rochers qu'ils ont dû excaver.

Kurt acquiesça, sans rien dire. Il observait le long tunnel et venait de percevoir un mouvement. Aucun bruit ne leur parvenait, mais quelque chose approchant dans leur direction.

— Planque-toi, dit Kurt.

Tous deux se jetèrent au sol en sortant leurs armes. L'objet qui avançait vers eux n'avait ni roues ni câble et semblait voler dans les airs.

— *Levmag*, fit Joe, ce qui était l'acronyme pour « Lévitation magnétique ». Ça explique les générateurs à haute tension.

— Une façon supplémentaire de rester discret, dit Kurt. C'est entièrement silencieux.

Le véhicule ralentit sur les cent derniers mètres. Sortant du tunnel presque immobile, il glissa lentement en direction d'une plate-forme semblable à celle sur laquelle reposait le semi-remorque. Le vacarme sourd du générateur s'évanouit tandis que l'engin venait se poser contre le quai avec un bruit sourd.

Kurt attendit, mais personne ne sortit.

— Il est vide, demanda Joe sur un ton qui n'était pas une question.

Avec suspicion, Kurt grimpa sur la paroi du wagon et jeta un œil par-dessus.

— Personne, fit-il. Mais il n'est pas vide.

Il sauta à l'intérieur, ramassa une poignée de ce qui se trouvait au sol.

— Des boules de plomb, dit-il en les tendant à Joe. Elles sont très légères.

Joe en saisit une et la fit rouler entre ses doigts.

— Titanium, dit-il. Pas encore entièrement traité mais en bonne voie de l'être.

— Je crois que je commence à comprendre, dit Kurt.

— Comprendre quoi ?

— Than Rang a développé des mines qui produisent trois fois le taux de production d'il y a dix ans… Son alliance avec les figures mafieuses de Pyongyang… Les généraux lui envoient du titanium à demi traité qu'il exporte comme s'il venait de ses propres mines, et il leur envoie du matériel de haute technologie, des hackers, et probablement une bonne dose d'argent liquide en échange. Les Nord-Coréens contournent les sanctions internationales grâce à lui, et bénéficient ainsi d'une technologie et d'un accès aux marchés qui leur sont interdits. Et Than Rang récupère un minerai à bas prix.

Comme en réponse à l'irruption du wagon chargé de minerai, une succession de lumières jaunes s'alluma soudain sur la base de la plate-forme où se trouvait le container dans lequel ils avaient fait le voyage.

— Dernier train pour Clarskville, plaisanta Kurt. Il ne faut pas le rater.

Les deux amis se ruèrent sur la porte restée ouverte, sautèrent dans l'habitacle vide à l'instant où la plate-forme se soulevait.

Kurt tira la porte à lui tandis que le lourd container accélérait. En quelques secondes, ils avaient atteint la vitesse de quatre-vingts kilomètres à l'heure, le tout sans le moindre bruit de machinerie ou de grincement de roues.

— Puisqu'il semble qu'on soit dans un train express, commença Joe, je ferais bien de demander ce que nous allons faire une fois de l'autre côté.

— À mon avis, deux possibilités. Soit on se retrouve dans un no man's land, soit on tombe en plein échange de coups de feu, répondit Kurt.

— On aurait pu attendre leur retour.

— Ah oui ? Et qui nous dit qu'ils reviennent par le même chemin, gros malin ?

— Je n'avais pas pensé à ça, dit Joe.

Il ne fallut pas longtemps au container pour commencer à ralentir. Il se gara sur la plate-forme de réception, à l'extrémité du tunnel, et il devint clair qu'il n'y avait aucun échange de tirs en vue. Une minute de silence complet s'écoula avant que Kurt n'ose ouvrir la porte arrière.

Un regard rapide alentour lui révéla la présence d'autres cadavres encore – des hommes en uniforme de la Corée du Nord.

Ils sautèrent hors du container. Neuf corps. Les tirs avaient été précis et brutaux. Les trois hackers, quant à eux, étaient étendus au fond du wagon dans lequel ils avaient traversé le tunnel. Bizarrement, bien que parfaitement immobiles, ils ne semblaient pas avoir été blessés. Joe toucha l'un d'eux qui ne fit pas le moindre geste en réponse. L'homme semblait paralysé.

— Ils respirent, fit Joe. Mais on dirait qu'on les a drogués.

— On trouvera une explication plus tard, dit Kurt.

Ils suivirent la piste des cadavres jusqu'à un corridor au bout duquel se tenait un ascenseur. Joe était sur le point de presser le bouton d'appel quand Kurt l'arrêta :

— Évitons de leur annoncer notre arrivée, si tu veux bien.

Au lieu de quoi, ils forcèrent la porte. Sur la paroi qui leur faisait face, dans le puits vertical étroit et noir de l'ascenseur, une échelle de maintenance grimpait jusqu'à un couloir creusé dans le mur.

Kurt estima à cinq le nombre d'étages qui les séparaient du dessous de la cabine d'ascenseur à l'arrêt, qu'il distinguait en levant les yeux.

— Tu paries quoi qu'ils sont là-haut ? dit-il.

— En tout cas on peut commencer par là. On ne va pas fouiller tout cet endroit.

Ils pénétrèrent dans le puits de l'ascenseur, entreprirent d'escalader l'échelle. Kurt grimpa le premier tandis que Joe coinçait la porte pour la maintenir ouverte, afin de leur donner un peu de lumière et de faciliter leur fuite, en cas de besoin.

Ils passèrent les deux premiers étages. Arrivé au troisième, Kurt perçut sous ses pieds un bruit indéfini suivi d'un claquement métallique sourd, tandis qu'un objet tombait dans le puits jusqu'au sol de béton. Baissant les yeux, il découvrit la silhouette de Joe qui se raccrochait d'une main à l'échelle, tandis que l'autre tenait un morceau de l'échelle qui venait de casser.

— Qu'est-ce que tu fous ? souffla Kurt.

Joe fixa le fragment de l'échelle à l'un des barreaux pour se rétablir.

— On risque notre peau, ici, Kurt.

— Je vais penser que personne n'a entendu ce que tu viens de dire.

— Non, non, je ne parle pas des gardes. Je parle des méthodes de construction en usage en Corée du Nord. Tu as jeté un œil sur ce béton ? Il est fêlé de partout. Je pense qu'ils y mettent trop de sable. Et le fer de l'échelle est complètement rouillé, elle tient à peine dans le mur.

Comme pour appuyer ses paroles, Joe tira sur l'un des barreaux qui lui resta dans les mains.

— Mon avis : il faut se magner avant que tout l'endroit nous tombe dessus.

Kurt sourit. Son ami était un ingénieur et un perfectionniste. Jamais il n'aurait admis un travail aussi bâclé sur l'un de ses chantiers.

— J'enverrai sans faute une lettre bien sentie à Kim Jong-un sitôt qu'on sera rentrés, fit-il. « Merci de construire vos bases secrètes avec du matériel de qualité supérieure, qu'on ne se fasse pas blesser quand on y pénètre illégalement. » Je suis sûr qu'il appréciera.

Tout en parlant, ils étaient arrivés à hauteur de la cabine de l'ascenseur. Kurt sauta sur le toit. Il força le panel de sortie de secours et se coula dans la cabine aussi doucement que possible, suivi par Joe. Les portes de la cabine étaient déjà ouvertes, maintenues par un commutateur de blocage.

Deux autres corps étaient étendus dans le couloir qui leur faisait face. Le silence régnait. Kurt faisait un pas en avant quand, soudain, un tumulte se fit entendre au bout du hall. De multiples coups de feu, le bruit d'une grenade incapacitante, de nouveaux tirs, cette fois en provenance de silencieux, probablement ceux de Calista et de son complice.

La chance qui leur avait permis d'arriver jusqu'ici sans encombre venait apparemment de les abandonner.

— Allons-y ! ordonna Kurt qui se mit à courir en direction des bruits de la bataille.

39

Contre le mur près d'une porte ouverte, Kurt se concentrait sur le bruit des balles, suivi d'un cri de douleur et d'une nouvelle explosion.

Jetant un coup d'œil dans la pièce, il aperçut Calista allongée sur le sol. Du sang lui coulait de l'oreille. Son complice était en train de tirer au jugé dans la pièce remplie de fumée quand une balle le projeta en arrière. Un second tir, au beau milieu de la poitrine, l'immobilisa net dans la mort.

Au sol, entre eux deux, se trouvait Sienna Westgate.

Une bouffée d'adrénaline parcourut Kurt. Il en croyait à peine ses yeux. Elle était bel et bien vivante ! Jusqu'à ces dernières minutes en tout cas. Il n'était pas sûr que ce fût encore le cas.

Il vit trois soldats nord-coréens surgir de la fumée et ouvrit le feu instinctivement. Deux des hommes s'écroulèrent aussitôt, le troisième, éraflé, battit en retraite et disparut dans l'obscurité.

— Couvre-moi ! hurla Kurt à Joe.

Joe se mit en position, lâcha une salve de cartouches au jugé tandis que Kurt rampait dans la pièce, attrapait Sienna pour la tirer à l'abri. Elle gémit : au moins elle était en vie.

Tandis qu'il l'amenait à l'angle de la porte, du fond de la pièce une nouvelle volée de coups de feu se fit entendre, les impacts vinrent heurter le chambranle et le mur tout autour. Joe riposta aussitôt, le dernier soldat s'évanouit vers le fond de la pièce et disparut dans les escaliers.

— Quelque chose me dit qu'il va revenir avec du renfort ! cria Joe.

— On ne va pas les attendre, répondit Kurt. File jusqu'à l'ascenseur !

Joe s'éloigna en courant. Kurt entreprit de relever Sienna.

— Kurt ? fit-elle d'une voix rauque, la voix d'une personne assoiffée.

— Comment tu te sens ? demanda Kurt en réponse.

— Comment… quoi… Qu'est-ce que tu fais ici ?

Elle était totalement désorientée.

— C'est une longue histoire, répondit-il. Tu peux marcher ?

Elle tenta de se tenir debout et s'effondra aussitôt.

— Mes jambes, dit-elle. Je ne les sens pas.

— Accroche-toi à moi. Il faut qu'on sorte d'ici.

Elle obéit et ils se mirent en route. Parvenu dans l'ascenseur, il l'appuya contre la paroi et désigna Joe :

— Reste avec lui, fit-il.

— Pourquoi ? demanda-t-elle aussitôt. Où vas-tu ?

— Payer une dette.

Joe lui jeta un regard bref :

— Kurt, cet endroit va être infesté de soldats nord-coréens d'ici quelques minutes.

— Raison de plus.

Tandis qu'il sortait de la cabine, Joe appuya sur le commutateur de blocage pour remettre la cabine en marche :

— Je te le renvoie sitôt qu'on est en bas.

Kurt s'éloigna. Sienna ne le quitta pas des yeux durant tout le temps que les portes se refermaient.

Les lumières clignotantes, le vacarme des alertes incendie et des détecteurs de fumée perçaient l'épais brouillard des grenades et des tirs qui avaient maintenant envahi tout le couloir. Kurt retrouva au jugé la pièce où venait d'avoir lieu l'échange de tirs. Au sol, Calista ne reprenait qu'à peine conscience. Elle avait pris de plein fouet l'explosion d'une grenade incapacitante.

Il se baissa pour la secouer :

— Vous vous souvenez de moi ?

Elle mit quelques secondes avant de l'identifier, puis se mit à chercher frénétiquement une arme que Kurt projeta d'un geste vif à l'autre bout de la pièce.

— Vous ne tueriez pas votre sauveteur, si ?

Elle parcourut des yeux l'espace confus qui les entourait.

— Egan ?

— Si vous entendez par là votre cavalier pour la soirée, dit Kurt, il est mort.

La nouvelle ne parut pas la bouleverser outre mesure. Kurt la soutint tandis qu'elle se redressait et l'emmena jusqu'au couloir.

— Attendez ! fit-elle soudain, en exhibant une petite boîte en argent. Jetez ça dans les escaliers. Ça nous donnera quelques minutes de plus.

Le bruit de pas sur les escaliers de fer indiquait que les Nord-Coréens approchaient.

— Dévissez le haut, lui indiqua-t-elle, tout en reprenant son équilibre. Et cessez de respirer.

Il revint sur ses pas et suivit ses indications, jetant sur le sol la boîte qui roula jusqu'au mur. Un sifflement se fit bientôt entendre tandis que deux jets de gaz s'en échappaient. Kurt referma la porte derrière laquelle les hommes sur leurs talons commençaient de s'écrouler.

— Ne vous inquiétez pas, ils ne sont pas morts, fit-elle.

— C'est plutôt pour nous que je m'inquiète, répliqua-t-il, avancez !

Elle fit les premiers pas en titubant. Mais Kurt ne voulait pas risquer de s'approcher d'elle.

— Au bout du couloir, ordonna-t-il.

Elle avança en s'appuyant contre le mur. Sitôt qu'elle parvint à la hauteur de l'ascenseur, elle plaqua sa main sur le bouton d'appel. Les portes s'ouvrirent, elle se laissa tomber à l'intérieur. Kurt la suivit, prit position debout au fond de la cabine, son pistolet à la main, et appuya sur le bouton.

— Un vrai chevalier servant, remarqua-t-elle en le regardant tandis que la cabine commençait à descendre. Incapable de résister à une demoiselle en détresse. Même lorsqu'il s'agit de moi.

— Ne vous envoyez pas trop de fleurs, répliqua-t-il. Vous possédez sans doute les réponses à certaines questions que je me pose, et j'ai besoin de vous, ça ne va pas plus loin. Qui êtes-vous, pour commencer ? Pour qui travaillez-vous ? Pourquoi êtes-vous après Sienna et les autres ?

— J'espérais mieux qu'une conversation ennuyeuse, répondit-elle avec une moue exagérée.

L'ascenseur parvint à destination, et les portes s'ouvrirent sur Joe et Sienna qui se tenaient devant ce qui semblait un panel de contrôle dont dépendait le système *levmag*. À la surprise de Kurt, les trois hackers se tenaient près d'eux, éveillés et conscients.

— Vous savez vous en servir ?

Joe secoua la tête :

— C'est de l'hébreu. Ou du coréen.

— Je peux peut-être vous aider, intervint Calista en s'approchant.

Kurt ne lui faisait aucune confiance, mais c'était le seul moyen de sortir de là. Elle étudia le panel une seconde et scanna rapidement deux écrans :

— Ils ont coupé le courant là-haut. Mais je crois que je peux annuler leurs commandes.

Tandis qu'elle se mettait au travail, Kurt posait les yeux sur une série d'écrans de télévision. L'un montrait le couloir où le combat venait d'avoir lieu, le second, les escaliers. Une caméra avait été installée à chaque étage. Il les examina l'une après l'autre. À chaque niveau supérieur, les corps des hommes s'empilaient comme des bûches. Au dernier, cependant, un nouveau groupe de soldats s'assemblait. Ils étaient équipés de masques à gaz.

— On ferait bien de se dépêcher, fit-il.

— Je crois que c'est bon, répondit-elle. Montez dans le wagon.

Les trois hackers obéirent les premiers, suivis de Joe qui soutenait Sienna tandis que Kurt, guettant la trahison, restait aux côtés de Calista.

— Relax, fit-elle. Si je dois passer du temps en prison, je préfère que ce soit en Occident plutôt qu'ici.

Elle appuya sur un interrupteur. Aussitôt, au soulagement de tous, le vrombissement de l'électricité et des générateurs à haute tension remplit la pièce.

— Montez, ordonna Kurt.

— Je dois transférer le système de contrôle sur ce portable, fit-elle en plongeant sa main dans sa poche, un geste qui déclencha aussitôt une réaction de Kurt, qui la frappa de la crosse de son arme.

— Ce n'est qu'un petit ordinateur, fit-elle en exhibant l'objet sur lequel brillait un petit écran. On va en avoir besoin, à moins que vous ne vouliez rester ici.

Il lui confisqua l'objet et la poussa vers le wagon. Dès qu'ils furent installés, il pressa le bouton vert. Aussitôt, tandis que le wagon restait immobile, un éclair aveuglant brûla les yeux de Kurt tandis qu'une vague de douleur le traversait de part en part. Il eut le sentiment de tomber dans le vide.

Calista le poussa, et, déjà inconscient il chuta en arrière, pour s'étaler en travers du wagon.

— Je t'avais prévenu que je serais prête à notre prochaine rencontre, murmura-t-elle en se penchant vers lui.

Joe, sidéré, regardait le corps de son ami. Il n'y avait pas eu le moindre son, aucune indication que quelque chose était en train de se produire. Kurt s'était juste écroulé comme si quelqu'un avait actionné un interrupteur dans sa tête.

Sienna hurla. Instinctivement, Joe sauta du wagon et tenta de tirer le corps de Kurt à lui. Mais c'était un poids mort de quatre-vingt-dix kilos.

Un bruit se fit soudain entendre derrière lui.

— Sienna ! fit Calista sur un ton qui sonnait moins comme un appel que comme une réprimande.

Joe se retourna. Sienna pointait un pistolet sur Calista.

Bien joué, pensa-t-il.

— Si vous voulez revoir vos enfants un jour, je vous suggère de pointer cette arme dans une autre direction, dit Calista.

Sur quoi, lentement, comme en transe, Sienna tourna le canon du pistolet dans la direction de Joe.

Pas si bien joué que ça, pensa-t-il.

— Ramassez la télécommande et jetez-la vers moi, lui ordonna Calista.

Il secoua la tête.

— S'il vous plaît ! articula Sienna, tandis que des larmes coulaient de ses yeux. Elle a mes enfants en otages. Elle a nos enfants à *tous* ! Si on ne revient pas avec elle ils seront tous exécutés.

— Nous pouvons les sauver, répondit Joe. Elle sait où ils se trouvent. Donnez-nous seulement vingt-quatre heures.

Sienna vacilla.

— Si je ne vous ramène pas vivante chez nous, dit Calista d'un ton menaçant, aucun de vos proches ne vivra assez longtemps pour voir le jour se lever.

— Désolée, dit Sienna en assurant sa prise sur l'arme qu'elle pointait de nouveau sur Joe. Demain, il sera trop tard. Donnez-moi ce transmetteur, s'il vous plaît.

Joe resta immobile. Mais l'un des hackers intervint. Il descendit maladroitement du wagon, saisit le petit terminal, remonta dans le wagon et le tendit à Calista, qui tapota l'écran quelques secondes puis releva la tête, pour offrir à Joe un sourire satisfait.

— *Au revoir*, fit-elle en français tandis que le wagon se mettait à bouger. Transmettez toute mon affection à votre ami à son réveil.

Joe ne pouvait que regarder le wagon prendre de la vitesse et disparaître dans le tunnel.

— Je savais qu'on aurait dû appeler les renforts, murmura-t-il.

Il se pencha sur Kurt, le secoua pour le réveiller mais sans succès. Kurt semblait dans un état catatonique, exactement comme il l'était lorsque Joe l'avait tiré des eaux trois mois plus tôt. La ressemblance avait quelque chose d'effrayant. Il se demanda si c'était réellement une coïncidence.

— Ce n'est pas bon du tout, grommela-t-il pour lui-même.

Il était piégé au fond d'une base secrète, du mauvais côté de la Zone démilitarisée, avec un ami inconscient, un pistolet 9 mm qui ne devait pas contenir plus de cinq cartouches, et un bataillon de soldats nord-coréens furieux qui allaient déboucher d'une minute à l'autre.

40

Joe n'avait pas une minute à perdre. Il courut jusqu'au panel de contrôle pour passer les vidéos en revue. Enjambant les corps de leurs camarades inconscients, les soldats équipés de masques à gaz descendaient l'escalier. Joe estima qu'ils devaient se trouver au septième étage et s'apprêtaient à rejoindre le sixième où l'affrontement avait eu lieu. Il leur faudrait inspecter chaque étage un à un avant de parvenir jusqu'à lui, ce qui lui laissait un peu de marge.

Le panel de contrôle était un labyrinthe incompréhensible de boutons clignotants et d'indications en coréen qu'il ne pouvait espérer maîtriser. Il fit le tour de la pièce du regard, à la recherche d'un moyen de transport quelconque dont le fonctionnement n'exigerait pas de diplôme de physique. Quelque chose dans un renfoncement à sa gauche lui parut faire l'affaire.

— Bien sûr, fit-il à haute voix. Il faut bien que le minerai arrive jusqu'ici.

Posé sur une plate-forme semblable à celle qui se trouvait de l'autre côté du tunnel, se trouvait un poids lourd nord-coréen. C'était une grosse benne au toit ouvert, qui ressemblait plus à un camion à ordures qu'aux modernes semi-remorques utilisés par Than Rang.

Joe se précipita dans le camion. La clé, par miracle, se trouvait à l'intérieur. Il la tourna et, pour son plus grand bonheur, le bruit d'un moteur diesel tout ce qu'il y a de plus classique envahit bientôt la grotte. Il passa une vitesse, mit doucement le camion en marche, le déplaça jusqu'à l'endroit où se trouvait Kurt, toujours inconscient.

Il sauta hors de la cabine, ramassa le corps de son ami, le porta jusqu'à la place du passager. Non sans efforts, il l'installa tant bien que mal sur le vinyle en lambeaux qui recouvrait le siège. Tandis qu'il s'affairait, Kurt commença à réagir et fit quelques mouvements désordonnés dans le vide, un peu comme s'il nageait, avant de s'affaisser de nouveau sur le dossier du fauteuil.

Puis Joe fit le tour du camion, s'installa au volant et ferma la portière.

— Ne t'en fais pas, *amigo*, dit-il, en passant la vitesse. Profite de ta sieste. Je vais nous sortir de là. À ton réveil, on aura une longue discussion sur le genre de femme qu'on doit sauver et celles qu'on doit laisser à leur sort. Parce que visiblement personne ne t'a encore expliqué la différence.

Tout en parlant, Joe avait manœuvré pour mettre le camion mastodonte en position, et il se trouvait maintenant droit devant le tunnel du *levmag* conduisant à la liberté. Il pressa l'accélérateur, le bruit du moteur envahit tout l'espace avec une épaisse fumée noire. Le camion prit rapidement de la vitesse et s'enfonça.

Il n'avait pas roulé depuis trente secondes que les premiers coups de feu résonnèrent derrière lui. Dans la cabine, tout ce que Joe percevait se limitait au son des ricochets sur les cloisons épaisses du poids lourd – et le bruit sec d'un pneu qui explose.

S'efforçant de ne pas songer au danger, il maintint son pied sur la pédale. Le camion continua d'accélérer. Entre la fumée du pot d'échappement, le bruit du camion amplifié par les cloisons, et celui du châssis des pneus à plat tremblant sur ses ressorts, le trajet vers le Sud n'aurait pas pu être plus différent de celui du *levmag* silencieux qui les avait amenés vers le Nord.

Joe passa les vitesses avec un sourire croissant. Le déluge de bruit et de fureur commençait à lui plaire. Il se mit à rire. Le vacarme devait dépasser les cent vingt décibels. Pour faire bonne mesure, il appuya à fond sur le klaxon, dont l'écho se répercuta dans tout le tunnel.

Il atteignit rapidement soixante puis quatre-vingts kilomètres à l'heure. Et ce n'est qu'à ce moment-là qu'il comprit le problème. Tous les demi-kilomètres environ, un point d'étranglement apparaissait dans la cloison supérieure du tunnel, indiquant une couche de béton renforcé qui venait resserrer le diamètre. Il approcha le premier, convaincu que le camion passerait sans encombre. En réalité, le toit métallique du poids lourd lancé à quatre-vingts kilomètres à l'heure vint érafler le plafond, arrachant des morceaux de béton au passage.

Puis il vit arriver le second étranglement, encore plus étroit. Après une seconde d'hésitation, il décida de ne pas ralentir. Cette fois, le béton se mit à voltiger en tous sens tandis qu'une partie entière de la carrosserie s'arrachait et se répandait sur le sol dans un bruit épouvantable.

Apercevant les débris dans le rétroviseur, Joe eut l'idée de s'approcher de la cloison opposée jusqu'à ce que le côté courbe encore intact du camion vienne riper contre la pierre, creusant ainsi une ligne dans le mur, ajoutant au vacarme et projetant une pluie d'étincelles. Le métal se tordit de plus belle et, au bout d'un moment, tout le côté s'arracha, diminuant d'autant le volume du véhicule.

— Si même ça ne te réveille pas, tu dois vraiment avoir ton compte, fit Joe en jetant un regard au corps inerte de son ami.

Il appuya sur le klaxon, laissa sa main dessus jusqu'à ce que le hurlement du camion lui fasse mal aux oreilles. Il voulait le faire savoir au monde entier – et particulièrement aux soldats sud-coréens : il arrivait.

À une dizaine de kilomètres de là, à un poste d'écoute sous contrôle de l'armée du Sud, une jeune soldate du nom de Jeong avait les yeux rivés sur les écrans d'ordinateur. L'armée avait installé des détecteurs de son sur toute la Zone démilitarisée en cas de possible incursion souterraine.

De temps à autre, il lui arrivait de détecter d'étranges signaux, de petits tremblements de terre parasitaient parfois l'écoute, tout comme les tests nucléaires de Pyongyang, mais rien de comparable à ce qu'elle recevait à présent. Elle appela l'officier supérieur.

— Écoutez ça, dit-elle.

L'officier s'approcha avec nonchalance, et dit :

— Ça doit être le système de détection qui déconne.

La soldate secoua la tête.

— J'ai vérifié, mon lieutenant. Qui plus est, plusieurs stations différentes ont capté la même chose. Ça ne peut pas être un dysfonctionnement.

— Faites-moi écouter, ordonna-t-il en branchant un casque sur son ordinateur… Des camions, fit-il au bout d'un moment. Des poids lourds.

Un bruit de métal s'ajoutait à celui des moteurs. Plusieurs camions lancés à pleine vitesse, semblait-il, venaient dans leur direction.

Le lieutenant prit le téléphone pour contacter le major qui se trouvait dans le bunker. Mais ce dernier avait des nouvelles pires encore :

— Nous recevons les signaux d'une activité soudaine frénétique parmi les unités de Corée du Nord, juste de l'autre côté de la Zone démilitarisée.

— Où ça ?

Les coordonnées transmises étaient alarmantes. Des troupes nord-coréennes avançaient tout près de l'endroit d'où leur parvenait le bruit souterrain.

— Calculez la direction et la vitesse, dit le lieutenant au soldat Jeong.

— C'est déjà fait.

— Montrez-moi ça.

Elle appuya sur un bouton, le signal apparut sur l'écran. Il provenait tout droit de ce que l'on suspectait être une base clandestine au nord, et se dirigeait vers un centre industriel situé au sud.

— Qu'est-ce que c'est que cet endroit ? s'enquit le lieutenant.

— Une décharge, fit la soldate. Le site numéro 4 des décharges DaeShan.

Le lieutenant, incrédule, rappela le major aussitôt.

— Confirmation d'une incursion souterraine de grande envergure, fit-il. Le point d'entrée doit être dans, ou autour, de la décharge DaeShan. Procédures de défense numéro Un recommandées. Alerte immédiate !

Roulant à toute vitesse sous la Zone démilitarisée, Joe n'avait pas la moindre idée des forces qu'il venait de déclencher. Tandis qu'il abordait le dernier tiers du tunnel, la pente s'accrut légèrement et le camion commença de ralentir. À la place des lumières au bout du tunnel, il aperçut le trou noir du centre de transport souterrain de Than Rang. Nulle signe de résistance, aucune trace non plus des soldats sud-coréens, ce qui, pour le moment du moins, était plutôt bon signe.

Derrière lui, les choses étaient fort différentes. Plusieurs véhicules lancés dans sa direction réduisaient rapidement la distance. L'absence de tout bruit lui indiqua qu'ils devaient utiliser le système *levmag*.

Tandis que l'un des wagons parvenait à ses côtés, Joe tourna le volant vers la droite, heurtant le wagon qui dévia du centre de la piste magnétique et, soudain dépourvu de tout support, vint percuter le sol dans une explosion de métal.

Des coups de feu amortis par la carcasse du poids lourd retentirent. Ils provenaient du second véhicule, qui se rapprochait dangereusement, juste derrière lui.

Cette fois, Joe se contenta d'appuyer sur les freins. Le poids lourd s'arrêta presque d'un coup dans un hurlement de pneus et un nuage de fumée bleue. Incapable d'ajuster sa vitesse, le wagon vint s'écraser contre la paroi arrière.

Ses poursuivants éliminés, Joe mit les gaz à nouveau. Le camion poussa dans la montée, haletant en direction de l'ère de chargement qui se trouvait au bout du tunnel, heurtant et renversant au passage les wagonnets remplis de boules de titanium qui vinrent se répandre au sol.

Puis, dans le silence enfin revenu, Joe sauta hors de la cabine. Il n'y avait manifestement pas de comité de bienvenue. Pas de brutes furieuses armées jusqu'aux dents, nul signe de Calista ou des hackers – et pas non plus de soldats.

Joe se retourna vers le tunnel. Les Nord-Coréens avaient abandonné la poursuite. Sans doute aucune envie de se faire prendre du mauvais côté de la frontière.

Il posa les yeux sur Kurt.

— On a réussi, fit-il. Et tu as tout raté une fois de plus.

Remontant dans la cabine, il gara ce qui restait du poids lourd sur sa plate-forme d'origine. Il sortit, saisit Kurt pour le faire descendre du siège passager, le déposa au sol et s'approcha du panel de contrôle. Il toucha l'interrupteur, alluma le système, poussa le levier de commande vers le haut, et la plate-forme commença de s'élever lentement.

Tandis qu'ils montaient, Joe sortit son téléphone dans l'espoir de recevoir un signal avant d'atteindre le sommet. Mais ses efforts furent vains. L'appareil fonctionnait bizarrement, comme s'il avait été piraté. Ce n'est que lorsque la plate-forme atteignit la surface, qu'il comprit pourquoi.

Trente soldats coréens l'attendaient, armes pointées sur lui. Des Jeeps équipées de mitrailleuses de calibre .50 l'encerclaient. Un projecteur brusquement allumé l'aveugla. Des cris, qui n'avaient nul besoin de traduction, lui firent comprendre de lever les mains. Deux soldats se précipitèrent sur lui et le mirent à genoux.

— Je suis américain ! cria-t-il.

À sa droite, un troisième soldat pointait le canon de son arme sur Kurt.

— Il est blessé ! hurla Joe. Il lui faut un médecin !

D'autres cris résonnèrent.

— Nous sommes américains, répéta-t-il en réponse. Nous sommes de votre côté. Il s'agit d'une opération clandestine. Appelez le colonel Lee à l'Intelligence Service.

Pas de réponse.

— CIA ! hurla encore Joe, en misant sur le fait qu'ils devaient au moins connaître l'acronyme.

Ils devaient clairement voir qu'il n'était pas coréen.

Une rapide discussion s'ensuivit, au terme de laquelle Joe et Kurt furent tous deux menottés, jetés à l'arrière de l'une des Jeeps, qui démarra.

En sortant de l'entrepôt, Joe acquit une idée plus précise de l'efficacité de son plan. Des hélicoptères sud-coréens armés de missiles et équipés de projecteurs puissants encerclaient toute la décharge. Plusieurs autres étaient visibles au loin, patrouillant sur la ligne de démarcation, en quête de troupes ou d'unités d'infiltration du Nord.

En plus des hélicoptères, des soldats étaient partout déployés. Tandis qu'ils s'engageaient sur la route, Joe aperçut des tanks Abrams en train de se mettre en position. Une escadrille de F-16 passa au-dessus de lui.

Il chercha des yeux les lumières de Séoul. Mais la ville s'était entièrement plongée dans le noir en prévision d'une éventuelle invasion.

— *Mon plan a peut-être un peu trop bien fonctionné*, se dit-il.

Ils furent emmenés jusqu'à une base militaire. Kurt disparut vers l'infirmerie, et Joe vers une salle d'interrogatoire où il fut soumis à une batterie de questions deux heures durant. À tous les officiers du Sud qui se relayèrent pour l'interroger, il répéta la même chose, et demanda des nouvelles de Kurt. La situation resta bloquée, jusqu'à l'arrivée du colonel Lee et de Tim Hale.

L'un et l'autre étaient livides.

— Vous êtes complètement cinglés, commença Hale sans préambule. Comment avez-vous pu aller jusqu'au Nord ?

— On s'est contentés de suivre la piste, répondit Joe. Qu'est-ce que vous vouliez qu'on fasse ? Qu'on les laisse s'échapper ?

— Peut-être, oui.

— Ils vont finir par se calmer, vous le savez. Il s'agit d'une infiltration mineure. Et n'oublions pas qui a construit ce putain de tunnel en premier lieu.

— Je ne parlais pas de la situation politique, reprit Hale. Je parlais de Kurt.

— Pourquoi ? Qu'est-ce qui se passe ?

— Il est dans le coma, expliqua Hale. Les médecins ne savent ni quand, ni s'il s'en sortira.

41

Océan Indien, 12 h 30, heure locale

À onze mille kilomètres et six fuseaux horaires de là, plusieurs navires entreprenaient de se lier les uns aux autres par des câbles en métal.

Deux remorqueurs nautiques étaient arrivés d'Afrique du Sud dans la journée. L'un, le *Drakensberg*, avait atteint le *Condor* pour le remorquer jusqu'à l'endroit où le *Waratah* dérivait, tandis que le second, le *Sedgewick*, était arrivé six heures plus tard, et son équipage se préparait à lancer ses câbles sur la coque de l'épave dévorée par la végétation.

Mais une inspection du *Waratah* était nécessaire avant de pouvoir le remorquer. Sous la direction de Paul, une équipe de sauvetage était montée à bord, et s'était séparée en trois groupes. Le plus important avait entrepris de nettoyer le pont de la couche de sédiments et d'herbes sauvages qui s'y était accumulée, afin d'alléger le bateau. Tandis qu'ils creusaient en hauteur, l'ingénieur en chef du *Condor* descendit dans les étages inférieurs pour vérifier l'intégrité de la coque et des cloisons intérieures. Duke et un autre plongeur, pendant ce temps, examinaient la coque extérieure sous le niveau de la mer.

À côté de Paul, la radio se mit à crachoter.

— *Paul, c'est l'ingénieur.*

— Comment ça se passe ? fit Paul en portant le micro à ses lèvres.

— *Les salles des machines sont assez dégueulasses. On patauge dans cinquante centimètres de boue. Et autant d'eau dans certains coins.*

Ça ne semblait pas prometteur.

— Vous pouvez trouver la fuite ?

— *Il n'y a pas de fuite*, répondit l'ingénieur. *C'est de l'eau douce, de l'eau de pluie. Elle a dû s'infiltrer depuis le pont. À mon avis la coque elle-même est saine.*

— C'est une bonne nouvelle, dit Paul. Des signes de corrosion ? De rouille ?

— *Je pense qu'on est bons. Ce rafiot est plutôt en bonne condition générale, pour un navire de plus d'un siècle.*

— Vous comprenez pourquoi ? Il n'aurait pas dû rouiller complètement, depuis le temps ?

— *Je pense que c'est le limon. Il est très dense, on dirait de l'argile. Ça a bloqué tout l'oxygène. Et qui dit moins d'oxygène dit moins de rouille.*

— Bien, dit Paul. Il se demandait à quoi l'aspect extérieur du navire pouvait ressembler. Duke, reprit-il, on en est où, de ton côté ? Tu as fini l'examen ?

La voix de Duke lui parvint après un bref silence.

— *Affirmatif.*

— Qu'est-ce que ça donne ?

— *Le placage est en bon état. Si la théorie de l'ingénieur est exacte, on peut supposer que la coque extérieure a été recouverte de boue presque aussitôt que le bateau a accosté.*

— Ce sont plutôt de bonnes nouvelles, dans l'ensemble.

— *Okay si on remonte pour s'en jeter un ? On est dans l'eau depuis trois heures.*

— Vous l'avez bien mérité.

— *Bien compris. On arrive.*

Paul tourna de nouveau son attention vers l'ingénieur.

— Qu'en pensez-vous, Chef ? On va pouvoir le ramener ?

La NUMA avait pour projet de remorquer le *Waratah* à Durban en deux jours. Le faire accoster dans son port d'origine serait considéré comme un triomphant retour au bercail.

— *Il y a de fortes chances, oui*, dit l'ingénieur. *Le seul vrai problème, c'est le temps qu'il a passé à terre. Aucun navire n'est censé rester hors de l'eau et reposer sur tout son poids au sol en permanence. On peut voir que le placage a été endommagé.*

— Mais il peut naviguer ?

— *Je ne me risquerais pas à lui faire traverser une tempête. Mais si le temps reste au beau, on devrait s'en sortir.*

— Beau travail, conclut Paul. Rappelez-moi quand vous serez dans les parties supérieures.

— *Okay. Je vais d'abord vérifier la poupe et m'assurer que l'eau ne s'infiltre pas par le manche à hélice.*

Sur ce, Paul remit la radio à sa ceinture, prit une pelle et rejoignit l'équipe en train de déblayer le pont.

Pendant ce temps, Gamay et Elena exploraient l'intérieur du navire et tentaient d'en percer les mystères. La fouille minutieuse des quartiers des officiers n'avait rien donné. Les livres de bord avaient disparu, tout comme la plupart des objets personnels.

— Allons voir les cabines des passagers, proposa Gamay.

Les deux femmes s'engouffrèrent dans l'escalier principal, tout encrassé de boue noire et de saletés, jusqu'à un couloir aussi sombre qu'une mine de charbon. N'ayant que leurs lampes-torches pour tout éclairage, elles y pénétrèrent prudemment.

Dans cet espace confiné, couvert de terre et de végétation pourrie, l'odeur de moisi était presque suffocante. Le bruit de l'eau qui s'égouttait renforçait le sentiment d'être entré dans une cave.

— Plutôt flippant, non ? dit Elena.

— Je ne vais pas dire le contraire, dit Gamay en écho.

Depuis le pont, leur parvenaient le bruit étouffé et irrégulier des pelles, et l'écho des voix désincarnées de l'équipe qui s'activait. Mais tous les bruits leur parvenaient étouffés, comme venus d'un autre temps.

— Tu crois aux fantômes ? murmura Elena en plaisantant à moitié.

— Non, dit Gamay. Et toi non plus.

Elena gloussa :

— Si c'était le cas, c'est dans ce genre d'endroit que je m'attendrais à en rencontrer. Tous ces gens qui ont disparu, qu'on n'a jamais retrouvés. On dit que quand ils sont furieux, les esprits des morts hantent les derniers lieux qui les ont vus vivre. Ils attendent que quelqu'un les trouve et les libère.

Gamay réprima la chair de poule qui s'emparait d'elle.

— Je préfère un fantôme à n'importe quel crocodile.

Elles commencèrent à fouiller les cabines les unes après les autres.

— Tu ne remarques rien ? demanda Gamay après un moment.

— Ni vêtements ni bagages, répondit Elena aussitôt.

— Et pas non plus de bijoux.

Leur première hypothèse était que le navire s'était échoué quelque part sur la terre ferme et que les passagers étaient morts d'épuisement en attendant les secours. Mais, à présent, l'absence de canot de sauvetage et l'état des cabines suggérait autre chose.

— Les bracelets et les perles sont faciles à transporter, dit Gamay.

— Oui, acquiesça Elena, mais pourquoi abandonner un navire qui ne coule pas ?

— Aucune idée.

Tout en parlant, les deux jeunes femmes faisaient marche arrière en direction de l'escalier.

— On essaie encore l'étage du dessous ? demanda Elena.

Gamay acquiesça :

— Creusons cette affaire à fond, comme dit mon mari.

Elles descendirent, inspectèrent les petites cabines encombrées du pont inférieur.

— C'était le quartier de l'équipage, nota Elena.

— Ou bien l'entrepont. Le *Waratah* était prévu pour transporter beaucoup d'émigrants. Il n'était pas plein quand il a quitté Durban, heureusement.

Elles fouillèrent les lieux sans rien trouver qui puisse indiquer ce qu'il s'était produit. Puis Gamay poussa une nouvelle porte. Elles débouchèrent sur un espace plus vaste, et moins encombré, équipé de placards et de quelques petits lits.

— L'infirmerie, supposa Gamay en se dirigeant vers le mur de droite, tandis qu'Elena s'enfonçait à gauche.

Au bout de quelques instants, Gamay se retourna pour découvrir Elena en train d'examiner un crâne desséché, à la lumière de sa lampe. Des morceaux de peau y étaient encore accrochés, avec des mèches de cheveux gris emmêlés et les poils épars de ce qui avait dû être une moustache style Belle Époque. Un second corps était allongé non loin de là.

Gamay s'approcha, s'accroupit afin de les examiner. Le corps portait un uniforme.

— Un membre de l'équipage, dit-elle.

Un petit badge semblait indiquer qu'il s'agissait du contremaître de la salle des machines, peut-être en charge des chaufferies. Sous sa chemise trouée, sur sa peau tordue et desséchée, le trou d'une balle apparaissait distinctement. Le sentiment de malaise que Gamay avait éprouvé en découvrant le corps dans l'épave de l'*Ethernet* la saisit à nouveau.

Elle examina le second cadavre. Il ne portait pas de chemise et sa peau nue était plus abîmée. Il paraissait impossible à l'œil nu de déterminer ce qui lui était arrivé. Mais, tandis qu'elle se redressait, son pied heurta une boîte en acier inoxydable, et la lumière se fit.

Gamay ramassa la boîte, força le couvercle, en vida le contenu dans la paume de sa main. La première apparut aplatie en forme de champignon, mais la seconde était relativement en bon état.

— Des cartouches, fit Elena.

— Elles ont été retirées de ces cadavres. Soit pour essayer de les sauver, soit après leur mort.

Sans un mot, elles poursuivirent leur fouille de l'infirmerie. Trois autres corps se trouvaient au bout de la pièce, dont l'un attaché à un lit, au pied duquel traînait un bloc-notes en inox sur lequel plusieurs feuilles jaunies étaient encore fixées. Gamay le ramassa. Le temps avait rendu illisible ce qui se trouvait sur la première page, mais la seconde était relativement préservée. À la lumière de la lampe, elle parvint à décrypter :

— *Temps estimé du décès*. L'heure était illisible. *Date : 1er août 1909.*

— Cinq jours après la disparition officielle du *Waratah*, dit aussitôt Elena.

Elles venaient de trouver leur premier indice exploitable.

— Il faut prévenir Paul, dit Gamay.

Paul, quant à lui, se trouvait toujours avec l'équipe de déblayage quand les deux femmes le rejoignirent.

— On a trouvé quelque chose, commença Gamay dans un souffle, tout en lui tendant les deux cartouches endommagées.

Il posa sa pelle.

— Pas de passagers, pas de gilets de sauvetage, pas de livre de bord, résuma-t-il en réfléchissant. Mais plusieurs membres d'équipage tués dans l'infirmerie dont au moins un blessé par balles plusieurs jours après la disparition du bateau.

— Une mutinerie ? proposa Elena.

— Non, dit Gamay. On n'est pas sur le *Bounty*. C'était un bateau de croisière. Personne n'était réduit à l'esclavage.

— Ça ne laisse que la piraterie, dans ce cas, dit Paul.

— Ce qui expliquerait pas mal de choses, à commencer par l'endroit où nous sommes.

Paul acquiesça. Ils se trouvaient à près de cinq cents kilomètres au nord-est de la dernière position connue du *Waratah*. Étant donné que les courants, dans le bras de mer du Mozambique, allaient du nord vers le sud avant de contourner le Cap, le bateau ne pouvait avoir dérivé jusqu'ici que si son point de départ se trouvait plus haut sur la côte, bien plus haut qu'il n'aurait dû être s'il avait suivi son itinéraire normal.

— Pour être honnête, dit Paul, j'y pense depuis un moment. C'est la seule chose qui explique sa trajectoire.

— Oui, confirma Gamay. Un pirate rationnel qui s'empare d'un bateau de cette taille doit se diriger dans la direction inverse de sa course normale, loin des lignes maritimes, là où nul n'ira le chercher.

— Les équipes de secours ont fouillé le trajet que le *Waratah* devait emprunter. C'est-à-dire là où il ne fallait pas.

— Donc résumons, intervint Elena : un groupe de pirates a pris ce navire d'assaut. Ils sont partis vers le nord, en sachant que plusieurs jours allaient s'écouler avant qu'on ne lance les recherches. Ils ont pu parcourir plusieurs centaines de miles sans crainte d'être inquiétés.

— Ça ne devait pas être difficile de disparaître à l'époque, ajouta Gamay. Les navires n'avaient pas encore de radios. L'aviation n'avait que six ans, les patrouilles aériennes n'existaient pas.

— Alors *où* a accosté ce bateau, en fin de compte ? demanda Paul, saisi par la curiosité.

— N'importe où entre ici et la Somalie, conclut Elena.

— C'est vrai, dit Gamay, mais je crois que j'ai une hypothèse qui va permettre de réduire le périmètre des recherches. Il faut examiner les araignées qu'on a trouvées.

— Eh bien, dis-moi, fit Paul en levant les sourcils. Tu es vraiment guérie de tes phobies, toi !

— Sérieusement, dit Gamay. On devrait garder des spécimens de tout ce qu'on trouve sur ce navire avant de jeter cette jungle à la mer. On aurait même dû faire examiner le crocodile. Si on pouvait déterminer quel genre de faune et de flore a prospéré ici, on devrait pouvoir réduire le champ des recherches aux régions où on les trouve en grande quantité.

— C'est une excellente idée, admit Paul.

— Je me porte volontaire, dit Elena, spécialement si ça signifie que je n'ai plus à plonger.

— Je vais prévenir l'équipe de déblayage qu'ils arrêtent tout jusqu'à ce que vous ayez collecté vos échantillons, je suis certain qu'ils apprécieront la pause, dit Paul, qui s'en alla donner des instructions à ses hommes.

Il en revenait et se dirigeait vers la radio pour faire le point avec le *Condor* quand le son d'un hélicoptère se fit entendre.

Paul tourna les yeux vers l'ouest, d'où devait revenir le Jayhawk du *Condor* depuis Durban, puis, dans un second temps, réalisa que le son venait du nord. Deux gros points noirs descendaient du ciel et fonçaient dans leur direction. Ils volaient l'un derrière l'autre, le premier peut-être à un kilomètre devant le second.

Soudain méfiant, Paul saisit une paire de jumelles compactes, et fit le point sur le premier des deux appareils. C'était un hélicoptère de couleur vert sombre, clairement militaire, et deux obus étaient accrochés à ses flancs.

Une série de lumières brèves aveugla Paul, comme si le soleil s'était reflété sur le cockpit de l'appareil, mais ce n'était pas le soleil. Il vit des ricochets se soulever sur l'eau autour de la proue du navire. Le bruit sourd d'un calibre .50 sur le métal suivit presque aussitôt.

— À terre ! cria-t-il en plongeant derrière l'amas de terre sur le pont, comme s'il s'agissait de sacs de sable.

Les autres membres de l'équipage en firent autant presque en même temps. Dans l'agitation soudaine, Paul aperçut Gamay et Elena courant vers lui.

— Qu'est-ce qui se passe ? cria Gamay.

Le premier des deux hélicoptères passa au-dessus d'eux dans un grondement, s'éloigna vers le sud, et amorça un demi-tour.

— Je n'en suis pas sûr, dit Paul. Mais je commence à croire que quelqu'un a une dent contre nous.

Il prit ses jumelles pour observer le second appareil. Il venait sur eux plus lentement. Il était peut-être à deux kilomètres, et à moins de cent mètres du niveau de l'eau lorsqu'il lâcha sa charge.

Bien que Paul fût resté en alerte depuis les incidents survenus lors de la plongée vers l'épave de l'*Ethernet*, il mit quelques secondes à prendre conscience de ce qui était en train de se passer : des roquettes visaient le *Waratah*.

Les obus longs et fins touchèrent l'eau presque légèrement puis disparurent dans la mer, ne laissant à la surface que de fines traînées de bulles qui s'étiraient à mesure de leur avancée. Ils filaient droit sur eux.

— Des torpilles ! cria-t-il.

— Des quoi ? fit Gamay, incrédule.

— Des torpilles. Elles arrivent droit sur nous.

Se tournant vers l'équipage, il hurla :

— Tout le monde à la mer ! On abandonne le navire !

42

L'appel de Paul se répercuta dans tout le navire. Aussitôt, les hommes qui s'étaient mis à l'abri se dressèrent sur leurs pieds et se précipitèrent vers les échelles de corde qui conduisaient aux canots.

— Plus vite ! criait Paul, en les aidant à franchir la balustrade, plus vite !

Pendant ce temps, les hélicoptères s'étaient mis à mitrailler les remorqueurs, puis le *Condor.* Les torpilles filaient sur le *Waratah* à une vitesse de 30 nœuds. Étant donné leur point de départ, cela laissait près de deux minutes à l'équipage pour se mettre hors de portée.

C'est alors qu'au loin, apparut soudain la coque rouge du Canot de Secours d'Urgence. Il fonçait à toute vitesse derrière les torpilles.

Paul saisit la radio :

— Duke, qu'est-ce que tu fabriques ?

— *J'intercepte les missiles. Un vieux rafiot tout juste ressuscité d'entre les morts, ce serait vraiment dommage de le laisser couler, non ?*

Sous les yeux de Paul, Elena descendit par l'échelle, suivie de Gamay. Restait l'ingénieur, toujours coincé dans la salle des machines.

— Bien sûr que ce serait dommage ! Fais ce que tu peux.

De retour de son exploration de la coque du *Waratah*, Duke et son équipe de plongeurs étaient à mi-chemin du *Condor* quand les hélicoptères étaient apparus. Il avait assisté au mitraillage, vu le lâcher de missiles, et tout de suite compris que le *Waratah* était la cible. Plutôt que de continuer vers le *Condor*, il avait poussé les moteurs et viré. Sa première pensée avait été d'aider à l'évacuation du navire – ou bien de venir en aide à l'équipage après l'impact. Mais, arrivant à l'endroit où sa route croisait celle des torpilles, repérables aux bulles qu'elles laissaient à la surface de l'eau, il avait improvisé un plan tout à fait différent.

— Sortez les fusils de la remise, hurla-t-il à ses hommes.

Devant eux, le large flanc du *Waratah* se profilait, épaississant à chaque seconde à mesure qu'ils se rapprochaient, tandis que se réduisait la distance les séparant de la seconde torpille.

— Évitez la tête du missile, ordonna-t-il, on serait tous pulvérisés. Visez le moteur, le propulseur ou les ailettes. Ça devrait suffire à le détourner de sa course.

Les hommes n'avaient à leur disposition que des pistolets Ruger. Mais si Duke parvenait à s'approcher suffisamment, cela suffirait. Ils retirèrent la sécurité.

Sautant sur les vagues à la vitesse maximale, le canot s'aligna le long de la torpille, dont la silhouette gris clair s'allongeait huit mètres à peine sous la surface.

— Feu ! hurla Duke après avoir aligné sa vitesse sur celle du missile.

Les plongeurs vidèrent leurs chargeurs. Aussitôt, les petits calibres creusèrent des trous dans l'eau. Il vit la torpille poursuivre sa route, imperturbable. Elle n'était plus qu'à trente secondes de l'impact. Duke aurait donné un an de salaire pour l'un des fusils qui se trouvaient dispersés entre le *Condor* et le *Waratah*.

— C'est trop profond, fit l'un des tireurs. Et les armes sont de trop faible calibre.

— Rechargez ! hurla Duke pour toute réponse. Je vais tenter quelque chose.

Il accéléra pour dépasser la torpille, croisa sa route à toute vitesse en entrant une seconde dans sa ligne de mire, puis fit demi-tour pour se retourner derrière elle et recommença. Au bout du troisième essai, il vit le missile se mettre à monter et descendre sous l'effet de la vague d'étrave créée par son mouvement. Le nez du missile plongea, se redressa, surgissant à la surface l'espace d'une seconde. C'était suffisant pour que les tireurs ouvrent le feu. Cette fois, plusieurs balles touchèrent le boîtier arrière. Hors contrôle, la torpille partit en vrille vers la droite, et plongea.

Duke obliqua à gauche. Il avait à peine parcouru cent mètres quand un éclair jaillit dans l'eau. L'onde de choc suivit, sous la forme d'un geyser blanc qui s'éleva dans les airs avant de retomber en pluie sur un vaste périmètre.

— On l'a eu ! À l'autre ! cria Duke en se tournant vers la droite, à la recherche du second missile.

— Il est trop loin devant ! cria l'un des plongeurs.

— Je n'abandonne pas maintenant ! cria Duke en écho. Mais alors même qu'il lançait le canot à toute vitesse il comprit que c'était trop tard. Le missile fonçait droit sur la poupe du *Waratah* et l'espace entre l'arme et sa cible était trop réduit pour agir.

— *Duke, recule-toi !* fit une voix hurlant dans la radio. *C'est un ordre !*

Comprenant qu'il n'avait d'autre choix que de s'exécuter, Duke coupa sur la gauche à l'instant où deux rafales de fusil se faisaient entendre depuis l'épave.

Sur le pont du *Waratah*, Paul et Gamay faisaient feu sur la torpille avec deux AR-15. À une distance de trente mètres, une balle toucha la torpille en pleine tête. Dans un éclat de feu et de vapeur, une nouvelle onde de choc envoya une colonne d'eau en plein ciel tandis que Paul et Gamay étaient projetés en arrière.

Tous deux atterrirent au milieu des herbes sauvages que l'équipe n'avait pas eu le temps d'arracher. Paul ouvrit les yeux dans la fumée de l'explosion, un sifflement dans les oreilles. Il jeta un œil à Gamay, soupira de soulagement.

— Un sacré bon tir, si je peux me permettre de m'envoyer des fleurs, fit-il en se redressant.

Gamay se mit sur un coude, pour mieux planter ses yeux dans les siens.

— Pardon mais, comment sais-tu que c'est toi qui l'as eu et pas moi ?

— Tu étais déportée sur la gauche. Je l'ai vu tout de suite. Tu avais le vent contre toi.

— Ce sont tes balles qui étaient déportées vers la gauche. Pas les miennes.

Paul éclata de rire. Il leva les yeux, guettant les hélicoptères. Dieu merci, ils battaient en retraite vers où ils étaient venus, laissant derrière eux des flots agités, un remorqueur fumant, et un groupe éberlué, incapable de deviner ce qu'une épave vieille d'un siècle pouvait contenir de si important pour qu'on veuille l'envoyer par le fond.

Paul ramassa la radio projetée au sol par l'explosion. Par chance, elle fonctionnait encore.

— Merci pour le coup de main, Duke, dit-il. Il faut que tu sois à demi cinglé pour faire ça, mais j'ai apprécié néanmoins.

— *De rien, Paul, désolé d'en avoir manqué un. Joli tir, à propos.*

— Merci, firent Paul et Gamay à l'unisson, tout en échangeant un regard de défi.

Comme Duke retournait au *Condor*, Paul appela le navire.

— *Condor*, ici Paul. Il me faut un rapport sur les dommages et les pertes.

— *Ça se limite à peu de choses*, fit une voix. *Deux membres de l'équipage blessés par des éclats de balles. Un autre avec une contusion après avoir heurté un mur en se protégeant. Ni morts, ni blessés graves.*

— Apparemment, on s'en sort bien, conclut Paul. Contactez les remorqueurs et faites-moi un rapport. Je vois pas mal de fumée s'échapper du *Drakensberg*.

— *Bien reçu.*

— Et contactez le QG. On a besoin de protection, ici. Je n'ai pas la moindre idée de ce qui pousse ces gens à vouloir couler cette épave, mais c'est bien ce qu'ils essaient de faire. Jusqu'à ce qu'on ait compris qui ils sont et ce qu'ils veulent, on ne peut pas exclure qu'ils vont recommencer.

L'appel s'acheva, puis ce fut au tour de l'ingénieur, qui se trouvait toujours en bas.

— *Qu'est-ce qui se passe, là-haut, on peut savoir ?*

— Croyez-le ou non, on vient presque de se faire torpiller.

— *Torpiller ?*

— Je sais que c'est absurde, mais c'est la vérité. On s'en sort indemnes.

Il y eut un long silence. Puis l'ingénieur dit :

— *Indemnes, peut-être pas. L'onde de choc a dû endommager le placage. On a de l'eau qui s'infiltre.*

43

— On a peut-être gagné la bataille, dit Gamay faisant écho aux pensées de Paul, mais on a perdu la guerre.

— Je descends, dit Paul en lui tendant la radio. Contacte le *Condor* et les remorqueurs. On a besoin de pompes. Et on a besoin de plongeurs équipés de matériel de sauvetage. S'il y a une brèche dans la coque, ils peuvent peut-être la ressouder.

— Tu es fou ? C'est déjà un miracle que ce rafiot tienne l'eau.

— Je ne peux pas vraiment l'expliquer, mais je me suis attaché à ce vieux bateau et je ne suis pas décidé à l'abandonner si on peut faire autrement. Pas après tout ce par quoi il est passé.

— Mais qu'est-ce qui t'arrive ? s'écria Gamay. Qu'a-t-on fait de mon mari si insensible ?

Il lui donna un baiser rapide, prit sa lampe-torche et fila vers les escaliers.

Tout en descendant, il pouvait déjà entendre le bruit de l'eau pénétrant dans la coque – un bruit puissant, comme si une bouche d'incendie avait été grande ouverte.

Il atteignit le dernier étage et constata que l'eau lui arrivait déjà aux mollets.

— Chef ! Où êtes-vous ? cria-t-il.

— Derrière la cloison ! cria une voix depuis le couloir. Dépêchez-vous !

Paul courut vers la poupe, passa les chaudières et les coffres à charbon, atteignit l'antique salle des machines. De la lumière provenait d'une échelle qui descendait vers le fond de cale arrière, qui était la section la plus basse du navire, et où l'eau s'accumulait. En dessous, il n'y avait plus que la mer glacée.

Paul s'approcha, dirigea la lampe-torche vers l'intérieur, aperçut l'eau agitée s'infiltrant par une soudure rompue dans le placage de la coque. Telle une canalisation géante, le flot d'eau furieuse courait le long du compartiment et venait tourbillonner en bas de l'échelle. Son niveau montait à une vitesse alarmante.

— On ne va pas pouvoir l'arrêter, dit Paul, soudain frappé par la réalité de l'événement. Il faut filer d'ici.

— Je ne peux pas, dit l'ingénieur. Je suis coincé.

Paul ne voyait rien qui l'empêchait de bouger.

— Qu'est-ce que vous racontez ?

— Mes jambes sont prises dans les sédiments, cria le chef. L'onde de choc de l'explosion a liquéfié la boue. J'ai sauté ici pour voir ce qui se passait et je me suis enfoncé jusqu'aux genoux. Ça pourrait être des sables mouvants.

Paul s'avança sur l'échelle. Il agrippa la main de l'ingénieur et tira de toutes ses forces. Mais l'homme restait piégé comme dans une plaque de béton. Paul braqua la lampe dans l'eau. Les genoux de l'ingénieur disparaissaient dans la boue.

Il descendit un échelon. Aussitôt, l'eau vint s'enrouler autour de sa taille. S'accrochant fermement, il trouva une position faisant effet de levier, agrippa l'ingénieur sous les bras et tira de nouveau de toutes ses forces – peine perdue.

— Mais remuez vos pieds ! cria-t-il.

— J'aimerais bien, figurez-vous !

L'eau atteignait maintenant le buste de l'ingénieur et continuait de monter. Paul se recula. Il lui fallait quelque chose pour creuser. Braquant sa lampe alentour, il aperçut un tuyau de métal au bout acéré. Peut-être une barre de collecte telle qu'en utilisaient les équipages sur les bateaux autrefois pour tisonner le charbon. Ça ferait l'affaire. Il le fallait.

Il attrapa le morceau de fer, revint au puits, tendit à l'ingénieur sa lampe-torche et plongea la barre dans le sédiment, tout près des jambes de l'ingénieur. Creusant d'abord, puis agitant la barre, il commença à faire remuer la boue.

— Ça marche, fit l'ingénieur. Continuez.

Paul y voyait à peine. Il s'affairait vigoureusement tandis que l'eau dépassait maintenant la poitrine de l'ingénieur et atteignait son cou. Bientôt, l'homme dut pencher la tête en arrière pour maintenir sa bouche et son nez hors de l'eau.

Comme Paul continuait de creuser, l'ingénieur se dégagea légèrement, poussa sur les échelons de l'échelle pour s'élever.

Une jambe se libéra, puis l'autre, mais sans sa botte. L'ingénieur grimpa à l'échelle et Paul suivit aussitôt.

Les six derniers centimètres du fond de cale se remplirent rapidement, et bientôt la salle des machines principale.

Épuisés, les deux hommes se dirigèrent en titubant vers la porte. Le temps qu'ils l'atteignent, une coulée d'eau se répandit depuis le puits dans la salle des machines avec une violence digne des chutes du Niagara.

— Vous pensez que ça va tenir ? s'enquit Paul en examinant la version centenaire et usée d'une porte étanche.

— Il n'y a qu'un seul moyen de le savoir.

Paul attrapa la porte, qu'un siècle de rouille pesant de tout son poids immobilisait, et poussa. À grands coups d'épaule, il parvint à la fermer à demi mais, sous la force de l'eau, elle se rouvrit aussitôt.

Il se recula, saisit la barre de fer, se mit à cogner sur les gonds pour tenter d'enlever la rouille, sans trop de succès. Il lâcha la barre, puis lui et l'ingénieur se placèrent derrière la porte et se mirent à pousser de concert. Elle se ferma aux trois quarts, mais la pression de l'eau fut la plus forte et, au dernier moment, ils furent violemment repoussés en arrière.

— Ce n'est pas la peine, dit l'ingénieur.

— Un dernier essai, dit Paul. Du coin de l'œil, il venait d'apercevoir une silhouette déboulant des escaliers derrière eux. De l'aide, enfin.

— Aidez-nous !

Une fois encore, Paul appuya contre la porte de tout son poids. Il sentit l'ingénieur pousser lui aussi, puis une troisième pression plus forte encore – certainement le marin dont il venait d'apercevoir la silhouette et qui s'était joint à eux.

Enfin, avec un bruit de métal, la porte se ferma d'un coup. Paul tourna aussitôt la poignée pour la maintenir aussi hermétiquement close que possible.

Les joints étaient en piteux état, l'eau continuait de s'écouler par les coins à plusieurs endroits mais à un rythme bien moins rapide.

Paul se laissa tomber sur le sol. Il posa les yeux sur l'ingénieur, qui affichait un sourire extatique.

— La routine, hein ? fit-il.

— Je suis prêt à me faire porter pâle, je crois bien, répliqua Paul. Il se retourna pour remercier le marin venu en renfort mais, à sa grande surprise, ses yeux ne rencontrèrent que le vide. Il saisit la lampe-torche, dirigea le rayon dans toutes les directions sans plus de résultat. Ils étaient seuls dans l'obscurité.

— Il y avait quelqu'un avec vous, en bas ? demanda-t-il.

L'ingénieur secoua la tête :

— Tout le monde était sur le pont avant l'attaque. Pourquoi ?

Une nouvelle fois, Paul fixa le couloir et l'escalier. Ce n'est qu'alors qu'il réalisa qu'il lui aurait été impossible d'apercevoir une silhouette dans le noir, comme il croyait l'avoir fait. Pourtant, il se souvenait distinctement d'un homme aux épaules larges, affublé d'une moustache.

Son esprit lui jouait des tours.

— Pour rien, répondit-il enfin. Je tenais à m'en assurer. Remontons là-haut au cas où la porte céderait.

Paul saisit la barre, se remit sur ses pieds, aida le chef à se rétablir. Épuisés, les deux hommes escaladèrent péniblement l'escalier jusqu'à la lumière du jour.

Durant l'heure qui suivit, des pompes furent chargées depuis le *Condor* et l'un des remorqueurs s'approcha. Les portes étanches furent renforcées, les plongeurs de l'équipe de sauvetage identifièrent le trou dans la coque et le colmatèrent.

Malgré cela, cependant, le navire fuyait toujours et nul ne pouvait dire s'il tiendrait le coup jusqu'à Durban. Le remorqueur se mit en marche. Les deux bateaux s'ébranlèrent sous la surveillance de l'Air Force sud-africaine, dont les avions de combat et les hélicoptères armés survolaient maintenant la zone en longs cercles concentriques.

Tandis que le soir tombait, une petite flottille vint à la rencontre du premier navire. C'était une garde d'honneur. Deux navires de guerre s'y joignirent, bientôt suivis par un bateau de réparations dont l'équipage était prêt à intervenir.

Après avoir enduré la perte du *Waratah* une première fois, le gouvernement sud-africain semblait déterminé à le récupérer.

Paul commença à se relâcher. Il retrouva Gamay sur le pont, en train de remplir de divers échantillons des sacs en plastique qu'elle étiquetait un à un avant de les refermer.

Elle avait les cheveux tirés en arrière, un crayon coincé derrière l'oreille, et arborait son allure la plus studieuse.

Paul s'assit près d'elle.

— Tu as bientôt fini ?

— Avec la collecte, oui. Mais je file à Durban voir un biologiste pour les examiner. Tu viens avec moi ?

— J'aimerais beaucoup. Mais je veux m'assurer que ce bateau rentre au port.

— Tu en as fait bien assez, tu ne trouves pas ?

— Rien n'est fini tant que ce n'est pas achevé.

Elle sourit sans cesser de travailler, plaça les sacs dans une glacière en plastique, puis referma le couvercle.

— Je serai là quand tu arriveras, fit-elle.

Il sourit à son tour, en songeant à toutes les fois où ils avaient dû se séparer avant de se retrouver dans un port ou dans un autre.

Elle se leva, ramassa la glacière, Paul en saisit une autre, et tous deux se dirigèrent vers la proue, où une vedette attendait Gamay pour la transporter jusqu'au *Condor*, d'où un hélicoptère militaire l'emmènerait à Durban.

— Tu crois aux fantômes ? demanda-t-il soudain.

Elle éclata de rire en réponse.

— Pas vraiment. Pourquoi ?

— Aucune raison, c'est juste pour savoir.

Ils étaient arrivés à hauteur de l'échelle. Un marin aida Gamay à charger les containers.

— Je serai prêt pour ce fameux dîner aux chandelles en arrivant au port, je crois, fit-il.

— Je m'occupe des réservations.

Paul l'étreignit, l'embrassa, puis se recula tandis qu'elle descendait l'échelle de corde jusqu'au canot qui l'attendait.

La vedette prit de la vitesse et s'éloigna.

44

Dans la tanière des Brèvard, la famille faisait le deuil d'Egan. Une sombre cérémonie avait été organisée. La tristesse y était contrebalancée par le fait qu'Acosta le traître avait été tué et que les hackers étaient retournés à leurs propriétaires légitimes.

Sans délai, Sebastian les mit au travail. Usant de leurs talents, et des capacités phénoménales du programme Phalanx, ils furent vite en mesure de pénétrer le Département de la Défense américain, le système de contrôle de l'espace aérien en Europe, et plusieurs autres entités encore. Le but était de créer le chaos.

— Est-ce que tout cela est vraiment nécessaire ? demanda Calista.

— On a besoin d'un écran de fumée sophistiqué pour mettre en place notre véritable projet, expliqua Sebastian. Un chouïa de carnage fera ça très bien.

Tout en écoutant son frère, Calista s'était avancée jusque devant les baies vitrées de la pièce de contrôle, et contemplait rêveusement la piscine olympique dans laquelle, enfant, elle avait appris à plonger, et où elle et ses frères s'étaient entraînés avant d'attaquer l'*Ethernet*.

Y songer lui fit penser à Kurt Austin. Depuis qu'elle l'avait rencontré, elle avait piraté les dossiers médicaux de la NUMA et savait tout de sa relation avec Sienna. Elle se demanda ce qui pouvait pousser un homme à risquer sa vie pour une femme qu'il ne posséderait jamais. Une femme dont le sauvetage n'aurait d'autre conséquence que de la perdre à nouveau.

Soit Sienna était le genre de femme à inspirer cet esprit de sacrifice, soit elle avait la chance d'avoir rencontré un homme dont le sens du devoir comptait plus que sa propre survie. Dans les deux cas, Calista se sentait obscurément jalouse. Elle n'avait jamais connu un tel homme, et le plus probable était qu'elle n'en connaîtrait jamais.

— Amenez-moi Laurent, dit Sebastian, interrompant sa méditation. Il faut s'assurer que tous ses hommes sont de retour et prêts à se battre.

— Tu attends de la compagnie ?

— Pas tout de suite, répondit-il. Mais bientôt. Quand ils arriveront, je veux être certain qu'ils passeront un sale quart d'heure. Ils doivent trouver autant de résistance que possible. Sans quoi, ils ne croiront pas vraiment à leur victoire.

Elle comprit. Tout cela faisait partie du plan.

45

Durban, Afrique du Sud

Tout juste débarquée à Durban, Gamay se trouva le centre de l'attraction. Bien que la découverte du *Waratah* fût officiellement gardée secrète jusqu'à ce que le navire entre dans les eaux du pays, la rumeur avait commencé à se répandre dans les milieux scientifiques. L'information selon laquelle un membre de la NUMA avait atterri et possédait des échantillons qui devaient être examinés, avait attiré l'attention des experts. Dans les jours qui suivirent, plusieurs d'entre eux débarquèrent à Durban à leurs propres frais pour organiser une rencontre avec Gamay sur le campus de l'université de Durban-Westville, et examiner les insectes, les cadavres de rongeurs et la faune variée découverts sur le *Waratah*.

Pendant ce temps, Gamay profitait de son séjour à Durban pour se rendre en bibliothèque, où elle dénicha une machine à microfilms lui permettant de consulter les archives non digitalisées contenant les articles de l'époque relatifs à la disparition du bateau. Elle plongea dans le passé.

Quand l'information *live* n'existait pas, les journalistes avaient tout abord attribué l'absence du *Waratah* à un retard de plusieurs jours, ce qui arrivait assez souvent. Plusieurs semaines après la disparition du bateau, certains articles laissaient encore entendre que l'on attendait le navire d'un jour à l'autre, ou que les patrouilles parties à sa recherche ne tarderaient pas à le remorquer. Des estimations sur les réserves de nourriture étaient aussi régulièrement publiées pour éviter que les familles ne paniquent.

Puis, peu à peu, l'espoir s'était évanoui pour faire place à la réalité. Spéculations et rumeurs allèrent alors bon train. La tempête du 27 juillet fut désignée comme un coupable probable. L'attention se focalisa sur les déclarations d'un certain Claude Sawyer, qui se trouvait être le seul passager à destination de Cape Town ayant décidé de débarquer à Durban. Le télégramme envoyé à sa femme justifiant sa décision disait : *« J'ai trouvé le* Waratah *bien trop chargé. »*

M. Sawyer prétendait aussi avoir fait un rêve, dans lequel un chevalier appelant le bateau chargeait au-dessus des vagues, son épée pointée vers le ciel. Un second rêve lui était venu après avoir désembarqué. Cette fois, le *Waratah* balayé par une vague gigantesque disparaissait hors de vue.

Une tout autre théorie fut émise par le capitaine Firth, commandant du steamer *Marere.* D'après lui, le *Waratah* était trop gros et trop puissant pour avoir été emporté par les eaux, même pendant une tempête. Le plus probable était qu'il avait perdu un moteur, ou un gouvernail, et errait dans les courants au-delà du cap de Bonne-Espérance, au milieu de l'Atlantique.

Firth était certain que le *Waratah* serait retrouvé. Un vaisseau similaire, le *SS Waitako*, avait perdu un manche à hélice sur la route d'Aukland et dérivé six bonnes semaines avant d'être découvert. Certains spéculaient qu'il aurait pu atteindre l'Amérique du Sud.

En dépit de sa concentration, l'attention de Gamay était de temps à autre distraite par d'autres nouvelles de la presse de l'époque : les discussions politiques oubliées, publicités vieillottes, dont l'une qui recommandait le tabac comme remède contre la toux. Difficile d'échapper au charme exotique du siècle passé.

Le plus remarquable de ces articles était un long reportage sur l'affrontement qui avait opposé la police de Durban à un groupe de criminels connus sous le nom de Gang de la Rivière Klaar. Après une explosion ayant pulvérisé une fortune en papier-monnaie, la police avait finalement conclu que les billets retrouvés n'étaient que des faux, très habilement contrefaits. Bien que presque tous les membres du gang aient été tués, Robert Shawn, le commissaire de la police de Durban, craignait que ses chefs se soient échappés et ne resurgissent un jour.

— Excusez-moi, fit soudain une voix derrière elle. Êtes-vous Gamay Trout ?

Elle se retourna, pour découvrir un homme vêtu d'un costume bleu marine, et d'une chemise blanche ouverte au col. Il lui tendit la main :

— Mon nom est Jacob Fredricks. Une rumeur circule selon laquelle vous auriez découvert le *Waratah*. Est-ce vrai ?

Gamay hésitait. Il expliqua :

— J'ai travaillé pour la NUMA lors d'une expédition de recherche, il y a plusieurs années de cela. Ça n'avait rien donné, malheureusement.

Le nom lui revint en tête. Elle décida de lui dire ce qu'elle savait, et ils passèrent les deux heures suivantes à discuter de la disparition du bateau, et de la fois où Fredricks pensait l'avoir trouvé, pour découvrir qu'il avait en réalité mis la main sur un cargo de la Seconde Guerre mondiale torpillé par les Allemands.

— Je suis presque soulagé de savoir que le navire est resté à terre toutes ces années, dit-il. Ça rend notre échec moins humiliant.

Gamay sourit. Elle lui raconta les incidents tels qu'ils s'étaient produits depuis la découverte. Fredricks parut surpris par ce qu'elle lui apprenait. Des théories bizarres avaient toujours entouré ce navire.

— Une voyante, un jour, a prétendu qu'il avait accosté et que ses passagers avaient commencé une nouvelle civilisation, dit-il.

— C'était plus proche de la vérité qu'on aurait pu le croire.

— Une autre théorie, vraiment bizarre, celle-là, date de 1987.

— L'année de votre expédition ?

— Non, plusieurs années plus tard. En 1987, un vieux canot de sauvetage à deux places a été découvert dérivant au large des côtes de Maputo Bay, au Mozambique. Par des pêcheurs, si je me souviens bien. Il y avait trois personnes à l'intérieur. Une femme et deux enfants. La femme était légèrement blessée par balles, mais ce n'était pas ce qui l'avait tuée. C'était la déshydratation. Tous trois étaient morts de cette façon. Ils furent identifiés. C'étaient les membres d'une famille kidnappée et prise en otage des années plus tôt. Les autorités supposèrent qu'ils s'étaient échappés d'un lieu quelconque sur la côte. La Somalie fut considérée comme le plus probable. C'était un peu le Far-West à l'époque.

— C'est terrible. Mais quel rapport avec le *Waratah* ?

— Le canot dans lequel ont été repêchés les cadavres était rouillé jusqu'à la garde. Il avait visiblement été rafistolé à la hâte. Il n'aurait sans doute pas tenu tellement plus longtemps si personne ne l'avait trouvé. Un certain nombre d'experts ont affirmé que sa forme et son modèle correspondaient à ce qu'on trouvait entre 1904 et 1939. Plus tard, un ingénieur a réalisé une analyse informatisée des photos prises à l'époque. Il a prétendu avoir découvert les restes de lettres visibles sur la partie supérieure, apparemment les couches de peinture avaient limité l'érosion. Je ne me souviens vraiment pas des détails. En tout cas, sur la photo, l'inscription pouvait se lire *Waratah*.

— Vous plaisantez, fit Gamay, interloquée, se renversant sur sa chaise.

Il secoua la tête :

— À l'époque, tout le monde pensait que c'était un faux. Mais maintenant, après ce que vous avez trouvé... Et puis, ajouta-t-il, il y a aussi l'histoire du Gang de la Rivière Klaar.

— J'étais justement en train de lire quelque chose là-dessus.

— Certains pensent qu'ils ont soudoyé des marins qui leur ont permis de se glisser à bord du bateau.

— « Ils » ?

— Les chefs survivants du gang.

— Vraiment ?

— Oui. Et qu'ils se sont noyés quand le navire a coulé.

— Sauf qu'il n'a pas coulé. Vous pensez que ce gang a pu pirater le bateau ?

— D'après ce que j'ai lu, ils étaient très brutaux. C'était certainement le genre de personnes capables de faire ça.

Gamay réfléchissait. Elle aurait voulu enquêter sur tout ce que l'homme venait de lui dire. Mais, avant qu'elle n'ait eu le temps de faire quoi que ce soit, son téléphone bipa. Un sms lui demandait de revenir au laboratoire, où les échantillons étaient analysés.

— Il faut que j'y aille, dit-elle en se levant. J'aimerais beaucoup continuer cette discussion, dès que j'ai un peu de temps.

— Tout ce que vous voulez, du moment que c'est pour la NUMA, répondit-il en lui tendant une carte de visite. Puis ils se serrèrent la main.

Gamay quitta la bibliothèque, pour revenir au labo.

Le biologiste qui avait pratiqué les analyses lui résuma les résultats.

— Vous avez de la chance, madame Trout. Plusieurs des espèces que vous avez rapportées ne sont trouvables que dans un seul endroit sur Terre.

Tout en parlant il avait exhibé le squelette d'un petit animal que l'un des matelots de Paul avait découvert pendant les excavations.

— Qu'est-ce que c'est ? demanda-t-elle.

— Un fossa, dit-il en lui montrant une photo de l'animal.

— On dirait un croisement entre un chat et un kangourou.

— En fait, c'est une espèce de mangouste.

Il exhiba ensuite un papillon de nuit géant – il sortait à peine de son cocon quand Elena l'avait trouvé. Elles étaient restées toutes deux incrédules en voyant sa taille.

— Ceci, fit l'analyste, est un papillon-lune.

Puis, passant aux araignées :

— Et ça ce sont des néphiles. On en trouve plusieurs espèces de par le globe, mais ce que l'on a trouvé dans sa toile est unique.

Tout en parlant, il pointait un insecte enroulé dans la soie de l'araignée.

— Un scarabée-girafe, dit-il en lui tendant une loupe grossissante.

Elle ajusta la vision. Le petit insecte semblait parfaitement normal, à l'exception de son long cou mince et de sa tête qui semblait sortir de son corps comme une extension au bout d'un tuyau d'aspirateur.

Elle n'en croyait pas sa chance. Elle supposa que les mauvaises nouvelles étaient sur le point d'arriver.

— Laissez-moi deviner, Somalie ?

— Non, répondit-il. Bien plus près. La côte occidentale de Madagascar.

— Madagascar ?

Il acquiesça.

— Voyez-vous, l'île de Madagascar s'est détachée de l'Afrique il y a de cela cent soixante millions d'années. L'Inde y était encore rattachée à cette époque. Mais, voici quatre-vingts millions d'années, l'Inde elle-même a été secouée par les plaques tectoniques.

Tandis que les trois masses de terre s'éloignaient, la faune et la flore de Madagascar ont commencé à évoluer différemment de celles du reste du monde. Tout comme en Australie, il y a des centaines d'espèces à Madagascar que l'on ne trouve nulle part ailleurs. Vous avez découvert trois d'entre elles sur votre épave flottante. Cela signifie que ce navire a été parqué là-bas un certain temps avant de reprendre la mer.

— Et le crocodile ?

— On en trouve à revendre à Madagascar, dit-il.

Gamay hocha la tête. Les preuves étaient sans appel. Le *Waratah* avait passé son temps sur terre quelque part sur les plages occidentales de Madagascar. Les seules questions maintenant étaient de savoir pourquoi quelqu'un avait voulu le couler, et qui il était.

46

Kurt Austin se sentit chuter, sans poids, dans l'obscurité. Il plongea dans l'eau et le froid piquant lui ouvrit les yeux. Soudain, il vit. Un bleu sombre l'entourait. Mais il y avait de la lumière au-dessus, et il voyait des vagues, étranges, qui le soulevaient depuis le bas tout en roulant sur lui.

Il se propulsa vers la surface, sortit la tête de l'eau pour plonger dans la tempête. La pluie poussée par le vent fouettait la mer, et des rouleaux de la taille de camions le soulevaient vers le ciel pour le relâcher dans les vagues une fois de plus. Le yacht, l'*Ethernet*, était devant lui. Sienna et les siens se trouvaient dedans.

Il poussa vers l'avant et se hissa à bord propulsé par une vague sur le pont délavé par l'ouragan. Luttant pas à pas pour avancer, il appelait Sienna en hurlant, et se retrouva en train de pousser l'écoutille principale, avant d'être frappé à l'arrière de la tête et jeté au sol.

Étourdi, il avait presque perdu connaissance sous la violence du coup et n'aperçut qu'à peine la silhouette qui le plaquait contre l'écoutille en essayant de l'étrangler.

— D'où est-ce qu'il vient, putain ? cria quelqu'un de l'autre côté du pont.

— Y a un hélicoptère de secours dehors, répondit l'homme qui le tenait.

Il frappa la main qui le tenait à la gorge, mais le type le jeta au sol, l'immobilisant d'une prise de tête.

Ses oreilles bourdonnaient, sa vision se brouillait, il avait le vertige, et ses membres étaient faibles – conséquences du coup qu'il venait de recevoir. Un coup violent qui aurait dû le rendre inconscient, peut-être même le tuer. Mais Kurt avait toujours été une forte tête.

Il leva les yeux pour tenter d'évaluer la situation. L'homme tout au bout tenait une femme par le bras.

— Sienna, articula Kurt faiblement.

— Kurt ? fit-elle en réponse, sans le quitter du regard.

Elle tenta de se dégager pour se précipiter vers lui mais l'homme la tira en arrière :

— Conduis-la au canot, fit-il à un homme. Son mari et ses gosses y sont déjà.

Sienna se débattait en vain. Kurt la vit disparaître tandis qu'elle hurlait son nom. Il tenta de se relever, mais dans l'état où il se trouvait son agresseur l'écrasait.

— Et nous ?

— On les rejoint sitôt qu'on en a fini avec lui.

L'homme qui venait de parler se baissa vers Kurt. Un couteau à cran d'arrêt jaillit, il s'approcha du câble qui reliait Kurt au harnais.

À travers le vacarme de la tempête, Kurt pouvait percevoir le bruit du moteur de l'hélicoptère. Il distinguait l'éclat des projecteurs dans l'obscurité et les nuages tourmentés. Si ces hommes parvenaient à couper le câble qui le reliait à l'hélicoptère, réalisa-t-il confusément, il ne survivrait pas.

Avec l'énergie du désespoir, il parvint à se dégager, frappa l'homme qui tenait le couteau et se précipita vers la porte avant d'être à nouveau plaqué au sol.

— Tue-le.

L'homme releva le chien de son pistolet mais Kurt en se retournant parvint à le frapper au genou. L'arme fit feu, la balle toucha le mur en projetant des fragments de céramique. Avant que Kurt eût le temps d'en faire plus, un coup de pied le cueillit au menton, et l'homme qui le tenait plongea sa tête dans l'eau pour tenter de le noyer.

— Attendez ! fit une voix de femme.

Sans lâcher prise, l'homme sortit Kurt de l'eau.

— On peut l'utiliser, fit de nouveau la voix.

Kurt, en cherchant à reprendre sa respiration, leva les yeux vers la femme. Il la reconnut. Les cheveux bruns et courts emmêlés sur sa tête, les pommettes hautes… Il la connaissait, mais d'où ? Elle s'appelait… Calista.

— Il va parler si on le laisse vivre, objecta l'homme.

— Quelqu'un doit parler, répondit-elle, énigmatique. Vous avez tué le capitaine et l'équipage, espèce d'idiots. On avait besoin d'eux justement pour ça.

— On ne s'attendait pas à ce qu'ils résistent à ce point.

La femme s'accroupit près de Kurt. Elle ouvrit une petite valise.

Kurt, toujours à demi inconscient, luttait pour ne pas s'évanouir. Il sentait les mouvements du yacht dans la houle. À tout moment, maintenant, il pouvait se renverser. Sa force l'avait abandonné, son esprit s'affaiblissait.

La femme brandit une seringue et l'enfonça dans sa nuque. Groggy, il la vit dans un brouillard qui approchait son visage du sien et le prenait entre ses mains :

— Vous êtes monté à bord du yacht, fit une voix qui devait être celle de la femme, mais qui résonnait en lui curieusement, comme en écho. Vous avez aperçu Sienna derrière ce mur, ajouta-t-elle en tournant sa tête vers la cloison. Elle flottait, le visage dans l'eau. Ses cheveux étaient répandus autour d'elle comme des algues.

Kurt fixait le mur de verre. L'éclat d'un projecteur se reflétait dessus et l'aveuglait. Lorsqu'il se dissipa, il parvint à voir au travers. La pièce, de l'autre côté, était à demi pleine d'eau. Des coussins, des journaux, flottaient lentement dans la boue.

Sienna était là, il l'avait vue. Il se rua vers elle et sa tête heurta la paroi de verre.

— Elle s'est noyée, fit la voix qui s'était emparée de lui et n'était plus ni une voix de femme, ni une voix d'homme. Elle est morte avec ses enfants. Vous êtes bouleversé.

Kurt voyait l'événement se dérouler devant lui. La petite fille blonde dans sa robe, ses doigts de poupée encore accrochés à la main de sa mère. Il se souvint qu'elle s'appelait Elise.

— Ses yeux sont ouverts, dit la voix.

Kurt grimaça d'horreur. Il tenta encore de parvenir jusqu'à elles mais quelque chose le projeta sur le pont.

— Le yacht est en train de couler, disait encore la voix. Il est plein d'eau. Cassez la vitre ! C'est votre seule chance.

Kurt lança son poing contre la paroi de verre mais sans succès.

— Vous avez essayé de la briser avec une chaise. Vous n'avez pas réussi. Vous êtes tombé.

Il fut poussé, tomba sur le dos.

— Le yacht est en train de se retourner. Vous n'avez plus le temps.

— Non !

— Ils tirent le câble pour vous sortir de là !

— Non ! répéta Kurt en criant. Il se sentait tiré vers l'arrière. Son masque fut arraché. Puis le bas de sa tête une fois de plus heurta quelque chose.

Mais, au lieu de se retrouver dans les vagues, réalisa-t-il à travers le brouillard dans lequel il se trouvait, il était toujours sur le pont.

Il vit la femme et les autres qui s'éloignaient. Il l'entendit parler à quelqu'un par radio :

— Ouvrez les vannes. Coulez le navire. On rentre.

— Que va-t-il arriver quand il commencera à se souvenir de ce qui s'est vraiment passé ? fit une voix.

— Ça ne se produira pas, répondit la femme. Pas avant que nous ne le laissions faire.

Ils disparurent. Kurt essaya de bouger. Il lui fallait sortir d'ici, il fallait fuir. Il voulut se lever mais ses bras semblaient en plomb et ses jambes ne répondaient pas.

Tout autour de lui, l'eau commençait à refluer. Le bateau se renversait. Soudain, le harnais se resserra autour de sa poitrine et le tira vers la porte. Il fut soulevé puis quelque chose céda dans un claquement sonore et il tomba dans la mer.

À demi évanoui, en proie au vertige, il tenta de hisser son corps vers la surface. Mais il sentait qu'il s'enfonçait, tiré vers les profondeurs par l'effet de tourbillon provoqué par le yacht qui coulait. La lampe accrochée à son bras pointait vers le bas. Il aperçut la forme floue du navire qui disparaissait dans l'obscurité marine.

Il tourna son regard vers la surface. Une seconde, un petit éclat de lumière argentée brilla, puis tout fut noir. Jusqu'à ce qu'une main le saisisse et le sorte de l'eau.

47

Kurt s'éveilla calmement. Contrairement aux nuits précédentes, qu'il avait passées hanté par des souvenirs et des cauchemars, il se sentait en paix. Il pouvait entendre le rythme tranquille d'un « bip » régulier, et le bruit des pales d'un ventilateur. Il ouvrit les yeux lentement, se découvrit baigné d'une lumière éclatante.

Il n'était pas chez lui, constata-t-il, mais à l'hôpital. Le plafond, les murs, le sol, tout était blanc. Ses pupilles dilatées par les médicaments laissaient passer des flots de lumière transformant la pièce peu éclairée en véritable solarium.

Il voulut lever une main devant ses yeux pour les protéger de l'éclat. Une perfusion l'empêcha de se mouvoir comme il le voulait. Il laissa retomber son bras. Un pulsomètre attaché à son doigt était connecté à un moniteur.

Il était vivant.

Il découvrit une silhouette assise sur une chaise, tout au bout de la petite chambre : Joe. Joe qui, avec sa barbe de plusieurs jours, des cernes profonds sous les yeux, un gobelet de café à la main et une bande dessinée sur ses genoux, semblait avoir pris racine dans la pièce.

— Je ne savais pas que tu aimais les Mangas, articula Kurt.

Joe leva la tête, un sourire chaleureux aux lèvres.

— Je me contente de regarder les images. C'est écrit en coréen. Si j'ai bien compris, c'est l'histoire d'un bébé-robot qui rencontre deux enfants dotés de superpouvoirs qui ont un penchant pour les épées de samouraï et les petits gâteaux. Enfin, je ne suis pas sûr d'avoir bien compris, pour les gâteaux.

— Parfois les images n'expliquent pas tout, chuchota Kurt en songeant à sa propre expérience. Qu'est-ce que je fabrique dans cet hôpital ?

— Tu ne te souviens pas ? Ta copine s'est débrouillée pour que tu t'effaces toi-même.

— Que je m'efface moi-même ?

— Dans le tunnel. Sous la Zone démilitarisée.

Il fallut quelques minutes à Kurt avant que les souvenirs ne lui reviennent. L'écran du petit ordinateur, le bouton vert sur lequel il avait appuyé, l'espèce de décharge qui s'était ensuivie, et puis le noir.

— Vu la qualité des soins, on doit être au sud, j'imagine, fit-il. Comment est-on rentrés à Séoul ?

— On a couru jusqu'à la frontière, répondit Joe. Basiquement, je t'ai sauvé la vie. Une fois de plus. Et tu as tout raté. Comme d'habitude.

— Je te crois sur parole, dit Kurt. Sa vision redevenait peu à peu normale. Je suis inconscient depuis… ?

— Trois jours.

— Trois jours ?

— Oui. Ils ont dû t'ouvrir le crâne. Une opération mineure au cerveau. Je leur ai fait savoir que, vu ton cerveau, une opération ne pouvait pas être autre chose que mineure, mais ils n'ont pas saisi l'humour.

— Tu as attendu tout ce temps que je me réveille dans le seul but de dire ça, n'est-ce pas ? fit Kurt en gloussant.

— Plus ou moins.

Joe fit glisser sa chaise vers le lit, tendit à Kurt une petite fiole transparente en plastique. À l'intérieur, se trouvait un minuscule fragment de métal – une puce électronique.

— Qu'est-ce que c'est ? demanda Kurt.

— Un simple microprocesseur. Ça émet un signal qui court-circuite ton cerveau chaque fois qu'il est exposé à une certaine fréquence. D'après les médecins, des systèmes similaires sont expérimentés sur des patients atteints de la maladie de Parkinson pour contrôler les tremblements. Ou sur des gens traumatisés pour contrôler les souvenirs et réduire la douleur émotionnelle.

Kurt examina le petit engin. Était-ce cette ablation par les médecins qui lui rendait ses souvenirs, ou bien le choc provoqué par Calista avait-il effacé la fausse mémoire qu'on lui avait implantée ? Il n'aurait su le dire.

— Ce petit truc doit être activé par un transmetteur, poursuivait Joe. Dirk a envoyé une équipe fouiller ton appartement. Ils en ont trouvé un planqué dans ton garage.

Kurt passa en revue la quantité de problèmes psychologiques qu'avait dû causer la puce au cours des derniers mois.

— C'est la raison pour laquelle les cauchemars ont cessé quand j'ai quitté Washington. Et c'est aussi pour ça que je me souviens à présent de ce qui s'est passé sur le yacht. Je me rappelle même comment tu m'as sorti de l'eau.

— Rien que ça, ça vaut tous les désagréments.

Kurt raconta à Joe tout ce dont il se souvenait.

— Certains souvenirs sont encore un peu flous, conclut-il. Mais Calista était bel et bien présente. Ils détenaient Sienna. Son mari et ses enfants également. D'où la question de savoir ce qu'il fabrique maintenant aux États-Unis.

— Tu veux dire que…

— Je veux dire que s'ils obligent Sienna à faire quelque chose en utilisant ses enfants comme moyen de pression, qu'est-ce qu'ils le forcent à faire, *lui* ?

— Je ne t'ai rien dit, mais, à ce qu'on raconte, la CIA se pose la même question. Apparemment, Westgate va avoir l'occasion de s'expliquer là-dessus.

Kurt enregistra l'information. Il s'assit, retira le pulsomètre de son doigt, ce qui déclencha aussitôt une alerte, et une infirmière entra dans la chambre. Elle arrêta la machine, vérifia l'état de Kurt puis sortit, faisant place à de nouveaux visiteurs : Hale, l'homme de la CIA, et son acolyte indéfectible, le colonel Lee.

— Vous avez de la chance d'être dans un hôpital, dit Hale, plutôt que dans un camp de prisonniers en Corée du Nord.

— Ou dans l'un des nôtres, ajouta le colonel Lee. Vous avez failli déclencher une seconde guerre de Corée, tous les deux.

— Techniquement, dit Joe, la première est toujours en cours, je vous le rappelle.

— Vous trouvez ça drôle ? grogna Lee.

— Non, répliqua Joe. Mais je crois que le fait d'avoir découvert une menace contre la sécurité de votre pays sous la forme d'un tunnel secret creusé par le Nord devrait nous valoir un peu d'indulgence.

Hale jeta un regard au colonel Lee qui signifiait : *Il n'a pas tort.*

— Vous êtes tous les deux très chanceux, fit Lee. Kim Jong-un nie l'existence des tunnels. Il les met sur le compte des mensonges de l'impérialisme. Il ne peut donc pas se plaindre que plusieurs dizaines de ses hommes ont été tués à l'intérieur. Ça nous permet d'éviter un incident diplomatique. Mais il nous a quand même fallu trois jours pour faire retomber la tension.

— Désolé si nous avons dépassé les bornes, dit Kurt. Je vous promets d'être plus prudent la prochaine fois.

— Désolé, Kurt, mais il n'y aura pas de prochaine fois, fit Hale sur un ton où perçait le regret, et même la tristesse.

— Comment ça ? On a prouvé que Sienna est en vie. Nous savons que ces gens-là détiennent aussi d'autres hackers. Il faut les arrêter avant qu'ils ne commettent le crime qu'ils ont en tête.

— La piste est froide, expliqua Hale. On ne sait pas comment continuer. Than Rang est enfermé dans une prison de haute sécurité, entouré de gardes et d'avocats, et il ne parle à personne. Votre femme-mystère et les hackers ont disparu sans laisser de traces.

— Et Acosta ? demanda Kurt. Il a notre émetteur. On doit pouvoir l'activer et le retrouver.

— On a essayé, dit Hale.

— Le pays est une péninsule, fit observer Kurt. Vu les barrages au nord, c'est même pratiquement une île. Ils ne peuvent pas disparaître, encore moins s'ils sont recherchés.

— On a mis les aéroports et tous les ports maritimes sous surveillance, mais ça n'a rien donné jusqu'à présent.

Acosta n'aurait pas été assez stupide pour prendre un vol commercial. Beaucoup d'autres voies avaient dû s'offrir à lui. Plusieurs centaines de navires marchands sortaient des ports coréens tous les jours. On trouvait des hors-bords et des voiliers à louer par milliers.

— Et même si l'on trouvait une piste, ajouta Hale, ce n'est pas à vous que l'on confierait la mission de la suivre.

Kurt plissa les yeux de fureur.

— J'ai appelé votre hiérarchie à Washington, ajouta Hale. L'implication de la NUMA dans cette affaire est arrivée à son terme. Le dossier va être repris par la CIA ou par les Forces spéciales, et supervisé par la NSA.

En d'autres termes, Kurt venait de se faire virer.

Il émit un soupir et plongea son regard dans celui de Joe.

— Moi aussi j'ai parlé avec Dirk, dit Joe. Il dit qu'il est temps de passer le relais.

Kurt se laissa retomber sur les oreillers. Il se sentait vidé. Ils étaient arrivés si près du but, il avait tenu

Sienna dans ses bras… Et voilà qu'elle avait de nouveau disparu. Il ne pouvait plus rien faire.

— Les médecins insistent pour que vous soyez déchargé de toute responsabilité, reprit Hale. Nous allons vous transférer immédiatement aux États-Unis. On a des raisons de croire que Than Rang ou même Acosta ont mis votre tête à prix, ici. Vous partez ce soir même dans un C-17 de l'armée qui vous conduira à Guam, dans les Philippines. De là, direction Hawaï en convalescence. Essayez d'en profiter.

Kurt ne répondit pas. Hale se redressa et se dirigea vers la porte. Sur le seuil, il se retourna :

— C'était un sacré spectacle, Kurt, dit-il avant de sortir. Il faut vous reconnaître ça.

À la tombée de la nuit, Kurt et Joe furent emmenés jusqu'à la base américaine où attendait l'avion de combat C-17, dont le métal gris était illuminé, sur le tarmac, par une série de projecteurs.

Ils pénétrèrent dans l'appareil par l'arrière. L'officier de garde qui les contrôla était occupé à ranger une Jeep et recouvrir d'une bâche plusieurs véhicules. On leur offrit des fauteuils à l'avant.

Kurt se laissa tomber dans le sien, épuisé et découragé. Pour une fois, il était insensible aux plaisanteries de Joe, en dépit des efforts de ce dernier pour lui remonter le moral. Il fixait le vide devant lui, sans rien dire ni penser.

Le quadrimoteur roula sur la piste, puis s'envola. Tandis qu'il prenait de l'altitude, Joe s'endormit. Kurt se sentait incapable d'en faire autant. Il cherchait ce qu'ils avaient manqué, le petit indice qui aurait pu les conduire à Sienna, aux autres hackers, et à ceux, quels qu'ils soient, qui avaient dressé un plan dont rien encore n'avait été vraiment mis à exécution, Kurt en était certain.

Il ne trouva rien. Et tandis que le rythme des moteurs et le froid de la cabine l'engourdissaient, il se leva, s'avança vers l'avant pour se délasser et observer le paysage extérieur depuis le hublot de la porte.

Au bout du ciel sombre, au-dessus d'eux, s'étendait une mince ligne de lumière. Kurt la contempla une bonne minute, avant de réaliser qu'elle n'aurait pas dû se trouver là. S'ils volaient en direction des Philippines, ils auraient dû s'enfoncer dans la nuit noire. Ils n'avaient pas décollé depuis plus de quelques heures. En dépit du changement de fuseau horaire, ça ne pouvait pas être l'aube.

Il tourna les yeux de l'autre côté. Le ciel était entièrement noir.

— On va dans la mauvaise direction, murmura-t-il pour lui-même.

Avant d'avoir eu le temps de réfléchir, il vit le cockpit s'ouvrir. Un visage familier en surgit.

— Hiram ?

Découvrir Hiram Yaeger en dehors des bâtiments de la NUMA était comme découvrir le principal de son lycée en plein centre-ville quand on a 12 ans – déplacé. À quoi s'ajoutaient les vêtements qu'il portait : à la place de son T-shirt de marque et de son jean, une tenue de vol militaire vert olive. Sa queue-de-cheval était coincée dans une casquette de base-ball de l'Air Force, la visière abaissée sur son front.

— Tu es en infiltration ?

— En un sens, répondit Yaeger. Dirk voulait que je te briefe en personne.

— Me briefer ? À quel sujet ?

— La mission.

— Je croyais qu'il n'y avait pas de mission, dit Kurt après un moment de silence. Hale me l'a très clairement fait comprendre.

— En réalité, Hale est plein d'admiration pour toi, fit Yaeger en riant. Il t'aime beaucoup. En tout cas c'est ce qu'on dit. Il a été très impressionné par ce que vous avez accompli Joe et toi en si peu de temps.

— Et… Ça explique qu'il nous ait passé un savon ?

— C'était destiné au colonel Lee, expliqua Yaeger. Et à tous ceux qui auraient pu écouter. On pense que la base de données de la Corée du Sud a été piratée et nous ne sommes pas complètement sûrs de la nôtre. On a décidé de laisser Lee rentrer, et faire son rapport conformément à ce qu'il a entendu. Pendant que je viendrai te donner tes instructions écrites à la main.

— Écrites à la main ? ne put se retenir Kurt. Ça n'a pas dû être facile pour toi.

— Tu n'as pas idée.

— Et quelle nouvelle m'apportes-tu, Ô messager du Royaume ?

Yaeger le guida vers deux sièges en vis-à-vis sur lesquels ils prirent place. Yaeger ouvrit son uniforme pour en sortir le dossier épais qu'il avait coincé dedans.

— Il s'est passé énormément de choses pendant que tu dormais dans cet hôpital.

— Des bonnes ou des mauvaises ?

— Un peu des deux. L'administration s'est démenée dès que Joe a identifié Sienna Westgate parmi le groupe de gens exfiltrés de Corée du Nord. Brian Westgate a été convoqué, on lui a demandé de s'expliquer. Il a fait une crise de nerfs en pleine audience. On l'a examiné et découvert qu'il avait reçu le même traitement que toi. Les médecins lui ont retiré une puce électronique coincée dans le lobe occipital. Une équipe du FBI a trouvé des ordonnances chez lui. Elles avaient été trafiquées. Il se faisait prescrire des médocs qui inhibent les souvenirs.

— Et il se souvient de quelque chose, à présent ? demanda Kurt.

— Pas tellement. Apparemment, ils l'ont travaillé plus profondément que toi.

Kurt se renversa contre le dossier de son fauteuil. Du jour où il avait appris son mariage avec Sienna, il avait manifesté une antipathie naturelle vis-à-vis du milliardaire, et le considérait suspect depuis le début de l'affaire. Découvrir que Westgate avait été soumis au même traitement que lui le plaçait dans une curieuse position inconfortable. Il l'avait mal jugé, et ne pouvait qu'imaginer ce qu'il devait se passer dans la tête de Westgate à présent.

— Ils l'ont évacué du yacht, dit-il. Et après la tempête, ils l'ont mis dans le radeau et l'ont laissé dériver jusqu'à ce qu'on le trouve.

— C'est probable, fit Yaeger. Le truc, c'est qu'avec Sienna et Brian Westgate compromis l'un et l'autre, on ne peut plus se fier à Phalanx pour protéger les systèmes informatiques du pays.

— Qu'est-ce qui a été décidé, là-dessus ?

— Tout ce qui est possible, soupira Yaeger. On est en train de voir comment désinstaller Phalanx et le remplacer par des systèmes alternatifs. D'autres mesures de sécurité sont revues et renforcées. Certains programmes sont tout simplement déconnectés.

— C'est déjà ça. Mais quand les gens qui ont fomenté ce truc vont comprendre que Sienna ne leur est plus d'aucune utilité, ni elle ni ses enfants n'auront longtemps à vivre.

— Exact, acquiesça Yaeger. Le résultat le plus probable, c'est qu'ils seront tués immédiatement et que le groupe repartira de zéro avec un nouveau plan. Quel que soit leur but final, ils y ont déjà consacré un temps et une énergie considérables. Tout indique qu'ils ne s'arrêteront pas là.

— Qu'est-ce qu'ils cherchent, à ton avis ?

— Nous avons détecté une augmentation massive des tentatives de piratage, ces derniers temps, mais sans schéma directeur, répondit Yaeger. On pense que c'est un rideau de fumée. Ils essaient de dissimuler leur véritable objectif.

— Ce qui signifie que nous devons absolument les retrouver, dit Kurt. La seule façon de faire cesser ce cauchemar est de remonter à la source.

— Ce qui m'amène à la raison qui nous fait voler vers l'Ouest, et pas vers les Philippines, acquiesça Yaeger. On a une nouvelle piste. Grâce à toi, assez curieusement.

Tout en parlant, Yaeger extirpa une photo du dossier. Kurt la connaissait. C'était le cliché de Calista, qu'il avait pris sur le yacht d'Acosta.

— Max a achevé l'analyse de la reconnaissance faciale.

— Ça a donné quelque chose ?

— Pas au début. On a cherché dans tous les bureaux de délivrance de permis de conduire, dans les services de passeports et les archives judiciaires de toute la planète. On a même sollicité Interpol. Il n'existe aucune trace administrative correspondant à la photo de cette femme nulle part. J'ai demandé à Max de scanner toutes les images publiques disponibles pour voir si on trouvait quelque chose.

— C'est un travail impossible.

— Des milliards et des milliards de clichés. Ça a pris des jours. Quand le résultat est tombé, j'ai cru à une plaisanterie.

— J'ignorais que les ordinateurs avaient le sens de l'humour.

Yaeger sortit une autre photo. Celle-ci provenait d'un vieux magazine de luxe. On y voyait un couple élégant, dans la trentaine. Autour d'eux, se tenaient trois enfants, deux garçons et une fille, qui paraissait la cadette. À en juger par leurs vêtements, la photo devait dater du milieu des années 80.

— Jolie famille, fit Kurt. De qui s'agit-il ?

— Le nom de la femme est Abigail Banister, répondit Hiram. Elle était experte en télécommunications.

Kurt prit le temps de l'étudier. Vêtements mis à part, elle aurait pu être la sœur jumelle de Calista.

— Le type est son mari, poursuivait Yaeger pendant ce temps. Stewart Banister. Un spécialiste du guidage satellite. Ce sont des Anglais. Ils ont disparu pendant un safari au Zimbabwe, il y a vingt-deux ans. À l'époque, une hypothèse voulait qu'ils soient passés à l'Est. Le MI-5 les surveillait en raison de leurs opinions politiques, et de certains de leurs amis de fac. Par la suite, on a découvert que ce n'était pas le cas, comme tu vas vite le comprendre.

Kurt avait saisi où il voulait en venir.

— Cette femme est le portrait craché de Calista. Et la petite fille…

— D'après Max, sa structure faciale indique une corrélation de 89 % avec celle que tu appelles Calista. Lorsqu'on utilise ses traits et ceux de ses proches pour faire une projection digitale, on obtient 96 % de corrélation. L'équivalent d'une empreinte digitale, à peu de choses près.

— Donc cette petite fille *est* Calista ?

Yaeger acquiesça.

Kurt avait le plus grand respect pour tout ce que Yaeger et Max étaient capables de faire. Par le passé, ils avaient accompli des miracles, mais ce qu'il venait de dire lui semblait très peu probable.

— Un moyen de confirmer ça ? demanda-t-il.

— On l'a déjà fait.

— Comment ?

— Par analyse ADN.

Kurt leva les sourcils.

— D'où a-t-on obtenu un ADN ?

— De toi, fit Yaeger. Tu étais couvert du sang de Calista quand on t'a trouvé, sans parler des mèches de cheveux noirs sur les boutons de ton manteau. Joe les a donnés aux techniciens de la CIA en allant à l'hôpital. Ils ont été assez malins pour conserver les échantillons.

Entre-temps, on a comparé l'ADN de Calista avec ceux des membres de la famille Banister encore en vie.

— Alors cette fille *est* Calista, fit Kurt, pensif, les yeux sur l'image.

— Son véritable nom est Olivia.

— Ils ont l'air si normal. Es-tu en train de me dire que ces banlieusards de la classe moyenne ont quitté l'Angleterre, et maquillé leur disparition pour se lancer dans une carrière de criminels internationaux ?

— Non, fit Hiram. L'histoire est plus triste que ça. Comme je te l'ai dit, ils ont disparu pendant leurs vacances. Le père a refait surface six mois plus tard, lorsqu'on a retrouvé son cadavre troué de balles à Bangkok. Il avait les mains liées, le visage tuméfié, et il avait clairement essayé de s'échapper d'on ne sait où quand il s'est fait tirer dessus. On n'a jamais retrouvé les responsables. Les corps de la mère et des deux garçons ont été découverts un an plus tard.

— Où ça ?

— Dans un canot de sauvetage au large du Mozambique.

Tout en parlant, Hiram lui passa la photo du canot en question. Les trois corps étaient allongés entre plusieurs containers. Kurt examina le rafistolage du bois pourri, la paire d'avirons de fortune. Un long morceau de bois cassé dans un coin et un bout de tissu en lambeaux avaient dû servir de mât et de voile.

— Ils sont morts déshydratés, expliqua Hiram.

— Il n'y avait pas d'eau dans les containers ?

— Peut-être au début. Mais si c'était leur seule réserve, ça n'a pas dû suffire. Vu l'état des cadavres, ils ont dû séjourner deux semaines dans ce canot, peut-être trois. Il n'y avait pas assez d'eau pour trois personnes pour une période aussi longue.

Kurt revint à la photo montrant une famille souriante. Les conséquences n'étaient pas difficiles à deviner.

— Pour une raison quelconque, Calista a été laissée en arrière. Peut-être avaient-ils compris que leurs réserves étaient limitées.

— Qui sait ? fit Hiram. La seule certitude, c'est que la petite fille souriante sur ce cliché a été élevée trois décennies durant par ceux qui l'ont emmenée.

— Elle ignore tout, n'est-ce pas ?

— Elle a peut-être des bribes de souvenirs, dit Hiram prudemment. Elle avait 4 ans au moment de son enlèvement. Entre 5 et 6 quand sa mère et ses frères ont procédé à la tentative désespérée d'évasion qui leur a coûté la vie. Le plus probable est qu'elle a oblitéré les quelques souvenirs qui pouvaient lui rester de la situation. Entre le symptôme de Stockholm et le désir humain de survivre, notre esprit est capable de s'habituer aux choses les plus étranges. Dans son cas, le plus simple était certainement de faire partie de sa nouvelle famille.

— Elle est passée de détenue à ravisseur.

— Et elle n'est pas la seule dans ce cas.

Kurt acquiesça. Soudain plein d'empathie pour la petite fille qui était devenue Calista, il n'arrivait pas à détacher les yeux de la photo. Mais son souci premier restait la démence qu'elle et ses complices étaient sur le point de répandre dans le monde.

— C'est un tournant pour nous, dit-il. Si nous trouvons les gens qui l'ont kidnappée, nous trouverons le cerveau de toute l'affaire.

— C'est exactement ce qu'on pense, dit Hiram. Ce qui nous amène à un acte de foi. Observe attentivement le vieux canot sur le cliché. Tu peux déchiffrer le nom gravé sur la planche du dessus ?

Kurt se concentra. Il parvenait à distinguer la décoloration, mais c'était à peu près tout. Il secoua la tête.

— Voilà un agrandissement, dit Hiram.

L'agrandissement digital rendait le nom presque compréhensible. Cependant, Kurt le lut deux fois pour être sûr de ne pas se tromper, puis une troisième.

— Je me doute bien qu'il ne s'agit pas d'une plaisanterie, mais, tu es vraiment certain ?

Sans le quitter du regard, Hiram approuva en silence.

— Le *Waratah* ? fit Kurt. Le *Waratah* de la Blue Anchor Line qui a disparu en 1909 ?

— Lui-même. Entre le nombre de dossiers sur le sujet de Saint-Julien Perlmutter et les Sud-Africains qui ont passé des années à le chercher, on a pu obtenir une confirmation absolue.

Kurt fixait le nom sur la photo. C'était bien cela. Et c'était impossible.

— Il y a forcément une erreur, fit-il.

— C'est ce que voudrait la logique, admit Hiram, sauf qu'il y a quelque chose que tu ne sais pas. Le *Waratah* n'a jamais coulé.

Sur quoi Hiram posa une autre photo devant lui. Kurt y distinguait une épave à l'abandon couverte de sédiments, de rouille, et de ce qu'il supposa être de la végétation. Le navire n'avait pratiquement plus de forme.

— Je te présente le *SS Waratah*, fit Hiram. Découvert par Paul et Gamay Trout voici trois jours, dérivant au sud de l'océan Indien.

— Tu es sérieux ? Comment est-ce possible ?

Hiram expliqua la théorie concoctée par Gamay et Elena expliquant comment les sédiments avaient en fait protégé la coque du navire de la rouille, et ce que l'on avait trouvé dessus.

— Notre hypothèse de travail c'est qu'un gang violent a pris le contrôle du bateau, et mis voile vers le nord.

— Pour quelle destination ?

— La côte occidentale de Madagascar, répondit-il avant d'expliquer comment Gamay en était arrivée à cette conclusion.

Une autre photo circula entre les deux hommes. Cette fois, il s'agissait de deux images satellite imprimées côte à côte, montrant un bras de rivière sinueux.

— Avant et après, expliqua Yaeger. L'image de gauche est vieille de deux mois. Celle de droite a été prise la semaine dernière.

Le regard de Kurt se dirigea droit sur la section préalablement surlignée de l'image. Elle montrait le coude à 90° de la rivière disparaissant ensuite vers la mer. Sur l'autre photo, toute cette partie était obstruée par quelque chose qui ressemblait à une colline ou une dune, et forçait la rivière à la contourner. Sur le cliché le plus récent, la colline avait disparu, la rivière avait creusé un chemin nouveau, et le chanel semblait plus large et plus fort.

— Les pluies torrentielles du mois passé ont créé une nouvelle route vers la mer, expliqua Hiram. Elles ont tout emporté avec elles, y compris la coque du *Waratah*. Ce qui ressemble à une colline a exactement les dimensions du bateau.

— Donc, dit Kurt en se grattant le menton où poussait une barbe de plusieurs jours, le *Waratah* a été piraté, planqué dans cette rivière, et pas coulé par le fond comme tout le monde le pensait. Quatre-vingts années passent, et les Banister, faits prisonniers, le découvrent, s'emparent d'un des canots de sauvetage, tentent de gagner les secours en laissant leur gamine de 5 ans, Olivia, derrière eux. Ils échouent. Les pirates gardent la gamine et lui lavent le cerveau. Quelques années encore et nous voilà avec Calista.

Hiram acquiesça.

— Tu aurais fait un bon détective, fit-il en lui présentant la dernière pièce du puzzle. Cette fois, l'image montrait une vaste propriété qui ressemblait à une plantation, pourvue de haies et de buissons en forme de labyrinthe, de jardins en terrasse, d'une grande piscine, et de plusieurs autres structures. Des antennes paraboliques semblaient avoir poussé contre l'un des murs du bâtiment principal, et un hélipad équipé d'un hangar de taille moyenne était érigé de l'autre côté. Kurt pouvait apercevoir la queue de deux appareils de type militaire pointant hors du hangar.

La propriété paraissait s'étendre à perte de vue, les champs tout autour semblaient de l'herbage. Kurt distingua du bétail en liberté. Au sommet des lieux, se dressait la silhouette dentelée d'une maison en pierres grises. Elle prenait toute la largeur de la photo.

— Ce complexe se trouve à huit kilomètres de l'endroit où était caché le *Waratah*, reprit Hiram. Son propriétaire est un homme mystérieux mais puissant du nom de Sebastian Brèvard. Le nom de Brèvard est associé à toutes sortes de crimes depuis quatre générations :

blanchiment d'argent, fraude bancaire, trafic d'armes, recel… Mais bizarrement, il n'y a aucune trace de leur existence avant 1910, l'année où ils ont acheté ce domaine immense.

— Les documents étaient assez rares, à l'époque, je suppose, dit Kurt. Surtout à Madagascar.

— Détrompe-toi. Le fait est que, entre 1897 et 1960, l'île faisait partie de l'Empire français. Sur les registres d'achats de terre archivés dans les bureaux du gouverneur colonial, les Brèvard se disent immigrants de France. Des nobles de province, apparemment. Quoi qu'il en soit, le blason dont ils se réclamaient était un faux. On n'en trouve nulle trace dans les archives héraldiques françaises. Il n'y a pas non plus trace d'une famille française riche portant le nom de Brèvard qui aurait quitté la France pour des terres plus chaudes à cette époque.

Kurt comprit où son ami voulait en venir.

— Donc, ces faux nobles sortent de nulle part six mois après la disparition du *Waratah* et achètent la terre sur laquelle le navire est caché. Sans doute pour le conserver.

— Ils n'ont pas acheté que ça, corrigea Hiram. Ils possèdent une bande de terre de près de deux kilomètres de large qui s'étend du rivage à cette montagne de granit.

— Je crois que je sais d'où vient l'argent, dit Kurt. Les bijoux, l'or et l'argent liquide volés aux passagers du *Waratah*.

— Exactement. À quoi s'ajoute une masse de faux billets parmi les mieux contrefaits de l'époque.

Kurt réfléchissait aux conséquences de ce qu'il venait d'apprendre. Il semblait probable que les kidnappeurs de Sienna soient les mêmes que ceux qui avaient enlevé et détruit la famille Banister trente ans plus tôt. Leur origine plongeait dans l'histoire des criminels qui avaient piraté le *Waratah* en 1909.

— On sait vraiment qui sont ces types ? demanda-t-il. D'où est-ce qu'ils viennent ?

— À ce stade, ce ne sont que des spéculations. Mais un groupe criminel, le Gang de la Rivière Klaar, a terrorisé Durban entre l'hiver 1908 et l'été 1909. Les archives montrent que le gang a subi une guerre interne, qui faisait rage quand la police est venue les déloger. Dans la bataille rangée qui a suivi, la plupart des membres du gang se sont fait tuer, mais plusieurs de ses dirigeants n'ont jamais été retrouvés. Le chef de la police de l'époque est resté convaincu qu'ils avaient tué leurs complices pour couvrir leur fuite. Plusieurs de ses déclarations montrent qu'il s'attendait à ce qu'ils refassent surface, mais ce n'est pas ce qui s'est passé. Par la suite, il s'est persuadé qu'ils avaient fui à bord du *Waratah* et s'étaient noyés lors du naufrage.

— Qu'est-ce qui lui faisait penser ça ?

— Le timing, déjà. La disparition du gang date de deux jours avant que le *Waratah* ne prenne la mer. Par ailleurs, des faux billets de dix pounds furent signalés sur la Blue Anchor Line. Particulièrement difficiles à distinguer des vrais. L'hypothèse est que certains billets auraient été achetés avec et que de cette façon ils se sont retrouvés dans les caisses de la compagnie. Des billets similaires ont été retrouvés dans la planque du gang.

— Donc, avança Kurt qui commençait à y voir clair, les chefs du gang ont maquillé leur mort, se sont infiltrés sur le *Waratah* en payant leur passage avec de faux billets, et ont disparu avec le bateau. Et même ceux qui ont deviné par où ils s'étaient enfuis en ont conclu qu'ils étaient morts dans le soi-disant naufrage. Personne n'a pensé qu'ils avaient pu pirater le navire, l'emmener à Madagascar et se mettre à l'abri dans un bras de rivière. Avec l'argent des passagers et ce qui restait de leur fausse monnaie, ils se sont acheté une vie nouvelle. Sauf qu'au lieu de se ranger, ils sont revenus à leurs premières amours : le crime. Et chaque génération après la suivante a pris le même chemin.

— C'est à peu près ça, oui, fit Hiram.

— Il est temps de mettre fin à leurs activités, non ? Il y a une possibilité pour que la Delta Force ou une équipe des Navy SEAL vienne nous prêter main-forte ?

— J'ai bien peur que non. Une force de frappe est certes en train d'être mise sur pied. Crois-moi, personne à Washington n'est content de ce qui se passe, ou de la perspective de voir une Américaine du niveau de Sienna retenue en otage et utilisée par un groupe pareil. Mais il y a des problèmes logistiques.

— C'est-à-dire ?

— Le manque de preuve d'une part. Et d'autre part, même si notre théorie est correcte, nous ne sommes pas certains que les cyberattaques viennent effectivement du complexe, ni même que Sienna et les autres y sont détenus. Et si on dévoile notre jeu en demandant de l'aide au gouvernement de Madagascar, on perdra notre seul avantage, qui est l'élément de surprise.

— Il faut des hommes sur place pour apporter des preuves.

Himam acquiesça solennellement.

— C'est là où toi et Joe entrez en ligne de compte. Ça dépend de ta décision, à ce stade. On ne peut pas te donner d'ordre. Mais le fait est que, d'ici quelques heures, nous allons survoler Madagascar. Ça vous met Joe et toi en position d'agir. Si vous le décidez.

— Tu sais que j'en suis, affirma Kurt. Et je suis certain que la Belle au bois dormant là-bas au fond ne voudrait pour rien au monde rater ça. Mais qu'est-ce qui se passe ensuite ? Une fois qu'on a les preuves ? Pour autant qu'on puisse les trouver ?

— Tu rentres et tu ne bouges plus, indiqua Hiram. Les Forces spéciales feront le reste.

L'idée plaisait à Kurt. Mais il restait un problème.

— Et si les Brèvard savent que les Forces spéciales se préparent à intervenir ? Ils n'ont pas cessé de nous devancer, depuis le début.

— Pas cette fois. Tout comme ce voyage pour te retrouver, les ordres et la logistique relative à cette opération sont tapés sur de vieilles machines à écrire et portés en main propre aux officiers concernés. Les Brèvard peuvent pirater tous les ordinateurs qu'ils veulent, ils n'y trouveront que ce qui s'y trouve. Pour l'instant, la base de données de la NUMA tout comme celle de l'Air Force et même celle du contrôle du trafic aérien montrent que notre avion se dirige vers Guam. Les ordres pour te mettre en arrêt maladie ont été donnés et Joe est réassigné à une mission de surveillance des baleines au large du Venezuela. La CIA a émis un rapport désignant Acosta comme le principal suspect des piratages informatiques, avec la cyberforce iranienne et l'Unité 121 nord-coréenne.

Kurt sourit.

— Pas mal. Si ce Brèvard est entré dans nos systèmes il doit se sentir en totale sécurité, pour l'instant.

Il se leva, s'étira, et jeta un œil à Joe.

— Je vais le réveiller. Je crois qu'il va nous falloir une bonne dose de café.

48

Sebastian Brèvard, son frère Laurent et sa « sœur » Calista se trouvaient dans la salle de contrôle, entourés d'ordinateurs. Ils faisaient le point sur la situation.

— J'ai rassemblé tous les mercenaires que j'ai pu trouver, dit Laurent. Ils sont une cinquantaine assis là sans rien faire. Quand penses-tu que les Américains attaqueront ?

— Tôt ou tard, répondit Sebastian. J'ai accès à leurs systèmes les plus importants. Il n'y a rien à craindre, pour l'instant.

— Oui, eh bien en attendant on claque une fortune à payer ces types à rien foutre, dit Laurent. Je suis sûr que nos hommes habituels auraient parfaitement fait l'affaire.

D'un geste, Sebastian balaya les protestations de son frère.

— Peu importe ce qu'on dépense, dit-il. Ce n'est rien par rapport à ce que nous allons contrôler.

— Je ne vois pas bien l'intérêt de les mener jusqu'à nous, dit Calista.

Sebastian lui jeta un regard, tout en s'asseyant à son propre poste de contrôle.

— Combien de fois te l'ai-je expliqué, ma chère sœur ? Pour que l'arnaque fonctionne, il faut qu'ils se persuadent eux-mêmes d'agir, il faut qu'ils soient sûrs que c'était leur idée depuis le début.

— Ça, oui, je comprends. Mais pourquoi les amener jusqu'ici ?

— Il faut qu'ils soient motivés pour que le plan marche. Par la vengeance, par exemple. Le carnage auquel ils vont se livrer convaincra tout le monde que nous sommes morts. Eux-mêmes se persuaderont que ce sordide chapitre de leur misérable existence est achevé, et la menace effectivement neutralisée. Ce n'est qu'alors que nous serons réellement cachés, et que nous pourrons agir en toute impunité. Je t'ai dit que j'allais nous offrir une nouvelle vie, une existence où personne ne nous recherchera, et c'est ce que je m'apprête à faire.

Pour la première fois peut-être de leur existence, l'aîné froid et ironique auquel elle était habituée fit place, durant une seconde, à quelqu'un de tout à fait différent. Une expression inconnue brillait dans ses yeux, qui la mit aussitôt mal à l'aise.

— Et les otages ? fit-elle en reculant.

Une lueur de déception passa dans son regard.

— C'est la seconde fois ces dernières semaines que tu te soucies d'autre chose que de la famille. Tu te sens bien ?

— J'ai juste besoin de savoir.

— Ils peuvent nous identifier, expliqua Sebastian. Ils seront détruits pendant l'affrontement pour éviter cela. Leurs chambres sont piégées au napalm, exactement comme le reste de la propriété. Quand l'attaque commencera, aux premiers coups de feu on fera tout sauter. Assure-toi bien d'être dans l'hélicoptère avec moi, à ce moment-là.

Elle sourit, du petit sourire sadique auquel il était habitué.

— Mais bien sûr, mon cher frère. Pourrais-je être ailleurs ?

— Bien, fit-il. Maintenant, va me chercher Sienna Westgate. J'ai un dernier travail pour elle.

Calista s'exécuta. La porte une fois refermée, Laurent s'approcha :

— Elle se ramollit, fit-il.

— Il fallait s'y attendre. Elle n'est pas vraiment des nôtres, n'est-ce pas ?

Laurent sourit. Lui et Sebastian l'avaient un peu persécutée, dans l'enfance. C'était comme un jeu. Ils savaient qui elle était en réalité. Ils avaient été surpris de la voir se transformer, s'endurcir, à mesure qu'elle s'intégrait à la famille. D'une certaine manière, elle avait toujours paru vouloir prouver qui elle était, comme si elle avait su, au fond d'elle-même, qu'elle venait d'ailleurs.

— Tu le sais aussi bien que moi, poursuivit Sebastian. Ils trouveront son corps et celui des deux autres dans l'hélicoptère après la chute. Même endommagés et brûlés, avec les bijoux et l'argent qu'ils découvriront à bord, ils n'auront pas d'autre choix, ils croiront que les trois corps sont bien les nôtres. À ce moment-là, toi et moi nous serons déjà loin. On s'échappera par le tunnel et nous le détruirons après coup. J'ai réglé les explosifs pour que cela se fasse progressivement.

D'abord les bâtiments extérieurs, puis les ailes de la maison. Et finalement la salle de contrôle et le tunnel. Ça nous laissera plus de temps pour fuir.

Sienna Westgate était assise avec ses enfants dans un pavillon d'une pièce, dénué de fenêtre, qui servait de prison habituelle aux otages et aux membres de leur famille.

Dans un effort pour protéger ses enfants d'une souffrance supplémentaire, elle avait baptisé « vacances » ses voyages en Iran et en Corée. Elle leur avait promis qu'ils rentreraient vite, alors même qu'elle n'avait aucun contrôle sur ses mouvements. Et le souvenir de leurs larmes l'avait habitée pendant tout le temps de son absence auprès d'eux.

Son retour dans le complexe avait été l'occasion d'embrassades et de câlins, elle les avait serrés contre elle à les étouffer. Mais l'euphorie avait vite fait place au complet désespoir. La peur et le stress s'étaient emparés d'eux.

Elise s'était renfermée sur elle-même, laconique, pâle et décharnée, comme si elle avait été mal nourrie, ce qui n'était pas le cas. Tanner, c'était encore pire. Il souffrait de fièvre, ses jambes étaient dévorées par les insectes, il était devenu exigeant, capricieux et colérique. Il réclamait son père. Il voulait rentrer chez lui. Il *haïssait* l'endroit où ils se trouvaient.

Et Sienna tout autant. Mais il n'y avait rien qu'elle puisse faire. Elle s'était abandonnée à ses ravisseurs, avait fait tout ce qu'ils lui avaient demandé – tout ce que chacun d'entre eux avait exigé – pour conserver ses enfants près d'elle et en sécurité, et pour gagner du temps. Mais son mental commençait à faiblir.

La vidéo de son mari expliquant à la presse qu'elle et leurs enfants s'étaient noyés l'avait découragée et plongée dans la confusion. Il savait qu'elle avait été enlevée, il était là, il l'avait vu ! Qu'il s'agisse d'une ruse préparant le secours était son seul espoir. Mais maintenant, elle en doutait. En particulier depuis ce qui était arrivé à Kurt et à son ami en Corée, et à quoi elle avait participé.

Savoir qu'elle referait la même chose s'il le fallait était son seul réconfort. Elle n'aurait pas pu vivre en sachant qu'elle avait choisi la liberté et laissé ses enfants derrière elle. Et s'ils devaient mourir, elle ne les laisserait pas seuls pour affronter cela non plus – ils mourraient ensemble.

La porte s'ouvrit. Tout le monde leva les yeux. Les hommes de Brèvard entrèrent. Calista les accompagnait.

— Sienna, dit-elle.

Elle se leva, mais ses enfants restèrent immobiles, leurs mains accrochées aux siennes.

— Ne pars pas, dit Elise.

— Tout va bien, dit-elle. Je ne serai pas longue.

— Maman ! cria Tanner. Sienna s'accroupit à leur hauteur et les fixa tous les deux. Tanner se mit à pleurer. Elise paraissait presque stupide tant elle était sous le choc.

— Je reviens tout de suite, dit-elle encore. Prenez soin l'un de l'autre.

Tandis que Sienna se redressait, une autre détenue, l'épouse du hacker surnommé *Montresor*, vint à son aide :

— Je vais veiller sur eux pour vous, fit-elle.

S'il y avait une chose positive, dans cette prison commune, c'était qu'ils n'étaient pas seuls.

— Merci, dit-elle.

Sienna sortit, entourée par les gardes. Elle les suivit tandis qu'ils la menaient le long d'un passage dans ce qui avait été autrefois les quartiers des domestiques, jusqu'à la maison principale.

Sienna plongea ses yeux dans ceux de Calista :

— Vous devez avoir un cœur de pierre.

— Si j'ai un cœur, répliqua aussitôt Calista, fièrement.

Sienna monta les marches qui menaient au bâtiment principal. Elle fut conduite à travers une série de portes blindées jusqu'au poste de contrôle. Elle était écœurée à la seule idée que Sebastian Brèvard se trouvait de l'autre côté, et qu'il allait la contraindre une fois de plus à se servir du système de sécurité qu'elle avait elle-même inventé contre une nouvelle cible de son choix. Le jour n'allait plus tarder où il exigerait d'elle quelque chose de terrible et de meurtrier, et où il lui faudrait choisir entre la vie de ses enfants et celles de milliers d'individus. Elle en venait presque à souhaiter qu'il la tue avant cela.

— Aujourd'hui, l'accueillit-il, nous allons nous concentrer sur les centrales électriques de la Californie. On va commencer par les centrales régulières. Faites-moi un beau black-out.

Comme il le lui ordonnait, Sienna s'assit devant le panel de contrôle et se mit au travail. Elle avait longuement réfléchi à la possibilité d'utiliser la procédure de piratage pour envoyer un message codé – en priant pour que quelqu'un à l'autre bout soit suffisamment intelligent pour s'en apercevoir. Mais le seul message utile aurait été de dire où elle se trouvait, et c'était quelque chose dont elle n'avait pas la moindre idée. En se basant sur le climat, sur les cris d'oiseaux exotiques qu'elle entendait la nuit, et sur la végétation qu'elle entrapercevait au loin, l'Afrique semblait le plus probable, mais ça restait bien trop vague.

Elle se mit au travail et fit ce qu'on lui demandait. Pour l'heure, c'était sa seule option.

Au même instant, à huit cents kilomètres au nord de Madagascar, le *Bataan* filait à la vitesse maximum vers le sud. C'était un navire d'assaut amphibie clandestin, doté d'un hélipad, spécialement modifié pour le combat, et opérant sous strict silence radio. Il pouvait recevoir des messages, mais pas en envoyer.

Vers la fin du second quart de surveillance, le soldat préposé aux communications reçut plusieurs messages intriguants et les transmit aussitôt à l'officier de garde.

— Quel est le problème, Charlie ? fit ce dernier après les avoir examinés d'un air vide.

— Les interceptions, mon lieutenant. Quelqu'un utilise notre signal pour transmettre et recevoir des messages non codés et donner nos anciennes coordonnées.

— Ouais, fit l'officier placide après un nouvel examen. C'est ce qu'il semble.

Il rendit les feuillets au soldat et tourna son attention vers des affaires plus urgentes.

Charlie le fixait sans bouger.

— Vous avez un poste à gérer, soldat, fit l'officier au bout de quelques secondes.

— Oui, mon Lieutenant.

Charlie tourna les talons, revint à son poste. Il se passait manifestement quelque chose, mais le visage fermé de son supérieur lui intimait de ne pas s'en soucier, et il avait trop l'habitude de la discipline militaire pour insister.

Pendant ce temps, dans la salle des machines, un groupe de techniciens achevait de préparer cinq hélicoptères Black Hawk UH-60 en vue de la mission à venir. Dans une pièce mitoyenne, quarante-six Marines, comprenant deux escadrons des Forces de Reconnaissance, recevaient les informations nécessaires concernant l'île qu'ils s'apprêtaient à attaquer.

— Nous allons aborder l'île de nuit, disait le lieutenant Brooks. Nous sécuriserons le périmètre puis identifierons les bâtiments et les terrains. Nos objectifs sont les suivants : Un, récupérer Mme Westgate et ses enfants. Deux, récupérer tous les civils que nous trouverons sur le site. Trois, capturer les individus responsables des enlèvements. Quatre, ramasser autant d'informations que possible sur leurs activités comme sur leurs complices éventuels. Depuis la seconde d'atterrissage au départ, la durée de la mission ne doit pas dépasser quarante minutes. Donc, ne perdez pas de temps en salamalecs une fois sur place.

Une vague de rires secoua l'assistance.

— À combien d'hommes estime-t-on les forces adverses ?

— En se basant sur les deux bunkers et la taille du bâtiment principal, le nombre d'habitants oscille entre trente et cinquante. Mais tous ne sont pas des combattants. Sincèrement, cette mission devrait être une promenade. Mais restez attentifs, ça pourrait ne pas être le cas.

Trente minutes plus tard, les Marines des Forces de Reconnaissance étaient alignés sur le pont de décollage, et, après avoir vérifié leurs armes, montaient à bord des Black Hawks. Les pilotes, quant à eux, checkaient leurs instruments avant le décollage. Un long vol de quatre heures les attendait, qui incluait une escale de ravitaillement carburant en plein ciel, prévue à cent cinquante kilomètres de la cible.

Si le temps de mission était respecté, la durée totale serait de huit heures – le voyage de retour sur le *Bataan* étant jugé plus court du fait de la distance parcourue par le bateau entre-temps.

Le lieutenant Brook et le commandant des Marines échangèrent les dernières informations :

— Nous avons le feu vert pour atterrir, dit le second, mais vous n'aurez pas l'autorisation d'attaquer avant d'avoir la confirmation que Mme Westgate et ses enfants sont effectivement sur le site.

— Bien compris, fit Brooks. Savez-vous comment ou quand vous pouvez avoir cette information ?

Le commandant jeta un œil à sa montre.

— Une patrouille de deux hommes va être parachutée à quelques kilomètres du complexe. Ils devraient atterrir d'ici quelques minutes à présent. Ils ont plusieurs kilomètres à faire avant d'être sur le site, mais je pense qu'on devrait être en mesure d'obtenir une décision après l'étape de ravitaillement.

Brooks enregistra l'information.

— Un parachutage ? Vous avez trouvé deux types assez dingues pour faire ça ?

— Deux volontaires de la NUMA.

Brooks fixa le commandant d'un air vide, pendant quelques secondes.

— La NUMA ? fit-il enfin. Ce ne sont pas des biologistes marins un peu dingues ?

— Un peu dingues, c'est sûr, fit le commandant, une expression indéchiffrable sur le visage. D'après ce qu'on me dit, en tout cas, ces deux types sont bons.

— Bien, mon Commandant, dit Brooks avec une once de dédain dans la voix. Je pense que je peux m'attendre à ce que nous soyons repérés et à plus de pertes que prévu, dans ce cas.

Le commandant ne répondit pas, en partie parce qu'il partageait ce jugement.

— Ouvrez le dossier opérationnel une fois que vous serez à bord. Il y a des photos du personnel de la NUMA à l'intérieur. Familiarisez-vous avec. Je ne veux pas que vous leur tiriez dessus par mégarde, si jamais ils survivent. Bonne chance.

Les deux hommes se saluèrent, et Brooks monta à bord du Black Hawk de tête.

Tandis que les pales du rotor au-dessus de lui se mettaient à tourner, il se demanda quel genre d'océanographe était prêt à se lancer dans une telle aventure – comment un scientifique pouvait avoir les compétences nécessaires pour ce qu'ils s'apprêtaient à accomplir. Ces deux types devaient être à demi barges, conclut-il avec un haussement d'épaules. Mais ils avaient du cran, il fallait le reconnaître.

49

S'ils avaient pu entendre le jugement du lieutenant Brooks à leur sujet, Kurt et Joe auraient sans doute été d'accord. Étant donné le pourcentage de réussite de leur mission, ils étaient à tout le moins à demi dingues.

L'armée leur avait heureusement fourni de quoi rétablir quelque peu l'équilibre. Les tenues de combat qu'ils étaient en train d'enfiler ne ressemblaient à rien de ce que Kurt connaissait. C'était un vêtement d'une pièce, à air comprimé, qui tenait de la combinaison de plongée plus que de la tenue de camouflage traditionnelle. Il collait au corps, gonflait une fois posé, et le tissu en fibre d'aramide Kevlar faisait gilet pare-balles.

— J'ai l'impression de concourir pour un sport de science-fiction, jeta Joe en fixant les attaches.

— On dirait du papier de verre, dit Kurt en passant sa main sur la couche supérieure de la tenue.

Un sergent de l'Air Force du nom de Connors s'approcha d'eux pour leur expliquer :

— On appelle ça un costume d'infiltration. Mais les gars l'ont surnommé Camouflage Caméléon en raison de ses propriétés. Chaque tenue est équipée de vingt-neuf mille microsenseurs cousus à la surface. Ils détectent la lumière ambiante dans toutes les directions et peuvent changer la couleur de la tenue pour l'adapter à l'environnement. Faites le test.

Kurt découvrit un petit interrupteur et le mit en position tandis que lui et Joe se levaient et s'approchaient des cloisons de l'appareil. Presque immédiatement, la tenue passa du bleu mer profond au gris métal. Même le câble jaune qui descendait derrière lui était imité sur sa tenue par une ligne de même couleur tombant de son épaule.

Il n'était pas exactement invisible, mais il donnait l'impression d'avoir été peint pour se fondre dans le mur. Seuls son visage et ses mains ressortaient distinctement, mais une fois sur place, il serait équipé de gants et d'une cagoule.

— C'est incroyable, murmura Joe.

— Attendez de voir ce que ça donne une fois dehors, fit le sergent. Si vous ne faites pas attention, vous risquez de vous perdre l'un l'autre à trois mètres de distance.

— Et la détection infrarouge ?

— Les tenues sont équipées d'un système de refroidissement, dit Connors. Il neutralise la chaleur du corps pendant environ une demi-heure une fois mis en service. Après ça, la surface extérieure de la combinaison commence à se réchauffer et vous perdez à la fois la protection thermique et la fonction caméléon. À partir de là, vous n'avez plus sur le dos qu'une armure pare-balles qui coûte cher. Je veux dire, très cher. Chacune de ces tenues vaut plus que ce que chacun de vous gagne en un an.

Kurt mit l'interrupteur sur *off* et le vit revenir à sa couleur d'origine instantanément, tandis que le sergent les conduisait vers une table d'équipement pliante ouverte depuis une cloison.

— Vous respirerez à travers ça, fit-il en saisissant deux objets qui ressemblaient à des régulateurs de plongée.

— Pourquoi ? fit Joe. Quel est le problème avec l'air ambiant ?

— Votre respiration pourrait vous faire repérer.

— Je t'avais dit d'y aller mollo sur les oignons, glissa Kurt à Joe.

— Ce n'est pas l'odeur, dit Connors, c'est la chaleur. Chaque fois que vous respirez, vous rejetez de l'air chaud facile à détecter pour des lunettes thermiques. La tenue neutralisant la chaleur ne sert à rien sans ça.

Il indiqua un levier à l'avant des régulateurs :

— Tournez-le sitôt que vous êtes prêts à disparaître, et le régulateur mélangera votre souffle à de l'air froid chaque fois que vous exhalerez. Ça mettra votre gaz carbonique à température ambiante et neutralisera le danger.

— Pour combien de temps ?

— Le temps qu'il vous faudra pour épuiser la réserve d'air comprimé. Ça dépend de vos efforts physiques. Le réservoir n'est pas grand, donc tablez sur quinze-vingt minutes max.

Puis vinrent les armes et l'équipement de guidage. En premier lieu, le sergent fixa au bras de Kurt une sorte de gant équipé d'un petit écran qui diffusait une lumière faible.

— C'est un GPS standard. Sa puissance lumineuse est très faible. Vous arriverez à le lire avec vos lunettes de vision nocturne mais rien d'autre. Souvenez-vous qu'il s'agit d'un GPS militaire, il fonctionne dans un rayon d'un mètre.

Ils passèrent à la rangée de fusils.

Connors leur tendit leurs armes. Là encore, ça ne ressemblait à rien de ce que connaissait Kurt, pourtant un expert en armement.

— Qu'est-ce que c'est ? demanda Joe, des fusils Phasers ? J'ai toujours eu envie d'en essayer un.

Connors pouffa.

— Des fusils électromagnétiques, répondit-il. Ils sont complètement silencieux. Précis jusqu'à neuf cents mètres. Ils utilisent des projectiles ferreux, en clair, des balles en fer, et non en plomb, qui peuvent pénétrer pratiquement tout ce qui se trouve sur leurs trajectoires. Ce n'est pas une arme à poudre, par ailleurs, donc le chargeur standard contient jusqu'à cinquante cartouches. Vous avez un chargeur de secours dans votre sac.

Kurt souleva l'arme pour sentir son poids et sa prise. Le canon était long et lourd.

— Comment ça marche ? demanda Joe.

— Il y a des aimants supraconducteurs tout le long du canon, et la batterie est hyperpuissante. Vous appuyez sur la détente et la vitesse des projectiles peut atteindre trois cents mètres seconde.

— Pourquoi les deux détentes ? demanda Kurt.

— Comme ils sont équipés d'une source d'énergie autonome, quelqu'un a eu la bonne idée d'ajouter à ces fusils une fonction Taser de longue portée. C'est la détente du bas qui l'active. On peut toucher quelqu'un de façon efficace jusqu'à quinze mètres. On peut aussi appliquer le bout du canon sur un corps et actionner la fonction manuelle.

— Ce qui veut dire que nous ne sommes pas obligés de tuer tout ce qu'on trouve, fit Joe.

Le sergent acquiesça.

Une lumière rouge s'alluma au fond de l'appareil. Ils sentirent l'avion commencer sa descente rapide.

— On approche de la zone de largage, annonça le sergent. Des questions ?

Joe leva une main.

— On approche peut-être de la zone de largage, mais où sont les parachutes ?

— Vous n'en avez pas. Vous serez largués dans le 4 × 4 militaire mobile Hummer.

— Ça vole ??

— Non. Mais ça peut être mis sur une palette et lâché depuis l'arrière à une altitude qui n'excède pas six mètres.

Joe se tourna vers Kurt :

— Tu ne m'avais pas dit qu'on était parachutés ?

— J'ai dit extraction parachutée à basse altitude, EPBA, c'est le terme militaire administratif. Mais tu sais, l'administration…

— Pourquoi pas, après tout, fit Joe en haussant les épaules. Il saisit son arme et se dirigea vers la Jeep.

Je suis ouvert aux nouvelles expériences, moi, j'aime bien ce qui est différent, les moyens les plus variés de me casser le cou au nom de la science me passionnent. Largué dans un 4 × 4 en plein vol à une vitesse de 150 nœuds, il faut bien que quelqu'un essaye.

Kurt et le sergent s'esclaffèrent.

— Bonne chance, dit Connors.

— Vous voulez qu'on vous ramène quelque chose ? fit Kurt en souriant. Un T-shirt ? Une carte postale ?

— Je préférerais un verre à liqueur, fit le sergent en lui rendant son sourire. Avec « je suis venu, j'ai vu, j'ai vaincu » gravé dessus.

— On va essayer.

Trente minutes plus tard, Kurt et Joe se trouvaient assis, ceinture attachée, dans une Jeep fixée sur une épaisse palette en bois, à laquelle était fixé un harnais contenant deux parachutes. Joe était au volant, qui devait être maintenu fixe pendant toute la durée de l'opération. La palette servirait de luge tandis que les deux parachutes ralentiraient l'atterrissage.

Une dernière fois, Kurt vérifia son équipement. Par excès de prudence ou par nostalgie, il avait ajouté une arme à son arsenal sophistiqué : le revolver Colt qu'El Din lui avait offert. Il ne pensait pas en avoir besoin, mais, si les événements de ces derniers mois leur avaient appris quelque chose, c'était que la technologie moderne pouvait vous lâcher au moment où vous en aviez le plus besoin. En tout état de cause, un pistolet de western ne pouvait pas faire de mal. Il le gardait enfermé dans l'une des poches avant qui barrait d'une diagonale le haut de sa tenue.

Pour des raisons plus intuitives, il emmenait aussi les photos de la famille de Calista et du canot dans lequel ils avaient tenté de fuir.

La lumière fixée au mur passa au jaune. Le sergent Connors pressa un bouton, qui ouvrit la rampe à la queue du C-17.

Ils descendirent à deux mille pieds dans l'obscurité. Bientôt, la masse noire de l'océan fit place au rivage. Ils descendirent encore, et les hurlements de l'air passant à travers la porte leur fouettèrent le visage avec violence dans un vacarme insupportable. Pour un appareil d'une telle masse, le C-17 pouvait ralentir de façon spectaculaire, mais sans que le bruit diminue en raison de la brutalité de la descente.

Sur la carte, la zone de largage avait été baptisée Antsalova Airport, ce qui parut chagriner Joe.

— Tu crois que les gens de l'aéroport vont nous laisser tomber du ciel et rouler sans passer la douane ?

— Ce n'est pas vraiment un aéroport en dépit du nom, fit Kurt. C'est juste une piste en terre avec une hutte de paille au bout. On l'utilise parce qu'on a besoin d'une surface plane sur laquelle glisser. Mais il n'y a pas d'avion. Pas de comptoir de location de voitures.

— Et pas de Club Amiral ? fit Joe que cela semblait perturber.

— Désolé, bonhomme, dit Kurt en secouant la tête.

— Il faut que je parle à mon agent de voyages, soupira Joe. C'est de pire en pire, cette expédition.

Tandis que les deux amis attendaient que la lumière passe au vert, les pilotes, à l'avant, guidaient l'avion juste au-dessus des futaies. Un vent de travers venu des collines venait compliquer la manœuvre, si bien qu'ils volaient maintenant latéralement, une technique que les pilotes baptisent « crabbing » – vol en crabe. Le problème, c'est qu'il ne pouvait pas lâcher la Jeep dans une telle configuration, à moins de prendre le risque qu'elle atterrisse sur le côté, tuant ses occupants du même coup.

Le copilote se concentrait sur le tableau de bord. Le pilote, quant à lui, avait enfilé des lunettes infrarouges.

— Quatre-vingt-dix pieds, dit le copilote.

— Impossible de descendre plus bas avant de dépasser les arbres, fit le pilote.

— On devrait arriver sur le site dans dix… neuf… huit…

En dessous, les arbres s'évanouirent pour faire place à une piste qui s'étirait devant eux en une mince ligne de terre. Le pilote corrigea la direction de l'appareil vers la gauche, amenant le C-17 presque à la surface.

L'avion n'était plus maintenant qu'à trente pieds de la piste, et, tous moteurs hurlant, fonçait droit sur les arbres qui se trouvaient à cent cinquante mètres.

Sur un siège, derrière eux, l'appareilleur poussa un interrupteur, et la lumière passa du jaune au vert.

— Larguez la cargaison, dit-il dans l'interphone.

Durant ce qui parut un temps interminable, mais ne dura en réalité qu'une poignée de secondes, il ne se passa rien. Les arbres grossissaient de l'autre côté du cockpit. Puis le pilote sentit l'avion s'élever tandis que la cargaison de plus de deux tonnes était lancée hors de l'avion.

Au même instant, la voix du sergent Connors retentit dans l'interphone :

— Ils sont partis. Cargaison déchargée. Je répète, cargaison déchargée.

Dans la seconde, le pilote poussa les moteurs à fond et le copilote rentra le train pour réduire le coefficient de traînée.

— Vitesse positive, fit-il.

Le pilote ne répondit pas. La piste ne faisait pas plus d'un kilomètre et demi, et les arbres en bout de piste n'étaient plus qu'à quelques mètres.

— Grimpe, bonhomme, grimpe, murmura-t-il pour lui-même.

Les moteurs hurlaient. Le nez de l'appareil pointa vers le ciel, et l'avion géant parut vouloir mordre le ciel comme à la recherche de l'altitude. Il passa si près du sommet des branches que les ingénieurs chargés de la révision par la suite trouvèrent des traces de chlorophylle sur tout le fuselage.

Enfin, tout danger écarté, le pilote prit de la hauteur, accéléra, puis obliqua en direction du sud-ouest. En peu de temps, ils furent loin du bras de mer du Mozambique. Ce n'est qu'alors que le pilote considéra le sort des deux hommes qu'il venait de larguer, se demandant comment ils allaient survivre à la nuit.

Kurt et Joe, pour leur part, s'étaient demandé s'ils survivraient à la chute.

Depuis l'arrière, l'avion leur avait semblé pris dans une manœuvre désespérée. Puis la lumière verte s'était allumée, Connors avait pressé le bouton rouge près de lui en hurlant « Go ! », ou quelque chose d'approchant, et plus personne n'avait pensé à rien.

Le bruit des parachutes se déployant d'un coup derrière eux, le choc soudain de se sentir aspiré à l'extérieur de l'appareil avaient vidé leur esprit de toute autre chose que des réflexes de survie.

Pendant deux interminables secondes, ils s'étaient sentis partir en chute libre. Kurt avait vu l'avion basculer vers la droite, tandis que leur véhicule, ligoté à sa palette, dérapait sur la piste de terre comme sur un toboggan couvert de glace, rebondissant comme des ricochets sur un lac. Puis ils commencèrent à décélérer tandis que la palette cessait de rebondir, et les quarante ou cinquante derniers mètres furent plus calmes. Enfin, ils s'arrêtèrent.

Au-dessus d'eux, le C-17 venait de passer les arbres. Kurt était certain d'avoir aperçu des flammes dans les futaies roussies par la chaleur des moteurs.

En cet instant, le seul fait d'être en vie leur parut fantastique. Kurt jeta un regard à Joe, dont le sourire s'étirait jusqu'aux oreilles.

— Okay, fit-il, je le referais bien un coup. Je suis même prêt à payer s'il le faut.

Kurt n'était pas loin de penser la même chose. Mais le devoir les appelait. Il ouvrit la porte, libéra le crochet qui les retenait aux parachutes, puis le second qui les attachait à la palette, tandis que Joe faisait de même de son côté. Ils remontèrent dans la Jeep, tournèrent la clé pour faire démarrer le moteur diesel.

Un moment plus tard, ils traversaient les derniers mètres de la piste et prenaient la route de terre qui menait vers le sud.

— J'espère que tu as les yeux sur la carte, fit Joe. Parce que je ne connais pas le coin.

— Contente-toi de conduire, répondit Kurt. On a cinq kilomètres à faire.

50

Dans la nuit, on ne distinguait rien du paysage – une région faite de champs herbeux, ponctués de quelques cadavres d'arbres, et d'un ciel infini.

Ils n'avaient croisé aucun véhicule, pas vu la moindre habitation.

Joe ralentit pour négocier un virage et dérapa sur la route pleine d'ornières. D'un coup de moteur, les pneus épais mordirent le sol plus profondément et le 4 × 4 se rétablit. Sur le siège passager, Kurt s'accrochant d'une main consultait le GPS de l'autre.

— Tu conduis toujours de cette façon ? demanda-t-il.

— Tu devrais me voir aux heures de pointe.

— Quelque chose me dit que je ne devrais pas, justement. Cette partie de Madagascar est très peuplée, de toute façon, ajouta-t-il. D'après la carte, la plus grande ville dans un rayon de quatre-vingts kilomètres s'appelle Masoarivo, et elle ne compte pas plus de huit mille habitants.

— On a du bol. Je pense qu'on ne va pas croiser grand-monde.

Sans doute, songea Kurt, mais c'était compter sans le bétail. La région noyée d'eau de pluie était couverte de pâturages.

— Fais attention aux vaches, dit-il. Si je me souviens bien, tu en as heurté une autrefois dans les Açores, et tu as été condamné à des travaux d'intérêt général.

— Exonéré, rectifia Joe. Le tribunal a conclu que la vache était en tort et lui a filé une amende pour broutage illégal.

— Oui, eh bien on n'a pas le temps d'aller au tribunal, dit Kurt en riant. Donc, fais gaffe.

À trois kilomètres du complexe des Brèvard, ils ralentirent, enfilèrent leurs lunettes infrarouges.

— J'aperçois la clôture devant nous, dit Kurt. Gare-toi. On peut planquer la Jeep derrière ces arbres.

Joe laissa la Jeep ralentir d'elle-même, manœuvra le volant, jusqu'à les amener sur le bas-côté de la piste, puis dans un champ d'herbes hautes.

Ils s'arrêtèrent derrière un buisson et le trou épais d'un arbre étrange qui s'élevait droit comme un pilier de béton. Seules des branches s'élevaient au sommet, à plus de cent mètres de hauteur, donnant à l'ensemble l'aspect d'un brocoli géant plutôt que d'un arbre. D'autres troncs de même apparence s'élevaient non loin de là.

— Des baobabs, dit Kurt.

— Ils ne nous permettront pas de nous cacher aisément, dit Joe.

— On ne devrait pas en avoir besoin, avec ces combinaisons, répliqua Kurt en retirant la tunique de coton qui recouvrait la sienne et la roulant en boule. Joe fit de même. Kurt enleva ses lunettes infrarouges, accrocha le régulateur d'oxygène à une encoche prévue à cet effet dans sa combinaison, à hauteur de l'épaule. Le petit réservoir d'air comprimé servant à refroidir l'air sortant de ses poumons était attaché à son flanc.

Il observa la clôture. Elle n'était pas de première jeunesse. Du fil de fer rouillé, brisé par endroits. Aucun signe d'installation plus récente ne semblait protéger l'accès, mais Kurt n'était pas décidé à prendre le moindre risque.

— D'après le GPS, nous sommes à un kilomètre et demi du complexe. Si on y parvient en dix minutes, ça nous laisse un quart d'heure d'invisibilité de marge une fois les murs atteints.

Joe acquiesça. Il glissa le téléphone satellite dans une poche à fermeture Éclair de sa combinaison, et d'une autre sortit le magasin de secours de son fusil électromagnétique.

— On va s'alléger autant qu'il est possible, fit-il, et laisser le reste du matos ici.

— Je suis bien d'accord, dit Kurt. Allons-y.

Ils mirent le contact sur leur combinaison, se couvrirent le visage d'une cagoule et réajustèrent leurs lunettes de nuit. Kurt traversa la route, s'enfonça dans les herbes hautes de l'autre côté et parvint rapidement à un trou dans la clôture.

— Rien à redire, fit Joe en le rejoignant, ces combinaisons fonctionnement exactement comme indiqué. Je ne suis pas à cinq mètres derrière toi et je dois vraiment me concentrer pour te voir. Même avec ces lunettes, tu ressembles plus à un spectre qu'à autre chose.

— Je vais avancer droit sur le sommet de ce plateau là-haut, fit Kurt en réponse. Reste près de moi.

Sur quoi, Kurt s'éloigna. Joe le talonnait. Il le suivait avec plus de facilité au son de ses pas dans les buissons, dans l'herbe, puis sur le sol poussiéreux du plateau, qu'à la vue. Bientôt, ils parvinrent de l'autre côté, dans un champ en pente qui s'étendait jusqu'aux formations de granit derrière le complexe. Au pied de ces rochers, les lumières de la plantation étaient clairement visibles.

Kurt consulta sa montre :

— On a une demi-heure pour vérifier que les otages sont bien là et prévenir les troupes. Au-delà de cette limite, ils rentrent à la base.

Joe acquiesça, et Kurt se remit en marche. Ils ne pouvaient pas courir, mais un jogging rapide devait suffire. À mi-chemin, ils tombèrent sur un petit troupeau de zébus, qui se montrèrent nerveux à leur approche et se mirent à grogner et à faire de curieux gargouillis. Ils poursuivirent leur chemin sans leur prêter plus d'attention.

Grimpant la colline, Kurt sentit soudain une douleur à son épaule, un souvenir de la balle qu'il avait reçue, sans doute réveillé par le poids du fusil électromagnétique. Il l'ignora et continua.

Aux trois quarts de la montée, ils parvinrent en vue des murs du complexe.

— Qu'est-ce que tu en penses ? demanda Kurt tandis que Joe le rejoignait.

— Ce mur à l'air brut, on dirait qu'il n'est pas fini.

— Les maçons ne doivent pas courir les rues, dans la région.

— Il y a des caméras à l'entrée, fit Joe en étudiant les lieux. Nulle part ailleurs, j'ai l'impression.

Kurt passait en revue la route de terre menant au portail.

— Si un coursier déboulait juste maintenant pour apporter des pizzas, ce serait l'idéal. À défaut, je propose qu'on escalade.

— Il y a un coin là-bas, regarde, fit Joe. L'arbre. Tout près du grillage.

— Trop évident. Servons-nous plutôt de nos pieds et de nos mains.

Une fois de plus, Joe acquiesça. Kurt s'avança, Joe suivit, et les deux amis se retrouvèrent au pied du mur de pierre. Ils l'escaladèrent en un rien de temps. Une fois de l'autre côté, la première chose qu'ils rencontrèrent fut le labyrinthe de haies taillées.

Contrairement à la pente douce de la colline, le sol, à l'intérieur du complexe, avait été excavé et aplati. Tout l'ensemble était construit sur une série de terrasses, dont la plus basse se trouvait devant le portail d'entrée, tandis que deux d'un niveau intermédiaire abritaient le labyrinthe et quelques petits bâtiments. La dernière, surplombant l'ensemble, soutenait la maison principale dans toute sa majesté.

De là venaient les seules lumières. Kurt repéra les lieux comme il le pouvait depuis l'endroit où il se tenait. Deux gardes faisaient les cent pas devant la porte.

— Ils ne sont pas vraiment prêts pour la bataille, fit-il.

— Tu dis ça comme si c'était un problème.

— Je ne suis pas habitué à ce que les choses marchent bien, je trouve ça bizarre.

Kurt s'accroupit derrière les buissons, souleva la protection qui recouvrait le GPS attaché à son bras droit. Le terrain s'afficha bientôt sur l'écran dans des teintes grises et noires. Les trois immeubles se trouvant sur la terrasse du bas semblaient le lieu le plus probable pour détenir des otages. Selon Hiram Yaeger, des hommes apparemment armés y avaient été aperçus allant et venant.

— Il faut passer de l'autre côté de ce labyrinthe, fit-il.

— Qu'est-ce qu'on fait, on se risque à le traverser ? Ces haies font au moins dix mètres de haut. Elles nous couvriront.

Kurt était sur le point de dire oui – il avait un plan aérien du labyrinthe sur son GPS –, mais, en l'étudiant, il réalisa que l'endroit ne possédait qu'une seule entrée.

— Non, fit-il, il faut le contourner, il n'y a pas de sortie. Ce n'est qu'un grand double cercle qui te ramène à ton point de départ.

— Il nous reste huit minutes de système caméléon.

Kurt se déplaça vers la droite :

— Par ici. Reste près des haies. On devrait arriver en vue d'un bâtiment qui ressemble à une remise.

Cette fois, Joe prit la tête et ce fut à Kurt d'être impressionné par l'efficacité des combinaisons. Joe devant lui n'était plus qu'un fantôme dans la brume. Kurt avança rapidement pour tenir le rythme et, à l'extrémité du labyrinthe, tomba presque sur Joe.

La remise se trouvait juste devant eux. Kurt allait s'avancer quand une porte s'ouvrit, projetant de la lumière au sol. Il se figea, tandis que deux hommes en sortaient, et laissaient la porte se refermer derrière eux.

L'un des hommes s'adossa contre un mur pour allumer une cigarette. Il aspira une bouffée, laissa échapper la fumée, et dit :

— Je te préviens, Laurent est complètement déchaîné. Ne l'énerve pas en ce moment, ne lui pose pas de questions. Il m'a presque insulté quand je l'ai interrogé sur Acosta.

— Acosta est un traître et un dégonflé, fit le second type. Il nous a vendus. Retiens bien ce que je dis, c'est bientôt la guerre entre lui et nous. Fais gaffe à toi, la prochaine fois que tu fais une livraison.

— C'est pire que ça, reprit le fumeur. Sebastian aussi est sur les nerfs. Je crois qu'il est en train de perdre la boule. Il a passé trop de temps avec Calista.

À cela, les deux hommes éclatèrent de rire.

— On s'en fout, non ? fit le second. On prend notre paye et c'est tout. Finis ta clope et retournons jouer, que je te plume.

L'homme à la cigarette rit de nouveau.

— Prépare-moi un verre, j'arrive.

Son comparse disparut, le laissant seul avec sa cigarette. Au bout de peut-être une minute, il jeta le mégot au sol, l'écrasa d'un coup de botte. Dans le mouvement, il releva les yeux, et son regard tomba droit sur Kurt. Il resta figé un moment dans cette position comme un chien de chasse aux aguets.

Kurt restait immobile lui aussi. Caché dans les ombres à une distance de soixante mètres environ, il estimait à presque nulle la possibilité que l'homme l'ait repéré. Mais, par précaution, il assura sa prise sur le fusil électromagnétique et posa son doigt sur la détente.

Enfin, l'homme se retourna, saisit la poignée de la porte, et disparut à l'intérieur.

— Couvre-moi, murmura Kurt.

D'un pas rapide, courant presque, il s'avança vers la porte, colla son oreille dessus. Il perçut le son d'une radio, des échanges de voix trop nombreuses, bruyantes et tapageuses et, pour autant qu'il pût le deviner, des voix d'hommes.

Persuadé que les prisonniers ne pouvaient pas se trouver là, il revint vers Joe.

— C'est là ?

— Non. On est tombés sur les quartiers des gardes.

— Où alors ? demanda Joe en faisant des yeux le tour de l'obscurité.

Kurt utilisait le GPS. Le second bâtiment se trouvait à cent mètres, près du mur de la troisième terrasse.

— Au bout de la montée, fit-il. Suis-moi si tu le peux.

— Il faut se magner. On se change en citrouilles dans moins de cinq minutes.

Laissant derrière eux le bâtiment des hommes de Brèvard, Kurt et Joe grimpèrent vers la seconde hutte. Basse et composée d'un seul bloc elle aussi, elle était dénuée de fenêtres et gardée. Deux hommes se tenaient à la porte, l'un assis sur une chaise, jambes étendues et les pieds sur un seau, l'autre debout, fusil à l'épaule.

Le problème principal était la paire d'ampoules accrochées à un fil électrique juste au-dessus de l'entrée. Leurs combinaisons ne resteraient pas longtemps invisibles sous cette lumière.

— C'est sûrement là, fit Kurt. Je vais passer parderrière et trouver le commutateur. Mets-toi en position.

Dès que je coupe, fonce sur le garde le plus proche. Sers-toi du Taser. Je m'occupe de l'autre.

— Ça me paraît bien.

Tandis que Joe se préparait, Kurt revint sur ses pas pour faire le tour du bâtiment. Se déplaçant rapidement en silence, il parvint à l'arrière où il se mit à chercher le câble électrique. Un fil sortait du sol et courait le long du mur, tenu en place par des agrafes rouillées. Il sortit son couteau, scia la protection, puis coupa le câble d'un coup sec.

Devant, la lumière s'éteignit aussitôt. Kurt se mit à courir. Il parvint à l'angle du bâtiment à l'instant où Joe touchait le garde debout d'un coup de Taser. Le type se raidit mais ne produisit pas le moindre son. Le seul bruit avait été le bref claquement du Taser à l'instant de la décharge électrique.

Le garde assis, réalisant que quelque chose clochait, saisit son arme. Kurt fut sur lui avant qu'il put faire quoi que ce soit. Il plaqua sa main sur sa bouche, le tira en arrière, posa la lame dentelée de son couteau sur sa gorge.

— Tu fais le moindre bruit, et ce sera le dernier, souffla-t-il.

Le garde s'immobilisa, les yeux sur Joe qui s'avançait sur la terrasse, sortant de l'obscurité comme un spectre. Joe se pencha pour ligoter le garde inconscient, et, dans le mouvement, disparut presque à nouveau tandis que sa combinaison changeait de couleur et de texture. Kurt sentit que l'homme qu'il tenait était complètement désorienté par le spectacle, incapable de comprendre ce qu'il avait sous les yeux.

— Vous détenez des amis à nous, murmura-t-il. Ils sont ici ? Dans ce bâtiment ?

Le garde acquiesça.

— Vérifie la porte, dit Kurt à Joe.

— Elle est fermée, fit Joe.

— Les clés, ordonna Kurt au garde.

L'homme glissa une main tremblante dans sa poche de poitrine, en sortit un trousseau de deux clés.

Joe s'en saisit, ouvrit les deux verrous, puis la porte.

— C'est le noir total, fit-il. Il n'y a personne là-dedans.

— J'ai dû couper le courant de tout le bâtiment, fit Kurt.

Joe ouvrit la porte en grand et Kurt poussa le garde devant lui au cas où quelqu'un les attaquerait.

Une dizaine de personnes se tenaient là, recroquevillées, dans le coin le plus éloigné de la porte, à demi dissimulées derrière une pile de matelas, une petite table et plusieurs chaises. Il compta trois hommes, trois femmes, sept enfants d'âges divers. Ils paraissaient aussi effrayés par lui et Joe que le garde. Après ce qu'ils avaient enduré, Kurt ne pouvait les blâmer.

— Tout va bien, fit-il. Nous sommes là pour vous aider. On va vous sortir de là.

Comme ils étaient visiblement trop tétanisés pour répondre, Kurt retira ses lunettes et sortit une lampe-torche pour les éclairer. Aucun des visages présents ne lui était vraiment familier. Toutefois, deux des enfants ressemblaient à ceux de Sienna.

— Tu es Tanner, n'est-ce pas ? fit-il en s'approchant.

Le gamin fit « oui » de la tête.

— Et tu es Elise ?

La petite fille ne bougea pas. Les doigts agrippés à l'ourlet de sa robe, elle semblait paralysée de frayeur.

— Tout va bien, répéta-t-il en lui passant une main dans les cheveux. On vous ramène à la maison. Où est ta maman ?

Elise se contenta de le fixer, et ce fut Tanner qui répondit, en désignant les deux gardes.

— Ils l'ont emmenée.

Kurt jeta un œil à l'homme, qui se tenait sur les genoux.

— Où est Sienna Westgate ? demanda-t-il.

— Je ne sais pas. Ils l'ont conduite dans le bâtiment principal, mais je ne sais pas où.

L'un des adultes s'avança. Il lui sembla familier.

— Je vous ai vu dans le tunnel en Corée, dit Kurt.

Son anglais sonnait européen – espagnol, portugais, ou peut-être italien.

— Vous êtes *Montresor*, dit Kurt.

L'homme acquiesça.

— Mon véritable nom est Diego, fit-il. Je sais où ils l'ont emmenée. L'homme qui dirige tout ici, Sebastian, il a un centre de contrôle au dernier étage. Il peut tout observer depuis là-bas, je crois. Juste au-dessous de lui, il y a une série de processeurs high-tech et d'ordinateurs. Quand ils m'ont emmené là-bas pour travailler c'est là qu'ils m'ont mis.

— Qu'est-ce qu'ils vous ont demandé de faire ?

— J'ai dû hacker un système et éditer des programmes, répondit l'homme. J'ai aussi créé des portes cachées dans les systèmes, ce qu'on appelle des *hide.*

— Ce qui veut dire ?

L'homme marqua un temps, comme pour chercher ses mots.

— Ce sont comme des trous noirs dans lesquels on peut dissimuler des virus. Même les programmes de protection les plus avancés ne peuvent pas les trouver. Ce sont des virus dormants, qu'on active dans un second temps à l'aide d'un code.

— Et ce code, qu'est-ce qu'il fait ?

— Je ne fais que créer le *blind*, répondit Montresor. Les virus eux-mêmes sont créés par quelqu'un d'autre.

— Mais qu'est-ce que le virus fait, en général ?

— Il prend le contrôle du système. Il lui fait réaliser des choses qu'il n'est pas programmé pour faire.

Montresor, pensa Kurt. Quel nom parfait pour quelqu'un qui cache des choses dans un labyrinthe où nul ne les trouvera jamais.

— Quel type de système vous a-t-il demandé de pirater ? Le Pentagone ? La CIA ?

Montresor secoua la tête :

— Des banques, essentiellement. Des programmes comptables. Des protocoles de transfert.

Des banques, songea Kurt, pour un gang dont les ancêtres braquaient des banques et faisaient de la fausse monnaie. Il se demanda s'il y avait un rapport. Mais ce n'était pas le moment de réfléchir. Tout ce qui comptait pour le moment, c'était d'arrêter la famille Brèvard, quel que soit son but.

Il se tourna vers Joe :

— Appelle les renforts. Je vais trouver Sienna.

— Je viens avec toi.

— Non, fit Kurt. Reste ici. Ils vont avoir besoin de toi pour sortir d'ici quand les Marines vont arriver.

51

Dans le Black Hawk de tête, dont le nom de code était *Dragon One*, le lieutenant Brooks étudiait ses hommes. Certains bavardaient, échangeaient des blagues, d'autres vérifiaient leurs armes ou leurs équipements de façon répétitive, comme un rituel, d'autres encore, immobiles, affichaient des visages de pierre. Chacun se prépare à la bataille de manière différente, selon sa personnalité, mais tous étaient prêts.

Ils avaient parcouru près de cinq cents kilomètres. Le ravitaillement en carburant, effectué en plein ciel, s'était déroulé sans incident. Puis ils avaient obliqué vers le sud-est, et se dirigeaient maintenant vers la côte, volant en formation, à 130 nœuds et à cinquante pieds au-dessus de la surface du détroit.

— On sera dans l'espace aérien du Mozambique dans sept minutes, l'informa le pilote.

— Des nouvelles du *Bataan* ?

— Rien pour l'instant. Si on ne reçoit pas l'autorisation définitive en entrant au Mozambique, je serai obligé de faire demi-tour et de rentrer.

Brooks comprenait. Il était en charge de la mission, mais tels étaient les ordres.

— Ralentissez un peu, fit-il. Et mettez-vous parallèle à la côte quelque temps.

— Mon Lieutenant ?

— Ça économisera un peu de carburant. Et ça donnera à ces biologistes marins un peu plus de temps pour entrer en contact.

— Vous pensez vraiment qu'ils peuvent annuler ?

— Je n'en suis pas sûr, dit Brooks. Mais je ne voudrais pas les manquer s'ils appellent à l'aide.

Sur les ordres de Brooks, après un bref appel radio, le pilote obliqua vers la droite et commença à réduire la vitesse, bientôt suivi par les autres Black Hawks, et la longue course vers la côte se transforma en vol de croisière au-dessus de la mer. Si le danger d'être repéré par les radars était faible – le système radar de Madagascar était connu pour être assez primitif –, le carburant était maintenant le souci majeur.

— On vole en mode économique, mon Lieutenant, prévint le pilote. Mais on ne pourra pas tenir ce régime très longtemps.

Heureusement, ils n'en eurent nul besoin. Quinze minutes plus tard, un signal leur parvint par liaison satellite.

— *Dragon One, ici Tribunal. Ici Tribunal Dragon One, vous me recevez ?*

Tribunal était le nom de code convenu pour le *Bataan.* Brooks pressa le bouton transmetteur :

— Tribunal, ici Dragon One, parlez.

— *Vous avez l'autorisation de vous rendre sur l'objectif. Le statut actuel de la cible est vert. Des amis ont été identifiés. Un total de quinze, peut-être seize. Leur localisation sera indiquée par fusée verte. D'autres bâtiments pourraient abriter jusqu'à vingt ennemis. Des armes légères sont recommandées.*

Brooks sentit monter l'adrénaline. Aucun mot ne fut nécessaire. D'un regard, il désigna la côte au pilote qui effectua immédiatement la manœuvre et lança le Black Hawk à pleine vitesse.

— Bien compris, Tribunal. Nous sommes à deux minutes des côtes et nous dirigeons maintenant vers la cible. Je vous contacte sur le chemin du retour.

La communication achevée, Brooks fixa la nuit devant lui. Dans un monde habitué à voir la guerre en direct à la télévision, cette mission clandestine ne ressemblait à rien de connu. Nul journaliste avec eux, pas de communication avec une cellule de crise à la Maison-Blanche, ni de cercles d'officiers de haut rang échangeant des considérations savantes devant les caméras des chaînes d'information. Officiellement, ils n'existaient pas. Personne, au sein du gouvernement, ne se fiant plus aux systèmes informatiques, ne prenait plus le moindre risque, et les responsables attendaient le résultat en silence. Au bout du compte, ils recevraient un simple coup de fil du *Bataan* leur annonçant que la mission avait réussi – ou qu'elle avait échoué.

Pendant ce temps, Kurt arrivait à hauteur du palais des Brèvard. Pour éviter l'éclairage qui l'aurait mis à découvert, il obliqua, et, longeant la piscine olympique, contourna le bâtiment jusqu'à une véranda en surplomb. Il prit une chaise qui se trouvait là, grimpa dessus, se hissa sur la véranda, força la porte et se glissa à l'intérieur. Par bonheur, aucune alarme ne se déclencha.

Il se trouvait maintenant dans un hall silencieux, aux murs décorés de toiles de maîtres, de tapisseries ouvragées et de statues qui semblaient tout droit sorties d'un musée.

Il ne savait trop comment s'y prendre pour dénicher Sienna dans une maison dont le nombre de pièces lui échappait. Il s'avança un peu au hasard, en quête de l'escalier conduisant aux étages, puis, soudain, s'arrêta net : des pas venaient dans sa direction depuis un corridor adjacent.

Il recula derrière une statue grecque au front décoré de lauriers et s'enfonça dans l'ombre, tandis qu'une silhouette passait devant lui. Calista. Occupée à donner des ordres par radio à propos d'il ne savait quoi, elle passa devant lui sans même jeter un regard dans sa direction. Elle atteignit l'extrémité du hall, et poussa une porte. Kurt sortit de son abri. Il s'assura que le couloir était maintenant désert, se dirigea vers la pièce où elle venait de disparaître et entra.

52

Calista était prête à partir. Au fil des années, l'entourage familial l'avait rendue claustrophobe, et, sans qu'elle comprenne bien pourquoi, cette sensation n'avait fait qu'empirer au cours des derniers mois. Elle attrapa un petit sac à dos sur une étagère et commença à le remplir.

Délaissant vêtements et bijoux, fidèle à son pragmatisme, elle se concentrait sur les objets qui devaient lui servir : passeports aux identités diverses, rouleaux de billets en monnaies de toutes sortes, un couteau, un pistolet, et trois chargeurs de rechange. Le seul objet doté d'une valeur sentimentale quelconque était un collier au bout duquel pendait un anneau de diamant qui avait appartenu à sa mère. Un don de Sebastian.

Elle le considéra un moment, le plaça dans une poche de côté dont elle ferma la fermeture Éclair, et ce fut tout. Rien d'autre, dans cette maison opulente, ne comptait vraiment pour elle. Tout y était faux. Les tableaux, les tapisseries, les antiquités diverses : des faux. C'était là le vrai – et le seul – talent dans lequel sa famille excellait. Elle donnait vie aux mensonges.

Les chevaux seraient son seul regret. Tout en fermant son sac, elle songeait à son pur-sang favori, Tana, qu'elle ne reverrait pas. Sebastian avait dû piéger les étables, comme le reste de la propriété. Soudain, cela lui parut injuste et cruel. L'humanité n'avait aucun prix à ses yeux, mais les animaux, dans leur innocence, c'était autre chose. Les animaux n'avaient ni plans ni désirs, sinon celui de plaire à leurs maîtres et de recevoir leurs récompenses sous la forme de nourriture, d'abri et d'attentions.

Elle décida de se rendre aux étables pour libérer les chevaux. Il n'y avait aucune raison pour que ces derniers meurent dans les flammes.

Elle jeta son sac sur l'épaule, quitta la chambre, passa dans son salon, et se dirigea droit vers la porte. Le loquet n'était pas poussé. Étrange. Elle ne laissait jamais sa porte simplement fermée.

Par réflexe, elle glissa sa main dans son sac à la recherche de son arme.

— Navré, Calista, fit une voix derrière elle, mais le jeu est fini.

Elle se figea. Le timbre de la voix était aisément reconnaissable, tout comme le calme et la façon avec lesquels ces mots étaient prononcés. Kurt Austin se tenait derrière elle.

— Jette le sac par terre et retourne-toi lentement.

Ses épaules s'affaissèrent. Elle lança le sac dans un coin. Elle se tourna très lentement pour découvrir Kurt, assis sur une chaise victorienne à haut dossier, un fusil d'apparence mortel braqué dans sa direction.

— Je crois que nous n'avons encore jamais fait ça, dit-elle.

— Oh si, répondit Kurt en se levant. Et nous allons continuer à le faire jusqu'à ce qu'on le fasse bien.

Elle l'examina un moment. Il n'avait pas l'air à sa place dans cet accoutrement. Moins beau, moins unique.

Comme s'il avait lu dans son esprit, il retira sa cagoule.

— Comment diable as-tu fait pour arriver jusqu'ici ? fit-elle, sincèrement curieuse. Toute la propriété est bourrée de gardes, de caméras et de capteurs sensoriels.

— Rien n'est tout à fait à l'abri, jamais.

— J'espère que tu ne t'attends pas à sortir d'ici vivant. Tout est prêt pour toi. Nous t'attendions.

— Vraiment ? fit-il en haussant les sourcils. Parce qu'on ne dirait pas à voir comme ça. Vos hommes à la porte dormaient à moitié. Les gardes dans le bunker font la fête. On a localisé les otages sans trop de problèmes...

— C'était facile d'entrer, mais pas de sortir. Il y a au moins cinquante hommes ici qui sont aux ordres de mon frère et aux miens. Tu seras dépassé par le nombre.

— Pour l'instant, fit-il d'un air suffisant.

Elle se mordit les lèvres. Il y avait donc des renforts en vue. Et pour bientôt. Son frère était convaincu qu'ils ne risquaient rien à court terme. Elle le maudit en silence pour son arrogance, tout en souhaitant le prévenir.

— Si tu as déjà gagné, comme tu le prétends, qu'est-ce que tu fais ici ? Qu'est-ce que tu veux de moi ? Des réponses, peut-être ? Tu en es toujours à chercher ce qui s'est réellement passé à bord de l'*Ethernet* ?

Il lui sourit en réponse, d'un sourire fier et engageant.

— Je sais ce qui s'est passé. J'en sais assez, en tout cas. Tout m'est revenu pendant mon coma.

— Eh bien dans ce cas, tu dois aussi savoir que, sans moi, à l'heure qu'il est tu serais mort. Ton corps serait coincé dans l'épave, comme celui de tous ceux qui nous ont croisés ce jour-là.

— Sans toi, et sans tes complices, rien ne serait arrivé du tout, donc ce n'est pas vraiment un argument. D'un autre côté, j'ai appris à mieux apprécier la valeur des souvenirs refoulés, grâce à toi. Je me suis dit qu'il fallait que je te retourne la faveur.

— Je ne sais pas ce que ça signifie, fit-elle, soudain lasse de cette conversation.

Il l'étudia un moment sans rien dire. Puis, comme s'il se décidait, il ouvrit la poche diagonale de sa veste et en sortit une feuille de papier qu'il déplia, la posa soigneusement bien à plat sur la petite table entre les deux chaises. Puis il se recula.

— Regarde, dit-il, comme elle ne bougeait pas.

Après une seconde d'hésitation, elle s'approcha, prudemment, comme on s'avance vers un engin explosif, et tendit vers le papier une main hésitante. Elle le souleva et le maintint à distance comme s'il allait la brûler, l'inclina dans la lumière et y jeta un regard bref.

— Qu'est-ce que c'est censé être ?

— Une famille, dit-il. *Ta* famille, pour incroyable que ça paraisse. La *vraie*.

Elle posa sur lui un regard soupçonneux.

— De quoi est-ce que tu parles ?

Il la regardait d'un air détaché, presque professionnel.

— Les Brèvard ne sont pas ta vraie famille, Calista. Les adultes sur ces photos, oui. La femme s'appelait Abigail. C'était ta mère. Ses amis la surnommaient Abby. Le nom de l'homme était Stewart. Ton père. Ils avaient appelé les deux garçons que tu vois là Nathan et Zack.

Pour une raison qu'elle n'identifiait pas, elle sentit un malaise physique la gagner.

— Regarde cette femme, continuait-il. Regarde son visage. Vous pourriez être jumelles.

Elle n'était pas aveugle. Elle voyait la ressemblance. Ça n'avait aucun sens.

— Tu crois que tu peux m'avoir comme ça ? fit-elle d'un air de défi.

— Je n'essaie pas, répondit-il. Ta mère était une experte en télécommunications. Ton père travaillait sur les guidages satellites. Tous deux étaient brillants, parfaitement compétents dans leurs domaines. Comme toi, je suppose. Leur vie ressemblait à celle de n'importe quelle famille de la classe moyenne anglaise. Et puis ils ont croisé la route des Brèvard. Ils les ont enlevés et les ont fait disparaître, exactement comme tu as enlevé Sienna Westgate et ses enfants.

Sous le coup d'une rage qu'elle contrôlait à peine, elle s'était mise à secouer la tête. Ça ne lui ressemblait pas – elle d'habitude si froide, si dénuée d'émotion. Qu'est-ce qui la mettait à ce point en fureur ? Il était évident qu'il mentait. Il essayait de la troubler. Mais pourquoi ? Pour l'affaiblir ? Pour la faire douter d'elle ?

— Menteur ! hurla-t-elle en se précipitant sans prendre le temps de réfléchir. Elle éprouvait le besoin furieux de lui sauter dessus, de le faire taire et de le tuer, ou de se faire tuer par lui. Qu'il lui tire dessus en réponse, au moins elle n'aurait plus à l'écouter. Elle s'était mise à frapper du poing sur l'armure qui recouvrait la poitrine de Kurt et amortissait les coups, et cherchait de l'autre main à le frapper au visage et à lui arracher les yeux. Plus rapide, il avait saisi son poignet et la fit pivoter sur elle-même. Il coinça son bras contre sa poitrine, la plaqua contre lui et l'immobilisa.

— Je ne mens pas, dit-il. Je n'essaie pas de te faire du mal. Tu dois savoir la vérité.

— Je ne veux pas la connaître !

— Oh si ! Tu y as tout intérêt. Parce que ta vraie famille n'avait rien à voir avec les Brèvard. Ta vraie famille aimait la vie, ce n'était pas un clan de sociopathes destructeurs et morbides. Et tu en faisais partie.

Tandis qu'il parlait, elle continuait à se débattre et lui lança un grand coup de coude, qui se perdit sur son armure.

— Je sais ce que c'est que de se demander ce qui est réel et ce qui ne l'est pas, poursuivait-il calmement. Crois-moi. Je sais ce que tu es en train de traverser en cet instant. J'ai vécu de cette façon des mois durant. Ce qui t'arrive est pire, en un sens, parce que tu n'as connu que ça toute ta vie. J'imagine par quoi tu dois passer.

— Je ne passe par rien du tout ! rugit-elle en essayant toujours de se dégager.

Il la retourna, plongea ses yeux dans les siens :

— Ton père s'est fait tuer en essayant d'échapper à ses ravisseurs, dit-il. Il a été assassiné d'un coup de feu en plein jour par un homme qu'on n'a jamais retrouvé. Avant cela, il avait été battu. Il avait été torturé.

— Arrête !

— Ta mère et tes frères ont été retrouvés dans le canot avec lequel ils avaient réussi à s'échapper. Ils sont morts déshydratés, en pleine mer, à moins de deux cents kilomètres d'ici.

Soudain, aussi brusquement qu'elle lui avait sauté dessus, elle se figea :

— Qu'est-ce que tu viens de dire ?

— Ils sont morts en mer, répéta-t-il. Dans un canot de sauvetage bouffé aux mites. On est à peu près certains qu'ils l'avaient trouvé sur une épave enterrée près de la rivière, pas très loin d'ici.

Une image se fit jour dans son esprit, moins une image qu'un éclair, la brève vision des rivets sur le placage de métal, et derrière la rivière, les sédiments et la boue.

— Un bateau, murmura-t-elle. Un vieux bateau en fer ?

Un second éclair dans sa tête : C'était la nuit, avec à peine un rayon de lune pour les éclairer. Une femme la tenait par le poignet, l'emmenait vers la colline, deux enfants retiraient un petit canot de bois d'une espèce de cave creusée dans le sable.

— C'est un mensonge, fit-elle encore.

— Non, c'est la vérité. *Ta* vérité.

Elle avait cessé de se débattre, à présent. Son esprit dérivait. Comme ses jambes se mirent à trembler, elle comprit qu'il n'avait pas relâché son étreinte, qu'il la soutenait et l'empêchait de s'effondrer tandis que les souvenirs affluaient. Des hommes les pourchassaient. Un coup de feu perçait l'un des containers. Elle vit l'eau qui s'écoule, la catastrophe prévisible.

— Il n'y avait pas assez d'eau, dit-elle à haute voix.

Encore des coups de feu. La femme tombe.

— Ils lui ont tiré dessus.

— Elle était blessée, confirma Kurt doucement. Une blessure superficielle.

— Elle a roulé le long de la colline.

Calista entendit la femme appeler : *Olivia !*

Elle n'éprouvait plus que de la peur, à présent. Une peur terrible, vertigineuse.

— *Maman !* avait crié l'un des garçons.

— *Olivia, dépêche-toi !*

D'autres coups de feu encore, la femme s'était retournée et s'était mise à courir.

Calista se tenait sur la colline. En bas, sa mère et ses frères poussaient le petit canot dans l'eau. Elle les vit monter dans l'embarcation, elle les vit pagayer et s'éloigner dans l'obscurité avec le courant qui les emportait vers la mer. Des hommes couraient autour d'elle, elle les regardait sans bouger tandis qu'ils se précipitaient vers la plage, et tiraient dans le noir en direction de sa mère et de ses frères.

Mais elle ne bougea pas. Elle resta là, immobile, à les regarder, jusqu'à ce que cesse la fusillade et que l'un d'entre eux remonte vers elle et la prenne par la main.

— Je les ai laissés partir sans moi, dit-elle à Kurt.

Elle sanglotait, à présent. Elle se laissa tomber au sol. Kurt la soutenait presque tendrement.

— Il n'y avait pas assez d'eau, dit-il. Pas assez pour trois. Certainement encore moins pour quatre.

Elle pleurait et tremblait sans discontinuer, et soudain une vague de colère la submergea :

— Tu n'as pas le droit ! Pas le droit de…

Mais l'absurdité de ce qu'elle allait dire lui sauta aux yeux et elle s'arrêta avant de finir sa phrase.

— Les Brèvard t'ont volé ta vie, fit-il. Peut-être ont-ils tout de suite compris ce qu'ils pouvaient tirer de toi. Ton intelligence a dû leur sauter aux yeux. Ils t'ont modelée pour faire de toi l'une des leurs. Ou peut-être avaient-ils l'intention de te tuer et n'ont pas pu s'y résoudre. Quoi qu'il en soit, ils t'ont volé ta vie, répéta-t-il. Celle de ta famille et sans doute aussi celle de beaucoup d'autres. Et si tu les laisses faire, ils voleront la vie de Sienna et de ses enfants et de tous ceux qu'ils détiennent dans ce baraquement sur la colline.

Il ne cessait de répéter « la famille Brèvard » comme s'il s'agissait d'étrangers, remarqua-t-elle pour elle-même. Mais elle savait la part qu'elle avait prise dans tout ceci. *C'est ce que je suis !* eut-elle envie de hurler, revendiquant les crimes de son clan comme les siens, et les maudissant au passage. Mais ce désir s'évanouit. Et les larmes se remirent à couler, incontrôlables.

Comment son nom et ses souvenirs n'auraient-ils pas été faux ? Autour d'elle, tout l'était.

Avec douceur, Kurt essuyait les larmes à mesure qu'elles coulaient sur ses joues.

— Aide-moi à retrouver Sienna avant que les Marines n'arrivent, dit-il. Sebastian va perdre, ce soir. Je ne veux pas qu'il l'utilise comme un bouclier ou qu'il la tue dans un geste de dépit quand il réalisera que tout est fini pour lui.

Elle releva les yeux et le regarda. Il y avait de la douceur et de la détermination dans ce visage. Un chevalier blanc. Elle s'était moquée de lui, mais c'était ce qu'il était.

— Il n'est pas encore fini, dit-elle.

— Pas encore, non, mais il le sera d'ici quelques heures.

— Non non, tu ne comprends pas. Tout ça fait partie d'un plan. Il avait prévu que vous viendriez. Peut-être pas aujourd'hui, vous êtes en avance en un sens. Mais il vous attend. Pendant que nos hommes vont se battre et faire diversion, il va tout faire sauter. Il va disparaître, et moi avec, et tout le monde croira que nous sommes morts.

— Alors l'histoire se répète, fit Kurt après un instant. Il faut absolument l'arrêter. Lui et tout ce qu'il a préparé. Vas-tu m'aider ou non ?

Elle le fixa sans rien dire.

— Je te ferai confiance, ajouta-t-il.

— Pour quelle raison me ferais-tu confiance ?

— Appelons ça l'instinct, répondit-il en lui tendant la main.

Elle hésita. Son vrai désir était de rester là, au sol, allongée jusqu'à ce que les flammes la consument quand son frère ferait tout sauter – une mort qu'elle était certaine de mériter.

— « Nous sommes ce que nous décidons d'être », m'a dit un sage un jour, fit Kurt comme s'il l'avait entendue penser. Tu as le choix. Tu peux rester Calista Brèvard, ou bien retrouver ta part la plus humaine, Olivia Banister.

Si le nom parut déclencher quelque chose chez elle, ce n'était pas ce qu'il avait prévu. Olivia était une petite fille effrayée, Calista une jeune femme téméraire. Olivia était faible, une victime impuissante, et Calista une guerrière, un instrument de pouvoir. Et maintenant, pensa-t-elle, un instrument de vengeance. Elle prit la main de Kurt et se redressa :

— Non, fit-elle. C'est ce que je suis. Je t'aiderai à trouver Sienna. Mais ne t'interpose pas entre Sebastian et moi. Parce que je vais le tuer pour ce que lui et sa famille ont fait. Et si tu essaies de m'en empêcher, je te tuerai toi aussi.

— C'est ton choix, dit Kurt. En tout cas, allons-y. Nous n'avons pas beaucoup de temps devant nous.

53

Calista ouvrant la voie, ils sortirent de la chambre et traversèrent une série de couloirs. Même si Kurt prétendait avoir confiance en elle, il n'était pas décidé à lui donner une arme. Il n'envisageait pas qu'elle se batte à ses côtés. Il avait besoin d'elle pour parvenir à la salle de contrôle et, peut-être, faire diversion et tromper les gardes en faction devant la porte. Rien de plus.

— Par ici, fit-elle en tournant dans un couloir sur leur droite.

Juste à cet instant, une alarme retentit.

Kurt s'immobilisa.

— Ce n'est pas moi, fit-elle, anticipant sa pensée.

Le son d'une arme automatique retentit à l'extérieur du bâtiment, suivi du bruit reconnaissable entre tous des moteurs d'hélicoptères au-dessus de leurs têtes. Les Marines arrivaient et tenaient à le faire savoir.

Il y eut le sifflement d'une roquette dans l'air, puis, derrière les fenêtres au bout du couloir, une explosion dans un halo de lumière.

— Il faut se dépêcher, dit Kurt.

Calista et lui se mirent à courir. Ils arrivaient au bout du hall quand l'un des hommes de Sebastian surgit en sens inverse :

— Calista ! cria-t-il. On est attaqués. Personne ne répond dans la prison et…

La vision de Kurt l'arrêta net.

Il saisit un pistolet-mitrailleur et fit feu. Kurt avait déjà poussé Calista et plongea sur le parquet verni. Tandis que les balles volaient au-dessus de lui, projetant tout autour des éclats de mur, il pointa son arme et appuya sur la détente presque simultanément. Le fusil électromagnétique émit une nuée de projectiles en fer qui soulevèrent littéralement le type du sol. Sans lâcher son arme, il retomba sur le dos. Le fusil dans sa main lâcha des rafales de balles qui vinrent pulvériser les deux miroirs et réduire une armure en miettes.

— Autant pour l'élément de surprise, dit Kurt.

Il se leva, aida Calista à en faire autant, et tous deux reprirent leur course.

Au même instant, le lieutenant Brooks et la patrouille de la Force de Reconnaissance pensaient exactement la même chose. Ils étaient arrivés depuis la côte, clandestinement, prenant bien soin d'éviter toute détection radar. Tous les signes étaient au vert. Ils avaient survolé le mur du complexe, s'étaient positionnés en vol stationnaire de manière à ce que l'équipe d'intervention puisse descendre au sol en rappel depuis les hélicoptères. Mais, dès l'instant où les cordes avaient été jetées, ils s'étaient retrouvés pris pour cible par des armes télécommandées.

Des mitrailleuses de calibre .50 avaient surgi comme par magie des petits hangars de maintenance dispersés dans le jardin. Ils avaient mis en joue les hélicoptères et fait feu. De la fumée s'échappait déjà de l'un des Black Hawks qui dut battre en retraite.

— Reculez ! hurlait Brooks, Reculez ! Retirez-vous !

Le pilote de *Dragon One*, dirigeant l'opération, faisait déjà demi-tour. Mais au cliquetis des balles pénétrant le fuselage, Brooks comprit qu'il était trop tard. Des éclats de balles et des morceaux de cabine volaient en tous sens comme des confettis. Du sang sur l'une des cloisons indiquait qu'au moins un de ses hommes était touché.

Au même instant, l'engin fit une embardée et Brooks comprit que le pilote était blessé également. L'appareil se mit à vriller vers le bas.

Le copilote prit le contrôle, mais c'était peine perdue. Ils heurtèrent le sol dans un vacarme de métal et de moteurs. Le Black Hawk roula sur le côté, les hélices s'enfoncèrent dans le sol et explosèrent littéralement en milliers de débris qui se dispersèrent alentour.

Sonné, Brooks guidait déjà ses hommes vers la sortie de l'appareil fumant.

— Go ! Go ! Go ! hurlait-il, tout en saisissant le pilote blessé.

L'équipage et les douze Marines se mirent à l'abri derrière les rochers d'où ils regardèrent l'appareil exploser. Ils avaient trois blessés, plus le pilote, et une mission présentée comme une simple promenade venait de se transformer en combat désespéré.

Tandis qu'ils établissaient un périmètre de défense, Brooks, qui regardait les autres Black Hawks s'éloigner à l'horizon, apparemment sains et saufs, vit soudain un missile jaillir du sol. Incrédule et impuissant, il le regarda s'envoler vers le sud. L'engin toucha l'un des hélicoptères qui explosa en une boule de feu.

— Bon Dieu ! jura-t-il. On s'est fait piéger.

Des hommes sortaient maintenant des baraques et leur tiraient dessus.

Brooks saisit la radio :

— *Dragon One*, *Dragon One* ! cria-t-il. N'approchez pas de la zone de tirs. Je répète : n'approchez pas de la zone de tirs. Le complexe est lourdement armé, bien plus que prévu. Avec des missiles et des armes de gros calibre.

— *Dragon Trois à l'abri*, fit une voix en réponse.

— *Dragon Quatre à l'abri.*

En d'autres termes, le Black Hawk détruit était *Dragon Deux*.

— *Dragon Cinq*, quelle est votre position ? cria Brooks dans le micro.

Dragon Cinq était l'appareil prévu pour l'évacuation des otages. À son bord, se trouvaient également deux médecins.

— *Toujours au point alpha. Vous avez besoin de nous ?*

— Négatif, fit Brooks. Restez où vous êtes jusqu'à instructions contraires.

— *On ne va pas vous laisser là, Lieutenant.*

— Vous ferez ce que je vous ordonne ! répliqua Brooks, qui interrompit la liaison sur ces mots.

Il fit des yeux le tour de ses hommes. Si l'on éliminait les trois blessés, cela laissait neuf Marines encore opérationnels, plus le copilote.

— Jones, fit Brooks à l'intention de l'un d'entre eux, dirigez une brigade vers le sud. Assurez-vous que personne ne nous prend à revers.

— Oui mon Lieutenant.

— Dalton, Garcia, avec moi. Il faut dénicher ces batteries de missiles et les mettre HS.

— Oui mon Lieutenant, répondirent les hommes à l'unisson.

Tandis que le reste de la patrouille les couvrait, les trois hommes s'élancèrent. Courant sous un feu nourri, ils traversèrent les cinquante mètres qui les séparaient de la seconde terrasse.

Tandis que la bataille faisait rage, Joe restait avec les otages.

— Tout le monde à terre ! avait-il ordonné dès les premières explosions. Prenez les tables et les matelas, on va faire un abri.

Presque au même instant, une rafale avait crevé le toit du bâtiment et Joe avait plongé comme les autres. Des pleurs d'enfants et des prières en trois langues résonnaient dans la pièce tandis que chacun tentait de deviner ce qui se passait dehors.

— Je croyais qu'on venait nous libérer ? fit une voix.

— Moi aussi, répondit Joe.

Il rampa jusqu'à la porte, l'entrouvrit pour essayer de comprendre ce qui avait pu foirer. Des flammes illuminaient le ciel au pied de la colline.

Il perçut le ronronnement des hélicoptères en train de manœuvrer au loin, et le vacarme saccadé des mitrailleuses toutes proches. Dans son casque, il entendait Brooks annoncer les blessés et renvoyer les Black Hawks vers leur base. De l'autre côté de la terrasse, deux groupes séparés dévalaient la colline tout en faisant feu sauvagement. Entre eux et les types dans les baraquements, il ne faisait guère de doute que les Marines seraient bientôt submergés.

Ses amis avaient besoin de lui. D'un autre côté, il ne pouvait pas laisser les otages seuls sans défense. Il étudia la situation. La bataille se déroulait au flanc de la colline sur laquelle il se trouvait, et le fracas d'un second affrontement lui parvenait depuis la maison principale. Mais à sa droite, vers le sud, tout était calme.

Il revint vers les otages :

— On va bouger, fit-il.

Il les rassembla en un ordre approximatif et dit :

— Vous allez marcher vers le sud où tout est calme et noir. Il y a un mur là-bas, à un peu moins de cent mètres. Rejoignez-le. Escaladez-le puis courez sans vous retourner. Ne vous arrêtez pas. Au bout d'un kilomètre environ, vous trouverez une espèce d'abri. Un fossé avec quelques buissons, et des arbres comme on en trouve ici, les bao quelque chose. Vous pourrez vous y cacher.

Il tendit la fusée d'alerte à Montresor :

— Si vous apercevez le moindre hélicoptère, allumez ça et tenez-le vers le ciel. Ils comprendront que vous êtes les otages et non des ennemis.

Montresor et les autres se rassemblèrent devant la porte. De nouveau, Joe jeta un œil à l'extérieur.

— Et ma maman ? fit soudain Tanner Westgate.

— Mon ami va la retrouver, dit Joe au gamin dont les yeux pleins de larmes le touchaient plus qu'il ne voulait l'admettre. Tu peux en être sûr, ne t'inquiète pas.

Quand chacun des enfants eut agrippé la main d'un adulte, Joe se glissa à l'extérieur pour s'assurer que la voie était libre, puis leur fit signe d'en faire autant. Il les guida sur la moitié du chemin environ et, une fois certain qu'ils étaient à l'abri des tirs, leur indiqua la direction du mur.

— Allez-y. Escaladez ce mur et ne vous retournez pas.

Tandis que les prisonniers s'éloignaient dans la nuit, Joe revint en direction de la bataille. Les yeux sur la colline, il pouvait distinguer le combat nocturne qui se déroulait dans toute sa violence lumineuse. Le lieutenant Brooks et ses hommes étaient en train de se faire tailler en pièces par les trente ou quarante hommes de main de Brèvard qui les encerclaient.

Il s'avança.

— J'y crois pas, murmura-t-il pour lui-même. J'ai passé tout ce temps à espérer des renforts et voilà maintenant que c'est moi, le renfort. On ne peut vraiment faire confiance à personne.

Sur cette pensée, il pressa le pas, sans la moindre idée de ce qu'il pouvait accomplir pour retourner la situation.

54

Le chaos gagnait à l'extérieur. Quant à Kurt et Calista, ils se confrontaient aux hommes de Brèvard.

Tandis que Kurt tirait pour éliminer leurs poursuivants, un second groupe était apparu devant eux pour leur barrer la route. À mi-chemin de la salle de contrôle, ils se virent pris entre deux feux. Des rafales résonnaient aux deux extrémités du hall.

— Reste derrière moi, dit Kurt à Calista alors qu'il rendait coup pour coup.

— Tu aurais dû me donner une arme.

— J'avais mes raisons.

— Plus d'une grande utilité, maintenant, si ?

— Pas autant que tout à l'heure.

Le vieux buffet en bois derrière lequel ils avaient trouvé refuge ne leur fournissait qu'une maigre protection. Ce qui obligeait Kurt à tirer sans répit pour garder ses adversaires à distance. La lumière bleue du compteur digital, sur le dessus du fusil, lui indiquait le nombre de cartouches restantes. Après avoir vidé le premier chargeur en un rien de temps, il comprit qu'il leur fallait sortir de là avant d'avoir épuisé ses réserves. Il visa les lampes une à une pour plonger tout le couloir dans le noir, puis, longeant le mur dans l'obscurité, chercha à tâtons une porte qu'il avait aperçue et l'ouvrit.

— Vas-y, murmura-t-il à l'adresse de Calista.

Elle s'engouffra à l'instant même où une salve de balles vint souffler les dalles de marbre à ses pieds. Kurt s'adossa au mur, tira une demi-douzaine de coups de feu, fila au mur d'en face pour faire de même. Il espérait que les deux équipes plongées dans le noir, induites en erreur par le bruit, allaient finir par se tirer dessus. Puis, il se précipita derrière la porte et la claqua derrière lui. De l'autre côté de la cloison, la fusillade furieuse se poursuivait. Les deux équipes se tiraient bien dessus. Pendant ce temps Calista avait poussé un large divan qu'elle entreprit de caler contre la porte, juste sous la poignée.

— Pas une mauvaise idée, apprécia Kurt.

— Combien de temps on a, tu penses ?

— Une minute, pas plus. Ils vont vite se rendre compte que nous ne sommes plus dans la pièce.

— Et ensuite ?

Avant que Kurt ait pu répondre, le sifflement d'une roquette se fit entendre de l'autre côté des murs. Kurt se retourna, pour voir l'éclat blanc d'un second missile tracer sa route dans la nuit.

— Sebastian, dit Calista. Toujours un nouveau tour dans sa manche. Ce sont les missiles d'Acosta.

— Il faut arrêter ça, sans quoi aucun de nous ne sortira vivant d'ici.

— La salle de contrôle, fit-elle. Tout s'opère depuis là-bas.

Ils ne pouvaient espérer s'y rendre par le couloir plein de gardes qu'ils venaient de fuir. Il leur fallait une autre voie.

— Qu'est-ce qu'il y a d'autre à cet étage ? demanda Kurt.

— Rien, répondit-elle. Juste d'autres pièces comme celle-ci.

Une idée lui vint. Il avança jusqu'au mur, en chercha les parties faibles à tâtons. C'étaient des cloisons standard, en bois et plâtre. Il entreprit de faire des trous dans le contreplaqué à coups de poing. Puis il se recula, pointa le fusil électromagnétique sur une section du mur, et, avec une précision mesurée, découpa une ligne verticale de huit coups de feu de haut en bas.

— Qu'est-ce que tu fais ? s'étonna Calista.

Sans répondre, il prit un élan de plusieurs pas et se jeta contre le mur, l'épaule en avant. La cloison céda, il se trouva projeté dans la pièce adjacente.

Calista le suivit. Il reproduisit l'opération dans les trois pièces suivantes.

Une fois tous deux parvenus dans le dernier salon, Kurt vérifia son arme. Le compteur lui indiquait dix balles restantes. *Dix*. Par précaution, il ouvrit la poche diagonale de sa veste qui contenait le Colt .45.

Espérant ne plus rencontrer de résistance, il se dirigea vers la porte, l'entrouvrit et jeta un coup d'œil dans le couloir. Les hommes de Brèvard avaient convergé vers la porte derrière laquelle Calista et lui s'étaient réfugiés et tentaient de l'ouvrir.

— Prépare-toi, dit-il.

Tandis que les hommes enfonçaient la barricade de fortune construite par Calista et entraient dans la pièce, Kurt ouvrit grand la porte, traversa calmement le couloir en direction de la cage d'escalier, Calista sur ses pas.

— Deux étages, fit-elle.

Il se précipita, sautant les marches. Au dernier tournant, trois hommes armés de mitraillettes Uzi leur firent face. Sans autre alternative, Kurt appuya sur la détente. Les balles d'acier traversèrent le premier garde puis le second. Ils tombèrent vers l'arrière, faisant chuter le troisième qui ouvrit le feu.

Plusieurs balles touchèrent l'armure de Kurt en pleine poitrine, et il tomba vers l'arrière lui aussi. Au cri de Calista, qui disparut dans l'escalier, il fut certain qu'au moins l'une d'entre elles l'avait atteinte.

Allongé sur le dos, Kurt actionna la détente inférieure du fusil électromagnétique. Les électrodes du Taser vinrent se planter dans le cou du garde et tout son corps se mit à trembler.

Kurt se releva tout en maintenant la détente, de sorte que le courant continuait de circuler, paralysant le type complètement. Il courut, le frappa au visage d'un coup de pied qui aurait envoyé un penalty dans les buts à deux cents mètres, et l'homme cessa de remuer.

Puis il ramassa l'Uzi et se dirigea vers l'endroit où Calista était tombée.

— Tu es blessée ?

— Ma jambe, fit-elle.

Kurt la souleva pour l'amener à l'étage et l'examiner. La balle avait traversé la cuisse. Elle saignait, mais pas assez pour craindre qu'une artère était atteinte. Il défit la ceinture qu'elle portait, l'enroula autour de sa jambe, en un garrot de fortune.

— Je crois que j'ai la jambe cassée, dit-elle en essayant de se lever. Même avec son aide, elle fut incapable de poser le pied au sol.

— Vas-y, reprit-elle. Laisse-moi ici. Tu as besoin de moi pour couvrir tes arrières et ils seront là d'une minute à l'autre.

Kurt hésita, puis il lui tendit l'Uzi. À ce stade, elle l'avait nettement mérité.

— Ne le laisse pas s'en tirer, fit-elle. Il n'a pas le droit de survivre.

Sans répondre, Kurt la transporta contre le mur, qui lui servirait de protection relative, et d'où l'angle de tir était le meilleur contre quiconque arrivait des escaliers.

— Ne t'en va pas, dit-il. Je reviens te chercher.

— C'est ce qu'ils disent tous, sourit-elle.

Il s'éloigna.

Il reprit sa course dans les escaliers, parvint à l'étage supérieur, devant une porte blindée fermée au verrou.

Il vérifia ses munitions. Sept cartouches. Avec un peu de chance, ce serait suffisant.

Il se recula, tira sur le verrou, et les projectiles d'acier le pulvérisèrent. La porte s'ouvrit d'un coup et Kurt se précipita.

Deux gardes se trouvaient à l'intérieur. Il en élimina un dans la seconde avant de se mettre à couvert tandis que le second ouvrait le feu.

Il roula sur lui-même pour échapper aux balles et répliqua dans le même mouvement. La rafale mortelle pulvérisa l'un des ordinateurs, tuant instantanément le dernier des gardes de Sebastian.

Kurt se redressa. Il cherchait Sienna. Il l'aperçut au fond de la pièce. Sebastian l'avait plaquée contre lui et braquait un automatique en nickel sur sa tempe.

55

De là où il se trouvait, Joe avait l'avantage de pouvoir entendre et voir la bataille qui faisait rage sur les deux terrasses du bas. Dans son casque, il entendit le lieutenant Brooks donner ses ordres. Plus loin, il apercevait l'hélicoptère abattu en train de brûler, et les traînées rouges des traceurs convergeant vers la zone tout autour depuis trois sources différentes.

Il pressa le bouton de son casque :

— *Dragon One*, ici Zavala. Vous êtes encerclés. Je vous suggère d'abandonner votre position et de vous replier sous la colline.

Derrière le mur de pierre où il s'était mis à l'abri, le lieutenant Brooks mit quelques secondes à comprendre. Aucun de ses hommes n'avait pour nom Zavala.

— Zavala, fit-il enfin dans le micro, après avoir réalisé qu'il s'agissait de l'un des océanographes, nous avons cinq hommes blessés, deux dans un état critique. Il n'y a pas d'autre repli possible. Si nous ne tenons pas cette position, nous sommes morts.

En réponse, une série de parasites fit place à la voix de l'océanographe en question :

— *J'arrive. Je vais essayer de faire diversion sur votre flanc droit.*

Une diversion bienvenue, songea Brooks. Sauf que, même en tenant compte de l'effet de surprise, les gardes de Brèvard étaient trop nombreux pour un seul homme.

— Négatif, répondit-il. Vous feriez face à vingt ennemis. Si vous voulez vraiment vous rendre utile, neutralisez les calibres .50 et le site des missiles. C'est notre seule chance. On ne peut rien faire tant que ces trucs sont en activité.

Le silence, de l'autre côté de la ligne, parut durer une éternité.

— *Je vais voir ce que je peux faire*, fit enfin la voix de Zavala.

Fin de la communication, Brooks fit feu par-dessus le mur puis se baissa tandis que l'ennemi ripostait, arrachant des morceaux de la bâtisse juste au-dessus de lui.

En position accroupie, Joe s'avançait vers ce qu'il supposait être le point de départ des missiles, lorsqu'il tomba sur le double canon d'une mitrailleuse de calibre .50.

Les canons pointés vers le ciel passaient de droite à gauche, balayant l'horizon comme à la recherche des cibles. Il épaula son fusil électromagnétique et pulvérisa le trépied mécanique sur lequel était montée la machine. Un fluide hydraulique se répandit au sol et les deux canons s'immobilisèrent.

— Une mitrailleuse calibre .50 hors d'état, dit-il dans le micro.

— *Bien*, répondit Brooks. *Voyez si vous pouvez neutraliser le lance-missiles.*

— Je ne le vois pas.

— *Plus haut. Je pense qu'il est derrière les haies.*

Joe regarda autour de lui. Il vit le mur de haies qui délimitait le labyrinthe, mais aucune entrée possible. Devant sa complexité, de toute façon, il doutait de pouvoir parvenir au centre.

Le cliquetis de la seconde mitrailleuse attira son attention. Se guidant au son, il traversa le jardin ornemental rempli de buissons exotiques. Il l'aperçut tout au bout, et se mit à courir vers elle, avant de constater que les deux canons quittant la surveillance du ciel s'orientaient soudain dans sa direction. Sa tenue avait cessé de le rendre invisible, songea-t-il tandis que la mitrailleuse faisait feu.

Il avait continué de courir et, plongeant pile à la base du trépied de la mitrailleuse, il se glissa dessous à l'instant où les canons balayaient le sol de rafales derrière lui.

Les tirs cessèrent. Les canons continuaient d'osciller de droite et de gauche, comme les pattes d'un insecte fou, en quête de la position de la cible, pulvérisant la terre tout autour. Collé au trépied, il arracha les câbles.

Au bout de quelques instants, les armes se turent.

Il posa son fusil, sortit son couteau, et se mit à dénuder les fils.

— *Zavala ?* fit la radio.

— Je suis dessus, dit Joe.

— *Quoi que vous fassiez, tâchez de le faire vite.*

Il essaya différentes combinaisons de fils, jusqu'à ce que la plate-forme sur laquelle était posée la mitrailleuse se mette à tourner en direction du labyrinthe. Puis il souleva les fusils pour les fixer à la bonne hauteur. À présent, il n'avait plus qu'à faire en sorte qu'ils tirent. Il examina les différentes détentes. Les armes elles-mêmes étaient des M2 standard de calibre .50, rien d'exotique, sauf que les détentes étaient recouvertes d'une protection de métal.

Se servant de la crosse de son fusil comme d'un club, Joe cogna sur la protection, la pulvérisant pour avoir accès aux détentes. Une simple pince hydraulique avait été installée de manière à pouvoir les contrôler à distance. Pas le temps de finasser. Il posa sa main autour du mécanisme et serra.

Les deux armes se mirent à cracher du plomb. Toutes les quatre balles, il sortait un traceur et, à en juger par sa trajectoire, la visée était un peu haute. Il força les canons un tout petit peu vers le bas, puis tira de nouveau. Cette fois, les balles filèrent droit sur leur cible, en plein sur la batterie de missiles. Une roquette explosa, une autre s'envola avant de retomber rapidement et de s'enfoncer dans un pâturage non loin de là.

Joe tirait encore quand il entendit la voix de Brooks appeler les autres hélicoptères :

— *Ici Dragon Un, la zone est libre. Je répète, la zone est libre.*

— *Dragon Trois en route*, fit une voix en réponse.

— *Dragon Cinq en route.*

Les renforts arrivaient. Joe ramassa son fusil, et attendit l'arrivée des Marines.

56

Dans la salle de contrôle, Kurt avait pointé son fusil électromagnétique sur Sebastian Brèvard, qui appuyait le canon de son automatique sur la tempe de Sienna plaquée contre lui. La situation était au point mort.

Kurt le savait : la précision de son arme pouvait tuer Sebastian en un seul tir. Mais, même tué sur le coup, nul ne pouvait prédire que son corps animé de réflexes ne presserait pas la détente, tuant Sienna au passage.

Le fait qu'il n'ait plus qu'une seule balle pesait aussi dans la balance et le faisait hésiter.

— Kurt, cria Sienna, je suis désolée. Tout ça est ma faute.

Il fixa ses yeux dans les siens :

— Ça va aller, fit-il pour la rassurer. Ça va aller. Il va te lâcher.

— Ah bon ? lança Sebastian en gloussant. Première nouvelle.

— Je n'ai pas l'intention de te tuer, dit Kurt. Bien d'autres que moi font la queue pour ça. Acosta, les

Nord-Coréens, Than Rang, s'il sort un jour de taule. En ce qui me concerne, que tu sois vivant ou mort, peu m'importe. Tes plans ont raté. Tout est en train de disparaître dans les flammes en ce moment même.

— Heureux de l'apprendre, fit Sebastian, sarcastique. À l'exception de votre arrivée en avance, j'ai plutôt l'impression que tout se passe comme je m'y attendais.

Kurt le fixa. Non qu'il eût le moindre intérêt pour cette conversation, mais faire parler Brèvard permettait de gagner du temps. Et qui sait s'il ne ferait pas une erreur au passage ?

— Tu vas me faire croire que tout ça fait partie d'un projet grandiose ?

— Allons, allons. Tu as sûrement saisi qu'à ce stade, si j'avais voulu te tuer, tu serais mort depuis longtemps. Il y avait suffisamment de cadavres sur l'*Ethernet*, non ? Tu ne t'es jamais demandé pourquoi je t'avais laissé en vie ?

En réalité, Kurt s'était plus d'une fois posé la question.

— Tu voulais que le kidnapping reste un secret, fit-il. Tu voulais que je raconte à tout le monde que Sienna était morte. C'était la meilleure manière d'éviter les enquêtes.

— Mais dans ce cas, pourquoi t'avoir fait parvenir des photos d'elle en Iran ? demanda Sebastian. Pourquoi te faire comprendre qu'elle était toujours en vie ?

Kurt n'avait pas la réponse.

À l'extérieur, le combat ne se déroulait pas comme prévu, et des coups de feu au rez-de-chaussée lui firent comprendre que Calista essayait de tenir sa position. Le temps pressait.

— Tu ne sais pas, hein ? poursuivait Sebastian. Je vais te le dire. On avait besoin de toi pour lancer le processus. Pour créer le doute au sein de vos dirigeants.

— Je me fous de ce que tu avais en tête, Sebastian. Tu nous as peut-être devancé au début, mais on te suit à la trace depuis l'épisode de la Corée. Des ingénieurs sont en train de fermer les systèmes informatiques les plus fragiles en ce moment même. Quand les marchés ouvriront demain matin, Phalanx aura disparu. Retiré de tous les logiciels sur lesquels il était installé.

Un grand sourire de satisfaction apparut sur le visage de Sebastian. Un sourire sincère. En vérité, c'était exactement l'expression qu'il aurait eue si Kurt lui avait dit exactement ce qu'il voulait entendre.

— Mais j'espère bien, fit-il, j'espère bien. C'est ce que j'attendais.

— Tu mens, fit Kurt.

— Demande donc à ton adorable amie ici présente si Phalanx a été infecté, dit Sebastian en désignant Sienna.

Comme Kurt se refusait à entrer dans le jeu, Sebastian se tourna vers son otage :

— Dis-lui !

— Il dit la vérité, admit-elle. Phalanx est sain. Il ne peut pas être piraté. Pas même par moi.

Kurt plissa les yeux. Des larmes coulaient sur les joues de Sienna.

— Dans ce cas, pourquoi tout ce cirque ?

— Parce que, répondit Brèvard, j'ai passé trois ans à perfectionner le plus grand crime de tous les temps. Et l'apparition de Phalanx a presque tout foutu en l'air.

Maintenant, grâce à toi, aux Westgate et à beaucoup de prudence, vos dirigeants sont en train de me mâcher le travail.

Kurt comprit enfin.

— Ils le retirent et réinstallent les vieux systèmes, dit-il. Des systèmes que tu sais comment pirater.

Sebastian avait maintenant sur le visage l'expression d'un homme qui ne se prend pas pour un génie, mais pour un dieu. Dehors, ses machines et ses hommes étaient en train de gagner, et les plus grands esprits du domaine de la cybersécurité venaient de lui fournir la seule chose qui lui manquait encore. Ils avaient désactivé leur impénétrable Phalanx et mis à la place ce qu'il pouvait considérer comme la voie d'accès royale à la réalisation de son projet.

— Tu vas dévaliser les banques mondiales, articula soudain Kurt en se souvenant de ce que lui avait dit Montresor.

— Oh ! Rien d'aussi grossier qu'un cambriolage. Non ! Je suis un artiste. Mon crime va avoir bien plus de style que ça.

— Quel crime ? demanda Kurt, après quoi est-ce que tu cours ?

— C'est la Banque fédérale ! cria soudain Sienna. Il a implanté des virus dans la Banque fédérale !

— Ta gueule ! aboya Sebastian en plaquant son avant-bras sur sa trachée, l'étranglant à demi.

À ce geste, Kurt faillit appuyer sur la détente, mais Sebastian bougea lui aussi, et Sienna se trouvait de nouveau en ligne de mire.

— La Fed ? dit Kurt. Tu ne peux pas voler la Fed ! C'est une idée encore plus stupide qu'un hold-up classique.

Kurt avait décidé de le défier. Avec un peu de chance, l'autre serait semblable à tant de criminels dont le narcissisme démesuré les pousse à dévoiler leurs plans pour prouver leur génie.

— Tu ne comptes pas faire un dépôt d'argent, je suppose.

— En fait, dit Sebastian, c'est exactement ce que je m'apprête à faire.

Kurt resta silencieux.

— As-tu la moindre idée de la façon dont la Banque fédérale crée de la monnaie ? demanda Sebastian.

— En imprimant des billets, répondit Kurt, qui songeait à l'histoire de la famille Brèvard.

— Jusqu'à un certain point, oui, mais pas seulement. Une autre façon de fabriquer de la monnaie est le remboursement des obligations. Lorsqu'ils estiment que le temps est venu pour les investisseurs ou les obligataires de toucher leurs dividendes, les fonctionnaires de la Banque fédérale tapent des chiffres sur une console d'ordinateur et les dollars apparaissent magiquement sur les comptes concernés.

Sebastian sourit.

— Je ne vais pas voler la Fed. Non. Je vais utiliser leurs programmes pour créer une série d'obligations fictives, et les dollars nécessaires à leurs remboursements. Il ne manquera pas un *cent*. Il n'y aura ni perte, ni trace de quoi que ce soit. Je ne vais pas voler d'argent, je vais en créer.

— Bien sûr, fit Kurt. Tu es un faussaire. Comme tes ancêtres. Juste un peu plus moderne.

— Tu es au courant ?

— Le Gang de la Rivière Klaar.

À ce nom, Sebastian, dont le visage s'était illuminé d'une lumière démente tandis qu'il exposait son plan, réagit non avec honte, comme on aurait pu s'y attendre, mais avec une espèce de fierté.

— Mon arrière-grand-père était un homme brillant, dit-il. Les billets qu'il avait fabriqués étaient parfaits. Pendant longtemps, personne n'a pu les différencier d'une monnaie authentique. Et puis les couleurs ont pâli, le pot aux roses a été découvert, il a dû disparaître et c'est ce qu'il a fait. Il s'est volatilisé sans laisser de traces alors qu'il avait le monde entier à ses trousses.

— En assassinant plus de deux cents personnes sur le *Waratah*, au passage, acheva Kurt. Vous n'êtes pas des artistes, non. Vous êtes des brutes et des assassins.

— Je vois que tu as su assembler les pièces du puzzle, répondit Sebastian. Et Kurt eut le sentiment qu'il le félicitait. Une raison de plus pour moi de ne pas rester ici.

— Tu ne crois pas sérieusement que ton plan va fonctionner ? repartit Kurt pour gagner du temps. Il y a des contrôles internes, à la Fed, tout un système de surveillance et d'audits.

Sebastian était monté d'une marche, tirant Sienna contre lui.

— Plusieurs milliards de transactions sont passées chaque jour, des trillions de dollars changent de mains en un mois. Tu t'imagines que tout est scrupuleusement vérifié par des hordes de comptables dans un back office quelconque, au ministère du Budget ? Tout est informatisé ! Ce sont les ordinateurs qui font les audits. Et devine qui contrôle les programmes ? Les résultats ne sont jamais vérifiés.

Il monta une autre marche.

— Tu ne peux pas être certain de ça, fit Kurt.

— Avec un certain degré de confiance, si. Et même si le stratagème était éventé, les enquêteurs découvriraient que plusieurs centaines de milliards de dollars ont été créés et dépensés par des milliers de compagnies dirigées par des hommes de paille de ma fabrication. Que la moitié des pistes s'évaporent tandis que l'autre moitié conduit à des fonds de campagne électorale en Amérique et ailleurs. Que des milliards ont été transférés *via* la Chine, l'Iran, et la Corée du Nord. Ils seront alors confrontés à un terrible dilemme : admettre la vérité, et miner la confiance que le monde met dans le sacro-saint dollar, c'est-à-dire détruire le système financier international, ou laisser faire, colmater la brèche discrètement et passer toute l'histoire par pertes et profits.

Kurt devait l'admettre : Sebastian avait probablement raison sur ce point.

— Mais ils se mettront tout de même à ta recherche, fit-il.

— Pas s'ils me croient mort ! exulta Sebastian, tout en tirant Sienna avec lui sur la dernière marche, puis vers une sorte d'alcôve qui se trouvait tout au bout de la pièce.

Kurt pouvait distinguer une autre porte blindée dans le mur de l'alcôve. Laisser Sebastian passer le seuil et entraîner Sienna avec lui était impensable. Il se raidit.

— Fais encore un pas et je te bute. Peu importe la suite.

Sebastian étudia Kurt. Il tenait Sienna si serrée contre lui qu'il ne distinguait qu'à peine la silhouette déterminée de Kurt devant lui. Mais il n'avait aucun doute : Austin s'apprêtait à faire feu. Et il n'était pas décidé à perdre son otage une nouvelle fois.

Cela ne lui laissait qu'une seule possibilité. Sans lâcher Sienna, il sortit de sa poche une petite télécommande semblable à celle que Calista avait utilisée dans le tunnel de la Zone démilitarisée contre Kurt pour le rendre inconscient.

— Si tu comptes me neutraliser avec ça, c'est un peu tard. J'ai été déprogrammé.

— Ce n'est pas pour toi, dit Sebastian, c'est pour elle.

Sur quoi, se tournant vers Sienna, il murmura :

— Je te propose le marché habituel. Ta vie contre celle de tes gosses. Qu'est-ce que tu choisis ?

Il pressa un bouton sur l'écran de verre de la télécommande. Une boule de feu explosa dans la cour, pulvérisant les vitres derrière Kurt. Des morceaux de verre volèrent dans toute la pièce.

— Je viens de faire sauter l'arsenal, jubila Sebastian, qui s'adressait à Sienna. Si tu résistes encore, ou s'il essaie quoi que ce soit, j'anéantis de la même manière le bâtiment où se trouvent les prisonniers et tes enfants seront réduits en poussière.

Du bluff, songea Kurt. Il ne pouvait pas être sûr que les prisonniers se trouvaient encore dans le bâtiment.

— Laisse-moi, jeta Sienna à Kurt, les yeux remplis de larmes.

— Il va te tuer, dit Kurt. Il les tuera aussi de toute façon.

— S'il te plaît ! supplia-t-elle.

C'est à cet instant qu'une silhouette rampa à travers la porte principale, une silhouette pitoyable, qui se traînait sur le sol.

— Mon frère, fit la voix, mon cher frère.

L'apparence de Calista était suffisamment surprenante pour distraire Sebastian. Tandis que, incrédule, il posait les yeux sur elle, le pistolet qu'il tenait braqué sur Sienna se détourna de sa cible. Cela ne dura qu'une seconde, mais suffisante. Kurt appuya sur la détente et fit feu.

Le projectile d'acier du fusil électromagnétique toucha le petit automatique plaqué nickel à une vitesse de deux cents mètres seconde. Le chien levé tomba sur la balle de neuf millimètres qui se trouvait dans la chambre, le coup partit, mais le canon tordu par la balle de Kurt obtura la sortie, si bien que la cartouche pulvérisa le pistolet.

L'impact brisa le poignet de Sebastian tandis que des éclats d'acier pénétraient profondément dans la chair de son visage et de sa nuque.

Pris d'une rage aveugle, il jeta Sienna vers Kurt, se précipita sur la porte et tenta de la refermer derrière lui.

Kurt s'était déjà débarrassé du fusil électromagnétique et d'un geste avait saisi son Colt dans la poche de sa combinaison. D'un même mouvement il repoussa Sienna, sortit le Colt et tel un personnage de western, releva le chien et appuya sur la détente.

La détonation du vieux .45 retentit bruyamment dans la pièce, un petit nuage de fumée s'échappa des deux côtés du canon. La balle vint érafler la porte blindée qui se refermait et cueillit Sebastian sur la droite. Son corps fut projeté en arrière comme s'il avait été frappé par un cheval. Il heurta l'arrière de l'alcôve, tomba sur le côté, tandis que la porte se refermait d'un coup, le cachant aux yeux de Kurt.

Kurt s'élança, se précipita sur la poignée. Il n'y avait pas de verrou. Il ouvrit d'un coup, prêt à tirer de nouveau. Mais ce ne fut pas nécessaire. Sebastian gisait sur le sol. Mort.

La télécommande glissa des mains du cadavre. Kurt commençait à se détendre lorsqu'il aperçut sur le petit écran ce qui ressemblait à une trotteuse suivant un arc rouge vers la position de midi.

— Cours ! hurla-t-il en se précipitant sur Sienna pour la relever.

Une série d'explosions se fit entendre dehors. D'abord le bâtiment des prisonniers, puis les baraquements des gardes, et enfin les deux hélicoptères dans le hangar.

Kurt s'avança pour aider Calista.

Il se tourna vers la porte, mais trop tard. Une nouvelle série d'explosions secoua toute la maison. Une pièce après l'autre était pulvérisée, et les détonations venaient dans leur direction au rythme d'un train aveugle lancé à toute vitesse.

Kurt poussa Sienna vers les fenêtres pulvérisées. Il n'y avait pas d'autre issue.

— Saute ! hurla-t-il.

Sienna s'exécuta sans plus de question et Kurt, saisissant Calista, se jeta dans le vide avec elle à sa suite. Le temps de la chute, il sentit les explosions se rapprocher, entraperçut les ailes droite et gauche de la maison qui volaient en éclats simultanément. La salle de contrôle suivit un instant plus tard, en une série de détonations tandis que Kurt, Sienna et Calista s'enfonçaient dans la piscine olympique de Sebastian en trois plongeons sonores.

Kurt sentit ses jambes se contracter dans le fond du bassin de trois mètres de profondeur. Il leva les yeux. À travers l'eau agitée, le kaléidoscope tordu des flammes était presque beau.

Une pluie drue de débris suivit – du bois, des pierres qui les frôlaient comme des météores, et même des éclaboussures de napalm qui vinrent brûler à la surface de l'eau.

Une langue de feu passait au-dessus d'eux et Kurt agrippa Sienna pour l'empêcher de remonter.

Il aurait pu rester dans l'eau une minute encore, mais Calista se débattait pour remonter. Il doutait qu'elle ait été en état de plonger, de toute façon. Il la serra contre lui, poussa sur ses jambes dans la direction la plus éloignée de la maison et fit surface tandis qu'une dernière poignée de débris s'abattait dans l'eau.

Nageant d'une main, tout en aidant de l'autre Calista à maintenir la tête hors de l'eau, Kurt tourna lentement sur lui-même pour découvrir que la moitié du paysage était en feu. Tous les étages supérieurs du palace avaient été soufflés, et les étages inférieurs la proie des flammes. Des vagues de chaleur l'assaillaient, tout juste tempérées par la fraîcheur de l'eau.

— Par ici, indiqua-t-il en désignant l'extrémité de la piscine.

Sienna nageait. Kurt se mit sur le dos, pour tirer Calista, comme font les secouristes pour les nageurs inconscients. Quand le niveau de l'eau le permit, il se mit à marcher jusqu'au bord.

Ils sortaient de la piscine lorsqu'un bruit de pas dans le noir l'alerta. Il sortit le pistolet de nouveau et le pointa vers l'obscurité.

— Du calme, cow-boy, fit la voix familière de Joe Zavala émergeant de l'obscurité.

Kurt abaissa son arme. Plusieurs Marines apparurent à la suite de Joe.

— Kurt, disait ce dernier, je te présente le lieutenant Brooks. Lieutenant Brooks, Kurt Austin.

Brooks émit un sourire bref en direction de Kurt puis, apercevant Calista, leva son arme.

— C'est bon, intervint Kurt en levant la main.

— Mais elle fait partie du gang !

— Non. Il se trouve que non, justement. Elle n'est pas des leurs.

Brooks abaissa son arme, et, à la place, actionna sa radio :

— Amenez-nous l'équipe médicale, on a une autre blessée ici.

Puis, sans même attendre les médecins, il se pencha sur Calista pour panser ses blessures.

— Et mes enfants, disait Sienna pendant ce temps. Et les otages ?

— Sains et saufs, dit Joe. Je les ai mis à l'abri dès que les combats ont commencé.

— Ils ont passé le mur, intervint Brooks. Des gars de *Dragon Trois* les ont récupérés.

— Où sont-ils à présent ?

— À bord de *Dragon Quatre*, en route vers le *Bataan*.

Sienna, apaisée, commençait à se détendre, ce qui provoqua de nouvelles larmes – de soulagement cette fois.

— Alors, fit Kurt en souriant, on a gagné, c'est ça ?

— C'est ça, répondit Joe. Pendant que tu prenais ton bain de minuit en bonne compagnie, nous autres ici, on faisait tout le boulot. Comme d'hab'.

— Heureux de l'entendre, dit Kurt. Et comment « nous autres » comptent nous sortir d'ici ? On est un peu justes, question hélicoptères.

— *Dragon Quatre* va faire de la place et se charger des blessés, dit Brooks. Le reste ira jusqu'à la côte. L'armée de Madagascar est assez limitée, et on est loin de tous les sites importants, mais je ne veux pas courir le risque de rencontrer qui que ce soit.

— On y va à pied ?

— Mes hommes ont récupéré une poignée de pur-sang dans les écuries, sur la terrasse inférieure.

La nouvelle parut ramener Calista à la vie :

— Je vais en prendre un.

— Vous n'êtes pas en état de monter à cheval, m'am, dit Brooks en secouant la tête. Vous prenez l'hélicoptère.

Elle se raidit pour se dégager de lui :

— Je vais en prendre un, j'ai dit. De toute façon, vous allez avoir besoin de quelqu'un pour vous montrer le chemin.

— Je crois qu'on est capables de trouver l'océan tout seuls, m'am.

— Lieutenant, intervint Kurt, ça ne sert à rien de la contredire, croyez-moi.

Sur quoi Brooks haussa les épaules :

— Comme vous voudrez.

Quelques instants plus tard, le groupe était en face des écuries. Le dernier des Black Hawks en état de voler attendait non loin de là, dans un pâturage.

— Je te dois tout, murmura Sienna en prenant Kurt dans ses bras. Ma vie, ma famille. Comment puis-je te rendre la pareille ?

— Contente-toi de vivre, dit Kurt. Et dis à ton mari que je suis navré de lui avoir démonté la mâchoire.

Elle s'écarta pour le regarder dans les yeux.

— C'est une longue histoire, coupa-t-il. Mais vu ce par quoi il est passé, il est possible qu'il ne s'en souvienne pas.

Elle hocha la tête, se remit à pleurer, sourit entre ses larmes, le serra à nouveau contre elle, puis s'éloigna en direction de l'hélicoptère.

Quand l'engin décolla, Kurt avait déjà tourné les talons et pénétrait dans les écuries. Il trouva Calista en selle.

Il rejoignit les autres, qui mettaient le pied à l'étrier avec plus ou moins d'agilité, choisit un cheval d'apparence robuste, l'enfourcha et saisit les rênes.

Ils sortirent des écuries en file indienne, au pas le long du sentier principal qui débouchait sur la plaine herbeuse. Derrière eux, sur la colline, le palais des Brèvard achevait de se consumer, avec les rêves fous de Sebastian.

Calista ne se retourna pas une seule fois, nota Kurt. Au contraire, c'était elle qui ouvrait la marche, sur une piste qu'elle avait sillonnée des milliers de fois au fil des ans.

À présent, elle réalisait ce qui l'avait poussée à revenir vers cette étrange colline sous laquelle le bateau était enterré. Elle se souvenait de tout : ses frères en train de discuter du canot de survie, Sebastian adolescent, en compagnie d'Egan et Laurent, s'affairant pour dissimuler ce que sa mère et ses frères biologiques avaient déterré.

Au bout de deux heures de trajet, ils débouchèrent sur la plage. Des vagues écumeuses la bordaient. Le lieutenant Brooks fit signe au groupe de s'arrêter. Il émit un appel radio, puis alluma le canal de détresse.

Après quelques minutes d'attente, deux canots rétractables ultrarapides surgirent de la nuit. Ils étaient pilotés par deux équipes de deux hommes vêtus de tenue de camouflage et les visages peints.

Ils s'arrêtèrent sur le sable.

— Quelqu'un a demandé une voiture-taxi ? fit l'un des hommes.

Sous la garde des Marines surveillant l'horizon, Kurt aida Calista à descendre de cheval. Elle était pâle, elle avait froid. Elle caressa les naseaux du cheval, lui murmura quelque chose sur la liberté, et le cheval s'éloigna au galop le long de la plage.

Sur quoi Calista faillit s'évanouir.

Kurt la rattrapa, la prit dans ses bras pour la porter jusqu'au navire. Elle entoura sa nuque de ses deux mains et se laissa porter.

— J'aurais dû partir d'ici il y a vingt-sept ans, murmura-t-elle.

— Mieux vaut tard que jamais, dit Kurt en l'étendant doucement dans l'un des canots. Il grimpa à son tour, et Joe suivit, tandis que les Marines s'entassaient dans le second bateau. Quelques secondes plus tard, ils fendaient les eaux vers le large.

Seule Calista fut surprise quand une haute forme noire s'éleva à travers les eaux. Les canots glissèrent à l'arrière du sous-marin. Un groupe de marins les aida à s'extraire des embarcations, puis les conduisit sur le pont jusqu'à une écoutille. Calista fut emmenée à l'infirmerie, tandis que le commandant saluait Kurt, puis Joe.

— Bienvenue à bord de l'*USS Ohio*, fit-il. Il paraît que vous travaillez pour Dirk Pitt dans l'organisation de Jim Sandecker, la NUMA.

Ils acquiescèrent d'une seule voix.

— Ils m'ont tous les deux demandé de vous passer le bonjour, poursuivit le commandant. J'ai prévu de les briefer demain matin. C'est-à-dire d'ici une heure et quarante minutes, si je ne me trompe.

— C'est bien notre chance, dit Kurt.

— Au moins toi, tu as passé trois jours à ronfler en Corée, fit Joe.

— Je ferai le briefing, dit Kurt en riant. Mais j'ai besoin d'envoyer un message sécurisé avant que le sous-marin ne descende. C'est possible ?

— Bien sûr, acquiesça le commandant. Quelle est la teneur du message ?

— C'est un peu compliqué, commença Kurt. En fait, il faut que quelqu'un déclare un jour férié demain dans tout le secteur bancaire. Demain et peut-être tout le restant de la semaine. Juste au cas où.

57

Aux dernières heures de cette même nuit, le *Waratah*, remorqué par le *Sedgewick*, parvint finalement à bon port. Alors qu'il approchait du quai, Paul découvrit un paysage dont il devait se souvenir pour le restant de ses jours. La moitié de la ville de Durban semblait s'être donné rendez-vous. Une foule entière se tenait debout dans le noir, remplissant toute la crique et le quai, des bougies à la main.

Il n'aperçut aucun flash d'appareil photo. Aucun notable n'était présent pour faire des discours – tout cela viendrait au matin. Pour l'heure, c'était le peuple d'Afrique du Sud, et seulement lui, qui saluait l'arrivée du vieux navire.

Le *Waratah* parvint à quai. On l'attacha. Un officier de haut rang de la Navy sud-africaine monta à bord, et Paul lui céda le commandement. À la seconde même, il ne pensa plus qu'à retrouver enfin Gamay et à la serrer dans ses bras.

Fidèle à sa parole, elle l'attendait au bas de la passerelle. Ils s'embrassèrent et s'éloignèrent ensemble sur le quai. De sa vie, Paul n'avait jamais vu autant de fleurs et de couronnes.

Il s'arrêta devant une image qui lui semblait familière. Le portrait en noir et blanc montrait un homme affublé d'une moustache Belle Époque. Son nom était inscrit dessous, ainsi que son titre – pompier – à bord du *Waratah*, assigné à la chaufferie arrière.

Paul ne croyait toujours pas aux fantômes. Main dans la main, Gamay et lui s'éloignèrent sans un mot.

58

Le message de Kurt expliquait ce qu'il savait du plan de Brèvard. Dès sa réception, le président de la Banque fédérale annonça un moratorium de trois jours sur toutes les activités de la banque.

Pendant ce temps, Montresor, Sienna Westgate et les autres hackers expliquèrent de bon gré aux autorités ce qu'ils avaient été forcés de faire, identifièrent les virus et les pièges qu'ils avaient implantés un à un, puis aidèrent à leur désinstallation, jusqu'à ce que tout danger soit écarté.

Après douze heures à bord de l'*Ohio*, le lieutenant Brooks et les autres Marines furent envoyés sur le *Bataan*, tandis que Kurt, Joe et Calista étaient pour leur part transférés sur un navire en route pour Durban.

À l'approche de la ville, Kurt et Joe eurent tout loisir de s'émerveiller à la vue du *Waratah.* Des bouquets par milliers noyaient le quai devant le navire, qui attendait d'être nettoyé et restauré. Il était question de le transformer pour partie en musée, et pour partie en autel flottant dédié à la mémoire des 211 passagers qui avaient disparu avec l'équipage un siècle plus tôt.

Un journal découvert dans l'infirmerie donna quelques détails qui permirent de lever le voile sur les circonstances de leur disparition. On apprit ainsi que ceux qui n'avaient pas été tués pendant le piratage avaient été abandonnés dans des canots de survie et laissés à leur sort en pleine mer, où ils avaient été la proie de la tempête. Un mémorial spécial fut organisé en leur honneur.

— Je pensais que Paul et Gamay seraient là pour nous accueillir, dit Kurt à Joe alors qu'ils prenaient pied sur le quai.

— Ils m'ont envoyé un message, expliqua Joe. Ils sont avec Duke et Elena dans un stand de tir, pour expliquer une fois pour toutes qui a sauvé le navire.

Kurt haussa les épaules : le message n'avait aucun sens à ses yeux.

À défaut de leurs amis, cependant, quelqu'un était là pour les accueillir. Une jolie femme vêtue d'une robe blanche qui rehaussait de façon avantageuse son teint cannelle. Elle se tenait sur la jetée et faisait de grands signes à Joe.

— Je ne savais pas que tu avais des amis dans le coin, dit Kurt.

— C'est la journaliste qui a raconté comment je t'ai sauvé en pleine tempête, expliqua Joe. On s'est vus pendant que tu récupérais.

— Eh bien, si quelqu'un va jouir de vacances bien méritées, je crois que c'est toi. On se retrouve à Washington, j'imagine.

Joe acquiesça, descendit la passerelle d'un pas leste, et disparut dans la foule au bras de la jeune femme.

Tandis que les autres débarquaient à leur tour, Kurt se tourna vers Calista. Elle récupérait lentement de ses blessures, mais semblait plus crispée que jamais.

— Qu'est-ce qui m'attend, maintenant ? demanda-t-elle. La prison ?

Kurt prit une longue inspiration.

— Beaucoup de gens ont des questions à te poser. Le FBI, Interpol, Scotland Yard… Mais il y a de sérieuses circonstances atténuantes, dans ton cas. Par ailleurs, tu nous as aidés au moment où ça comptait, et tu as déjà fourni pas mal d'informations précieuses sur les complices de Brèvard.

Aux paroles de Kurt, elle se ragaillardit quelque peu, et baissa les yeux. Un plâtre couvrait la moitié inférieure de sa jambe gauche, et un bracelet électronique, à sa cheville droite, lui rappelait son statut de détenue. Ni la police sud-africaine ni le consulat anglais n'entendaient perdre sa trace avant d'avoir décidé de son sort. Elle avait été avertie que quelqu'un la surveillerait en permanence, et, de fait, un membre de la police de Durban attendait en bas de la passerelle.

Elle semblait ne pas devoir goûter de sitôt aux joies de la liberté. Elle se tourna vers Kurt :

— Tu viendras me rendre visite s'ils m'enferment ? Je suis certaine qu'ils vont me mettre à l'isolement la plupart du temps.

— Absolument, promit-il en riant. Je viendrai t'apporter un gâteau avec une lime à l'intérieur.

Elle leva un sourcil interrogateur.

— C'est le moins que je puisse faire, poursuivit-il. En ce qui me concerne, tu fais partie de la bande, maintenant.

— Partie de la bande ? répéta-t-elle en le regardant étrangement.

— Quand tu auras quelques heures de libres, essaie de lire *Le Livre de la Jungle*, le roman de Kipling. Tu comprendras ce que je veux dire, fit-il en guise d'explication.

Elle fit oui de la tête, et se tourna vers la jetée où un groupe massé devant la porte d'embarquement semblait les attendre. Il y avait là un couple aux cheveux gris, trois personnes entre 30 et 40 ans, et plusieurs enfants.

— Je ne sais pas si je vais y arriver, dit-elle.

— Il s'agit de ta famille, dit Kurt. Ta *vraie* famille. Ils sont venus spécialement d'Angleterre pour te voir.

— Mais qu'est-ce qu'ils vont penser de moi ? Qu'est-ce que je vais leur dire ? J'ai fait des choses atroces.

— Ils vont te voir comme la fille prodigue. Pour eux, tu es la récompense de toutes ces années durant lesquelles ils ont refusé de perdre espoir. Ils vont te raconter tout ce que tu veux savoir sur ta mère et ton père.

Elle lui savait gré de ses paroles rassurantes, mais l'appréhension l'emportait.

— Je ne peux pas, fit-elle en secouant la tête.

— Calista ne peut pas, dit Kurt. Mais Olivia, si. Tu te souviens de la manière dont tu as libéré ton cheval sur la plage, l'autre nuit ? Libère Calista de la même façon. Il est temps de l'abandonner.

Elle prit une longue inspiration. Elle essayait visiblement de résister au trop-plein d'émotions. À nouveau, elle se tourna vers lui, mais cette fois, ce fut pour changer de sujet :

— Tu aurais vraiment dû m'embrasser, sur le yacht d'Acosta, tu sais. Ça nous aurait évité beaucoup d'ennuis.

Le sourire qui éclaira le visage tanné de Kurt mit en relief sa fossette et les petites rides autour de ses yeux.

— Je doute fort qu'un baiser de moi puisse changer la vie de qui que ce soit.

— Faire le test aurait été agréable, en tout cas.

Sans cesser de sourire, il se pencha lentement vers elle, prit son visage dans ses mains et l'attira doucement vers lui. Leurs lèvres se joignirent en un long baiser. Quand elle se recula enfin, elle souriait franchement.

— Je ne sais pas, dit-elle. C'était très bon.

— Va retrouver ta famille, fit-il en riant. Ça fait trente ans qu'ils t'attendent.

Elle acquiesça, lui jeta un dernier regard. L'un des officiers du bateau l'aida à descendre la passerelle. L'agent de la police de Durban l'accueillit sur le quai, et la guida vers la famille qu'elle ne connaissait pas.

Vingt-six heures plus tard, Kurt passait la douane du terminal principal de l'aéroport Dulles à Washington. Il avait perdu toute notion de temps, il faisait nuit dehors. Le hall de l'aéroport était désert, il devait être très tard, ou très tôt. En fait, les équipes de nettoyage étaient à l'ouvrage.

Il s'avança lentement jusqu'au tapis des bagages, et s'arrêta lorsqu'il aperçut un rassemblement de la police de l'aéroport devant l'une des portes de sécurité. Les lumières rouges et bleues des flashes éclairaient plusieurs véhicules garés en cercle autour d'un jet privé immobile, porte ouverte devant l'escalier.

La curiosité de Kurt céda à la surprise lorsqu'il reconnut David Forrester, escorté jusqu'au terminal par deux agents vêtus de coupe-vent du FBI.

— Bon sang, fit-il. Si je m'attendais…

Au son de sa voix, les agents et le prisonnier levèrent les yeux.

— Désolé, monsieur, reculez s'il vous plaît, intervint l'un des agents.

— C'est bon, dit une voix en l'interrompant.

Kurt n'identifia pas celui qui venait de parler, mais ce dernier le connaissait visiblement.

— Trent MacDonald, se présenta-t-il. J'arrive de Langley.

Il reconnut le nom, se souvint que MacDonald avait été le premier, à la CIA, à partager les informations sur une survie possible de Sienna au naufrage, quand personne n'y croyait.

Ils se serrèrent la main.

— Merci de votre aide, dit Kurt. Vous venez d'attraper un sacré poisson, apparemment.

— Pas aussi gros que le vôtre, dit MacDonald, mais on est plutôt satisfaits. Nous avons passé l'information que votre amie nous a donnée au FBI. Par chance, ils ont réussi à mettre la main sur Forrester juste avant qu'il ne s'envole pour un pays sans extradition.

Un point de plus en faveur de Calista, songea Kurt.

— Quel rôle a-t-il joué dans toute cette histoire ?

— Forrester était la taupe de Brèvard, expliqua MacDonald. Toutes les manœuvres financières passaient par lui. Il a utilisé ses contacts pour implanter les virus à la Fed, et compromis le système central et les protocoles comptables. C'est lui aussi qui a mis en place la série des sociétés-écrans qui aurait rendu impossible toute tentative de remonter la trace de l'argent transféré.

Kurt n'était pas surpris.

— Comme si cela ne suffisait pas, il contrôlait aussi Westgate, ajouta MacDonald. Il avait installé un implant dans le cerveau de Westgate, l'empêchant de se souvenir en détail de ce qui s'était passé.

Dans l'esprit de Kurt, ce dernier point jetait une lumière nouvelle sur ce qui s'était passé au Smithsonian.

— J'ai su que ce type était un serpent à la seconde où je l'ai rencontré.

— Les premières impressions sont toujours les meilleures, dit MacDonald.

Kurt acquiesça. Au-delà de Forrester, de l'autre côté de la vitre, les agents du FBI entraient dans l'avion avec l'intention de le fouiller. Les premières lueurs du jour apparurent, une légère teinte rose vint effleurer les nuages de la nuit.

Kurt posa les yeux sur Forrester, qui lui rendit son regard. Il n'y brillait nulle trace de remords.

— Profite du lever du soleil, fit Kurt froidement. Tu risques de ne plus en voir beaucoup, là où tu vas.

Un tic apparut sur la joue de Forrester, ce fut sa seule réponse. Cela suffisait.

Kurt se tourna vers Trent MacDonald, pour le saluer de nouveau, puis il reprit son chemin.

En sortant du terminal il rejoignit la station du shuttle menant au parking longue durée, et se mit à attendre. À sa grande surprise, au bout de quelques minutes, une Jeep noire d'allure familière vint à sa rencontre. *Sa* Jeep. Elle freina et s'arrêta juste à sa hauteur.

La portière conducteur s'ouvrit sur le joli minois d'Anna Ericsson, ses cheveux blonds et son sourire éclatant.

— Tu t'es mise au vol de voiture, pendant mon absence ? demanda Kurt.

— Avec tous tes problèmes de mémoire, répondit-elle en riant, j'ai pensé que tu aurais peut-être du mal à retrouver la tienne dans le parking.

D'un air outré, Kurt prétendit le contraire, mais le fait est qu'il ne se souvenait nullement d'avoir conduit jusqu'à l'aéroport deux semaines auparavant.

— Tu dois avoir raison, finit-il par admettre. Désolé pour mon comportement, je n'étais pas tout à fait moi-même, ces temps-ci.

— Je sais, dit-elle plus sérieusement. Moi aussi j'ai franchi la limite. On efface tout, et on recommence ?

— Rien ne me ferait plus plaisir.

Elle sauta de la voiture, fit le tour de la Jeep et lui tendit la main.

— Bonjour, dit-elle comme si elle le voyait pour la première fois. Je suis Anna Ericsson, psychiatre. Et je n'ai pas le droit de sortir avec mes patients.

— Kurt Austin, dit-il en jouant le jeu. Coup de chance, je n'ai plus besoin de toubib. Il ouvrit la portière passager pour elle. Ça vous ennuie si je conduis ?

Elle prit place, Kurt fit le tour et s'assit devant le volant.

— Où va-t-on ? demanda-t-il.

— Quelque part où on peut regarder la rivière, dit-elle évasivement.

Il ferma la portière, mit le contact et démarra.

— Ça tombe bien, sourit-il. Je connais justement un endroit comme ça. Et vous savez quoi ? Il n'y aura que vous et moi.

PAPIER À BASE DE FIBRES CERTIFIÉES

Le Livre de Poche s'engage pour l'environnement en réduisant l'empreinte carbone de ses livres. Celle de cet exemplaire est de :
350 g éq. CO_2
Rendez-vous sur www.livredepoche-durable.fr

Composition réalisée par Belle Page

Achevé d'imprimer en France par
CPI BRODARD & TAUPIN (72200 La Flèche)
en janvier 2022
N° d'impression : 3046451
Dépôt légal 1re publication : février 2022
LIBRAIRIE GÉNÉRALE FRANÇAISE
21, rue du Montparnasse – 75298 Paris Cedex 06

68/7583/8